手腕

陈峰 ◎ 著

Ⅴ 中国和平出版社

图书在版编目(CIP)数据

手腕／陈峰著. – 北京：中国和平出版社，
2011.9
ISBN 978 – 7 – 5137 – 0212 – 6

Ⅰ. ①手… Ⅱ. ①陈… Ⅲ. ①长篇小说 – 中国 – 当代
Ⅳ. ①I247.5

中国版本图书馆 CIP 数据核字 (2011) 第 190110 号

《手腕》

陈峰 著

出 版 人：肖 斌
选题策划：张京涛 陈 蔚 何巧云
责任编辑：张京涛
装帧设计：柏拉图
责任印务：宋小仓 曲利华

出版发行 中国和平出版社

社 址：北京市海淀区花园路甲 13 号院 7 号楼 10 层 (100088)
发 行 部：(010)82093738 82093735 (传真)
网 址：www.hpbook.com
E – mail：hpbook@hpbook.com

经 销：新华书店
印 刷：北京中印联印务有限公司

开 本：700 毫米 × 1000 毫米 1/16
印 张：15.75
字 数：250 千
印 数：1—15000 册
版 次：2011 年 10 月北京第 1 版 2011 年 10 月北京第 1 次印刷
(版权所有 侵权必究)

ISBN 978 – 7 – 5137 – 0212 – 6 定 价：26.80 元

目 录

开篇 ·· (001)

1. 机会,不要等待要创造 ···························· (005)

2. 缘分,因缘起也会因缘灭 ························ (015)

3. 困难,你弱它就强 ······························· (020)

4. 交情,交上以后才有情 ·························· (026)

5. 意外,天上掉下来的不一定都是馅饼 ·········· (033)

6. 运气,可遇而不可求 ····························· (042)

7. 诱惑,来源于内心的欲望 ························ (050)

8. 圈子,一个人身边的位置只有那么多 ·········· (057)

9. 对弈,输赢掌握在权力者的手中 ·············· (068)

10. 暗算,醉翁之意不在酒 ·························· (074)

11. 情感,挣扎于钱权之间 ·························· (087)

12. 利益,不应成为情感的枷锁 ···················· (098)

13. 人情,送出容易收回难 ·························· (107)

14. 压力,人都是逼出来的 ·························· (122)

15. 冤家,心结易结不易解 ·························· (128)

16. 底线,莫要轻易触碰 ···························· (140)

17. 变数,是挑战也是机会 ·························· (154)

18. 赌局,没有绝对的赢家 ·························· (169)

19. 坦白,告别沉默的伤害 ·························· (181)

20. 名声,是长久的也是短暂的 ···················· (195)

21. 秘密,只有守得住才能得到更多 ·············· (209)

22. 真相,永远不可能因逃避而掩盖 ·············· (220)

23. 报复,在心痛中品尝快感的滋味 ·············· (231)

尾声 ·· (244)

开 篇

　　"炸。"丁文将四张老K甩出去,紧接着就是一个顺子扔下,拍拍手说,"没了。"

　　"一个炸,一个王,三个二,牌总这么好,丁叔,你今天是走地主运啊!"章骏从桌上烟盒压着的钞票中抽了一张百元大钞递过去,叹着气说。

　　魏日东苦笑着把牌往桌上一扔,不断摇头道:"我刚才好不容易赢了一点,没两下就被丁叔清空了,这钱哪,装进腰包时像滴水,等得心慌,掏出口袋时却像流水,哗的一下就没了。"

　　看着自己赢来的一叠人民币,丁文嘿嘿一笑,说:"你们是尊老,给我这老头子留几分面子,才让我做地主。腰酸得很,不打了,走,去南方洗浴中心松松筋骨,我请客。"

　　丁文平时喜欢玩牌,尤其是斗地主,章骏投其所好,一有空就找人陪他打牌。魏日东是政府官员、市长秘书,谈吐得体,丁文不敢小看,觉得他够档次,也喜欢和他玩。打这种应酬牌,就是既让丁文过瘾,又让他赢点小钱,根本做不得真,而对友情陪玩的魏日东,章骏自然不能真赢他,总得顺便输上一些。对此魏日东洞若观火,揶揄章骏这老板当得够辛苦,斗地主都要付辛苦费,就是对员工没这么慷慨。

　　收拾好东西,章骏吩咐茶楼的服务员埋单,魏日东开着政府办的皇冠先走,丁文则上了章骏的捷达,坐在副驾驶位上,用手指敲敲仪表台,颇有所感地说:"小章,你生意也做三年了,还没打算鸟枪换炮,把车换换?"

　　"丁叔你知道,我这生意就是凑合着做,哪有余粮来奢侈。"章骏拍拍车子,"这家伙是不太上档次,但的确皮实,耐得住折腾。"

　　"这车开出去就像的士,再怎么说你也是公司老总,人靠衣妆,佛靠金装,形象也是公司实力的展现。"丁文缓缓地说,语气落寞,"我今天约你,不只是打打牌,找找乐子。公司的人事有变化,我年纪到了,要调到总经理办公室当顾问。"

章骏眼角一跳,握在方向盘上的手不自觉地抖了抖。三年前,他从政府办公厅辞职出来,一头扎进商海中,创立了腾驹信息产业有限公司,主打电脑硬件和财务软件销售。丁文是父亲的老战友,生死之交,更是西港市大型国企日鑫集团信息中心的经理。经过父亲的一番牵线搭桥,日鑫集团自然成为章骏的大客户,每年财务软件升级和电脑硬件维护是腾驹公司最大的利润点,一旦这一业务出现什么变化,那对腾驹的影响不言而喻。

从油水丰厚的信息中心经理升为总经理办公室顾问,虽然丁文的职级升了,可涨的那点工资还不够以前灰色收入的一个零头,这种安排清楚不过地表明他的职业生涯已进入暮年,可以开始养老大计了。难怪章骏觉得丁文今天的状态不太好,虽然打牌赢了,但还是给人强颜欢笑的感觉。顿了顿,章骏试探着说:"丁叔,那您高升了,总得安排人接替吧,是老王吗?"

老王是信息中心副经理王木森。虽然有丁文罩着,但章骏知道不能把所有的鸡蛋都放在一个篮子里的道理,对信息中心上上下下的打点极为周到,和每个人都称兄道弟,关系硬得很,和王木森的关系自然差不到哪儿去。纵然丁文被调走,但只要是从内部提拔,无论是谁,章骏都有信心变不了天。

只是丁文的回答却让他大失所望:"不是,说是从外面招的,其实是常飞熊的侄子,叫常坤,过两天来报到后就和我交接。"

常坤,章骏刚把这名字牢牢地记在心里,就听丁文接着说:"你放心,我会把他介绍给你,以你打下的基础,不是他说换就能换的,尤其是软件,拉好关系后,对你的影响不会大。"

"谢谢丁叔。"章骏也清楚,虽然不是说换就换,但新官上任三把火,尤其是对上一任的关系,大多看不顺眼。如果人家不想和你合作,手段多得是。万一拿不下常坤,后面有大把够自己头疼的事情,终究是极不确定的因素。想归想,但他脸上却没表现出半点焦虑,稳稳地将车停在南方洗浴中心楼下。

魏日东五分钟前就到了。碰上周末,这里的生意更加火爆,连包间都没了,他们洗完澡只能在休息室等着,喝茶唠嗑,二十分钟后才空出一个包间来,自然是丁文先进去。章骏松了口气,掏出五叶神来,递了一根给魏日东,埋怨说:"丁叔真麻烦,不抽烟,还闻不得烟味,每次和他在一起,我忍得那叫一个苦。"

魏日东一挥手,道:"不好意思,我戒了。"

"你戒了?"章骏大吃一惊,难以置信地看着魏日东被熏得有些泛黄的牙齿,"太阳从西边出来了?你他妈忽悠谁呢!"

"我没忽悠谁,实诚得很。"魏日东笑眯眯地说,"最近政府各部门在推行健康运动,市领导带头戒烟,霍市长也在戒,你说我还能抽吗?"

章骏恍然大悟,紧接着连连摇头,不以为然地说:"我说呢,不过你能戒得了吗?你们哪次活动不是雷声大雨点小,最后不了了之!"

"那是另外一回事,总之霍市长一天不开戒,我就得忍一天。"魏日东摇头晃脑,大义凛然地说,"你也别抽了,我这两天辛苦得很,少来诱惑我。"

西港大学是全国响当当的高等学府,声名赫赫,尤其盛产官场精英,部长级人物就出了十几个,还有走上国家领导人高位的。在前辈成功模范的影响下,西港大学很多学生一毕业就削尖脑袋奔向报考公务员的独木桥,从政风气浓厚。章骏本来也是这大军中的一员,可惜半路退出了。而魏日东则是沉下心来,一心一意磨砺于政坛,从政府办公厅的小文员干起,办事任劳任怨、毫不计较,做人八面玲珑、长袖善舞,口碑越来越好,一年前被市委常委、常务副市长霍瑞生相中,成为他的专职秘书。

官场上的人都清楚,职位高低不重要,因为那是虚的,手上权力的含金量才是关键。尤其是领导身边的人,头衔不大,但能量却大得很,不但是领导获取消息的重要渠道,而且只要获得赏识,随时都可能一鸣惊人。不过魏日东却十分低调谦和,脸上总挂着招牌式的微笑,从没显露出半点领导身边红人的趾高气扬来,博得一片赞誉,都说小魏有涵养,有气度,前途不可限量。不过凭着四年舍友加死党的情分,章骏总笑他是乖乖收起尾巴,早晚得憋疯。魏日东则摇头微笑,淡然处之,顶多来一句:出头鸟总是死得早,所以你混不了。

这话倒是事实,每个人该走什么样的路,冥冥之中早已注定。如章骏就像一匹静不下来的野马,喜欢充满刺激和挑战的生活,让他待在一张报纸、几杯清茶、无数闲话、轻松度日的"深宫大院",简直就是要了他的命。而魏日东则天生就是吃这碗饭的,如鱼得水,左右逢源。

自顾自地点上烟,章骏故意喷出一大口烟雾,一副非常满足的表情。魏日东皱着眉头,不停地挥手将烟雾扫开。过了一会儿,章骏才说:"老丁要调上去养老了,今天是来知会我的。"

"哦,大鱼要脱钩,那你以后怎么办?"

开
篇

—003—

"不怎么办,地球照转,不管是张三李四还是王二麻子,只有两个字,拿下!"章骏的声音不高,但语气非常坚决,"你上次说申达公司要上软件的事,定了没?"

"霍市长同意,财政也批了。"魏日东伸出两根手指,比画出一个数字,"明早我和周总说一声,下午你过去找他。"

"好,有你这话,我今晚这烟就不抽了。"章骏用力将烟头拧熄,看看墙上的时钟,皱着眉头咒骂,"怎么搞的,半个小时了还没房。"

魏日东倒是不急,慢悠悠地说:"小六上星期辞职了。"

"他也辞了?"章骏颇感惊讶,"为什么?"

"文人,清高呗,看不惯世俗大染缸,干脆回家了,两耳不闻天下事,落个清静。"魏日东嘴角浮出的笑容有点奇怪,包含着几分嘲讽,却又有几分羡慕,章骏略一玩味,便知其中的意思,也嘿嘿附和着干笑两声。

1. 机会,不要等待要创造

　　转了两圈,好不容易才在申达大厦楼下找到停车位,章骏和刘小南按魏日东给的地址,直接上八楼。申达规模不算大,原以玩具的出口代理为主,上世纪九十年代初期,很是风光过一阵,后来随着国家改革力度的不断加大,进出口权渐渐放开,日子便成了王小二过年,一年不如一年。幸亏他们是老国企,怎么折腾都有政府撑着,主营业务虽然日暮西山,但在市中心建有一座八层高的申达大厦,公司占据半层用来办公,其他楼层全都出租,虽然装修陈旧,但位置一流,倒也不乏租客,过着包租公的生活,发展是没什么希望,能自给自足地养活几十位老员工,不给政府添麻烦已经是阿弥陀佛了。

　　前不久政府发下一纸公文,要求各企业推行会计电算化,以完善会计管理,提高工作效率。申达公司一直都是手工记账,一是往来账务不多,工作量不大,二是财务部员工平均年龄都在四十五岁以上,基本不知道什么叫财务软件,所以对这块没什么需求。但政府有令,堂堂国企自然要亦步亦趋,而且谁都知道,一有采购就意味着油水哗哗流。报告一层层打上去,没过多久就争取到了财政拨款补贴,总算把项目立起来了。

　　申达的总经理姓周,身材不高,但满头银丝,还带着一副老式黑框眼镜,一副老书生的模样,根本看不出总经理的气派。办公室虽然面积不小,但装修简单,一应物品皆显老旧,一看就知道公司的日子绝不滋润。由于魏日东已打过招呼,他对章骏两人很客气,装模作样地翻了翻资料,说:"信息化是潮流,欢迎两位前来帮助公司提升财务管理能力。不过在电脑方面我是外行,就不领导内行了,这个项目由财务部的钱经理来和两位谈。"

　　章骏早就注意到周总办公桌上根本没放电脑,便估摸着周总对计算机应该是一窍不通,看来他并不是与时俱进的人,性格方面也应属于古板守旧一类。等他给钱经理打完电话,章骏向刘小南使了个眼色,刘小南便从随身的包

手腕 里拿出一个包装精致小巧、印有腾驹商标的音乐播放器，放在桌上，"周总，这是我们公司的一个小纪念品，不成敬意。"

周总一摆手说："这哪使得？你们太客气了。"

"就是一点心意，还请周总有时间到我们公司参观指导。"章骏笑着把话题带了过去。一个胖胖的男人推门进来，周总不好再推辞，便说："这位是我们公司财务部的钱经理，这两位是腾驹公司的章总和刘经理。老钱，软件以后是你要用的，就由你谈吧。"

钱经理带着两人来到会议室，翻阅着宣传资料，皮笑肉不笑地说："腾驹财务软件我听说过，功能确实很强，只是我们公司的财务工作很简单，有点杀鸡用牛刀。"

刘小南赶紧说："我们的软件是由应用模块组成，可以随需定制。而且政府对国企改革的扶持力度很大，申达以后肯定会有大发展，财务方面领先一步，也能提前满足企业未来的需求。"

钱经理不置可否，推了推鼻梁上的眼镜，说："那你们把资料先放这，明天我和部门的同事开个会，听听大家的意见，然后我们再联系。"

第一次见面，本来就是试试深浅，不可能有什么实质性的进展。章骏和刘小南连声称好，和钱经理交换了名片，又依样画葫芦地送上一台音乐播放器，钱经理扫了一眼，淡淡地点点头，简单地说了声谢谢，就送两人下楼。

回到捷达车上，刘小南松松领带，脱口而出："什么破公司，坐那么久，连杯水都没有。"

"这公司从上到下都没有活力，盘不活，饿不死，大家就是混着，谁还会去注意商务礼仪的细节？"章骏边发动车子边说，"魏日东给我们的资料没错，周总快退了，没把心思放在这，钱经理是关键人物，你先全力攻他，挖他的需求，最后再攻周总那一关。"

"行，钱经理不是说明天部门开会讨论么，我明晚就约他吃饭，探探口风。"刘小南是章骏从小玩到大的伙伴，个性豪爽，两人的感情比兄弟还好上几分，原先在一家知名日化企业当区域销售经理，腾驹公司成立后，章骏极需要人手帮忙，他什么条件都没谈，毫不犹豫地加盟腾驹，领衔销售部，是章骏最信得过的得力干将。

"对了，老大，郑海最近不大对劲，我估计他可能有想法。"看着路口红灯亮起，刘小南把车停下，面带疑惑地说。

章骏心头一跳，脸上若无其事地说："人往高处走，水往低处流，勉强不来。我去附近办点事，你把车开走，咱们待会儿再联系。"

　　走进两百米外的住宅小区，章骏沿着斑驳的楼梯上到五楼，按下门铃，连续响了几下，却无人应答。他皱皱眉，刚掏出手机，却听木门嘎的一声打开，蓬乱如杂草堆的头发下是一张毫无血色的面孔，眼睛却是通红的，要是晚上见到，还以为是哪儿蹦出的孤魂野鬼，吓人得很。

　　"你小子还真在。"章骏并不意外。小六一言不发，开了门让章骏进来。刚走进屋里，章骏只觉得眼前一暗，紧接着一股说不出是什么的怪味冲鼻而入，呛得他急忙捂住鼻子。厚厚的窗帘挡住了所有的光线，屋里昏暗得就像终南山下的活死人墓，只有电脑的屏幕保护程序发出幽幽的冷光。

　　章骏赶紧将窗帘拉开，再推开窗户，让夕阳的余晖和温暖的春风洗涤一下这间屋子。他这才大松一口气，回过头打量客厅，书籍报纸、饮料零食，还有方便面及饭盒，混杂着散落一地，活生生一个垃圾堆，连个坐的地方都难找。章骏忍不住喃喃地说："我得写个'服'字，猪圈都比你这儿干净得多。"

　　小六像是没听到，自顾自地到卫生间漱口，用冷水洗把脸，精神振作了些，慢腾腾地走出来，声音很轻，显得中气不足，"怎么来我这猪圈了？"

　　章骏将书从被岁月摧残得看不出颜色的沙发上拿开，空出个位置来，一屁股坐下，说："听说你辞了？"

　　"就你能辞，我不能吗？"小六面无表情，随手从桌上拿起一包方便面，撕开包装就大口大口地啃起来。虽然他不说原因，但章骏也能估摸出七八成。

　　小六的大名叫刘勋，和章骏、魏日东、洪金德是大学舍友，关系铁得很。他主修文学，是系里出名的"一支笔"，从不在文章中堆砌华丽的辞藻，而是平凡中见真章，遣词造句看似信手拈来，却又恰到好处，增一字过多，减一字过少，让人拍案叫绝。他人又长得文静瘦弱，绝对符合手无缚鸡之力的传统书生形象，不少怀春少女为之倾倒，粉丝之多，把章骏他们三个人妒忌得双眼冒火，只恨不能越俎代庖。偏偏他眼高于顶，视千娇百媚的女生如粪土，四年中硬是一段恋爱都没谈过，直让人怀疑他的性取向。

　　毕业后，凭着过硬的文字功底，小六考进西港报社，成为"无冕之王"。当时他踌躇满志，一心要当好人民的喉舌，凭手中秃笔，将最真实的社会情况曝光于天下，让黑暗和阴影无处藏身。只是，在滚滚的社会浪潮中，一些媒体早就不是知无不言、言无不尽的监督利器,盘根错节的利益勾结很快就把他撞得头破血流,而敢于直面现实的选材和文字,更让他成为同事眼中的异类。不到三个月,他就被从要闻版调到了体育版,半年后又被调到娱乐版。盯着明星们鸡毛蒜皮的小事,在绯闻和炒作中周旋,差点没把以忧国忧民为己任的刘大记者郁闷死。几经争取,并通过魏日东出面,他又调到报社旗下的《西港生活》月刊,终于脱离了狗仔队的生活。谁曾想位子还没坐热,这小子干脆拍拍屁股一走了之。看来就算换了地,这小子还是没学会,或者说不屑于混迹在俗世浊流中。

"你有什么打算?"章骏掏出五叶神,递了过去。小六接过烟,冷笑着说:"当自由撰稿人,想写什么就写什么,我不信自己还能饿死!"

章骏刚抽两口烟,手机就响了,是海哥的电话:"德昌的合同刚签好,他们答应试用软件,待会儿去聚贤庄吃饭,你一起来。"

章骏看看小六,眼珠一转,将他手里的方便面抢过来说:"别整天吃这些垃圾食品,走,晚上去吃大餐。"

"又是你那些生意朋友吧,我不去。"小六懒洋洋地说。

"靠,不用你应酬,带张嘴去吃就行了,海哥你又不是不认识。"章骏用力将他拉起来,"再不改善伙食,我看你饿死前就先病死了。"

车子让刘小南开走,章骏和小六拦了辆的士,先到沃尔玛超市买了两瓶水井坊,这才直奔聚贤庄。

洪海四十岁出头,是西港市第一批做电脑生意的人,在业内算是老行尊,大家都尊称他海哥。当旁人还在观望时,有胆量率先吃螃蟹的人,赚钱的机会肯定多,尤其是在那个国人怀着敬畏的心理把电脑当成天外来客的时代,一台组装机的零售价动辄上万元,懂行的消费者又没几个,只能被经销商忽悠着买,想怎么宰就怎么宰,绝对的暴利。作为黄金时代的弄潮人,海哥很早就掘到了第一桶金。他的人面广,渠道多,在几个电脑城内的铺面虽不起眼,但走货量却不少,还是几个国际、国内知名电脑品牌在西港市的一级代理商。

章骏在大学读书期间,有几个寒暑假都在他的商铺里打工,学到不少做生意的花招和技巧。而他的努力和用心,也颇得海哥赏识。当章骏横下一条心下海创业后,他的大部分资源都投入到软件研发和销售中,碰到客户有硬件采购需求时,就从海哥那调货,能赚一点算一点。而海哥为人仗义,并未因章骏的走货量低而提价,反而按最低的调拨价调货给他,着实帮扶他不少。

章骏一直想买辆车代步,倒不是他死要面子,而是做软件生意需要。他经常得到客户公司洽谈,专业形象颇为重要。要是身为老板,一身西装革履,却骑辆单车去见客户,只怕生意还没谈,客户已对公司的实力产生极大怀疑。而且做生意免不了公关应酬,一碰到需要接送客户时,没辆车实在不方便。只是腾驹刚起步没多久,运营资金紧张得很,不可能一下子拿出购车款。恰好海哥刚换了辆本田雅阁,章骏便找他商量,想买下他原本开的捷达。海哥二话不说便答应了下来,不但价格比市价低,还分期付款,大大缓解了章骏的资金压力,令他满怀感激,发自内心地把海哥当兄长般看待。

章骏走进包厢内,只见一片烟雾弥漫,海哥脱了鞋,半蹲在沙发上,嘴角斜叼着香烟,目不转睛地盯着牌,那模样活脱脱一个路边小混混。旁边两人章骏都认识,戴眼镜、打领带的肖国强,是海哥的铁哥们,在职场上混得不错,半年前跑到德昌公司当上了副总。圆圆胖胖、脸色红润的是德昌采购部经理高昌,听说还是德昌老板的小舅子。

这几年来,德昌公司的服装出口生意越做越大,老板到国外考察,见识到先进企业无纸化办公的方便快捷,眼界大开,回来后便下定决心要在公司推行信息化。工欲善其事,必先利其器,首要任务当然是换了那些老爷机,采购一批新电脑,这生意自然落入海哥的口袋。

听说要上信息化,海哥便顺水推舟地把腾驹财务软件捎带上,弄了个体验版让他们先用着,价格虽然低得可怜,但只要用上,就相当于上了贼船,因为财务数据对每个企业来说都极为重要,软件的应用又有个使用习惯的问题,说换就换哪有那么简单。另外,体验版只具备基本的功能,很多功能都有限制,必定不能满足德昌公司的使用需求,增加模块理所当然,到时便是腾驹公司磨刀霍霍赚取利润的时候。用白菜价引诱买硬件的客户搭个软件尝鲜,等他们尝到甜头后再亮刀,章骏苦心孤诣琢磨出来的这招,连海哥这在商海浸淫多年的老手都不得不拍案叫绝。

章骏打了声招呼,海哥转过头,看到小六,咧开嘴一笑,露出满口熏得发黄的牙齿,说:"大记者也来了,欢迎欢迎。"

听到记者两个字,肖国强和高昌都抬起头,视线转移过来。小六嘴唇一动,刚要说话,章骏抢先开口:"这位是刘勋,西港报社的,这两位是德昌公司的肖总和高经理。"

肖国强放下手里的牌,站起来热情地向小六伸出手:"原来是无冕之王,幸会幸会,以后有机会可要到德昌参观指导,帮我们做做宣传。"

章骏清楚小六的脾气，他最烦企业把媒体当成宣传的工具，将商业利益凌驾于报道的真实性之上，生怕这一根筋的小子会出言不逊，忙暗暗一拉他的衣角。小六眉头一皱，勉强地和肖国强握了握手："我已离开报社，宣传这一块是有心无力。"

肖国强一愣，他并没有意识到小六是放弃了人人羡慕的记者工作，还以为是工作变动，随即笑着说："看来大记者是另有重用，恭喜恭喜。"

章骏不想让小六说太多，打个哈哈便遮掩过去，站到海哥身后看牌，小六则自顾自地看起央视新闻频道。

在行业内，海哥的为人有口皆碑，为人大气，对朋友讲义气，举止豪爽，刚刚接触他的人，在他身上都看不出那种生意人毫厘必计的精明。赚到钱后，他虽然换了房子和车子，但日常生活却很简朴。抽的烟是红双喜，穿的衣服是街边大路货，喝的酒是贵州醇，一日三餐更没什么讲究，五元钱的盒饭照样大快朵颐。但只要是人，就会有嗜好，男人最常见的吃喝嫖赌，前三样海哥都沾不上，偏偏就喜好赌。斗地主，炸金花，玩梭哈，打麻将，赌足球，只要和"赌"字沾边的，他就兴致勃勃，乐此不疲。

对海哥的爱好，章骏颇有看法。对有钱人的开销而言，不管是吃、喝，还是嫖，根本花不了多少钱。人一辈子，能吃多少、喝多少、做多少爱，次数摆在那，计算机一按，就可以简单地计算出来，两三百万的资产，足够一辈子衣食无忧。而且赚得多时，吃燕窝鱼翅，喝路易十三，到五星级大酒店叫小姐；赚得少时，吃稀饭白粥，喝红星二锅头，到路边发廊也能解决。丰俭由己，不至于伤筋动骨，从来就没听说哪个人是吃穷、喝穷或泡妞泡穷的。能让富翁变成"负翁"的，除了生意上的投资出现严重失误外，就是赌和毒。这两样才是真正的无底洞。不管你有多少资产，随时可能变得一无所有。尤其可怕的是，人只要一沾上赌和毒，就如同身陷泥沼，只会越陷越深。

为此，章骏曾劝过海哥几次，海哥却不以为然。他认为运气有高有低，赌博有输有赢，今天输了，明天赢回来，明天赢不了，后天也能赢，总有翻身的机会，所谓"有赌未为输"，就是这个道理。平均算起来，钱财的出入并不大，输点钱就当买个乐子，没什么大不了的。听到这套理论，章骏只能苦笑以对，花点小钱玩玩当然没什么，怕就怕赌昏了头，不管三七二十一地下注。幸亏海哥玩了这么多年，都控制得很好，玩得最大的也就几万元上下，只要他承受得起，章骏也不好啰唆什么。

海哥今天手气不错，几乎把把有炸，有时还是双炸。不过章骏看得明白，他并不是在玩真的，当地主时还故意放了好几把牌。肖国强是长期牌友，海哥没必要留手，不用说，他是不想赢高昌的钱。

对赌徒而言，打这种应酬牌毫无意思，等服务员一上菜，牌局便散了。海哥输了四百多，肖国强输了两百多，高昌大获全胜，笑容越发灿烂。坐到餐桌上，章骏吩咐服务员把水井坊打开，给众人一一倒上，海哥端起杯，说："在座的都是兄弟，场面话不说了，为大家能一起发财，干杯！"

放下酒杯时，章骏用眼角余光一扫，意外发现身旁小六的杯子居然见底了。这小子以前喝杯酒扭捏得就像大姑娘上轿，有一次气得章骏捏着他鼻子，洪金德按住他双手，魏日东拿着酒就往他嘴里灌，把他灌醉，让他整整睡了一天一夜，也把三个舍友吓得够呛，以为他酒精中毒了，差点就叫了救护车。从那之后，他们就再没强行灌过他酒，没想到今晚他却玩起一口闷。

酒精一下肚，自然是荤话粗话纷飞，个个开心得哈哈大笑，只有小六例外。换了平时，他肯定是满脸不以为然，一副出淤泥而不染的清高样。而此刻他却表情平静，虽然不插话，却不时自斟自饮，偶尔陪着干上两杯，表现出来的酒量令人刮目相看。估摸他是心里郁闷，借酒消愁，但章骏并没规劝，人生难得一回醉，只要能把心里的郁闷宣泄出来，醉上一场又如何？

和高昌连干三杯，章骏刚夹块鸡肉放进嘴里，手机就响了，看了看来电显示，便拿起手机走到洗手间里面，按下接听键，问："亲爱的，有何指示？"

闻雪清冷的声音传来："你吃好了没？"

"我在聚贤庄吃饭，和海哥一起接待客户。"章骏说，"有事？"

"秦先生刚来电话，说有一块玉佛佩，我想晚上去看看货，合适的话就买下来。"闻雪淡淡地说，"看来你是没空了。"

章骏心中叫苦不迭，硬着头皮，小心翼翼地说："要不约明天吧，晚上我怕是走不开了。"

电话那边忽然没了声音，停了足有几十秒。谈了五年恋爱，章骏心知这是火山爆发的前兆，提心吊胆间，只听闻雪冷冷地说："明天？章总，既然你的客户那么重要，以后你还是和他们过日子吧。"紧接着就是嘟嘟嘟的声音。

章骏苦笑着，无奈地放下手机。

在上大学时，闻雪是学校的校花，有着高挑匀称的身材、端庄典雅的气质、无可挑剔的容颜,无论她在哪里出现,都是一道靓丽的风景线。第一次见到她时,章骏的魂儿霎时就被勾走了,从此七魂六魄都系在美人身上。大学期间,正是荷尔蒙分泌最旺盛的时候,美女身边最不缺的就是一群虎视眈眈、垂涎三尺的色狼。章骏的条件很不错,一米八二的身高,身材健硕,浓眉大眼,充满男子汉的阳刚气,一张嘴能说会道,还是学生会副主席,组织过不少活动,属于校内的风云人物,也是费尽九牛二虎之力,足足花了一年时间,才牵着闻雪的手,漫步在校园的各个角落。那男才女貌的登对劲,着实羡煞不少旁人。

但自从离开校园,踏入社会之后,因为价值观的不同,两人之间的摩擦不断升级。闻雪是家中的掌上明珠,出身于书香门第。父亲是大学教授,母亲是医学院副教授,都是高级知识分子,家教甚严。闻雪沿袭了父母的文化基因,读书时是一等一的好手,还有一股文人的书卷气,心高气傲,对当今社会的物质崇拜颇为不屑,追求的是精神层面的富足。毕业后,她成功考入西港市国税局,成为捧着铁饭碗的公务员。而章骏放着安稳的公务员不做,偏偏要辞职创办公司,对此她是极力反对的。在她眼中,商人都沾满铜臭味,浮沉于商海,开口生意,闭口客户,勾心斗角,脑子里剩下的只有利润,不但劳心劳力,长年累月的应酬接待,还透支着健康。人就这一辈子,钱够花就好,要那么多干吗?简直就是瞎折腾。

章骏摇摇头,只觉嘴里发苦。未来岳父学识渊博,业余时间爱好玩古董,是当地很有名气的文博专家。尤其对于玉器,他更是情有独钟,收藏颇丰。闻雪自幼耳濡目染,与老爷子的习气颇近。近年来老爷子的身体不太好,过几天就是他的六十大寿,闻雪就琢磨着买一件好的玉器,让老爷子开心一下。她寻觅许久,始终找不到合适的卖品,为此闻雪急得够呛。秦先生是业界行尊,既然说有好货,应该差不到哪儿去,闻雪自然急着想去看看。这会儿她正在气头上,去哄她是费力不讨好,只能等明天再想办法。

章骏回到餐桌上,肖国强正说得唾沫横飞:"下午我经过妇幼医院,像是出事了,门口围满了人,拉着白布条,写着'还我儿子,还我公道',警察在旁边看着,没人答理,奶奶的,看来是出了医疗事故。"

小六在旁边忽然慢慢开口,声音低低地说:"前几天一个小孩晚上发烧,送院时医生说没事,开了两瓶药打点滴,到了下半夜,家属发现孩子不但烧没退,还越来越烫,通知医生时,医生说是正常反应,到第二天早上另外一个医生巡房时,才发现情况不对,送去抢救已经来不及了。家属说是医疗事故,医院不承认,就这么闹了起来。"

几个人愣了愣，高昌喝得有点高，瞪着眼睛，义愤填膺地用力拍着桌子说："这些医生真浑蛋，就知道收红包，良心都让狗吃了。出了这种事，怎么电视和报纸上连一个字都没有？"

"稿子早就有了。"小六瞟了他一眼，眼中掠过针般的光芒，表情很奇怪，随后又眼神空洞地拿起酒杯一口闷了，冷冷地挑衅一句，"医院是霍瑞生的小姨子开的，你敢报？"

一桌子的人顿时静了下来，高昌讪讪地看着自己拍得通红的右手，刚才的满腔正义如过眼烟云，消散得无影无踪。听到霍瑞生，章骏不知怎么地想起魏日东来，再看看小六，似乎有所感悟。海哥一看场面冷了下来，哈哈大笑地举起酒杯，将桌子敲得山响："人没了，说到底就是赔多少的事，关咱鸟事。来，大团圆一次，金乐福唱歌去。"

喝酒泡妞，从来就不是小六喜欢的事情，章骏以为他定会找借口推掉，没想到他默然接受，毫不推辞，心里不由得感叹一声，这小子是吃错药了。

陪霍副市长参加完欢迎德国商界考察团的宴会，送他回家后，魏日东让司机小马开车回政府大院。他掏出下午从行政处借来的车钥匙，开着皇冠直奔南山街。这车是西港市第一批进口的政府用车，在当时那叫一个风光，往路上一开，就是非富即贵的象征，瞩目至极。多位名声赫赫的大人物，都曾是它的座上客。到如今用了十几年，它早就残破不堪了，尊贵显赫的市领导座驾，沦落为人人可用的办公车辆，这沧海桑田般的变化常令魏日东感叹物是人非，正如原本美艳不可方物的大明星，随着韶华远去，渐渐被青春貌美的新秀所取代，往日的辉煌和掌声只能在梦中重温，应了那句时髦话：长江后浪推前浪，前浪死在沙滩上。

在其他人看来，魏日东也算是前途远大的后生。人长得风度翩翩，口才好，会处事，对领导的意图总能心领神会，并处理得恰到好处。凭着这本事，霍瑞生对他是越来越认可，交给他处理的事务也越来越多。但魏日东清楚，得到领导的认可只是他平步青云的第一阶段，随后还有第二阶段——得到领导的赏识，觉得自己有能力办事，最重要的是第三阶段——得到领导的信任，认自己是心腹，可以托事。只有达到这个地步，那才说得上是前程似锦。尤其现在有传言说文市长很快就要被调走了，政坛中公认霍瑞生是接班的大热门，一旦顺利成为一把手的秘书，那自己的地位必将水涨船高。

机会，不要等待要创造

想到这，魏日东就忍不住激动。只是对霍瑞生的想法，他却没有多少把握。这位副市长表面上亲切和气，对任何人都笑眯眯的，但畏惧他的人要比怕文市长的人还多。他很少发火和拍桌子，可是一旦发威，那将是无可阻挡、令万物折腰的狂风暴雨。只要是他想办的事，就一往无前，任何敢阻挡的人都被一一拔除。正是凭着这股敢想敢干的魄力和雷霆万钧的手段，他才建成贯通西港市外围的环海大道，解决了市区交通受大型货运车侵扰的难题。老百姓交口赞誉，他政声日隆，只要不出大问题，把"副"字去掉几乎是板上钉钉的事。

正因为跟着这样一位城府颇深的铁腕市长，魏日东才更加小心翼翼，生怕哪个地方出纰漏。千里之堤溃于蚁穴的训诫，是他耳边长鸣的警钟。他步步为营，事情算是沿着预定的道路顺利发展，霍副市长对他的满意度渐渐提高，眼看就要进入第二阶段。在这关键时刻，又有个积极的信号，霍副市长的夫人洪姐邀请他参加生日聚会，无论是客气也好，真心也罢，都是个极为难得的机会，魏日东激动了好一会儿，决定牢牢地把握住，将上升的进程提速。

把车子停好，魏日东走进一条小巷子。南山街是西港的百年老街，铺的是溜青的石板路，四周尽是斑驳的低矮平房，不见街灯，少了几分绚丽的现代都市气息，却多了几分古色古香的风韵。走到路尽头，是一座小宅子，大红色的门漆黯淡无光，掉落得七七八八，一看就是经历了岁月的无情冲刷。魏日东叩响门前的铜环，等了两分多钟，才听里头有声音响起，一个六十多岁、身材枯瘦矮小、前额秃得放光的老人把门拉开，打量着魏日东。

"你好，是秦先生吧？我姓魏，是楚教授的朋友，我们通过电话。"魏日东堆起笑脸。

秦先生"嗯"了一声，带着魏日东走进里间，魏日东的眼前顿时亮堂起来，红木椅上，一个人听到声响转过头来，看着那张清秀脱俗的脸庞，魏日东难以置信地失声道："闻雪？"

2. 缘分，因缘起也会因缘灭

闻雪同样意外，"日东，你也来买玉？"

"是啊，朋友介绍的，秦先生是行家，有很多好货，所以过来看看。"

"难得你也喜欢玉。"闻雪从讶异中恢复过来，微微一笑，"秦叔这儿可不是那么好找的。"

魏日东嘿嘿笑着。秦先生的目光在他们身上打了一转，嗓音低沉地开口说："原来你们认识，那就好，玉佛佩只有一个，谁想要，你们自己商量吧。"拉开黄木柜子，秦先生拿出一个红色的小盒子，轻轻打开，闻雪和魏日东的眼神不约而同地亮起来。

一件小小的玉佩，乳白中泛着淡淡的绿芒，蓄而不露，质地细腻纯净，光泽润洁，触手温润，尤为难得的是上刻释迦牟尼佛，宝相庄严，一刻一划皆精雕细琢，栩栩如生，让人一望便生膜拜之心，绝对是宗师级的手笔。

闻雪家学渊源，手指轻轻在玉佩上滑过，心知这是上好的青白玉，加上这鬼斧神工的雕刻技法，实在是难得一见的上上佳品。而魏日东虽然对玉器略懂皮毛，但只看这玉质和做工，再看看闻雪心驰神往的样子，就知道这是罕见的好货。

"秦先生，请问价钱多少？"魏日东的眼神从玉佩上移开，抬头问。秦先生堆满皱纹的脸上露出轻蔑的笑容，眼睛往上一翻，没开口的意思，一副不屑回答的模样。魏日东正莫名其妙间，只听闻雪轻声说："秦叔这儿的货从不标价，由客人开价，合适就卖。"

魏日东恍然明白了，但随即便感到犯难。对玉器的行情，他是一窍不通，而谁都知道这一行的水深得很，从无标准，只看各人眼光。既能淘到宝贝而一夜暴富，也能挨宰而血本无归。要他来开价，实在是心中无数。他犹豫着，用极低的声音问闻雪："这行我不熟，你呢，觉得值多少？"

自从盒子打开后,闻雪的视线就没离开过玉佩,一直定睛看着。过了足有三四分钟,她不自觉地咬了咬嘴唇,苦笑着说:"秦叔,这玉佩太好了,我买不起。"

秦先生没说什么,只是点点头,目光转到魏日东身上。魏日东着急了,暗自拉了拉闻雪的衣袖,闻雪也很为难,玉器之道,高深莫测,就算是专家,也有看走眼的时候,要替朋友开价,她可没什么把握。秀气的眉头紧紧一皱,她仔细斟酌着,右手在桌子底下暗暗打出手势。

八万元?魏日东的心猛烈跳动起来,玉佩再好,他也想不到值这么高的价钱。会不会是理解错了?不可能,只是八千元的话,闻雪不会买不起,要是八十万元,那自己砸锅卖铁也凑不出这数。就算是八万元,也几乎要把他几年来的积蓄倾囊付出,值得吗?

"玉是灵性之物,只卖识货的有缘人。"秦先生有点不耐烦,公鸭嗓音在静谧的大厅内响起,"喜欢便说价,不中意便放手,随心而定,难为个甚。"

魏日东从未想过要送霍副市长的夫人这么贵重的礼物,细密的汗水布满额头,心里的念头急速转动着,如吊着水桶,七上八下,扭头间,只见闻雪满脸遗憾,眼神中充满不甘不舍的动人神态。他脑中仿佛有道闪电划过,脱口而出:"秦先生,您看八万合适不?"

二十几个小姐一字排开,个个浓妆艳抹、如花似玉、神情妩媚,对着醉眼蒙胧、神经亢奋的客人,极尽挑逗之能事。高昌两眼放光,毫不客气地挑了那身材不高,但胸前伟大的"小奶牛"。肖国强的口味刚好相反,找了个身材足有一米七以上,但瘦得和电线杆似的女孩。海哥和章骏随便挑了两个有眼缘的,看着小六坐着不动,海哥笑着说:"六子,别客气,没看中的就再换,换到有合适的为止。"

捂着热毛巾,小六的脸色更是红得厉害,淡淡地说:"谢谢海哥,我来喝几杯,不用人陪了。"

"那怎么行呢,帅哥,喝酒没有美女相陪,乐趣少一大半。"妈咪第一个不同意,眼珠骨碌一转,拉过一位大半个白花花的胸脯露在外面的女孩,"这位妹子好,能玩,豪爽,酒量没得说,要说陪酒,她认第二,没人敢认第一。"

小六扫了她一眼,冷冷地摇摇手。妈咪凭着三寸不烂之舌,另外介绍了四个,他除了摇头,什么也不说。海哥看得有趣,哈哈大笑道:"我说云燕,还吹什么只要男人来这就没搞不定的,这招牌以后可得砸了!"

云燕盯着小六,轻声细语地说:"帅哥,你看我都成笑话了,招牌还要被砸掉,你就行行好,出来玩别客气,喜欢什么口味的尽管说,绝对让你满意。"

小六抬起头,看看花枝招展的云燕,突然伸出手指,说:"好吧,那就你了。"

这话一出,章骏嘴里的酒差点喷出,海哥的笑声更加响亮。不愧是场面上混的,云燕只是稍微一愣便反应过来,笑嘻嘻地说:"帅哥,你真坏,又开我玩笑。"

"谁说我开玩笑。"小六迎着云燕的目光,表情很认真,"难道你不是女人?"

一句话便把云燕噎住了,她眼珠子骨碌碌地转,判断着小六是真是假,媚笑着说:"我当然是女人,只不过是老女人,难得帅哥看得上,不过你得等等,我把姐妹们安排好再过来。"

等她出去后,章骏用力拍着小六的后背,笑得上气不接下气:"兄弟,我刚知道你是这种口味。"

其他人笑得更厉害,"小奶牛"半真半假地说:"帅哥,燕姐好久没陪客人了,你的魅力真大!"

小六不以为然地耸耸肩,在众人的起哄中又喝了几杯酒,云燕才姗姗而来,毫不客气地在小六身边坐下,举起酒杯说:"帅哥,先敬你一杯,难得你这么看得起我,玩得开心。"

不愧是做妈咪的,举手投足间,云燕落落大方,毫不拘谨。虽然小六漫不经心地应付着,但云燕几句话便说到了他的心坎上。小六听着舒服,这才留心打量起她,金乐福是西港数得上的夜总会,在如云的美女中,云燕的五官依然算得上靓丽,只是说笑间眼角显出的鱼尾纹,才不折不扣地暴露出她已不再年轻。或许是由于长期喝酒熬夜,她的腰肢也比不上少女们的盈盈一握,但却另有一股熟女风情。

虽然五音不全,但高昌依旧鬼哭狼嚎了一首《披着羊皮的狼》,又捏着"小奶牛"丰满的山峰,唱响一曲《你最珍贵》,把章骏吓得够呛,但掌声可不敢吝啬。而海哥则依旧是发挥吼的风格,唱起《一无所有》来还颇有几分味道。肖国强的歌声就正常得多了,虽然偶尔跑跑调,但基本听得入耳。章骏的声音低沉,很有磁性,极像张国荣,他在读书时就获得过学校卡拉 OK 比赛的亚军,一开口就获得满堂彩。一曲唱毕,小姐搂住他的脖子,亲昵地说:"大哥,你唱得太好了,哥哥可是我的偶像,他那一跳,差点把我哭死。你再多唱几首,特别是那首《当爱已成往事》,太好听了。"

"别,那首歌太悲了,不适合咱这氛围,要唱也得唱《深情相拥》。"章骏笑嘻嘻地捏了捏小姐的腰肢,又对角落旁的两人扯开嗓子说,"云燕,别谈情谈得开心就把我们忘了，赶紧来一首。"

"没问题。"云燕爽快地说。她捅捅小六，问他："你想唱什么歌，我帮你点。"

小六摇摇脑袋："我不会唱。"

"随便唱嘛，又不是上台比赛，你看大家都唱了。"云燕笑着，凑过头在他耳边说，"多难听的都听了，我们抵抗力这么强，你有什么好担心的。"

看着她的笑容，小六脑海中猛地升腾起这样一句话——吹皱一池春水。等心里的涟漪平静之后，他晃了晃酒杯，缓缓地说："虽然你们抵抗力强，但我脸皮还不够厚，等哪天修炼成功了再献丑。"

云燕耸耸肩："那我就耐心地等待着。你想听什么歌，我来唱。"

小六眉毛一挑，脱口而出："《枉凝眉》。"

"考我啊，点首几十年前的老歌。"云燕娇嗔地埋怨，示意"小奶牛"点歌。悠扬古朴的音乐流淌而出，她轻启樱唇，娓娓唱来——

> 一个是阆苑仙葩，
> 一个是美玉无瑕。
> 若说没奇缘，
> 今生偏又遇着他；
> 若说有奇缘，
> 如何心事终虚化？
> 啊……
> 一个枉自嗟呀，
> 一个空劳牵挂。
> 一个是水中月，
> 一个是镜中花。
> 想眼中，
> 能有多少泪珠儿，
> 怎经得秋流到冬尽，
> 春流到夏！

歌声如黄莺出谷，清亮明丽，最难得是凝聚了深深的忧愁，把歌曲里那满腔的无奈和哀怨表达得淋漓尽致，宝黛的凄美爱情仿佛在眼前浮现。包厢里的人全被震住了，小六怔怔的，心里的某根弦似乎被拨动了，眼神如罩着雾气，朦胧而不可捉摸。

皇冠亮着车灯，在夜幕中缓缓前行。空调呼呼作响，只吹风而不制冷，座椅中间也有些塌陷，刹车时车身还有明显的抖动，就像一个风烛残年的老人，只能苟延残喘。闻雪打量着车子，意外地说："想不到政府还用这么老旧的车子。"

"大院里不是没有新车，只是我不想开，新车太招摇，刮着碰着还得进修理厂。开这车不显眼，出点事也没人计较。"魏日东拍拍方向盘，"你别看车老，以前可是市长专用，坐过的大领导多得是。"

闻雪抿嘴一笑："知道政府有钱，不然一块玉八万元说买就买，我可下不去手。"说到这，她的眼神禁不住亮起来，"不过确实是块好玉！"

"我这是打肿脸充胖子，倾家荡产了。"魏日东连连摇头，唉声叹气。

"你也玩玉吗？还是送人的？"闻雪有点好奇。

魏日东当然不会说实话，模棱两可地回答："我是刚入门，以后还得多向你请教。章骏怎么没陪你过来？像他当老板的，八万块钱可不算什么大数目。"

"别提他了，不知陪着客户在哪瞎混呢。"一提章骏，闻雪就冒火，冷笑着说，"老板？说着好听，就是一高级打工仔，有今儿没明儿的，净瞎折腾。"

魏日东心中一动，嘿嘿笑着说："他可是胸有大志，不像我，就会捧着个铁饭碗混日子。"

闻雪冷着脸摇摇头，秀丽的脸庞上笼着一层寒霜。魏日东对她和章骏之间的摩擦，略知一二，想开解她几句，但话到嘴边又咽下了。就在这沉默的气氛中，车子很快就拐过两个路口，闻雪指着前面的岔道说："你在路口停吧，我到了，谢谢。"

挥手告别，目送着闻雪走进楼房，魏日东隐隐感觉到了什么，想起那鬼斧神工的玉佛佩，握着方向盘的手青筋凸出，心里的小算盘噼里啪啦打个不停。

3. 困难，你弱它就强

时间刚刚到下午四点四十五分，西港市工商局的办公室里已经弥漫着轻松的下班气氛，国家干部们三三两两地收拾好物品，往茶几前一坐，天南地北地海侃。要不是政府在搞机关整风，紧抓考勤纪律，将原本老式的刷卡考勤机更换成指纹考勤机，一般不过四点半，局里各个办公室早已人去楼空，哪用无所事事地苦等五点半的到来。

一些同事正在谈论香港某大牌明星的绯闻，对男女主角是否般配的问题，一个个品头论足，那劲头比自己选配偶还足。只剩下闻雪静静地坐在办公桌前，对着电脑凝神苦思。她是办公室文秘，是领导的"笔杆子"，负责讲话稿和对外宣传文稿的撰写。她工作努力，文采出众，人长得又漂亮，很受顶头上司的赏识。此刻，她正在为王局长明天参加市里的会议撰写工作报告，同事们的高谈阔论似唐僧的聒噪，一阵阵往耳里钻，听得她烦躁不已，码字的灵感大受影响，却又发作不得。当每个人都在坐等下班时，偏偏就你在继续工作，难免会成为他人眼中追求表现的异类，不但没人夸你，背后还少不了指指点点，冷嘲热讽。刚来局里上班时，闻雪就吃过几次亏，慢慢地才适应机关的工作风格。

半天时间，才写了三分之二，闻雪郁闷不已，而比起独坐案前苦思冥想，聊天的时间总是很容易过去，五点半眨眼就到了，同事们一窝蜂地往考勤机前涌，卡着秒表准时撤退。闻雪本来还想多写点，章骏打来了电话："宝贝，我在楼下了。"

闻雪冷着声音说："等我干吗，我答应你了吗？"

"没事，你不答应的话，我就等到你答应为止。为了亲爱的宝贝，我什么都没有，只有耐心和厚脸皮，等不到你，我绝不撤退，一天不下来我等一天，一个月不下来我等一个月，一年不下来我等一年，就算等到天荒地老，海枯石烂，我也愿当一块望妻石，矗立在工商局楼下。"章骏发挥起油嘴滑舌的看家本领。

闻雪的嘴角忍不住浮起笑容，口中却毫不客气地说："那你就慢慢等吧。"她按下挂断键，走到窗边往下望去，那辆银色的捷达汽车果然停在楼下。她心中一软，回到办公桌前把文件复制到 U 盘里，拿好手提包往楼下走去。

看到闻雪走出大门，章骏立即殷勤地帮她打开副驾驶的车门，风度翩翩地做出请的手势。闻雪板着脸上车，缄口不语。章骏边发动汽车，边笑着说："宝贝，想吃什么？"

闻雪没好气地说："吃什么啊，看你这张脸就气饱了。"

"不说不知道，我的脸蛋还有这功效，怪不得那么多人一吃饭就想到我。"章骏嬉皮笑脸地说，"我中午就吃了点稀饭，现在饿得肚子咕咕叫，再不吃的话，你可要负责帮我做人工呼吸。"说完他便伸出手去，牵起闻雪柔嫩的小手。

闻雪想挣脱，但章骏牵得很紧，怎么都摆脱不了，而且她心里的火气早就消了大半，也就由着他，只是还嘴硬着说："干吗呢，小心开车吧你。"

"放心，凭你老公的驾驶技术，什么车见了都只能退避三舍。"从闻雪的表情和动作来看，章骏判断火势快灭了，笑着说，"别人不知道，难道我还不清楚？夫人最大的优点，就是大人不记小人过，宰相肚里能撑船，何况为夫认错的歉意还是如此诚挚，包接送，包吃喝，还包礼物。"

"什么夫人、为夫的，不要脸！"闻雪轻蔑地说。"少献殷勤，待会儿一个客户的电话，保准你抛下我跑得比兔子还快。"

"怎么可能？天下谁最大，唯夫人是也！"章骏的表情夸张至极，"今晚就是天王老子找上门，我都让他一旁乖乖地待着去，唯夫人马首是瞻。"

"马首是瞻，好啊，你拐着弯骂人！"闻雪忍不住笑了，嗔骂一句，"想吃什么就快走，晚上我还要回家加班赶文件，明早就要的。"

"得令，那咱就吃西餐。"章骏油门一踩，往雅戈西餐厅驶去，"吃完就去看玉。"

"不用了，价值八万元，我可买不起。"闻雪淡淡地说，"你知道是谁买了吗？"

"这么贵！哪个大老板，我认识吗？"章骏一头雾水。

"什么大老板，是魏日东。"闻雪说，"想不到吧？"

"他？花这么多钱买玉干吗？"章骏着实大吃一惊，档位没控制好，车身顿时颤了几下。

"他没说，我看不像是投资收藏，估计是送人吧。"

"八万块钱，好大的手笔，这小子真他妈有钱，真人不露相啊！"章骏喃喃地说，"那我陪你去全雅逛，最近全场打折，给老爷子买几件衣服。"

—— 021 ——

　　吃完饭，章骏扮演起小跟班的角色，陪着闻雪在西港市最大的商场全雅广场逛了足足两个多小时，腿都快走麻了，大包小包的战利品两只手都快提不过来了，这才得胜回朝。和绝大多数男同胞一样，陪同女人乐此不疲地购物对章骏来说，相当于不折不扣的酷刑。他完全弄不明白，决定要买什么物品，找个商店讲讲价，合适后掏钱买下就是了，有什么好逛的？而且还是漫无目的地逛，更可怕的是见到什么就买什么。像今晚，本来说好是给未来的老丈人买两件衣服，到三楼男装部选购就完了，可一进商场，闻大小姐就如鱼儿见到水，兴奋劲儿腾地一下就上来了，偏偏要从地下的超市开始逛，一层一层地扫荡。而章骏昨天刚把她得罪了，属于待罪之身，哪敢有二话？结果就是除了买计划中的两件衣服之外，还买了化妆品两套，牛仔裤一条，衬衣两件，运动鞋一双。要不是回家后还得加班，估计不到商场关门打烊，闻大小姐还不肯鸣金收兵。

　　帮闻雪把东西拿回家，章骏看看时间，还没到十点，想起下午赶着去接闻雪，还没来得及看这个月的工资表，便调转车头，向公司驶去。

　　和刚刚全雅广场的灯火辉煌、人声鼎沸不同，华山电脑城似乎已和黑夜融为一体，感觉不到一丝生气。这是西港市最早的电脑城，上世纪九十年代中期，这里是最热闹繁华的计算机产品集散中心。楼高六层，一层和二层是商铺，三至六层是写字楼，在岁月的侵蚀下，外墙已黯然无光，老式的建筑纵然沐浴着阳光，仍旧孤零零的，无精打采。由于靠近住宅区，停车位短缺，交通不方便，加上物业管理不善，内部装修破旧，最要命的是居然没有电梯，搬货极不方便，因此电脑城的营业摊位已是稀稀拉拉，大部分商户都搬到靠近市中心、位置更佳、人气更旺的时代电脑广场了，这里往日的风光早被雨打风吹去。而对腾驹这种小公司来说，地点虽然重要，但租金更是重中之重。时代电脑广场虽然好，可高昂的租金不是他这种小公司负担得起的；而这边虽然环境差，但胜在租金低廉，既是写字楼，又挂着电脑城的名头，在这办公显得专业，实在是不二之选。

　　章骏在四楼租了一套七十多平米的工作室，简单地刷了下墙壁，架设好网线及电话线，摆上逛遍全市家具店、经无数次比价后才最终敲定的办公家具，便开张了。公司人不多，主心骨就三个，负责全面管理的章骏，负责销售的刘小南和负责技术的林凡，再加上章骏的表妹黄玉珍做会计、出纳兼行政。林凡的外表就和名字一样，毫不起眼，身体瘦小单薄，身高不到一米六，体重不到四十公斤，走在路上，一阵风都吹得倒，平时戴着一副黑色塑料框眼镜，厚厚的镜片架在眼前，看不到眼睛的神采。她剪着短发，但头发经常像鸟窝般乱糟糟的，穿着更是简单,牛仔裤上面套件衬衫,十年如一日,比男生更加不修边幅,毫无半点女人味,倒和香港影片里的林亚珍有几分相似。

林凡和章骏从初中开始就是同学,无论在哪个学校,她都是盘踞在顶峰的尖子生,考试成绩从来都是第一,而且总分遥遥领先第二名一二十分,唯一的一次失利就是在最关键的高考中,她莫名其妙地发挥失常,原本以为北大清华不在话下,谁知分数公布后,她只能进入西港大学,继续和章骏做同学,令很多师长、同学大跌眼镜。进入大学后,林凡又恢复常态,每年的一等奖学金都毫无悬念地落在她手里,而且,大三时,她设计的精业财务管理软件,已获得国家级大奖,轰动全校,不少企业纷纷上门,要求合作代理。其他人百思不得其解的硬件故障,她只要简单捣鼓一番,就能准确地给出诊断结果;别人困惑不已的研发难题,她略一思考,便能梳理出解决办法。这份本事,其他人根本望尘莫及,章骏说她一点都不像凡人,简直就是用电脑组装成的怪物。

在其他同学还在为未来的职业道路挣扎迷茫时,世界软件业巨头荷花公司已慧眼识英才,许以高薪厚职,要将她签下,为此,堂堂的中国区总经理不惜屈尊三顾茅庐,谁知道她根本不为所动,继续读研深造。在章骏创立腾驹软件后,因为人才急缺,邀请她出山时,她二话不说地答应下来。没有她的技术支持,没有获奖的精业财务软件为基础,章骏的腾驹公司根本走不到今天。

听到有人走进来,何伯从传达室内伸出头一看,笑着说:"章总,这么晚还过来。"

章骏说:"是啊,有点事要处理。"他从口袋里掏出抽剩半包的香烟递过去,"今天你轮值?"

何伯接过烟,高兴地说:"老张回去了,这两天我替他,谢谢啦。"

"谢什么,咱还用客气?对了,我们四楼走廊的灯坏了,晚上上下楼不方便,看看什么时候有空修一下。"

"没问题,小事情包在我身上,明天就修好,放心吧。"何伯拍着胸口,爽快地回答。

"嘿,我就说嘛,有事找你没错的。那你忙吧,我上去了。"和何伯道别后,章骏走上四楼,腾驹软件的办公室内,还亮着灯光,郑海聚精会神地在电脑上看着什么,听到开门声响,抬头望见章骏,不由得一怔,章骏扬起手打了声招呼:"还没走?"

"是啊,客户提了个新要求,我在改方案。"郑海回答得有些不自然,章骏

困难,你弱它就强

"哦"了一声,走进里间,一张桌子,两台电脑,一部电话,一个电热水壶,一张茶几,还有一张大班椅和一套沙发,这些就构成了腾驹软件的经理室、会客室兼会议室。

在办公桌前坐下,章骏打开笔记本电脑,这是公司除汽车外,最贵重的固定资产。和客户洽谈时,离不开软件演示,笔记本电脑不可或缺,在这方面,IBM的机子造型稳重大气,质量过硬,虽然价格高昂,但物有所值。章骏为此曾犹豫良久,最终还是将其买下。

公司就十几个人,工资表很简单,寥寥几行。每个月一看到这张表,章骏的心情就如同坠着一块铅,沉甸甸的。不是因为付工资而心疼,而是他看到大家的收入提不上去而烦躁。这不仅意味着公司的收入有限,更暗藏危机。腾驹的收入水平在业内只能算下游,像财务行政一手包、忙得不亦乐乎的黄玉珍,月薪不过一千三百元,林凡的工资最高,也不过四千元,还不到当时荷花软件开给她的零头,跟她本身的价值完全不匹配。

这样的工资水平对优秀人才不具备吸引力,而没有人才的加盟,公司又缺乏可持续发展的动力。现在公司这几个人,全都刚踏出校门,凭着满腔热血和章骏一起奋斗,热情不缺,但经验明显不足。随着年龄的增长,一旦成家立业,经济压力必然加大。所谓的经济社会,就是赤裸裸的物质社会,所有的一切都离不开一个字:钱。衣食住行,没一样不是和钱挂钩。不管理想多美好,终究不能当饭吃,如果落不到实处,不能给员工带来实实在在的收益,理想只能是海市蜃楼,泡沫破灭后,员工必将另攀高枝以追求个人利益,而人才的流失将进一步加剧公司经营情况的恶化,最终陷入恶性循环。

章骏每次想到这个问题,紧迫的危机感便油然而生,随之而来的沉重压力更让他夜不能寐。创业时,他看到随着国内企业规模的不断壮大和对规范化管理的需求,管理软件面临着广阔的市场空间,才信心百倍地踏入商海。但真正在海中搏击时,他才发现,方向纵然没错,但销售中所遇到的困难比预期要大上不止十倍,企业的发展一直在温饱线上挣扎,小打小闹,根本没达到自己预期的发展速度。对这些问题,大家其实心里有数,只是没放到台面上说而已,潜伏的暗涌远比看得见的危险更加可怕。虽然公司的业务发展得不是很顺利,流动资金紧张,但他还是咬着牙在年初给大家加了工资,尽管幅度不大,也算是给他们一个盼头。

刚想到业务,刘小南便打电话来汇报:"老大,和申达的钱经理吃完饭,又去洗脚,刚把他送走,这老小子总算有了些笑脸,口气松动不少。"

"他肯出来就好,像中达这样半死不活的国企,难得有捞一把油水的机会,肯定雁过拔毛,不会轻易放过。趁现在没有竞争对手关注这笔单子,尽快了解他的需求,速战速决。"

　　章骏刚把手机放下,郑海便进来了,"老大,有空吗? 我想和你聊聊。"

　　章骏招呼他坐在沙发上,撕开一包香烟,扔了根给他,笑着说:"咱还用客套,有事直说。"

　　郑海嘿嘿一笑,点着香烟吸了两口,开门见山地说:"老大,最近有个机会,条件我很满意,想去试试,希望你能理解。"

　　该来的还是来了。章骏脸色平静,缓缓地说:"郑海,我们一起干了三年,为公司的发展,你做了不少事。但这儿毕竟池小水浅,给不了你更大的空间,你想走,我完全理解支持,希望你能有更好的发展。"

　　既然下定决心开口,郑海就没打算留下,新工作的诱惑力实在太大,两边的条件根本不具备可比性。但章骏如此爽快地答应了,他还是意外得很,继而有些感动:"谢谢你,老大,以后要是有用到我的地方,尽管开口。"

　　"就算不是同事,我们还是朋友,说个谢字干吗?"章骏笑着说,"你准备什么时候走?"

　　"可以的话,越快越好。"虽然尽力掩饰,但郑海眼中还是写满了迫不及待。章骏看在眼里,心中满不是滋味,考虑了一会儿,断然说:"明天小南上班后,你把手头上的客户和跟进的单子移交给他,交接完就可以离职,我让玉珍多加一个月的工资给你。"

　　郑海没有推辞,嘴里说着感谢,把话题岔开,两人闲聊了一会儿。郑海看看时间不早了,便起身告辞,临出门时,忽然转过头说:"老大,上星期来的业务员刘刚下午辞职了。"

　　章骏一愣,随即点点头,等郑海的背影消失后,才一屁股瘫坐在沙发上,一根接一根地抽着烟,左手托着下颌,默然无语。

困难,你弱它就强

4. 交情,交上以后才有情

在市郊有一处渊明山庄,老板姓陶,今年四十岁不到,身材高大,挺着个大肚腩,肥头大耳,慈眉善目,整天笑嘻嘻的,一脸福气相,若往寺庙里一坐,不用化妆,就像那大肚能容天下事的弥勒佛。

在西港,他是一个白手起家的传奇人物,从小瓦匠干起,一直做到全省赫赫有名的高速公路承建商,他只用了十三年的时间,财富也如坐上火箭,扶摇直上。

毫厘必计,精明过人,心狠手辣,无情无义!

这是一手将他带出道,最终却被他暗中算计吞掉公司股份的老板,在血本无归、大彻大悟后给出的十六字评语。传言陶老板听说后,抽了口古巴雪茄,笑笑说:"妈的,还真贴切,这小子算是长见识了,几百万买个教训,不冤!"

自此之后,陶老板就有了另一个光荣的外号,陶扒皮。他的口头禅是"社会钱,社会赚"。在西港市,他还算不上首富,但能有他这么复杂的社会关系,上至政府要员、下至三教九流都能玩得转的,还真没几个人。年前一天陶扒皮喝了不少酒,开着奔驰逆道行驶,撞到了一辆值勤的警车,还把一个分队长撞得腿骨骨折。这事要犯在普通老百姓身上,可是个惹一身腥的霉事,只怕哭都哭不出来。可过了两天,陶扒皮便把驾驶证和肇事车领回来了,赔了点医药费便了结了此事。

人要脸,树要皮,在创业时,陶扒皮可以为五斗米而卑躬屈膝,但家业大了,名声有了,以前龌龊肮脏的心机手段必须放到台面下,他首先要考虑的就是光鲜的名声和地位。陶扒皮知道自己的名声不咋地,于是近几年来摇身一变,开始热心于公益事业,一有政府牵头、媒体报道的慈善捐款,他总是不遗余力地大开腰包,给足面子。最大的手笔要数为配合西港市提高治安水平的要求,他一口气向市公安局捐出五十辆巡逻摩托和八辆巡逻车,得到了市领导的高度肯定。穷苦病人的医疗费、贫困大学生的学费、偏远山区的教学设施,都有陶扒皮掏出的一叠叠人民币。于是陶扒皮逐渐脱胎换骨,化身为陶大善人,声名远扬。耀眼的光环下,过往那些沾满血腥的历史就像被绑了石块沉入海中,自此无声无息。钱花到位了,他头上顶的帽子便越来越多,跻身于上流社会,眼界一开,小学还没读到五年级、二十六个英文字母认不全的陶扒皮开始附庸风雅,在风景如画的南樵山这块风水宝地上,建起渊明山庄。在利用关系这方面,陶扒皮绝对是高手中的高手,就因为姓氏相同,连一千多年前的陶渊明他都不放过,费尽心机地认祖归宗,在他看来,能成为田园诗人的后辈子孙,他身上也会多几分仙风道骨吧。

魏日东还记得第一次踏足渊明山庄时的震撼,四周青山如黛,绿水环绕,湿润的空气中带着花草的清香,好似人间天堂。不管是装修的奢华还是服务的完善,市区内普通的五星级酒店,和这里比起来就是五个字,小巫见大巫。渊明山庄采取会员制,不对外开放,隐私性极强,很多西港人根本不知道有这么一个地方,最适合不计较花费的达官贵人们,既想玩乐放纵,又要隐蔽安全。在揣摩人的心理方面,陶扒皮确实是入木三分,怪不得能赚得盆满钵满。

进入山庄,车子在中间的东篱厅停下,等候已久的陶扒皮殷勤地上前打开车门,笑容可掬地说:"霍市长,辛苦了,欢迎欢迎。"

霍瑞生伸手和陶扒皮一握,笑着说:"陶总,今天借你的宝地搞家庭聚会,给你添麻烦了。"

"大姐在这里办生日聚会,那是看得起我小陶,给我天大的面子,我高兴还来不及呢,哪有麻烦的说法。"陶扒皮的表情真挚得令人动容,声音更是感情饱满,看得魏日东一阵鸡皮疙瘩,奥斯卡影帝的演技也不过如此。

霍瑞生哈哈一笑,用力拍拍陶扒皮的手,由漂亮高挑的迎宾小姐引路,昂头挺胸地走在前面,陶扒皮转过头,打量着魏日东,笑嘻嘻地说:"魏秘书,一个多月没见,你可是越来越帅了。"

魏日东打趣说:"陶总,你说的'帅',该是蟋蟀的'蟀'吧。"陶扒皮一愣,估计他不知道蟋蟀的蟀是哪个蟀,但还是挂着笑容。魏日东看着好笑,快步紧跟在霍副市长身后,低声问陶扒皮:"客人来齐没?"

"来了六七个人,不过公子爷还没到。"陶扒皮话音刚落,迎宾小姐已推开包厢大门,看见霍副市长进来,里面正喝茶的人急忙起身招呼。魏日东眼光迅速一扫,除了女主角洪姐和她妹妹市妇幼医院的洪院长,还有市政府秘书长何润、市财政局局长方长流、市国土局局长林文鑫、市公安局副局长姜达、市商业银行行长马龙、兴元集团董事长许兴元、日鑫集团西港分公司总经理邱德州,个个都是踩踩脚,西港市就得震儿震的大人物。

霍副市长和气地与大家一一握手,众星捧月般地坐在沙发中间的主位上。趁众人忙着和他说话,魏日东从皮包里拿出一个包装精致的礼盒:"洪姐,我的一点小心意,祝您身体健康,年年有今日,岁岁有今朝。"

洪姐接过礼物,笑着说:"老霍,你看小魏太客气了,过来玩就好,还弄这些做什么。"

霍副市长抬起头,带着责备的意味,用手指了指魏日东,却没半点愠色。魏日东还没坐下,就被洪院长拉到角落一边,她虽然专门化了妆,看起来还不到四十岁,但脸色却很不好看,"小魏,上次那件事,出娄子了。"

魏日东意外地说:"不会吧,报纸、电视台我已打过招呼,记者的稿件也截住了,前两天你们不是和家属把赔偿都谈妥了么,还能出什么事?"

"是网上,就在下午,有人在网络上发帖,把事情捅了出来。我看过帖子,事情的经过写得很详细,什么资料都有,一看就是内行人炮制出来的。"洪院长望着魏日东,眼中透出焦灼与愤怒,"我问过,家属那边没做这事,钱还没拿到手,他们不会犯傻到这地步,最大的可能我看就是那个记者,这浑蛋还没完了!"

魏日东的心猛地一跳,脸上声色不动,语气坚定地说:"应该不会,他已经辞职离开报社了,不会管这事。可能是家属以前在医院门前动静闹得太大,有些无聊的人便发挥想象力,借题发挥,四处乱捅。"

"可能性很小,家属说知道事情具体经过的,就是那个记者,其他人顶多知道个大概。我警告他们,如果不把网上的风波平息掉,一分钱也别想拿到。"洪院长尽力压低声音,脸色气得通红,盯着魏日东,"小魏,上次可是你说能搞定那记者的。"

"现在最要紧的是把帖子处理掉,要是弄出其他枝节,反而更麻烦。"魏日东沉吟着,"待会儿我去落实,有些专业的删帖公司,专门帮客户处理这些事。"

"尽快把事情控制住,尤其不能让姐夫知道。"洪院长气哼哼的,偷偷用眼角瞄了瞄霍副市长,"那帖子可是把我的关系都抖出来了,我肯赔钱,家属也愿意私了,要是还有其他人不依不饶,非要在医疗事故上面做文章,砸我牌子,影响我生意,那就是存心和我过不去。"

魏日东故作轻松地说:"洪院长,放心吧,只要当事双方谈妥,谁都翻不了天的。"

"那就好,小魏,你的办事能力,我信得过,欠你的情,我记在心里。"洪院长放松语气,脸色由阴转晴,用长辈关心晚辈的语气说,"年轻人,前程远大啊!"

虽然心里堵得很,魏日东还是笑着做了个感谢的手势,忽听包厢门嘎的一响,一个穿着时髦、长相很是帅气的年轻人大踏步进来,热情爽朗地和一屋子人打招呼,洪姐指着他笑骂:"这孩子,母亲生日,这么多长辈在这,都能拖到现在才来,一点时间观念都没有。"

来者正是霍瑞生的儿子霍超。霍超先给洪姐一个大拥抱,然后抱拳作揖道:"各位叔叔伯伯,阿姨大姐,我来晚了,待会儿罚我敬每位三杯,要少一杯就让我以后打牌全输,泡妞不举……"

大家忍不住哄堂大笑,霍副市长脸一板,厉声呵斥:"想道歉就好好说,看你吐出来的是什么混账话!"

霍超毫无愧色,笑嘻嘻地说:"爸,我可认真得很,要不然也不会拿出对男人来说最严重的惩罚,不信你问各位叔叔伯伯们是不是?"

霍副市长沉着脸,冷哼一声。洪姐拍拍儿子的肩膀,招呼大家入座,对陶扒皮说:"陶总,人到齐了,可以上菜了。"

陶扒皮吩咐服务员拿过来一个古色古香的蓝色陶瓶,说得绘声绘色:"霍市长,这是我特地准备的酒,根据古代皇帝老儿传下来的方子,请专家用茅台原液调制,浸泡人参、鹿茸等十八种材料,大补就不用说了,口感还非常好,量不多,只有八瓶,请您品尝。"

霍副市长饶有兴致地接过酒瓶,刚将盖子打开,一股浓郁的酒香就扑鼻而来,仔细一闻,其中还糅合着一股淡淡的药味,酒香药香相辅相成,令人精神一振,点点头说:"好,那就试试你的珍藏。"

上桌的菜式并不是常见的鱼翅、燕窝、鲍鱼等菜式,而是每人一个小火锅,以野味为主打,端上来的肉往锅中一涮,蘸上调制的配料,香嫩爽口,弹性十足,令人一试难忘,停不下筷子。魏日东首次尝到,暗自啧啧赞叹,虽然好奇心大起,不过看到夸夸其谈的陶扒皮避而不语,其他人根本不问,只是举杯喝酒,埋头猛吃,估摸着这野味肯定不在国家允许上桌的范围内,只是由于在场的人身份特殊,故心照不宣,避免尴尬。

作为主角,霍副市长夫妻俩自然是众人敬酒的中心。洪姐不胜酒力,不沾白酒,只喝拉菲葡萄酒,虽然热情,但喝不了多少。而霍副市长则是微笑着抿一口便放下杯子。魏日东清楚,霍副市长当兵出身,酒量深不见底,只是平时真人不露相,作为市政府的二把手,他肯举杯表示,已是给了极大的面子,谁还敢去灌酒。去年春节市政府和部队联欢，恰好遇到他在省军区的老领导前来视察，他才放开来喝，那晚的茅台不是用杯装，而是用碗装，不到四十分钟，魏日东便瘫在地上动也不动，听说到最后几十个人中只有两人是清醒的，霍副市长便是其中之一。

父母点到即止，调动酒桌气氛的任务便落在霍超身上。公子爷倒是继承了父亲的真传，豪气干云，每人三杯，一个不落地敬酒，而且他口才极好，荤的素的都说得头头是道，引出阵阵笑声，俨然是第一主角。

这餐饭吃了两个多小时才散，陶扒皮吩咐服务员撤了餐桌，摆上两张麻将桌，霍副市长、何秘书长、姜副局长和许董事长一桌，洪姐、洪院长、陶扒皮和邱德州一桌，其他人在旁观战。霍超拍拍魏日东的肩膀，说："魏哥，走，咱们到外面透透气，抽两根烟。"

走到包厢外的阳台上，两人倚着栏杆，只见水光粼粼，垂柳依依，空气中似乎透着甜味。魏日东抽动鼻子，用力嗅嗅，感觉喝完酒有些麻木的脑子一下子清醒多了。霍超掏出软中华递过来，魏日东连忙摆手："戒了。"

霍超嘿嘿一笑："紧跟我家老爷子？什么戒烟运动，无聊！"

魏日东笑而不答，霍超点上烟，轻松地说："魏哥，工商局那边，你能说得上话不？"

魏日东知道霍少爷是无事不登三宝殿，说："工商那边我倒是不熟，有事？"

"是啊，联富地产你知道吧？早就资不抵债，等着破产了，我想收购下来，把公司搞活，也算为西港人民做件好事。谁知道谈得七七八八了，工商那边就是不同意，妈的！"霍超随手把烟灰敲落在水面上，恨恨地说。

魏日东这才想起来，联富地产是西港市的老牌房地产企业，创始人李富雄白手起家，创下亿万家业后，迷上了赌博，把澳门赌场的贵宾厅当家，没日没夜地疯赌，据说曾在一夜之间输了一千五百万美元。传闻是真是假没人知道，但结局大家都清楚，联富地产资金链断裂，被银行托管，而李富雄则人间蒸发，不知所踪。由于其开工的楼盘全部停工，已预购房子的业主收房无期，眼看辛辛苦苦一辈子的购房款是肉包子打狗，有去无回，便三天两头到相关部门上访，甚至到政府大院前静坐，要求解决，这也成为领导们的头痛事。

联富地产虽负债累累，但公司手里的地皮却位于市中心的黄金地段，只要能开发起来，便可随时翻身。西港很多公司看上了这个香饽饽，但奇怪的是，他们的兼并申请都未能得到政府认可。事情就这样拖下来，没想到霍公子也想要插上一脚。

霍超是家里的独子，熬完四年大学，混了张文凭后，便搞了个小公司，经营范围不限，有什么生意就做什么，反正不看僧面看佛面，这道理社会上混的人都懂。而霍超也会处事，没几年便做得风生水起，不过要说吞下联富地产，那就是一出现实版的蛇吞象，比当年李嘉诚吞下和记黄埔还令人难以置信。

魏日东摸不准的是，收购联富地产，这是霍超异想天开还是霍副市长的授意？据他所知，对儿子的生意，霍副市长表面上是从不插手，更不过问。只是这么大的生意，要是没人在背后发功，霍超绝没如此大的能量。市工商局局长王德焕，是文市长一手提拔起来的，和霍副市长的关系一般得很，市工商局现在又是由省工商局垂直管理，他要不给面子，还真没什么办法。

想到这，魏日东含糊地说："我找人试试吧，不过说实话，把握不大，王局长和我可说不上交情两个字。"

"没事，你肯帮忙，这情分就够了。"霍超搂着魏日东的肩膀，亲热地说，"魏哥，我就知道你做人讲义气，不像老爷子那么古板，整天就讲原则，就不知道什么叫亲情。以后咱俩就是兄弟，有事你尽管说话，要是我皱下眉头，就吃伟哥憋死。"

老爷子确实能讲原则，那是因为给你家擦屁股的事有我在干。这话魏日东自然不会说出来，只是觉得夜风有点凉，不由得缩了缩脖子，附和着笑脸，和霍超一起向包厢内走去。

小六将帖子的最后一个字敲完，仔细地审阅了一遍，才确认发表，舒了一口气，精神放松下来，才觉得脖子酸得厉害，一动就疼。常年伏案疾书的生活，让他的颈椎早就不堪重负。他到医院看过，但对于这类损伤，医生也没什么好办法，只是让他注意锻炼，经常做运动，不要长时间对着电脑，并通过按摩保健来减轻症状。小六听在耳里，点头答应，但只要一写起文章来，便将医生的话抛到九霄云外了。文字工作讲究的是灵感涌现，一气呵成，最忌讳写到中途被打断，要是真按医嘱做，每小时休息十分钟，那就和做爱到中途被踢下床一样，哪还有酣畅淋漓的乐趣！

喝完杯里的咖啡，小六揉了揉脖子，一看时间，十二点半，刚想玩一把魔兽，桌上的手机嗡嗡地震动起来，屏幕上显示出魏日东三个字，刚把手机放到耳边，就听他没好气地说："网上那些帖子，是你小子搞的鬼吧！"

"是我写的。"小六承认得很干脆，"既然正规媒体不让报道，那我发在网络

手
腕

上还不行？"

　　"靠，这么搞有用吗？净添麻烦！"魏日东恼怒得很，"我和你说过，这件事情医院会和家属协商好，给出满意的结果，你非要把事情捅出去，再想收回来就难了！你尽快把帖子删了，现在处理掉还来得及。"

　　"满意的结果？说到底不就是赔钱么！"小六冷笑着，不屑地说，"孩子到底是怎么死的，如果确实是因为医生不负责，那他不用承担相应的责任吗？既然你们一心要掩盖，那我只能借助其他的力量来揭露真相！"

　　"别和我提什么真相！"魏日东火冒三丈，对着电话吼起来，"你以为你是谁？真相是你能揭露的？你凭什么和人家斗，要不是我帮你遮掩过去，他们会轻易放过你？什么年代了，现实点吧，人已经没了，帮家属争取到最大的利益，才是对家属最好的安慰。本来双方已经谈妥，你偏要横插一脚，妈的，闲得慌就找个地方打炮去，少他妈四处点火，唯恐天下不乱！"

　　不等小六开口，魏日东便啪地一下把电话挂掉了。小六恼怒地把手机往桌上一扔，盯着电脑屏幕，按下刷新键，不过十来分钟，已有三十多个顶贴的人了，看着众多人义正词严地责问和控诉，小六的心渐渐平静下来，点开播放器，放出来的歌曲恰恰是如泣如诉的《枉凝眉》。

5. 意外，天上掉下来的不一定都是馅饼

　　章骏客气地和应聘者握手道别，等对方离开办公室后，礼节性的微笑即刻转化为失望的苦笑。都说找工作难，人才市场每天人山人海，求职者陪着笑脸，使尽浑身解数，为一个职位争得头破血流，用人单位看似高高在上，主动权在握，其实不然。对腾驹这样的小公司来说，要规模没规模，要声誉没声誉，要待遇没待遇，招人便成为一件头疼至极的事。来面试的人不少，但一了解公司的实际情况，具备一定工作经验和水平的人就不肯屈就，肯来的要么是应届毕业生，要么是能力不怎么样的庸才，前者往往是培养了一段时间，混点履历经验后便溜之大吉，后者章骏则看不上眼，公司太小，一个萝卜一个坑，养不起庸才。高不成低不就的尴尬状况，令章骏抓破脑袋，却又无计可施。

　　黄玉珍推门进来，章骏把上午面试的几份简历递过去，连连摇头，说："不行，我已经把要求降低了，可他们还是差得远，别说能力，连培养潜力都看不到。还有人选吗？"

　　"还有个叫许秋璇的女孩，刚答完试卷。"黄玉珍递上资料，章骏一目十行地快速浏览了一遍，刚抬起头便看见林凡顶着那标志性的黑眼镜走进来，笑着和她打招呼："什么时回来的？一路顺利吧？"

　　"昨晚到的，客户要求的两个功能已加进去，软件也升级好了，他们答应一个月内打款。"林凡说。章骏接过她黏贴得整整齐齐的单据，只看了一眼，眉头便拧起来，说："不是让你来回坐飞机么，怎么又坐大巴？"

　　"没必要，反正就八个小时的路程，刚好在车上休息。"林凡平静地说。

　　章骏知道林凡是为了节约，心里暖流涌动，在审核一栏签上名字后，递给黄玉珍报销，并轻声对林凡说："坐了一夜车，要是累就回去休息吧，不急在这一天两天的。"

　　"不用，在车上休息得挺好。"林凡说完，便走出去继续工作。黄玉珍拿着单

据,叹口气说:"出差一个星期,费用才这么一点,要是个个都像凡姐一样就好了。"

"这可不是好事,什么时候出差时她能随意开销,那才证明公司发展起来了。"章骏淡淡地说。话音刚落,看到刘小南风风火火地走进来,不由得笑着调侃他:"你回来得正好,有位美女面试销售,一起看吧,玉珍,你带她进来。"

刘小南拿起桌上的香烟点上一根,骂骂咧咧道:"早上我去日鑫,那个常坤太难搞了,送的礼物不拿,请他吃饭不要,我费尽口水,他就那副无动于衷的死人样,净打官腔。"

想起几天前拜会常坤的情形,那张胖脸上露出锐利的目光,章骏的脸色很不好看,有感而发:"他是个人精,确实不好对付。嗯,要面试,先别抽了。"

刘小南猛吸两口,刚意犹未尽地把烟拧灭,便看到黄玉珍引着一个扎马尾辫、穿牛仔裤和白色运动衫的女孩子进来,第一感觉虽然不算漂亮,但充满了青春活力,五官虽说不上精致,却很耐看,尤其一双大大的眼睛,仿佛会说话般灵气四射。

按正常的套路,许秋璇先做了一番自我介绍,然后和刘小南交流,对问题一一作答。章骏在旁边细心观察着,她的动作落落大方,语言简洁明了,丝毫不显紧张,对问题的中心点判断准确,回答得恰到好处,整体素质很高,不像是应届毕业生。谈了半个小时,刘小南满意地放下资料,把头转过来,征询章骏的意见。不紧不慢地喝了口茶,章骏才开口:"许小姐,你是留洋硕士,读的又是营销管理,实事求是地说,对你的综合素质,我们很满意。只是按你的学历和能力,完全可以选择更好的大企业,为什么会考虑像腾驹这样的小庙?"

"在悉尼时,我暑假打工的公司就是大企业,我对这类公司有一定的了解,分工明确,职能清晰,流程完善,那都是很好的,可是我不喜欢。"许秋璇眨着大眼睛,侃侃而谈。"我感觉在那儿就像颗螺丝钉,一切行为都给你规范好了,没自己发挥的空间。而且大企业病严重,机构臃肿,效率低下,派系复杂。我更喜欢有挑战性的工作,小企业能锻炼人,可上升的空间大,可学习的事务多,一旦发展起来,职位薪水一样会水涨船高,还有一份成就感。"

章骏和刘小南对望一眼,接着问:"那你对薪水有什么要求?"

"我相信工资是做出来,而不是谈出来的,尤其是对销售来说。"许秋璇眼中闪过狡黠的光芒,自信满满地说,"比工资更令我感兴趣的是,我学到了什么,并能为企业做些什么,三年或者五年后,企业会变成什么样。"

章骏笑了,站起身来主动伸出右手,说:"欢迎你加入腾驹,相信我,三年后的公司绝不会让你失望。"

许秋璇像是早就预计到了结果，笑容灿烂地和章骏握手，说道："章总，如果不看好公司的前景，我就不会来应聘了。"

送走许秋璇，刘小南兴奋地说："老大，这是难得的好苗子，培养一段时间，肯定是把好手。"

"那你可得好好培养，只是别把方向搞错，公私不分。"有人员到位，章骏心情好转了不少，打趣说，"我看你刚才的眼光可不大对劲。"

"是吗？你观察得真仔细。"刘小南并不否认，话锋一转，"别拿我开涮，还是想想怎么搞定常坤吧，否则他一旦在信息中心站稳脚跟，我们的生意就危险了。"

"只要是人，就会有所求，不吃不拿，证明我们没找准他的兴趣点。"章骏揉着太阳穴，思考了一阵，"我来约王木森吃饭，看看他能帮我们什么。你这两天和郑海联系没有？离职那天我想请他吃顿饭，他也推掉了，到底去了哪个公司？"

"我给他打过两个电话，这小子没接，不知跑哪去了，神神秘秘的，估计是没脸见人吧。"刘小南鄙夷地说。对郑海的离职，他可没章骏那么大度。

"哦，申达那边的进展怎么样？"

"很顺利。"刘小南精神一振，"这段时间的三陪没白费，算是拿下了钱经理，软件演示后，已把合同样本给了他们，等周总审核后就能正式签约了。"

"那就等喝你的庆功酒了。"章骏高兴地一拍手。话音刚落，魏日东便打电话过来，"晚上叫上闻雪，我请你们两口子吃饭。"

"难得，你是不是有什么好事要宣布，是升官了还是泡到妞了？"

"错，主要是我想见见闻大美女，又怕你吃醋，没办法，只能拉上你。"魏日东半真半假地说，"其实你不来更好，真的。"

"靠，想得美，我怎么能放心老婆和色狼在一块。几点，去哪？"章骏笑骂道。

"六点半，在蜀香楼吃川菜吧。先这样，我手机响了。"魏日东拿起手机，放到耳边，"洪院长，你好，网上的帖子已经清理得差不多了，电视台的报道昨天已拍好，家属很配合，我刚看过样片，效果不错，今晚播出来后将是我们最有力的武器，肯定能堵住那些流言。"

"他们不配合才怪，为这几句话，我可是多赔了五万元。"洪院长冷冷地说，"不过还是得谢谢你，小魏，医院下属的美容院过两天就开业，到时拿两张年卡

意外，天上掉下来的不一定都是馅饼

给你，你拿去送女朋友，有空就过来做做脸，护护肤，挺好的。"

魏日东连声道谢，挠挠头想了一会儿，便拨出电话："张经理，今晚电视就上报道，那三四个删不掉帖子的论坛，你可得安排员工在第一时间进行澄清反击，力度要大，不给他们喘息的机会，对，做足铺垫。医院明天就会正式发函给网站，我看他们还敢不删！"

挂断电话，魏日东闭上眼睛，在脑海中将事情梳理了一遍，蓦地想起小六苍白的脸庞上那坚毅刚强的目光，禁不住叹了口气，手指无意识地转动桌上的钢笔，两个好朋友就像笔的尖端和尾部，看似连在一起，但方向迥异。

缓了缓神，魏日东开始一封一封地整理霍副市长的信件，将重要的挑出来。越是位高权重的领导，越是日理万机，只恨分身乏术。而寄给他们的信件，更是五花八门，告状的、投诉的、拉关系的、打广告的，林林总总什么都有。领导哪有时间和精力来处理这些琐碎的事情，只能交给秘书处理。所以，在政府机关工作的人都知道，秘书是得罪不起的，他们就像信息过滤器，能决定领导接触到什么信息，想帮你也许不容易，但要害你却很简单，整天把告你的信往领导桌上一放，看得多了，你在领导心里的形象难免大打折扣。

晚上，霍副市长没什么行程安排，准备下班后直接打道回府。看看时间差不多了，魏日东先把办公桌收拾好，边看报纸边等领导的电话召唤。刚把《人民日报》的社论看完，手机响了，是章骏打来的："晚上我有急事，你去工商局接闻雪，和她去吃吧。"

"别，刚不是不放心么，怎么松口了？"魏日东揶揄道。

"我是对你不放心，可对老婆是百分之两百放心。"章骏嘿嘿笑着，"小子，别以为我不知道你打什么算盘，无事不登三宝殿，突然说要请我老婆，肯定是有事找她吧？吃顿饭谈点事，我还不至于那么小气，只是你得负责接送好。还有，改天别忘了请我吃顿大餐，顺便把你买的那块美玉带来让我开开眼，顺便借我点钱花花。"

"看个屁，玉早送人了，你没那眼福。"专线办公电话铃响起，魏日东打了一个激灵，"霍市长找我了，再见。"

拿起办公包，走向隔壁霍副市长的办公室，魏日东的脚步更快更轻了，和美女单独吃饭，终究是件乐事。

蜀香楼的水煮鱼闻名遐迩，鱼片滑如凝脂，入口即化，浓浓的辛辣中渗透着独特的香味,令人赞不绝口。虽然吃得津津有味,但闻雪仍然在意着吃相,无论是举起筷子夹菜还是放进嘴里咀嚼,甚至是将鱼刺吐出来,一举一动都斯斯文文,绝不失礼。魏日东看着有趣,忍不住说:"吃西餐讲究的人还多些,吃川菜可没几个这么讲究的。"

闻雪不紧不慢地拿起纸巾,优雅地擦擦嘴角,喝一口雪碧,从容地说:"小时候起,家里人就这样要求,习惯了。你怎么吃得那么少?"

魏日东笑着说:"难得欣赏美女吃饭,我饱餐秀色就够了。"

闻雪白了他一眼,说:"你刚喝了不少油,和章骏一样,变得油嘴滑舌的。他说你找我有事,又想买玉吗?"

"没,我哪有资本玩这个。"魏日东收敛起笑容,转回正题,"你在办公室,经常为局领导写材料,应该了解王局长吧?"

"王局?他是大领导,只有他给我布置工作的份,我上哪儿去了解他。"闻雪说,"你有事找他?"

"朋友托我件事,卡在他手里了。"魏日东叹口气,无奈地说,"我找过关系,也打过招呼,可不管用。市工商局现在是省直管,对市里爱答不理,我们也没办法。我听说伯父在省工商局有个同学,便想问问能不能走走关系。"

"王局长的原则性很强,看来你被他卡住的绝不是什么好事。"闻雪想也不想,一语道破。

"冤枉啊,绝对是好事,联富地产你该知道吧,经营早就瘫痪了,业主天天闹事,霍市长的公子想并购它,盘活资产,手续基本完备了,可不知怎么回事,工商局就是不批。"魏日东压低声音,神神秘秘地说,"说句实话,这里面主要涉及台面下的斗争,文市长和霍副市长关系不太好,王局长是文市长的人,估计故意给霍副市长难堪。"

闻雪皱皱眉头,语气不快地说:"说来说去又是政治斗争,你们这些当大官的烦不烦?"

魏日东赶紧纠正道:"我可不是当大官的,就是一个小跟班而已。霍市长是好官,在他身边我学到很多东西,能帮上忙的我能不帮吗?闻雪,怎么说我也是你老公的死党,还是你的学长,你可得给我指条明路。"

闻雪低头喝着可乐,沉思良久,才说:"省工商局的江局长确实是我爸的老同学,当时我考进市局时,我爸专门带我去省里拜会过他,这两年中秋春节,我们也互有联系。不过你这些事我不想掺和,能做的就是给你铺铺路,你直接找他,他愿意帮你就帮,不行我也没办法。"

魏日东的眼神顿时亮了起来,这次为了霍超的事,他没少动用关系,却是处处碰壁,想想就明白,人家连霍副市长独生子的面子都不给,还在乎你这小秘书?无计可施下,他忽然灵光一闪,想起闻雪在市工商局工作,章骏曾无意间提起,未来老丈人在省工商局有关系,便想死马当活马医,没想到竟拉到个大后台。他双手抱拳,就差站起来作揖了:"谢谢闻大小姐,您是我的贵人,一下就把线拉到省工商局一把手身上,这事要不成,那可真没天理。江局长平时有什么爱好?"

"他喜欢下围棋,是个超级大棋迷。"看着素来冷静沉着的魏日东竟有些激动,闻雪抿嘴一笑,"他见到我爸时,是什么话也顾不上说,一定要先杀上两盘,过足棋瘾后才谈事。"

魏日东脑子转得飞快,心中已有了个隐约的方向,精神大振,说:"今天这顿水煮鱼不足以代表我的感激,改天我得请你吃顿鱼翅燕窝。"

"鱼翅燕窝有什么好?我还就喜欢吃水煮鱼。"闻雪拿起雪碧的罐子,微微一笑。

"是,千金难买心头好,只要你喜欢,天天请你吃。"魏日东脱口而出,立即觉得这话暧昧,赶紧换过话题,"我听说你们买的小区交房啦,那今年不就能把事办了?"

"是,前两天刚拿的钥匙。"提起章骏,闻雪的双眸蒙上了一层薄雾,淡淡地说,"不过在他眼里,客户可比我重要得多。"

魏日东笑笑,低头吃饭,心头却像被什么挠到似的,痒得很。

这个客户对章骏而言的确重要,他好不容易才逮到和常坤接近的机会。和日鑫的信息部副经理王木森一联系,得知今晚常坤要宴请部门同事。六点钟一到,章骏便带着刘小南直奔龙腾酒楼,顺路接上小六,三人选了个离洗手间最近的小包间,随便点了几个菜,边看电视边天南地北地聊起来。

"六哥,最近在炮制什么大作,又是关乎国计民生的吧?"刘小南递过烟,笑嘻嘻地问。

"我写的东西,在别人看来就是唯恐天下不乱。"小六漠然地说,"国计民生哪轮得到我。"

章骏看他一眼,说:"你真打算当职业撰稿人?这一行可不稳定,以你的文笔,随便找个差事并不难,有空再写写自己的东西,有备无患,多好。"

"算了,我这脾气,去哪儿都不好混。"小六倒是很有自知之明,"自给自足,还没那些条条框框的束缚,不用牵涉进乱七八糟的人事斗争,多好。"

章骏的手机短信音响起,发信人是王木森:他上洗手间了。章骏二话不说,立即出门走进洗手间,里面只有常坤一人,正顶着不小的肚腩,对着小便器畅快地解决问题。章骏脸上堆满惊喜的表情,带着点夸张的口气说:"是常总,这么巧,今晚在这吃饭?"

常坤转过头看见章骏,很是意外,一边拉好裤链,一边点头说:"是啊,章总,挺巧的。"

章骏比服务生还周到,先打开水龙头让常坤洗手,又扯出两张纸巾递过去,热情万分:"晚上和朋友来这吃饭。前两次约您都凑不上时间,相逢不如偶遇,不如今天就由我做东,您在哪个包间?"

常坤把手擦干净,摇着头说:"你的心意我领了,我就是和同事吃个便饭,不用麻烦。"

章骏拉开洗手间的门,闪过身体让常坤走出去,笑着说:"没事,难得有机会,我来安排,您先请。"

这时有客人进来,常坤不好再说什么,笑笑便出去了。章骏回到包间,立马招呼酒楼领班过来,要了常坤点的菜单,仔细看了看,说:"给他们一人加一份鸡汤翅,然后把珍珠鲍汤换成大连鲍,单算在我这边,绝对不能让他们出钱。"

"那边两桌二十人,老大你出手可不小。"刘小南说。

"没办法,得给常坤做足面子,他有了面子,我们才有机会。"章骏摇头苦笑,"舍不得孩子套不到狼,希望他会领情……嗯?你小子在看什么,和呆头鹅一样!"

小六死死地盯着电视新闻看,如遭雷击,身体一动不动。画面上,一个身穿白衣服、理着小平头的中年男人正在接受采访,然后镜头就转到了穿着白大褂的女医生,接着就是卫生局的官员,然后就是记者下结论,个个说得有理有据,滴水不漏。章骏看了看内容,说:"又是妇幼医院那件事,搞了那么久,总算播了。"

"行啊,他们真行,把黑的说成白的,把弯的扭成直的,把医疗事故说成不治身亡。"小六脸色愈加苍白,喃喃地说。

"肯定是医院和家属谈好数了,用钱堵住他们的口呗。"章骏不以为意,"你又不是不知道这医院的后台是谁。"

小六沉默良久,眼光茫然失措,沉沉地摇着头,叹息着说:"百无一用是书生。"

"行了,别忧国忧民了,人家家属都愿意接受,你这外人瞎操什么心,咱吃咱的。"章骏不去理他,和刘小南聊起别的。过了四十多分钟,和领班确认那边的

意外,天上掉下来的不一定都是馅饼

菜已上得差不多了，才拿出手机给常坤发信息：常总，菜够吗？需不需要再加什么？

两分钟后，常坤的信息来了，只有四个字：够了，谢谢。

章骏长出一口气，边拿出信用卡埋单边说："这家伙该松动了，看来今天会是个好的开始，咱们撤吧。"

回到小区门口，小六想起那段新闻，便冒出魏日东的影子来，只觉得一口气憋在胸口，郁闷得无以复加，在楼下来来回回走了十几趟，忍不住拿出手机，拨出电话，响了几遍，没人接听，小六坚持不懈地拨打着，终于通了，对方底气不足地打招呼："刘记者。"

"你不是说要给孩子讨个公道吗？今晚在电视台说的那些话，就是你要的公道？"小六竭力抑制住内心的愤怒。

"我们想清楚了，孩子已经走了，再怎么闹他也不会复活，既然他们肯赔偿，就算了。我们还要生活，不可能每天为这事折腾。"对方声音嘶哑，"我知道你是好人，更谢谢你的帮忙，但是我想事情就到此为止，不要再闹了。"

电话里随即传来一阵阵忙音，小六握着手机的右手青筋凸起，就为报出真相，给从未谋面的孩子讨一个公道，自己不惜和主编闹翻，连工作也辞掉了，可搞到最后，闹事的人竟变成了自己！小六说不清楚是什么感觉，只是小腿不停地发抖，脑袋嗡嗡直响，走出路口，伸手拦了辆的士："去金乐福。"

云燕走进包厢，亲热地坐在小六身边，笑靥如花："帅哥，怎么就你一个人来？刚好今天新来几个小妹，安排个最好的给你。"

小六叫了瓶芝华士，既不兑绿茶，也不加冰块，一杯接一杯地喝着，脸庞通红，凝视着云燕，缓缓地说："我想听你唱歌。"

云燕露出为难的神色："今晚我走不开啊，你想听歌，我安排个唱歌好的小妹给你，保证唱得比王菲还好。"

小六摇头，语气不容置疑："你尽管去忙，我自己喝酒，有空就过来，小费不会少你的。"

云燕拂开耳际的发丝，仔细打量身前的男子，眼里闪过诧异的光芒，心中斟酌着，随后，脸上绽开甜甜的笑容，说："那好，你先等着，我待会儿过来。"

今天的生意很好，云燕马不停蹄地在各个包厢中穿梭打点，玩色子、猜拳、啤酒、红酒、洋酒，一杯杯地往肚里灌，回来时已是一个半小时后，只见包厢内安静得落针可闻，和外面的喧嚣热闹仿佛是两个世界，酒瓶空空如也，小六如烂泥般瘫在沙发上不醒人事。百无聊赖的公主坐在靠近门口的沙发上,说:"燕姐,他跟没见过酒一样,歌也不唱,小吃也不点,坐下来就没停过,猛灌,不醉才怪。"

小六摆成个大字型,瘦削的身体软绵绵的,像是没有骨头,碰一碰就会掉下沙发。他的鼻梁很高,五官棱角分明,一副刚强锐利的模样。但想起他借酒消愁的样子,又像孩子般无助,充满调皮和放纵。云燕怔怔地看了好一会儿,才叫公主帮忙,把小六的身体摆正好,说:"拿两条热毛巾给他敷上,垃圾桶放他旁边,你先在这看着,等我过来你再下班。"

等到恢复知觉时,小六发觉胃部空荡荡的,很难受,脑袋疼得几乎要裂开,全身没有半点力气,映入眼帘的环境极为陌生。他勉强支撑着身体坐起来,一个女声在耳边响起:"你醒了?"

小六循着声音望去,只见云燕靠在沙发上,用手支着头,眨着眼睛望向自己,不由得茫然地说:"这是哪儿?"

"你真是醉糊涂了,这是包厢。"云燕咯咯直笑,"你除了睡觉就是呕吐,说不了话,也不知道你住哪儿,没办法,只能让你在这睡了。"

听云燕这么一说,小六还真闻到股酸酸的气味,地板上明显有打扫过的痕迹,但污渍还是隐约可见,他脸上热辣辣地发烫,扫了一眼手表,已是第二天早晨六点半。他强忍着头痛,喃喃地说:"你昨晚就在这儿?"

"是啊,你说来听我唱歌,结果却是让我来看你的醉相。"云燕打个哈欠,伸着懒腰说,"你醒过来就好,昨晚我也喝了不少,得回家了,犯困。"

小六的脑子慢慢转动起来,从钱包里拿出一千五百元递上。云燕伸手抽出九张,笑着说:"这是昨晚的消费和公主的小费,上班帮你补上。"

"其他的给你。"小六把钱塞过去,说。

"我既没唱歌给你听,又没陪你喝酒,无功不受禄。"云燕用手挡住钱,语气和表情就像长辈在教训晚辈,"帅哥,当姐姐的提醒你一句,别总是借酒消愁,要知道酒入愁肠愁更愁,不但伤身,而且伤心。"

拍拍小六的脸庞,云燕拿起包挥挥手,扬长而去。小六摸着脸,愣愣地坐着发呆,拉开厚厚的窗帘,射进来的阳光竟分外刺眼。

意外,天上掉下来的不一定都是馅饼

6. 运气,可遇而不可求

咚咚,两声敲门声响起,办公室的门被推开了,章骏抬头望去,惊讶地说:"大白天的工作时间,你小子怎么有空过来,不用陪市长大人?"

"霍市长来和平理发,大概要半个小时,我就抽空溜过来了。"魏日东说。

"和平?哪啊,没听过这名字。"章骏好奇地问。

"在南海路的一条小巷里,上世纪七十年代成立的铺子,环境一般,都是些老师傅,用的是老手艺,专做老顾客。霍市长就喜欢那儿,固定在那儿理发,有时实在忙得脱不开身,还专门派司机把师傅接到家里去剪。"魏日东在章骏对面坐下,"我时间有限,长话短说,今天来就两个事。一是,前天市委常委刚定下来,西港要举办面向世界的信息产业博览会,由霍市长负责,规模很大,软件是其中一个重头戏,市领导就不用说了,中央和省都有领导来参加,这可是扩大企业知名度的好机会,你要想参加,我可以给你安排一个位置好的展位。"

"好事啊,我肯定参加,还得尽量把规模和声势弄大,打响腾驹软件。"章骏兴奋起来,摩拳擦掌,想法纷至沓来,"到时能不能让领导到我的展位上走一走,看一看?要是领导能说几句话就更好了。"

"你小子,得寸进尺。"魏日东笑骂一句,"给你开个口子,就抖出天大的风来,脸皮够厚的!那些大领导是我能指挥得动的吗?"

"虽然你指挥不动,但你有影响力嘛!"章骏死皮赖脸地下套,"谁不知道你是智多星,只要肯出手,一定有办法。"

"靠,少给我戴高帽子,这件事我想想看,不保证能成。"魏日东话锋一转,"这第二件事,是得你帮我,找你借个人。"

"没问题,想借谁你说,不管是上刀山还是下油锅,我马上让他跟你走。"章骏豪气干云,爽快地一口答应。

"那我就不客气了,我要和你借闻雪。"魏日东的笑容就像猎手看到猎物一步步地靠近陷阱,最终一脚踩下去而露出的自得和满意。

章骏意外得很,失声说:"借我老婆?"

魏日东强行收住笑容,缓缓地说:"看你这德行,我是有事得请她帮忙,周末上省城一趟,带我认识个领导。"接着他就把霍超的事和闻雪的关系简单地说了一遍,"只要她帮我和江局长牵上线,事情就算成了,回头我准备一份大礼答谢你们。"

"她进工商局时,我正为成立公司的事忙得焦头烂额,知道她省里有关系,却不知道居然是江局。"章骏喃喃地说,"她也从没和我提起过。"

"你一心扑在生意上,对机关的事毫不关心,以闻雪淡泊的性格,哪会主动和你说这事。"魏日东说,"霍公子的事,我不帮不行,这次你可得帮我,就两天,飞机往返,保证累不到你的心肝宝贝。"

看章骏没说话,魏日东眉毛一挑,略带不满地将上一军:"要是你不放心,一起去也行,费用我包。"

章骏定了定神,话说到这份上,纵然基于男人的心理很不情愿,但也不好拒绝,何况周末他也走不开,于是他强笑着说:"还是那句话,就算我信不过你,还信不过我老婆?我和闻雪说吧。"

"谢了,你的事,我尽量来安排。"魏日东笑着说,"别总老婆老婆的叫得欢,你们时间也不短了,没打算把事情办了?"

"房子啊,不是刚交房么。"说到这事章骏就头大,"还得准备装修,只是我的钱全压在公司这儿了,流动资金紧张,为这装修款还得硬挤出来,难啊!"

"别的老板是开名车,住豪宅,你却连房子都装修不起。"魏日东揶揄了一句,看看手表,赶紧站起身来,"时间差不多了,我得回去接霍市长,走了。"

魏日东刚走,刘小南就进来,急切地说:"老大,申达那边出了点问题,合同送过去一个星期了,他们一直压着不肯签,那姓钱的脸变得快,和我打起了官腔,还不肯私下出来见面,我找到周总,他就说在考虑,快了快了。"

章骏的心头蒙上了一层阴影,想了想说:"应该是有其他公司插手了,你们继续盯着钱经理和周总,不能松懈,弄清楚问题出在哪一块,其他的我来想办法解决。这几天你带秋璇出去跑了吗?"

"当然,这两天她都跟着我跑客户,申达也去了几次。这女孩挺勤快的,也能吃苦。"说起新的下属,刘小南毫不掩饰对她的欣赏。

章骏用手指轻敲着桌子,说:"公司要发展,第一要素就是人才,这好苗子,

运气,可遇而不可求

你要比打单更加用心地栽培好,要是出现什么疏漏,我唯你是问!"

王木森打电话过来,说:"章总,晚上和常总约了搓几把,要没事就过来一起玩吧。"

章骏满口答应了下来。自从上次在龙腾酒楼埋单后,常坤过两天就给他个面子出来吃饭,虽然席间没喝酒,吃完饭也没去唱歌按摩就打道回府,但他的态度已是大有改观。章骏清楚,只要能把城堡撬开一条缝,有缝可钻,慢慢公关,早晚就能突破防线。这次虽然是王木森出面约他,但打牌不比唱歌吃饭,要没得到常坤的首肯,他不可能随便邀约。由此看来,通过前期的相互试探,常坤已逐渐对自己放下戒心,一番功夫算是没白费。

晚上陪闻雪吃饭,章骏顺便把魏日东的事说了。看来魏日东已和闻雪联系过,闻雪并没说什么,平平淡淡地答应了。送女朋友回家后,章骏直奔约定的银川花园会所六号厢。牌局已经开始,常坤坐在正对门的北位,对面是王木森,左手边是王木森的哥们何厚贵,右手边的年轻人是纪嘉侨,刚毕业加入日鑫公司,人机灵得很,原来只是普通的技术员,但常坤上任后没几天,就让他负责采购业务了,谁都看得出这是有意培养的亲信。

"自摸,二索,七小对。"章骏刚踏进房间,常坤把牌一推,高声说。这是大牌,按规矩要翻四倍,加上自摸,一把就赚不少。王木森一边掏筹码,一边转头看章骏一眼,笑骂着说:"我说怎么会这么邪门,二索我手里已有一对,常总还能把绝张摸去。原来是你小子早不来晚不来,一来就把常总给带旺了。"

王木森是日鑫信息中心的元老,比常坤还长五六岁,是被丁文一手提拔起来的,人很精明。丁文走了不到一个星期,他便能取得常坤的信任,依旧如鱼得水,左右逢源。只是他过于算计,平常找他帮点什么事,就少不了红包礼物孝敬,他对钱看得很重。好在章骏向来打点得周到,两人关系倒也不错。

"王总,在座的都是我的贵人,常总手气旺,我刚好沾个光。"章骏笑着说,一句话把四个人都抬起来了。王木森一边码牌一边说:"我知道你会说,不过你最晚来,待会儿夜宵,打算安排我们吃什么?"

"海记的鲍鱼粥不错,要不就去那儿?"章骏爽快地说。

王木森用征询的眼光看着对面,常坤打出一张牌,无所谓地说:"时间还早,待会儿再商量吃的。章总,要玩儿个马不?"

"两个吧,凑个份儿。"章骏从小就喜欢智力游戏,象棋,围棋,国际象棋,桥牌,各式各样的扑克玩法,他无一不通,水平还不差,围棋是业余四段。麻将他会，不过很少玩，一是运气成分较重，手气不好时，任你有三头六臂，都只有丢盔弃甲的份，竞技趣味大减；二是一上牌桌，免不了带点彩，这年头谁还玩"卫生麻将"？偏偏他对赌博不感兴趣，他相信世上有所谓运气的存在，但要把钱投在说不清、道不明、不知几时来、不知何时去、完全不可自控的运气上，太过玄乎，真要靠运气赚钱，还不如每个星期买几张福利彩票，看看什么时候碰到个五百万来得实在。除非碰到喜欢玩几把的客户，又要在牌桌上送点钱，讨对方欢心，他才会上阵，否则他就自称不会，在一旁买马观战，输赢不大，又不至于扫别人的兴。

搬了把椅子，章骏在常坤和纪嘉侨旁边坐下。有句话叫从牌品看人品，他尤其留意常坤打牌时的表情动作。何厚贵或笑逐颜开，或不住抱怨，或紧张兮兮，察言观色就能将他手里的牌判断个八九不离十。而常坤显得很从容，不管牌怎样，他都冷冷淡淡，既不紧张，也不懊恼。他出牌很稳，宁可弃和，也不打没把握的牌，谨慎得很。常坤话说得少，锋芒内敛，颇有大将之风。这种人内心的真实想法总掩盖得严严实实，从不轻易表现，对谁都同一副面孔，要取得他的信任，往往费上九牛二虎之力还不一定能成，极为难缠。

说来也怪，常坤晚上的手气好得很，缺什么牌就来什么牌，三张在手就杠得到，一听牌就有人放炮，没人放炮就自摸，不过一个小时左右，柜子里就堆满了筹码，身上至少还有一千多元的现金入账。何厚贵拉开空空荡荡的小格子，瞪着眼睛，上上下下地打量着章骏，说："我靠，老实说，你小子晚上干吗去了？你不来我还赢不少，你一来风向马上就转，这也太邪门了！"

章骏还没答话，常坤不紧不慢地说："章总运气旺，往这一坐，我都沾点光，哈哈。"

"旺个什么，我也坐他旁边，怎么不见他带旺我？"纪嘉侨叹着气说，"你们至少开头还赢过，我可是从头输到尾，再输下去，这个月吃饭的钱都不够了，我退位让贤，章总，你来玩吧，我来买马。"

纪嘉侨确实输得够呛，恐怕真没剩多少本钱。他月工资没多少，别人输三四千块钱没事，他恐怕一两个月都缓不过气来。打麻将最忌讳三缺一，章骏再推脱也说不过去，便说："好吧，虽然我牌技不行，不过既然大家都说我运气旺，那我就尽管试试。"

章骏上场后，和了两把，点了三炮，出入不大。而何厚贵先后拿两千元买了二十个筹码，没多久就输得七七八八了，不由变得更加急躁，摸一张牌骂一句，看来似乎与谁有不共戴天之仇。

何厚贵和王木森从小玩到大，他的父亲原是市劳动局的财务副科长，他毕业后没多久就子随父业，进入区劳动局成为光荣的公务员，至今已有十多年。有这种背景和资历的人，一个个扶摇直上，至少是副科级干部，还有一个成了市劳动局的副局长，只有他还是东平区劳动局的小股长，还是副的。原因无他，就是他心里藏不住事，七情上脸，脾气又坏，火气上来时，不管三七二十一，就算是顶头上司，他都敢干上一仗，为此没少得罪人。而要想在机关混得好，能不能做事不重要，会不会做人才是关键，这个缺点直接决定了何厚贵很难在局里玩得转。看着后辈都脱颖而出了，自己还是不上不下地原地踏步，何厚贵的心态越来越不平衡，经常在各种场合说负气的话，渐渐变成怀才不遇、怨天尤人的老愤青，更是不招人待见，几次竞争上岗，他都以惨淡的成绩在初评阶段就被刷下来而收场。屡战屡败的打击，终于使他的壮志和信心消磨殆尽，每天就厮混着过日子，想上班就上班，不想上班就不去，还将满腔的怨气发泄在赌桌上，通过赌博的刺激来麻木对现实的无奈。反正他资历老，脾气又大，部门的领导不敢管他，只要他不闹事就好，大家乐得清静。

何厚贵拿起一张牌，口中念念有词，脸上的肌肉因紧张而抽紧，五官几乎集中到一块了，这是他听牌的表现，而且牌面不会小。他用大拇指缓缓在牌面上摸索着，刚刚摸到下面时，眉毛一扬，颇有喜色，但随之向上方移动，怒意随即升起，随手将牌往桌面一打："七筒！"

"和，独吊七筒。"常坤悠悠然将牌推下。何厚贵气得眼都红了，把自己的牌往桌上一推，呱呱叫着："妈的，清一色，听二五八筒，竟搞不过鸡和单听七筒，这都什么鬼牌啊！"

王木森瞪了他一眼，摇摇头说："麻将有时就是这么邪门。虽然是鸡和，可常总还连霸四庄呢，这把你有得还了。"

何厚贵从口袋里摸出钱来，只剩下两百多元了，不够还债，便冲着王木森说："我身上带的钱都输个精光，先借我两千，我就不信翻不了本。"

常坤淡淡地说："算了，大家都是朋友，玩个意思，要不先记着，待会儿抵掉也行。"

"不行，什么都能欠，就赌债不能欠，不然压在身上，还怎么翻身？"何厚贵咬着牙说。

王木森苦笑着拿出两千元现金甩给他，说："这把可是连五庄了，你小心点，别他妈的乱打一气,刚才七筒一张都没出,你就敢打,活该!"

"废话,听着三门,难道还不冲啊,看着吧,运气该到我这边来了。"何厚贵梗着脖子说,"连五庄,和一把庄家的,什么都回来了。"

章骏叹口气,说:"何股长,你看,一上来玩我就输,不是我旺,而是常总牌技高,运气好,挡不住。"章骏拿好牌,翻开一看,眉毛不由得一扬,一万、六万、九万、东风、红中各一对,只有白板、北风、五万三张散牌,摸到第一张牌,只觉触手光滑,眼神随即锐利起来:进白板,打五万,混一色七小对,独听北风。

章骏略一计算,耳边听常坤谦虚着说:"我哪有什么牌技,乱打呗。"手一甩,将牌打出,"北风。"

章骏的心剧烈跳动,咬住牙,这牌谁打他都推了,偏偏常坤点的炮,他只能眼睁睁看着何厚贵伸手抓牌。忽听后面有人咳嗽了一声,他扭头一看,身后的纪嘉侨眼神深邃,似笑非笑。

章骏报之一笑,表面上若无其事地继续打牌,心中却是忐忑不安。纪嘉侨已发现自己放过常坤,要是转而去和王木森或何厚贵,那自己于情于理都说不过去。正想着要怎么处理,随手抓起牌一看,顿时愣住了。

北风,又一张北风,自摸!先不论马,何厚贵和王木森得掏两千块钱,而连五庄的常坤要输四千块钱,一把就是至少八千元的收入。纪嘉侨眼神炯炯地望着章骏,只见他右手用力捏住牌,指节上的青筋凸起,既没打出,也没推和。

停了七八秒钟,其他几人的眼光都聚集过来,何厚贵不满地嚷着:"磨蹭什么呢?快出啊,出个牌比娘们生孩子还慢。"

章骏冷静下来,几千元说大不大,说小不小,自己本来就不是来赢钱的,犯什么迷糊呢?心念已定,章骏将拿在手里的北风打出,刚一出手,何厚贵就猛地把牌推下,大笑着说:"和了。刚刚常坤才打北风,我就知道你们不会留牌,专门单吊这张,看看谁中招,哈哈……"

第四张北风赫然在何厚贵手里。章骏立即将手里的牌推乱,苦笑着说:"何哥,你玩我,放着五庄的大和不等,却来和这一点。"

"你也不想想我多久没和过了,而且刚一张北风单吊,你就放炮,注定的事,要放过的话,非天打雷劈不可。"何厚贵唾沫四溅,"看着吧,这才是吹响反击号的第一把,风水该转到我这了。"

纪嘉侨露出意味深长的笑容,嘿嘿笑着说:"常总厉害,安全下庄,章总这把输得可有点大,失之东隅,得看有没有机会收之桑榆了。"

章骏明白他话里的意思,神态自若地接口:"岂止有点大,还冤枉得很,谁知道何股长这么快就听牌了，还专门拣个北风来听，我真够背的。"

纪嘉侨嘿嘿一笑："要是运气来到家门口，不赶紧收下反而故意将它推走，不背才怪。"

章骏笑而不答。有些人的聪明，是大智若愚，纵然心里亮如明镜，表面上却装着糊涂，低调做人，厚积薄发，往往能成大事；有些人却生怕别人不知道自己的智商，一有机会就恨不得把自己的所见、所知、所想用扩音器广播出来，卖弄小聪明并为之沾沾自喜，却不知不但把自己的底细展露得清清楚楚，还给人留下浅薄虚荣的印象，难成大器。纪嘉侨无疑属于后者。

又玩了一个多小时，常坤长长地伸了个懒腰，一看时间，"呀"的一声说："这么快，十二点了，我明天上午还有个会要开，要不咱们晚上就到这儿？"

何厚贵后期的手气果然旺了不少，自摸好几把，正磨刀霍霍想乘胜追击，听到休战，当然不情愿，但王木森和章骏都说好，他一个人也不好反对。一结账，常坤赢了近七千块钱，王木森赢了几百块，章骏输了两千元，何厚贵输了四千多块，纪嘉侨买马赢回不少，但还是输了一千元。

章骏站起身来，拍拍肚子，很随意地说："真饿了，咱们到海记去吃个夜宵，填填肚子。"

"行，宰你小子一顿泄泄火也好。"满脸郁闷的何厚贵嘟囔着。众人一致赞成，常坤也不好推脱，一行人便浩浩荡荡地直奔海记海鲜城而去。

唱完一首《牧羊曲》，云燕放下话筒，自嘲地说："帅哥，我又不是什么大歌星，值得你天天来听我唱吗？"

小六拿着啤酒杯，淡淡地说："你唱得不比歌星差。"

"这么说你是我的粉丝喽！"云燕贴近小六身边，手指在他耳边划过，暧昧地说，"你该不会想泡我吧？"

小六没想到云燕直接把话挑明了，耳根一热，喝进喉咙的酒一下呛到气管，不停地咳嗽。云燕温柔地拍着他的后背，吹气如兰，"今晚去你家吧。"

小六这下真被震住了，难以置信地看着云燕，喃喃地说："你在开玩笑吧？"

云燕干脆在他脸上亲了一口："你看我像是在开玩笑？"

小六脸上不断发热，脱口而出："太快了！"

云燕一怔，随即弯着腰，捂着肚子哈哈大笑，用看恐龙的目光上上下下重新打量着小六，几乎笑得瘫软了，才上气不接下气地说："你……你笑死我了。"

"有什么好笑的,无聊。"小六红着脸庞,难堪得很,"不早了,埋单吧。"

云燕没接小六的信用卡,亲热地拍拍他的脸颊,笑着说:"看你这么有趣,今晚我请你,改天你请我吃饭。"

小六满口答应。送他离开后,云燕点了根烟,自言自语地说:"原来世界上还有这种人。"

7.诱惑,来源于内心的欲望

江局长住的小区在省城市郊,周围青山绿水,空气极佳。对闻雪的来访,江太太很是热情,斟茶倒水,坐定后,边打量魏日东,边对闻雪笑着说:"小伙子真是一表人才,看来小雪是定下好日子了?"

闻雪大窘,急忙澄清:"阿姨,这位是我的同学,一起来省城办事,顺便送我过来拜会您和江叔叔。"

"阿姨,我可没那福气,只能当她的司机。"魏日东说,"真命天子另有其人,不用多久闻雪还会再来一趟。"

话音刚落,江局长便从书房里出来了,两人赶紧起身问好。江局长慈眉善目,非常和气,亲自泡功夫茶,问起闻雪父母的情况,闻雪说:"我爸的身体好多了,上个星期还去杭州讲课,让我带点刚摘的雨前毛尖来给您尝尝。"

"你爸啊,每次都这么客气。"江局长摇着头,"朋友去日本旅游,送了四个蜜瓜,说是经过特殊培育的,甜得很,待会儿你带两个回去尝尝。小魏,你在市政府担任什么职位?"

"目前在给霍瑞生副市长当秘书。"魏日东恭敬地回答。

"霍副市长? 嗯,很能干的同志。"江局长随口应付一句。魏日东接着说:"西港准备举办大型的信息产业博览会,到时还得请江局长莅临指导。"

江局长冲着茶,笑笑不置可否。魏日东又说:"计算机是高科技,发展得越来越快了,比如在象棋方面,已经能和人类对抗了。不过在围棋方面,就还差得远,这足以证明围棋这门艺术是人类最高智慧的结晶。我们准备邀请目前世界围棋的第一高手——韩国的李君圣九段来西港,通过网络,和中国的张详九段来一场对抗赛,并让子与计算机进行表演,看看目前人机的差距有多大。"

听到李君圣和张详的名字,江局长的表情立即变了,如同小孩子遇到了崇拜已久的偶像,迫不及待地问:"李君圣要来西港? 什么时候?"

"初步定下来了，就在下个星期，两位高手对决西港，既为信息产业博览会造势，也是棋坛的一大盛事。"魏日东从公文包内拿出一张请柬，"我听闻雪说江局长您也是围棋高手，特意邀请您到现场观战，我们将安排李君圣在方便的时间，和您手谈。"

江局长眼睛睁得大大的，激动得说话都有点结巴："和……和李君圣对弈？"

还真是个大棋迷。魏日东心里暗笑，毫不迟疑地说："当然，江局长您要是能来，就是我们主办方最大的贵宾，安排两盘棋，并不是多难的事情。"

拿起请柬，江局长飞快地扫了一遍，果断地说："既然比赛安排在周末，那应该没问题，只要不临时出差，我一定参加。"

看他这架势，就算要出差也会延后。魏日东热情洋溢地说："那我就代表西港人民和主办方，欢迎江局长大驾光临。"

刘小南和许秋璇坐在捷达车里，视线正对着申达大厦停车场的出口，看着时间跳动到十七点四十五分，许秋璇忍不住问道："我们真的要跟踪钱经理？我怎么感觉和拍电影一样。"

刘小南紧紧盯着前方，嘴里回答："没办法，这老小子近来态度很不对头，总避着我们，肯定有内情。在办公室不好说话，只能看看他住在哪儿，直接到家里拜访，弄清楚他葫芦里到底在卖什么药。"

"想不到我们做销售的还得干侦探的活儿。"许秋璇开起玩笑。刘小南附和着说："销售不只要当侦探，为了订单，还得当奴才、受气筒、酒桶，还有女的当……"他猛地想起许秋璇就是女销售，这句话说得很不恰当，赶紧缄口不语，黝黑的脸庞颇为尴尬。许秋璇倒是仿若未觉，平静地看着车外，忽然伸手一指，"那不就是申达的富康吗？"话音刚落，刘小南已挂上档位，紧跟而去。

上下班高峰期的交通极为拥挤，不管是宝马还是奔驰，根本提不起速度，只能勉强在车龙中挪动，这也减轻了刘小南跟踪的难度。走了半个多小时，车子在合福大酒楼门口停下。看着走下车的两个人，刘小南皱皱眉头说："周总也来了，看来是有饭局，妈的，那我们不是还得等下去。"

许秋璇眨眨大眼睛，戏谑地说："领导，既然已经到这儿了，你有没有打算请我进去搓一顿？"

刘小南板着脸说："按公司规定，误餐补贴是一顿十元，到里面吃稀饭都不够。"不等许秋璇接话，他紧接着转过话锋，"制度不能破坏，不过凭私人关系请你吃一顿倒是没问题。"

许秋璇一声欢呼，拍着手说："领导就是好。"进了大厅，在迎宾的指引下，两人找了一个能看到门口的位置，刘小南示意服务员把菜谱给许秋璇，笑着说："这餐就当是欢迎你加入腾驹，想吃什么随便点，别客气。"

"真要欢迎我加入，那得公司请客才算，哪有让你私人破费的，不过我什么都会，就是不会客气。"话是这么说，但许秋璇却没真下狠点，三菜一汤，都是普通的家常菜，而且有鱼有肉，不管菜式还是价格，都掌握得恰到好处。

刘小南看在眼里，暗自赞许，说："不是老大吝啬，而是公司的日子不宽裕，他也挺难的，我们没办法计较那么多。等公司真发达了，到时天天请你吃燕窝鱼翅，吃到你腻味。"

"那好，我就等着这一天。"许秋璇喝口菊花茶，说，"领导，你和章总的关系很铁吧？"

"嗯，我们从小玩到大，他是我大哥，没说的。"

"看得出，公司的薪资待遇和平台确实一般，留不住人，难得你能跟章总干这么久。"

"在哪干不是干，我是把腾驹看成自己的事业，总好过给外人打工受气。"刘小南顿了顿，接着说，"我相信老大的能力，除了富二代、太子党，有谁创业能顺利呢？"

说到这，刘小南忽然体味到了什么，看着许秋璇，说："你该不会打退堂鼓吧？"

"半途而废可不是我的风格。我刚到澳大利亚留学时，人生地不熟，什么事都得靠自己，那才叫难挨，也没见我跑回来啊。"许秋璇轻松地说，"而且我相信腾驹会发展起来的，因为我加入了，哈哈。"

对许秋璇的自信，刘小南啼笑皆非。这顿饭两人聊着天，吃得颇为轻松。刘小南埋单后，便回到车里继续等着，足足过了近一个小时，周总和钱经理喝得脚步轻飘，由一男一女陪着走出来，到门口热情地握着手，不住地说着什么。

许秋璇有一百多度近视，没戴眼镜，对前面的情况看得不是很清楚，却听刘小南呼吸沉重，转头望去，只见他脸色非常难看，两手用力握着方向盘，嘴唇紧紧抿在一起。

"怎么了，领导？"许秋璇吃惊地问，"你认识他们？"

周总和钱经理上了车，那两人还在门口挥手道别，刘小南眼中的火光熊熊燃烧，涩声说："当然认识，老朋友。女的是太极软件销售总监叶琳，男的就是你的前任——郑海。"

许秋璇惊讶地合不拢嘴巴,看着富康车消失在茫茫夜幕中,叶琳和郑海则上了一辆帕萨特,刘小南咬着牙,慢慢说:"谁在搞鬼已不用查了,走吧。"

红色的锅底正沸腾翻滚,热气在狭小的包间内升起。哧溜哧溜地吃着脑花,云燕频频擦拭额头淌下的汗水,满足地赞叹:"过瘾,帅哥,你真是说话算话。"

小六吃得不多,作为土生土长的南方人,麻辣火锅并不是很对他的口味,只是云燕选的地方,他也不好反对。吃了点肥牛片,他就把筷子一放,喝着雪碧,以笑作答。云燕指指桌上的菜,说:"你不吃辣的也不早说,可以去吃别的呀,现在剩这么多菜,我一个人哪吃得完。"

"没事,偶尔吃吃辣挺好,有益健康。"为了证明,小六拿起筷子,从锅里夹着白菜放进嘴里,刚咀嚼两口,只觉一股麻辣味从口腔直冲喉底,再也忍不住咳嗽起来,拿起雪碧猛灌,脸被呛得通红。云燕哈哈大笑,指着小六说:"白菜最能入味,是最辣的,你呀,打肿脸充胖子。"

小六苦笑,缓过一口气来。云燕今天没化妆,长长的头发随随便便地盘在一起,脸色苍白,还挂着两个眼袋,看起来颇为颓丧,丝毫没有工作时的风情万种。她夹了两片鳝鱼放进锅里,随意地说:"帅哥,你没女朋友?"

看小六摇头,云燕紧接着问:"那你交过女朋友没?"

小六还是摇头,云燕睁大眼睛,表情夸张地说:"你该不会还是处男吧?我的天,没想到现在这社会还能遇到个这么老的'处级干部'。"

小六如被石化一般呆住了,涨红着脸尴尬不已,想说什么又说不出来。云燕却自顾自地继续说:"上次那话你还没回答呢,是不是想泡我?那我不是得给你红包。"

小六只觉被云燕说得毫无还嘴之力,恨不得找条地缝钻进去,他声音中带着火气说:"不是,胡说八道。"

"不是,你对我这么好干吗?"云燕悠然地说。

"我们可以做朋友。"小六故作镇定。

"哦,朋友。"云燕眼光闪闪,似乎想穿透小六的内心,笑着说,"那好,吃吧,吃完我还得化妆上班呢。"

小六装着吃东西,顺势低下头,避开云燕的眼睛。这女人的火辣和直爽,既让他不时难堪,却又有一种刺激,让他上瘾般地着迷,难以忘怀。

章骏和常坤的关系渐渐升温,请他出来吃了两顿饭,晚上常坤一定要回请,还专门叫上王木森和纪嘉侨作陪。吃完海鲜，章骏自然不能没有表示，便要安排下半场的活动。纪嘉侨立刻提议到东方按摩中心去享受一番，王木森由于家里来了亲戚，只能先行告辞。三人来到按摩中心的房间里坐下，纪嘉侨便迫不及待地献媚："老板，这里有对姐妹花是极品！"

常坤眉毛一挑，看着纪嘉侨，皮笑肉不笑地说："看来你小子是熟客，享受过。"

纪嘉侨嘿嘿笑着，面露得意之色："是玩过一次，回味无穷啊！老板，不说别的，西港哪儿有好玩的地方，有什么特色，我不敢说全知道，但也了解得七七八八。"

"是吗？还是个大玩家。"常坤翘着二郎腿，抽着烟不置可否，淡淡地说。章骏喝着茶不说话，心中不住暗笑，这次纪嘉侨的马屁算是拍到马腿上了，也不想想，常坤心里骄傲得很，自视甚高，下属玩过的女人，他能有兴趣吗？传出去不成连襟了！果然，妈咪在安排小妹时，常坤就选了一个新来的清纯妹，对那姐妹俩不屑一顾。章骏故意鼓动纪嘉侨再回味一次，不过老板没选择，纪嘉侨哪敢享受？只能推脱掉，选了个身材高大的女孩。章骏也随便选了一个，等迎宾小姐带他们两个到安排好的房间后，他才叫妈咪过来："换一个按摩的。"

妈咪还没说话，女孩怯生生地说："老板，我是学按摩的，我会。"

"哦？"章骏眼皮一抬，正眼看着她，十几岁的模样，长得一般，但脸上长着几点雀斑，倒显得俏皮可爱，看章骏没说话，女孩又开口了，语气中带着乞求："我帮你按摩吧，待会儿不拿你小费，这个星期我还没做满钟呢。"

章骏点点头，挥手打发走妈咪。在床上躺下，女孩便从他的头部开始按起，手法力道都像模像样，有点科班出身的味道。吃饭时喝了白酒，章骏有点累了，不一会儿便合上眼睛，直到铃声大作，他才迷迷糊糊地拿起手机："喂。"

"老大，我算是查清申达为什么不和我们签约了。你知道郑海去哪儿了吗？太极！现在和叶琳一起，掉过头来抢我们的单！"

章骏一个激灵，脑子顿时清醒过来，腾地坐起，把小女孩吓一跳："你确定？"

"确定。晚上我本想跟去钱经理家，却发现他和周总被叶琳和郑海请去合福吃饭。周总不肯和我们见面，却和太极走得这么近，肯定是被拿下了。申达这张单并不是明盘，没多少人知道，郑海一走，太极就行动了。靠，这小子真他妈狼心狗肺，我当时真想抽丫几巴掌。"刘小南怒极，破口大骂。

章骏下了床，赤着脚在房间内来回踱着步，走了好几圈，才说："别乱来，是我们大意了，把宝押在钱经理身上，忽略了周总，才给了太极机会。现在重要的是找到周总的真正需求,抢先打动他,把合同拿下。我来想办法,你先回去休息。"

脑子飞快地转了一圈,章骏拨打魏日东的电话,刚接通,就听他笑骂:"不用这么担心吧,你老婆去她姑姑家住,就我一个人守着空房,还用得着你打电话来查岗?"

"查个屁,我是有事找你。"章骏说,"申达那边出了点状况,周总那边,你能不能再出一下面,或者了解一下,看看他到底有什么需求?"

"我和他不熟,就开会时见过两次,他知道你和我的关系,要不给面子我也没办法。"魏日东明显心情大好,调侃道,"看在你老婆帮我大忙的份上,我再看看有没有什么其他的辙。"

"这件事不能拖,太极已经介入了,周总对我们是能躲就躲,等他们条件谈好,我只有出局的份。"章骏可没他那么好的兴致,闷着声音说。

"又是太极,叶琳对你可真是穷追猛打!"魏日东说得暧昧,章骏一听就烦,没好气地说:"少他妈胡说八道,明天我去机场接你们,赶紧把事情给我处理了。"

章骏在魏日东的笑声中挂断电话,只觉得一块石头堵在心里,闷得慌,想起郑海,又不禁想起叶琳,说不出是什么滋味,恨恨地骂了一句:"靠!"

"老板,剩半个小时,您还按吗?"小妹小心翼翼地问。章骏摇摇头,拿起单签了两百元小费,疑惑地问:"你按得不错,为什么不当技师?"

"来这里的老板,有谁愿意找技师?"小妹接过单子,低着头轻声说,"谢谢你,老板。"

章骏无言以对,等小妹出去后,洗了个澡,走出大厅时,意外看见常坤已坐在沙发上,连忙走过去。常坤打个哈欠,说:"章总,年轻人体力就是好,小纪还没出来,要不我们先到二楼吃夜宵?"

章骏一口答应,上了二楼餐厅,让服务员端上稀饭炖盅。常坤吃了两勺,便放在一边,语带双关地说:"章总,你的情况我清楚,作为集团的老客户,大家对你的评价很高,价格虽然不算低,但至少没用次品来充好。难得的是,同事们对你的评价很高,看来你的服务做得很到位。"

"那是大家抬举我。"章骏趁势把话挑明,"我这人没什么,就是喜欢交朋友,虽然和常总您接触得不多,不过我觉得我们挺投机的,就不知道我有没有这个荣幸,和常总成为朋友。"

常坤笑起来，细小的眼睛几乎眯成一条缝，眼光闪烁，注视着章骏，说："你是明白人，我就喜欢和明白人交朋友。"

章骏受宠若惊地举起水杯，"谢谢常总看得起我，以后您就是我大哥。"

常坤拿起水杯，和章骏碰了碰，喝口水，不紧不慢地说："集团每年的电脑产品采购看起来不少，其实只是些面包屑，虽能喂饱你这样的小公司，但你们终归是小打小闹，难成大气候。"说到这，他的身体向章骏靠了靠，放低声音说，"要做就做大的，这样才能有大发展，是不是？"

弦外之音清楚明白，章骏望着常坤，诚恳地说："现在公司就是勉强度日，还得请大哥指条明路。"

"机会嘛，眼前就有一个。"常坤缓缓地把话题铺开，"我来日鑫不是为混日子的，而是要干一番大事业。日鑫集团要实现集团管理全面信息化，上一整套管理软件，作为信博会的献礼项目，预算是这个数……"他竖起食指，在章骏面前一晃。

"一百万？"章骏探询着问。

常坤摇头笑了，不以为然地说："你也太看不起日鑫了，怎么说在西港也是响当当的大企业，一百万就想搞一套像模像样的软件？老弟，眼界放宽点，我要搞的，是实实在在的大工程。"

"一千万？"吐出这三个字时，章骏清晰地感受到血液沸腾时那股灼热。

常坤重重地点头，接上一句："是你公司好几年的销售额吧？"

"可这么大的项目，要求肯定非常高，竞争将非常激烈，我的实力恐怕还不够吧？"越逢大事，章骏越是冷静，这是他最引以为傲的优点。

"实力够不够，那要看由谁来评定了。"常坤的眼睛眯起来，"虽然我拍不了最终的板子，但要将你的公司送进最后阶段的评审，还不是太难的事。至于拿不拿得下单子，我只能尽力帮忙。而你要做的，就是踏着我铺好的阶梯，让集团最高领导相信你能行。"

"邱总？"章骏低声说。

"是的，他是我大学的师兄，我们的关系还可以，他专门请我过来负责这项目。"常坤说得很轻巧，"我当然会努力把项目做好，而合作伙伴是最关键的因素。"

章骏凑过身体，尽量靠近常坤，把音量压到只有他们俩才能听到："老大，我肯定是最好的合作伙伴，绝对保障您最大的利益。"

"不是我，是我们。"常坤的视线和章骏交会着，意味深长。

章骏附和地笑着，眼里的光芒越来越亮，就像看到一条大鱼，正扑腾扑腾地往河面上跳，对以粗茶淡饭度日的人来说，这确实是无法抗拒的诱惑。

8. 圈子, 一个人身边的位置只有那么多

下午两点二十分, 魏日东拿好行李, 和闻雪走出机场, 对着守候在出口的章骏笑道: "闻雪我可是完璧归赵, 你用不用检验?"

"检你的头, 你小子有胆子乱来, 老子剁了你!" 章骏恶狠狠地说, 殷勤地一手拿着闻雪的行李, 一手牵着她, 到停车场把行李往后备厢放好, 魏日东坐在后座, 懒洋洋地说: "什么态度, 这两天我可是带你老婆吃遍省城美食, 至少长两斤肉, 你还是考虑怎么谢我吧!"

"什么美食都比不上我亲手做出来的好吃。" 章骏陪着笑脸, 望着闻雪, "你说是不是, 亲爱的?"

"你们就贫吧, 只是别扯上我。" 闻雪不理他们, 自顾自地闭上眼睛养神。魏日东从口袋里掏出一张纸, 扔给驾驶座上的章骏: "那这事我看你谢不谢我。申达是永康区所属企业, 我上午打电话给区政府的人, 他们说周总的脾气古怪, 尤其抠门, 口碑很一般, 但他是孙区长的大舅子, 所以才能在总经理的位置上坐了十年, 明年要退了, 他肯定想能捞多少捞多少, 你们没和他搞好关系, 绝对失策。"

"这问题我想到了, 前期在申达财务经理那边走得太顺利, 咨询、演示、试用到最后交合同范本, 畅通无阻, 我和小南都大意了, 以为周总要退, 不管事了。" 章骏语气沉重, 懊悔不已, "没把最后一关的工作做好, 才给了太极机会, 这是个教训。"

"天真! 越接近退休的人, 越想把握机会再捞一把, 否则权力一到期, 他们还到哪儿弄去? 五十八九岁是最容易出事的时候, 党报上还专门探讨过这个现象, 你小子居然以为人未退茶就凉了, 怪不得被……" 魏日东还要说下去, 却见后视镜中章骏的眼光骤然亮起, 飞快地使了个眼色, 他立即会意, 急忙转口说, "周总是个'妻管严', 他老婆是孙区长的妹妹, 对他的影响很大, 而且势利得很。

如果能让她帮你说话,事情还有救,他们家的地址和电话都在纸上,剩下的你自己看着办。"

将纸条放进袋子里,章骏点点头,说:"这事还真得谢你,我们哥仨好久没聚了,要不叫上小六,晚上一起吃牛肉?"

魏日东神色不动,搓着手说:"我请了两天假,最近又忙,霍市长那边不知攒了多少事要处理,你送我回市政府,改天再约吧。"

"你们是不是有什么事,怎么每次说起你,小六都显得怪怪的?"章骏随口问道。

"刘大才子本来就是个怪人,不食人间烟火。"魏日东冷冷地说,"我只是个俗人,还想着混口饭吃,境界不同,难以沟通。"

"这小子辞职后,整天在家捣鼓文字,又没看他写出什么作品来,不知在弄什么。"章骏摇摇头,叹着气说,"或许天才都有毛病。"

魏日东笑笑,进了政府大院,拿了行李离开后,章骏凑近闻雪,亲热地说:"老婆,咱下一站要去哪,晚上去吃西餐?"

"回家。这两天吃腻了,我就想吃妈做的饭菜。"闻雪面无表情地问,"怎么,最近又碰上叶琳了?"

女人太聪明真不是什么好事。章骏心中暗叹,若无其事地说:"圈子就这么小,有项目难免碰上,各为其主呗,商业竞争而已。"

"太极软件的规模那么大,怎么老盯着你这小公司的单子争?"闻雪眼珠子一转,瞟着章骏,话说得很平淡,但语气却不轻松。

"小单子也是单,做销售的就是狼,闻到哪里有肉味就往哪里扑,只要有钱赚,哪管什么大单小单。"章骏犹自嘴硬。

闻雪深深地望了望章骏,缄口不语,章骏如蒙大赦,灵机一动,赶紧转换话题:"老婆,你说小六是不是真有点问题,文章写得那么好,怎么就是不通世事呢?"

"他至少活得有原则,我看有问题的是你们。"闻雪说得很慢,但对小六的欣赏溢于言表,"不是每个人都能像他那么真,有'横眉冷对千夫指'的勇气和担当。"

闻雪的赞誉,小六听不到,起床后,他泡了一盒"来一桶",盘腿坐在椅子上,就点榨菜吃着,刷新一下屏幕,看着文章那寥寥无几的点击量和回复数,眉头不由得轻轻皱起来,一股失落感油然而生。

在这个全国最大的文学网站上,小六写的小说已发表了将近半个月,虽然有三十几个忠实的拥趸收藏和跟帖,但在动辄数十万点击量的椰树网来说,这点反响就如同一滴水珠流入海洋一般,根本不算动静。

小六早就看过椰树排行榜上的十大小说,要么是一人可以毁灭整个宇宙的玄幻小说,要么是拿皇宫当自己后院的穿越小说,要么是泡妞比换衣服还简单的言情小说,要么是背着现代工具将古代坟墓折腾个遍的盗墓小说。情节的漏洞无关紧要,文字的严谨无足轻重,总之就是两个字——意淫。越离谱越有人看,擦边球越多越有人叫好,看得小六差点要吐血三升,斗大的疑问一遍遍地在他脑海中回旋:这也叫文学?

小六认为自己小学时的作文都比这些所谓的网络大作好得多,再看看那天文数字般的点击量和作者的高额收入,他雄心顿起,这种水平都能获得这么多的读者,要是自己出手,写一部真正反映社会现实、能穿透人心、引人共鸣和思考的小说,那还不得震动文坛? 这念头在他心里萦绕已久,还文学以本来面貌的壮志更令他热血沸腾。辞去报社的工作,虽然不乏意气用事的成分,但他也早有当自由撰稿人的准备,与其道不同不相为谋而浑噩度日,还不如凭一支秃笔笑傲江湖,写自己的东西,捧自己的饭碗,走自己的路,不亦快哉!

只是理想偏偏喜欢和小六开玩笑,当他全力以赴投入到写作中时,才发现幻想中读者的轰动和热情,如脆弱的泡沫,不堪一击。那些毫无价值的小说依旧拥趸如云,赞誉四起,而小六苦心孤诣写出的现实文学却被冷落在一角,无人问津。

哧溜哧溜地吃着面条,小六却感觉嘴里发苦,勉勉强强才能咽下去。论坛的短信息页面闪了闪,弹出一个对话框:你好,是《西港岁月》的作者吗?

小六看看对方陌生的用户名——一呼天下应,随手打上:是的,你是哪位?

我是你的读者,你的小说写得不错,可惜没人看,我能帮你。

小六眼睛一亮,放下方便面,回复对方:帮我? 怎么帮?

我有专业的团队,能给你顶贴,给你造势,给你做宣传,只要和我合作,保证你的小说能火起来。当然,这需要推广费用。

骤然燃起的火焰在小六眼里黯淡下来:你就是传说中的枪手了?

枪手没有我们专业,我们提供的是整套服务,效果更有保证。目前椰树网排名前五十的作品,至少有十部是我们操作起来的。

你觉得我需要你们的服务才能红?

一呼天下应停了两三分钟,才回复:有我们的服务,你能红得更快,而且更红。

圈子,一个人身边的位置只有那么多

小六忍不住冷笑:我倒是听过一句古话,酒香不怕巷子深。

正因为是古话,所以过时了。一呼天下应毫不客气地回应:你知道椰树网每天有多少部新小说问世,这其中能红火的又有几部?万分之一的几率都不到!想脱颖而出,没有我们的帮忙,我敢说,再好的作品被埋没掉都毫不为奇。

不见小六回复,停了一会儿,一呼天下应又说:你的作品题材严肃,节奏慢,标题也不够吸引人,虽然从文学的角度上讲水平很高,但却不符合网络读者的阅读习惯,他们要的不是思考,而是新奇爽快,简单地说,就是阅读快感。如果不借助我们的帮忙,不客气地说,你的作品前景并不乐观。

小六用力在键盘上敲打:再不乐观我也不会靠炒作来出名。世界不是只有网络一条路,也不是只有一个椰树网。

你再考虑考虑,第一次合作,我可以给你最大的优惠,保证成功。有需要的话,你再联系我,给我留言就好。

小六想也不想,硬邦邦地回了一句:就算你免费给我做,我都不会感兴趣。

那太可惜了,我只是不想埋没一部好作品。不过你倒是很有文人的傲骨,我佩服,希望你能坚持下去。

小六将聊天窗口关了,就像吃了只苍蝇般恶心,剩下的面条再也吃不下去,扔到垃圾桶里,坐回电脑前,打开文档,看着整齐的文稿,原本想好的情节却乱成一团,枯坐半天,竟一个字也打不出来。

虽然是星期天,但霍副市长还在办公室加班,听到魏日东敲门,抬头看了一眼,说:"回来了,小魏。"

"是啊,霍市长,中午的飞机,刚到。"虽然是去给霍超办事,但魏日东只字不提,请假时只说省城的亲戚生病了,得去探望,霍副市长二话不说便同意了。一年的秘书生涯,这还是他第一次请假,虽然彼此不点破,但魏日东相信霍副市长心如明镜。停了一会儿,看领导没其他吩咐,魏日东正要回办公室,忽然听霍副市长说:"今天家里做饺子,晚上来尝尝你洪姐的手艺。"

简单的一句话在魏日东听来如同天籁,他忙不迭地答应下来,走出门口时,还听到心脏"怦怦"的跳动声。能在领导家吃饭,这当中的意味不言而喻,魏日东的脚步轻飘飘的,仿佛在云端行走一般。

霍副市长家是政府分配的一套四居室,一百六十平米,面积不小,但属于上世纪八十年代建成的房子,已显陈旧,和新式的小洋楼不可同日而语。好在房子背靠桃山,离翠湖公园也近,空气清新,景色一流,晨练方便。每天六点半,魏日东都会准时出现在霍副市长家门口，陪着霍副市长到公园散步。不过作为电视上经常露面的大领导，在人多的地方，难免会遇到拦路告状、要求解决问题的群众，霍副市长从未露出不耐烦的神情，耐心地和群众交流，有两次还引起了记者的关注，在省报上刊登了《平民市长在晨练中不忘解决民生问题》的报道，这使得早晨到公园锻炼的群众少了，眼巴巴地等着副市长处理事情的市民多了，迫不得已，霍副市长只能尽量减少到公园的次数，改以登山锻炼身体。

作为专职秘书，魏日东来霍副市长家的次数不少，但吃饭还是大姑娘上轿头一回。魏日东感觉空着手上门不对路，赶紧开车到附近的同仁堂买了两盒高丽参，一进门就拿出来放在桌上："洪姐，来吃饭我也没什么准备，这是我从省城带的一点手信，不成敬意。"

"就来家吃顿便饭，还客气什么！老霍，你得说说这孩子，太见外了。"洪姐说。霍副市长点点头，招呼魏日东坐下，语重心长地说了四个字："下不为例。"

魏日东连声称是，娴熟地拿起茶具泡茶，陪霍副市长聊天。回到家里，霍副市长的表情虽然没什么变化，还是标志性的随和，但魏日东感觉得出，他的状态明显放松下来了，说话没那么斟词酌句，语气没那么不怒自威，就像大家长，亲切随意多了。

"小魏有女朋友没？"喝了一口铁观音，霍副市长问。魏日东赶紧回答："工作忙，还没顾得上考虑这方面的问题。"

"古人云，先成家，后立业，把心放在工作上没错，但终身大事也不能放下，两手抓，两手都要硬嘛。"靠在沙发上，霍副市长半真半假地对妻子笑道："你不是说手头上有很多好牌么，给小魏介绍一个。"

洪姐一下来了兴致："说来就是巧，昨天刚和朋友去做水疗，还谈起这事。她女儿的年纪和小魏差不多，也是顾着工作没找男朋友，把她急得够呛，还让我看看政府机关有没有合适的人选介绍给她。"

"真有这么巧？那你把情况和小魏说说。"

"小魏，太极软件你应该听说过吧，市里有名的高科技企业，这女孩就是老板的独生女儿，目前就在公司里当销售总监，家境没得说。我看过照片，人长得也漂亮……"

听到这几句话，魏日东心中一叹，世界怎么会这么小，随即又联想起章骏和闻雪来，很多往事一下浮现在眼前。等洪姐滔滔不绝地讲完后，他才说："洪姐，您说的这人我认识，她叫叶琳，是我的大学同学。"

"这么巧？"洪姐意外地瞪大眼睛。魏日东嘿嘿笑着，还没答话，就听身后开门声响起，霍超大声说："妈，你又在推销手里那些嫁不出去的剩女吧？我在门外就听到你那大嗓门了。"

"什么剩女，是你这小子不识宝。"洪姐说。霍超坐在魏日东身边，拍着他的肩膀，"你看东哥一表人才，哪用担心找不到女人？再说了，真要介绍也得我出马，随便拉出来一个都是沉鱼落雁，闭月羞花。"

"去去，你小子介绍的那些，没一个是正经人。"洪姐没好气地说。霍超耸耸肩，拉着魏日东站起来："东哥，我最近去香港买了只表，你来看看。"

其实霍超早就不和父母住在一起了，魏日东知道他在市里的荟萃公寓有套房子，父母这儿的房间就是放些他的杂七杂八的物品而已。霍超拉开柜子，拿出一个盒子打开，说："最新款的浪琴表，你看看怎么样？"

熟悉霍超的人都清楚，他最喜欢玩两样东西——表和车，而魏日东是一样也玩不起，自然没有研究，不过看表的款式端庄大气，表面沉稳中不失灵动，他便点头赞许说："不错。"

霍超把盒子盖上，一把推到魏日东怀里："既然觉得不错，那就送给你。"

魏日东一惊，刚要推脱，霍超提前挡住他的手，大方地说："一只表而已，咱是兄弟，你要客气就是看不起我。"

"我不是客气，只是在机关工作，戴这么好的表不太好。"魏日东灵机一动。

"不偷不抢，有什么不好的？再说了，政府的人我又不是不认识，戴劳力士、欧米茄、帝舵的大把，何况浪琴。"霍超接着又说，"行了，你想带就带，想收藏就收藏，想送人也行，总之这是兄弟的心意，咱哥俩，谁跟谁啊！"

话说到这儿，魏日东只好收下。霍超笑着说："这就对了，省城那边顺利吗？"

"很顺利，江局长确实是个大棋痴，一听李君圣要来，表现得就和狂热的粉丝一样，他会来的。倒是比赛的组织没问题吧？"

"李君圣的经纪人说比赛时间太紧，不好安排，我把出场费提高到五万美金，那边才勉勉强强答应下来。妈的，下一盘棋不管输赢就几十万元人民币，还真好赚！"霍超撇着嘴说。

"全世界学围棋的人有几千万，可才出一个李君圣，这概率可比做生意发财少得多。而且世界围棋第一人莅临西港，媒体的关注度高，对西港市的宣传也大有好处。"魏日东提醒说，"最重要的是要安排他和江局长下一盘。"

"放心，在合同上已经注明了。"霍超感慨万分，"在中国办件事就是难！"

魏日东一愣，努力压着汹涌而至的笑意，以霍公子的身份，居然说这话，那普罗大众岂不是得一个排着队往墙上撞！

在闻雪家吃完晚饭，章骏又陪闻教授看了会儿电视，侃着大山喝了两泡茶，这才告退，一上车便打电话通知刘小南和林凡到上岛咖啡开会。半个小时后，在上岛咖啡的包厢里，章骏先将周总的情况说了一遍，然后对刘小南说："明天开始你继续盯钱经理，我来公关周总，至于他老婆就交给秋璇，把握好时机下猛药，把局势扳回来，不能再给太极机会，我们拖不起。"

喝了一口蓝山咖啡，章骏拿出两份打印好的文件，接着说："今天专门把你们叫到这里来，主要是有个大项目在等着我们。日鑫准备在集团内部全面推动信息化建设，项目预算在一千万元左右，这是西港有史以来最大的信息产业项目，将作为献礼在信息产业博览会上正式公布。"

一千万！腾驹成立三年的销售额加起来都不到它的一半，刘小南倒抽一口冷气说："这么大的单子，要求肯定很高，我们扛得起吗？"

章骏不说话，看着林凡，林凡沉稳地将文件浏览了一遍，说："我们目前做的整体软件还在起步阶段，只在几个小企业运作过，没有大企业运作成功的经验。最大的问题在生产模块，专业性非常强，精细化程度要求高，而且贯穿采购、仓储、销售等流程，我们实力不够。"

"生产向来是我们的软肋，我考虑过，不过像日鑫这种规模的公司，要实现信息化管理不可能一蹴而就，还是得分阶段、分模块切入，这就给了我们时间和机会。而在软件演示和使用上，我们应该能做到表面上符合他们的要求吧？"章骏点根烟，吐出一口烟雾。

"只要不涉及实际操作和数据对接，做个架子出来没问题。"林凡肯定地说。

"那我们就有争一争的机会。"章骏一拍沙发椅背，目光炯炯，"常坤已表态支持我们，信息中心其他人更不用说，而且日鑫的财务和人资软件就是在用腾驹的，这也是我们最大的优势。只要能把软件做得像模像样，把合同拿下来，一千万的合同，订金也有三百万，资金充裕了，到具体操作时，我们可以先将财务和人资模块引入，再抓紧时间开发其他模块，一步步地把积木搭起来，直至完成。"

听着章骏的宏伟计划，林凡和刘小南对望一眼，罕见地没有附和。停了好一会儿，刘小南才说："老大，是不是有点乐观了？这么大的标的，日鑫肯定得公开招标，国内外那些大鳄肯放过才怪。别的不说，就说太极那只疯狗，不红了眼才

圈子，一个人身边的位置只有那么多

怪。真拼起来,我们哪是他们的对手?"

"不拼行吗?你觉得我们有退路吗?"章骏不答反问。

刘小南一怔,章骏的眼光从他脸上收回来,望着窗外的夜景,徐徐地说:"日鑫要的是全套系统,财务、人资自然包括在里面,一旦用其他软件,自然会把我们淘汰掉,我们是连点渣都吃不到,只能眼睁睁地失去这个大客户。没了这棵大树,公司面临的问题不是如何发展,而是怎么生存下去。"

不等刘小南接话,章骏拧灭烟头,语气突然转为激扬,铿锵有力地说:"商场如战场,我们要发展,就不可避免地要在同行中杀出一条血路,要和太极打遭遇战,可那又如何?任何项目,没有一家公司敢说百分之百有把握,就算只有百分之一的机会,我也要全力以赴地去争取。再说了,这项目我们的机会还不止百分之一,如果遇强则退,我们还怎么壮大自己?"

刘小南听得目瞪口呆,一股血色涌上脸庞,过了好一会儿才说:"明白,老大。好,他奶奶的,太极软件又怎样?他们有张良计,我们有过墙梯,谁怕谁!我们就好好干一把,以后看看哪个同行敢瞧不起咱们!"

"好!"章骏用力一挥手,颇有点伟人风采,"我有个预感,这是上天赐给腾驹的最好机会,咱就全力以赴,拼他这一把。"

刘小南坚定地点头,林凡推一推鼻梁上的眼镜,缓缓颔首。章骏微笑着,但心里却不是那么阳光灿烂,一个人的影像若隐若现,他尽量不去想,可这个人的影像却越来越清晰,如一片乌云,将他的心头遮得阴阴郁郁。

一阵高跟鞋和地面碰触的声音由远而近,云燕走进来,笑着说:"帅哥,又来买醉?"

小六举着酒杯,看着她说:"陪我喝吗?"

云燕二话不说,先陪着小六连干三杯,才放下酒杯道:"别急着喝,我有几个客人,去应酬一下就过来。"

"上次你也这么说,直到我醉了还没见你人。"小六慢腾腾地说。

"那是你醉得太快,小气包,记得这么清楚。"云燕嗔怪着,嘴唇在小六脸颊上印了下,"悠着点,今晚我陪你喝个痛快。"

四十多分钟后,云燕换了一身衣服回来,红色的低胸短袖,胸口白得耀眼,中间那道深深的沟渠令人目眩,在小六面前故意转上一圈,丰乳肥臀,腰肢纤细。"好看吗?"

小六只觉身体某个部位有了反应,脸上尽力控制着不表现出来,只是点点头。两人先干一杯，云燕的手肘搭在小六肩膀上，问："心情不好？"

小六默默点头，晃动着手上的玻璃杯，既苦恼又费解地说："你说，为什么理想和现实的差距总是那么大？明明是事实，可别人就是要说谎；明明是好的作品，可大家都说是垃圾，真正的垃圾却拥趸如云，难道就没有真善美吗？"

"真善美？"云燕嘴里的酒差点喷出来，摸摸小六的额头说，"没事吧，帅哥，什么年代了还记着这词，现在流行的词，叫钱权势。能赚钱、有实权、有势力才是真理，其他的说着好听，可惜屁用都没有。"

小六的眼中光芒一闪，不说话了。云燕叹口气，牵着小六的手，说："别天真了，帅哥，都是在社会上混的人，你什么时候听人说起过真善美？反正我是没听过。"

"你是说我很傻？"小六一字一字说得很慢。

"就是傻得可爱。"云燕被小六逗乐了，拿起色盅说，"不说这个了，要开心，咱玩色子。"

"我不会。"小六连连摇头。

"不会，那我教你。"云燕哭笑不得，连声说，"天啊，你让我越来越惊奇了，该不会刚从天上来到人间吧？"

学色子虽然不难，但要玩得好却不容易。小六初出茅庐，哪是云燕的对手，不到半个小时就被灌了不少酒。渐渐的，他的情绪越来越高涨，一股热血在胸腔中涌动，鼻子上嗅着云燕身上的香味感觉倍加撩人，眼前那女性的傲人双峰愈显诱惑，手如柔荑仿若无骨，两人的身体越靠越近。

阅人无数的云燕自然感受得到他的变化，轻笑着说："想和我拿红包了？"

"什么？不，我只要你。"小六呢喃着，只觉得身体热得快要爆炸了，恨不得把压在心里已久的火焰全部喷射出来。云燕轻轻拉着他的手，耳语着："别急，去我家吧，就在这附近。"

周总的家在泰和花园，这是西港市第一个高档住宅小区，濒临海滨，有着时尚典雅的楼房外观、高覆盖率的绿化设施、配套完善的小区服务，在十几年前，着实让西港人民开了眼，名声大噪。一说起谁谁谁住在泰和花园，立马让人肃然起敬，如同一张含金量极高的名片，身份地位不言而喻。

许秋璇拿着两袋 SK-II 的化妆品，按了十一栋四〇二号防盗门的门铃许久，可始终没人应答，只得走回来，透过车窗玻璃说："章总，她不在家。"

章骏看看表，说："可能出去买菜了，我们等等吧。"许秋璇点点头，却没坐回副驾驶的位子上,张望了两眼,走到旁边的小卖部买了两瓶矿泉水,拧开一瓶递给章骏,对她的周到,章骏发自内心地欣赏,笑着道声谢,然后打开了话匣子,问道:"来两个星期了,习惯吗?"

"很好啊,跟着刘经理四处跑客户,学到了很多东西。"许秋璇喝着水说,"以前知道做销售辛苦,可没想到这么辛苦。"

"做销售是苦,冲锋陷阵在第一线,但作为公司最重要的利润来源,收入高,发展前途大。"章骏说,"销售的接触面广,可以说看尽社会百态,打下单子的成就感和满足感是其他岗位难以体会的。"

"我就是喜欢挑战性,刺激!"许秋璇笑嘻嘻地说,"我很佩服刘经理的冲劲儿,不过他最佩服的人却是你。章总,通过你我才发现老板真不是那么好当的。"

"那是因为我这老板比较失败吧。"章骏自嘲道。许秋璇摇着头说:"任何老板都是由小做到大的,说不定以后你能成为比尔·盖茨呢!"

"比尔·盖茨?"章骏失声笑道,"以前我是想过,不过梦早醒了,先想想什么时候腾驹能和太极跑得一样快,我就心满意足喽。"

一辆红色宝马530从小区主路迎面驶来,和章骏的捷达隔着两个车位,在楼前停下,两个女人走下车。开车的女孩穿着灰色的职业套装,剪着齐耳短发,化着淡妆,文雅中不失干练。另一个中年女人约莫五十多岁,身材不高,但体重足有一百六十斤,腰如水桶,那规模基本相当于旁边女孩的两倍,对比极为强烈。

女孩从车里拿出大包小包,热情地陪着中年女人上楼。许秋璇看在眼里,说:"这女人应该就是周总的老婆吧,果然够胖的,资料没错。我现在上去?"

"不用了。"章骏的表情突然变得令人费解,缓缓地说。

"为什么?"许秋璇奇怪了,"我们不就是在等她吗?"

章骏的头似有千斤,沉重地摇了摇,却什么也不说。许秋璇还想再问两句,有个女孩从楼里走了出来,眼光向四周一扫,正看到银色捷达车,眼中光芒一闪,想也不想便大踏步走过来。

既然避无可避,章骏尽力让面部表情恢复常态,自然地走下车向女孩一挥手,说:"嘿,好久不见。"

"你是不想见到我吧?"女孩回以一笑,只是笑容显得意味深长,"每次见到我总不会是什么好事。"

章骏没承认,却也没否认,问道:"最近还好吗?"

"托福,最近业务挺顺利的。"叶琳毫不客气地说,"只是此消彼长,这恐怕不是你想听到的消息。"

章骏不由得苦笑道："你还是老样子，永远不给别人面子。"

"那得看对方需不需要我给面子。"叶琳伸手一指身后的住宅楼，挑衅地说，"奉劝你们不用在周太太身上白费劲了，我就是从她身上切入的，现在她要去逛街、美容，第一个想到的就是我。还有，下午就要签合同了，我想申达应该没通知你吧？"

章骏脸色一沉，叶琳冷冷一笑，想转身离开，忽然又转回身不依不饶地说："说起来我还得感谢你，把郑海培养得不错，背后捅起老东家的刀子毫不手软，是个人才。"

"身边养条会咬人的狗，你也得小心点，说不定下一口就对着你咬。"虽然已有心理准备，每次遇到叶琳都少不了听她一顿冷嘲热讽，但章骏还是忍不住回击了她。

"放心吧，章总，人我都对付得了，更何况狗。"叶琳淡淡地说，"虽然我是女人，却没有妇人之仁。先这样，我走了。"

目送叶琳潇洒地启动宝马，扬长而去，章骏阴沉着脸坐回车里，"砰"的一声将门用力关上。许秋璇没看过老板发这么大的火，暗地里吐吐舌头，大气不敢出，更不敢多嘴。车辆突突发动，呼地向小区出口驶去。

圈子，一个人身边的位置只有那么多

9. 对弈，输赢掌握在权力者的手中

对霍超的人脉关系和运作能力，魏日东算是见识了一番。借助信息产业博览会的东风，请来中韩两大高手在网络对弈，本来是魏日东的主意，不过毕竟时间极短，要走的流程不少，而且邀请的又是世界第一棋手，他的比赛日期排得满满当当，这中间需要沟通协调的方面极多。后来魏日东准备改请国内的高手，这样操作起来会简单很多。但霍超不以为然，要打动江局长这种超级棋迷，就要请出最具分量的顶级嘉宾，正因为李君圣住在韩国，平时来中国就是比赛，普通棋迷想和他对弈绝无可能，机会难得，才显得弥足珍贵，足以让人回味一生。道理虽说没错，只是魏日东并没有十足把握，万一有什么变化，搞砸事情不说，自己的面子和信用也将付诸东流，更会令牵线搭桥的闻雪难堪，代价可谓惨烈。

还好，霍公子虽然口气不小，但办起事来还算靠谱，李君圣还真如期到达了。棋界传奇、世界冠军、唯一的大满贯得主驾临西港小城，自然引得媒体轰动，万众瞩目。李君圣的行程紧得很，在西港的时间只有一天半，第二天下午就要飞去东京比赛。第一天欢迎晚宴后，在凯悦大酒店的贵宾房内，李君圣让三子和江局长下了两盘，局后还通过翻译做了详细的点评，直到十二点过后才回房休息。

江局长是当天上午赶到西港的，这次他是"微服私访"，既没有参加晚宴，也没有惊动任何领导，一心直奔下棋而来。和李君圣过完招，他兴奋得不得了，拿着对方签名的棋谱翻来覆去地看个不停，心满意足，嘴里啧啧有声："什么叫虚怀若谷，我算是见识了！技艺高超，取得了辉煌成就，却一点冠军架子都没有，就这涵养，不成为世界第一才是怪事。"

霍超、魏日东和闻雪一直在旁陪伴。闻雪还好，对围棋略懂一二，勉强看得下去，倒是难为魏日东和霍超了，他们对棋一窍不通，却也装着看得津津有味，只是一边观摩，一边不停地喝着浓茶、咖啡，才不至于大煞风景地打起哈欠来。

听了江局长的话，霍超及时附和："其实名气越大，越有地位，就越是亲切随和,就像您一样。只有那些稍微掌握点权力的人,才恨不得好好卖弄,真是井底之蛙,不知天高地厚。"

江局长倒是向来以亲民自诩,加上心情极佳,听着霍超的话,更是受用,连连微笑点头。魏日东接口说:"江局长,霍总打算广邀高手,成立一支围棋队,参加全国围棋联赛,打出西港的名声,并且与李君圣商议,请他作为特邀棋手参赛。此事若是能成,以后您和李君圣下棋的机会多着呢。"

"好事啊!"江局长用力一拍沙发,"围棋是东方智慧的结晶,就该发扬光大。而我们这么大的省,却没有一支棋队,实在说不过去。同时企业可以借助体育比赛的影响力打响品牌,这是一举两得的双赢举措!小霍,年纪轻轻就有这样的眼光,难得难得,果然是虎父无犬子!"

对江局长的褒扬,霍超似乎受宠若惊,挠着后脑勺,欲言又止。江局长是何等高人,看在眼里,微微一笑,"是不是遇到什么难题了?说吧,能支持的我一定支持!"

花费那么大的精力,做了那么多工作,总算等到了这句话。霍超压住心里的狂喜,尽量言简意赅地把并购联富地产的事情说了出来,江局长听完,示意闻雪倒上一杯普洱茶,深深地喝上一口,说:"打电话给王德焕,让他过来。"

闻雪一惊,下意识地看着手表,问道:"现在?"

"打吧,就说我在这里。"江局长轻描淡写地说,又转过头来对霍超说:"小霍,待会儿你们回避一下。"

霍超和魏日东识趣地告退了,来到隔壁的房间。霍超毫不遮掩兴奋的情绪,搓着双手来回走动,说道:"这回该成了,我就不信连江局长的面子他王德焕都能不给。"

"除非王德焕是茅坑里的石头,又臭又硬。"魏日东笑着说,"不过现在已经是凌晨了,江局长还能叫王德焕过来,足以证明他们关系匪浅。"

"没错。"霍超如释重负地坐下,一拍魏日东的大腿,说:"兄弟,这回全靠你了,以后只要有我一口饭吃,绝对饿不到你。"

"客气什么,主要还是你能把李君圣请来,不然哪能让江局长这么高兴。"魏日东依旧保持着谦虚的态度。霍超拉开皮包,拿出一个盒子,上面刻着欧米茄的商标,对他说道:"多亏了你的美女同学,这是我的一点心意。"

魏日东接过来,略一沉思,又递回给霍超,为难地说:"不是我客气,而是闻雪的性格比较独特,在物质上没什么需求,对奢侈品之类的东西不感兴趣,她肯定不会要的。"

"那你知道她喜欢什么吗？"

"玉。她父亲是玉器收藏家，她也比较感兴趣。"

"那简单。"霍超又把皮包打开，干脆利落地拿出三万元，连盒子一起推给魏日东，大气地说，"玉这东西我不懂，你就辛苦一趟，买个好的送她，钱不够和我说一声。手表她愿意拿就拿，不要你留着，以后有需要就送给其他人。"

魏日东踌躇着，正要推托，霍超看得分明，用力按住他的手，说："你放心，这是咱哥俩的事，老爷子那边绝不会听到半个字，更何况他也不关心我的事情。"说着说着，他忽然挤眉弄眼，语气暧昧，"咱交个底，你对那美女是不是有点意思？"

魏日东就像心里最隐私的地方被人揪个正着，很不舒服，但他还是尽量装得若无其事："别开玩笑，她可是名花有主，还是我哥们的。"

"那有什么，朋友妻，随便骑。"霍超哈哈大笑。魏日东摇头苦笑，装作闭目养神。连日来奔波劳累，他还真有点倦了，靠在舒服的沙发上，不一会儿竟昏昏欲睡，直到闻雪发来短信息，他才赶紧拉霍超一起来到江局长的房间。

江局长还在喝茶，精神奕奕，说得不紧不慢："小霍，你的事我和德焕讨论了，问题主要在联富地产的盘子不小，而你公司的资金来源大部分是靠银行信贷，存在不小的风险，没批是有道理的。我看这样吧，你找一两家实力强、信得过的企业来入股，让他们帮你承担一部分资金，减少银行贷款的比例，那样问题就可以解决了。"

找企业入股？魏日东看了一眼霍超，只见他眼中光芒一闪，满口应承道："好的，江局，谢谢您为我指点迷津。"

打完最后一行字，小六长长地吐出一口气，揉揉眼睛，捶打着发麻的大腿，费了好大劲才站起来，把窗帘拉开，推开窗户，倚在窗边，点了根烟，慢慢地抽着。清爽的凉风拂面而来，给单调乏味的小屋带来了丝丝生气。

这个时间，她在干什么？应该下班睡觉了吧？小六不由自主地想起云燕，想起那个晚上的疯狂和激情，想起那充满魅力的雪白肉体，想起那纠缠和搏杀，他的脸颊霎时红得发烫，那的确是他的第一次。而和他的生涩相比，云燕就是最好的导师，引导着他完成了从男孩到男人的蜕变，享受着男女之间的极致乐趣。

就是从那一晚开始，小六发现自己变了，尤其在写作时，更是灵感涌动，下笔如有神助，一气呵成，这已经是他很久没体会过的感觉了。他终于明白，难怪那么多艺术家迷恋于风花雪月，甚至做出令人啼笑皆非的事情，男和女，本来就是上帝赋予的完整一体，完美的性爱绝对是艺术灵感不可或缺的泉眼。

　　正因为灵感勃发，这两天他全身心地投入到写作中，倒是忘了和云燕联系，此时想起，顿时涌起一股牵挂和思念，淡淡的却又如此清晰。难道这就是爱情？小六不知道，想发条信息给云燕，又不知说什么好，只觉得矫情得很，还不如好好睡一觉，晚上再约她吃饭。心念及此，小六嘴角浮现出笑意，抬起头望向窗外。

　　此时夜幕已经褪去，曙光给大地披上了柔和的外衣。夜晚的宁静被清晨的喧嚣所取代，小区外的道路一如既往地变成了菜市场，卖菜、卖肉、卖海鲜、卖水果、卖土特产、卖豆浆油条，杂乱无章，各自为营，人头攒动。

　　小六住的这个小区规模不小，有二十几栋楼，原先的菜市场由于租金高昂，管理不善，导致价格居高不下，缺斤少两屡见不鲜，而且附近没有大型的菜市场，居民叫苦连天。很快就有一些小摊小贩发现了新商机，他们撤出市场，每天一大清早在小区外做起临时生意，因为少了租金，价格自然便宜，斤两还足。刚开始还只是零零散散的几个小商贩，但随着光顾的居民越来越多，于是越来越多的小贩加入了进来，居民得到了实惠。没多久，市场内的经营者就开始叫苦连天，连连向小区物业和有关单位投诉。尽管管理方扫荡了十几回，可市场经济学的经典理论证明，有需求就有供应，你情我愿的事任谁也无法根治，管理方很快就束手无策了。眼看打击不力，原先市场内的经营者干脆把摊位退了，加入到占道经营的小商贩行列。小区的菜市场随即成为零落的空场，后来干脆关门大吉。

　　今年市里的"两会"上，代表们对占道经营、影响市容环境和交通状况的情况意见极大，几乎是群起而攻之。为响应民意，霍副市长在和代表座谈时，保证一定加大力度，全力整改，还市民一个整洁有序的市容市貌。文市长也将此作为重点工作之一。政府领导一声令下，城管、工商等执法部门明显活络起来，天天出动。重压之下，这里的集市一时间消停不少，只是苦了没地方购物的居民们。两个月的整治活动一过，记者们将辉煌成果连篇累牍地放大报道，领导们脸上有光，对代表们又有了交代，下面的相关单位自然消停下来了，临时菜市场立即恢复了原状，而且更加热火朝天。

　　以前，小六早餐时就喜欢吃楼下老太太炸的油条，又香又脆，在寒冷的冬季，油条从锅里刚炸出来时烫手得很，再来上一碗热气腾腾的豆浆，绝对是人间美味。自从临时菜市场被清走以后，小六只能以方便面或叫外卖度日。此时看到老太太重操旧业，小六的鼻尖似乎闻到了油条的香味，忍不住咽口唾沫，把烟拧

对弈，输赢掌握在权力者的手中

灭,拿件外套披上,下楼而去。

刚出楼梯口,外面一阵尖锐杂乱的声音骤然入耳,如一颗巨大的炮弹投入到人群中,轰然作响,紧接着就是惊叫声和四处避散的脚步声。小六快步走出小区门口,只见两辆城管的执法车威风凛凛地停在路边,七八个城管人员分成两组,如猛虎进入羊群,挥舞着锋利的爪子,横冲直撞,将一个个摊子掀翻踢倒,水果、蔬菜、包子、馒头散落四周,鱼虾在地上噼啪乱跳,证明着自己顽强的生命力。

小六眼中燃起火光,站在退避的顾客后面,默默拿出手机,调到摄影模式,对着这场面拍摄起来。正在兴头上的城管执法人员并没注意到有人在无声无息间记录下了这一切,依旧奋勇向前。老太太颤颤巍巍地想把锅里的油条捞起来,却被一矮个子的城管员眼疾手快地抢了过去,将整锅油和油条掀翻在地上,回头用力推了老太太一下,大骂道:"老不死的,跟你说过几次,别来这儿摆摊,你他妈是不是聋了!"

老太太踉踉跄跄地连退几步,还是没站稳,一屁股坐在了地上,浑浊的眼中淌下泪珠,呜呜地哭起来。另一个年纪约六十多岁、身材高大、推单车卖柿子的老人想走,也被另一个快步赶上来的城管员拉住,一脚把单车踢翻,指着老人破口大骂。老人愣怔了一下,忽然从身上掏出一把水果刀挥舞了起来,嘴里叽里咕噜地说着什么。

看到有人居然敢拿刀反抗,城管队员立即围了上来,将老人围在中间,一矮个子讥讽地说:"原来是个哑巴,靠,拿把刀吓谁呢!"

虽然说不出话,但老人脸上的愤怒却是任何人一目了然的,刀在空气中杂乱无章地挥舞着,但谁都知道,这是伤不了人的。矮个子上前一步,恶狠狠地说:"你这是妨碍执法,告诉你,马上把刀放下,否则我送你进监狱。"

"你们这叫执法?哪条法律规定了你们可以打砸、辱骂摊贩?"一个冷冷的声音传来,矮个子诧异地循声望去,只见小六,那个身材单薄、明显营养不良的年轻人从人群中走出来,坚定地站在自己的面前,他的五官很清秀,但此时却因愤怒而脸色铁青。

"你他妈算老几?敢管执法人员!"矮个子大吼,"谁让他们在这里摆摊的?违法占道经营,扰乱人民群众的生活秩序,他们还有理了?"

"执法可以,但是要文明!政府三令五申,要文明执法。他们是群众,不是敌人!"小六寸步不让,盯着矮个子,冷冷地说,"你倒告诉我,谁给你打砸和伤人的权力?"

"这是市领导给我们的权力!"

"市领导？好,你告诉我是哪一个?"小六不依不饶地问。

"你小子没完了是吧?老子告诉你,这是开会时,霍市长给我们的权力!你没看新闻?不服气?你有种告我去!"矮个子显然被挑起火来了,指着小六的鼻子,气急败坏地大叫,"敢和政府作对?我告诉你,只要他们还敢在老子的地盘上摆摊,我见一次砸一次,怎么着吧?"

"市长给你的权力?"小六毫无惧色,冷笑着说,"那好,待会儿我就打市长热线问问,国家什么时候赋予市长这个权力了,市长又是怎么给你这权力的!"

矮个子一愣,旁边另一个中年人听出这话问题不小,也看出小六绝不是那种能被吓唬倒的群众,口气温和地说:"朋友,我们是奉公执法,最近市里在整治违法经营,所以我们必须执行公务。这儿已经清理很多次了,但他们就是屡教不改,我们也是不得已而为之。"

"不得已?"小六冷冷一笑,"要是不得已可以成为理由,那我是不是没钱了就可以去抢银行?是不是我肚子饿了就可以去吃霸王餐?你知道他们为什么屡教不改么,你以为他们愿意每天起早摸黑、提心吊胆地来路边受罪?你们不去找出原因,解决问题,却以粗暴执法来代替,这叫不得已?有不得已的话,还要法律干吗!"

中年人顿时哑然,旁边已有群众在叫好,矮个子气得发抖,眼中冒火,直盯着小六说:"小子,有本事你留下姓名地址,老子找一天上门讨教什么叫粗暴执法!"

小六迎着他的目光,回击道:"你是在恐吓我?难道作为公民,我没有表达意见的权利?还是你要玩黑社会的那一套?"

中年人一拉矮个子,示意他闭嘴。"我们就是在执法,你当然可以表达意见。今天的行动到此结束,收队吧。"

矮个子狠狠地盯着小六,嘴里犹自骂骂咧咧不停。小六毫不退让地望着他,把上衣口袋开启录音功能的手机关了,扶起老太太,又轻轻地拍着已停止舞动刀子的老人的肩膀,轻声说:"我一定帮你们讨回公道。"

对弈,输赢掌握在权力者的手中

10. 暗算,醉翁之意不在酒

在章骏租住的小房子内,闻雪将衣服叠好,放进衣柜里,再将几套衬衫拿出来用电熨斗熨平。刚将文件处理好的章骏走过来,从后面搂着她纤细的腰肢,嬉笑着说:"老婆大人就是贤惠,不过别累着了,为夫心疼。"

闻雪扭动着身体挣脱道:"别闹,待会儿把衣服烫坏了。"

"烫坏件衣服算什么,还是和老婆亲热要紧。"章骏轻轻咬着闻雪的耳垂说,"晚上别走了。"

闻雪脸一沉,用力一捏章骏的手背,举起挂在胸前的十字架往他面前一晃,"你又忘了我的信仰。"

章骏苦着脸说:"为了信仰,你就宁可把老公憋疯?"

"你要真是我老公,就不用憋了。"闻雪忍着笑说,"问题是你还不是。"

章骏的手从闻雪腰部向上游移,占领制高点,喃喃地说:"不就九块钱和两张照片吗,明天我就拉你去民政局。"

"去民政局兜一圈是吧?"闻雪用力扭动身体,摆脱开章骏的禄山之爪,白了他一眼。章骏心知又是无机可乘,叹着气坐在床上,自言自语:"亲爱的,我明天就联系设计公司,把房子的装修方案拿出来,加紧时间施工,重要的是搞一张大床,至少两米,然后上门提亲,到时洞房花烛夜,我看你还往哪儿跑。"

前两天刚拿到新房的钥匙,闻雪心情大好,抿嘴笑着说:"真到那天,我肯定不跑。"

"对着一个如花似玉的女朋友四五年,却只能看不能用,说出去还不让人笑死。"章骏苦笑着说。闻雪伸出手指,点着他的额头说:"你们男人,正事不做,尽想着这事,够无聊的。"

"当然不无聊,不然你不得守活寡。"章骏笑着说。闻雪不以为然地摇摇头,自顾自地烫着衣服,把章骏撇在一边。章骏只得无奈地回到电脑边上网,尽量分散注意力，以克制自己熊熊燃烧的欲火。他刚打开国内最大的海角论坛，一条加红色的标题便映入眼帘：西港城管暴力执法，叫嚣是市长给的权力。

　　章骏赶紧打开链接，这帖子是午后才发出来的，楼主是浊世白莲，点击量已达十几万，跟帖数也已过三千，是海角论坛今天第一热门帖。帖子的内容非常详尽，文字简洁明快，评论依据充分，观点犀利尖锐，尤其是最后一句，更如平地惊雷：我倒是想问问政府，问问市长，在中央一再强调依法治国的时候，行政权力是否可以凌驾于法律之上？配上的视频较为模糊，明显是临时用手机拍摄的，但还是可以看清事情的经过，而双方对话时的录音则清晰得多，城管一方失态的嘶吼怒叫，通过音箱在房间里嗡嗡震动，令闻雪都放下手里的活，好奇地过来观看。

　　网友的跟帖是一面倒地声讨城管人员，不管是单刀直入地厉声斥责，还是拐弯抹角地冷嘲热讽，都对小摊贩的遭遇表示同情，对城管人员的行为极度愤慨，并对"霍市长给的权力"这句话大加鞭挞。有些人追问霍市长是何方神圣，很快就有人把霍瑞生的履历贴了出来，连家庭情况都不落下，还有人开始人肉搜索那个矮的城管员，论坛上讨论得热火朝天。

　　章骏正看得入神，手机响了，是常坤约他出来，自然一口答应。想了一会儿，便给魏日东打电话，响了两遍，魏日东都给按掉了，过一会儿短信回复道：忙得很，有空再回电。

　　章骏发出信息：网上关于城管的帖子，你知道吧？

　　魏日东回复：晚饭时才知道，领导就差火烧城管局了。今晚很多人不用睡觉了，有些人就是不给我安生日子过。

　　既然魏日东知道情况，章骏就不再和他啰唆，刚把手机放回桌子上，只听闻雪诧异地说："我怎么觉着这声音这么耳熟？"

　　章骏扭扭脖子，慢条斯理地说："不用听声音，刚才只看这文字和发生的地点，我就猜到是谁弄的了。"

　　闻雪睁大眼睛，错愕地说："小六？他难道不知道霍副市长是魏日东的顶头上司？"

　　"除了我们一身正气的大才子，还有哪个老百姓会有精力和能力去弄这事？别说是顶头上司，就算是他亲爹，只要大才子觉得违法乱纪，他都会毫不客气地揭露出来，在他眼中只有一个'理'字，根本就不管什么叫情谊。"章骏摇着头，语气中流露出担忧和不满，"我能看出来，魏日东自然清楚是谁写的。虽然他们没说，但我知道他们两人的关系最近僵得很，现在一把火烧到霍副市长头上，唉，我

暗算·醉翁之意不在酒

手
腕

看魏日东的屁股只怕烫得很,说不定杀人的心都有。这小六,真他妈是个惹事精。"

章骏说得没错,魏日东刚看到帖子时,后背一阵阵发凉,恨不得拿起刀就直奔小六家,捅他七八个窟窿才解气。就没见过如此不知轻重的浑蛋,这么大的事,他连声招呼都不打,直接捅破天。城管的执法问题,在全国任何一个城市都是老大难,出现了不少纠纷,甚至还闹出过人命,一直是媒体和网民聚焦的中心,只要有一点火苗,马上就成燎原之势,引起各方关注。同时,还对领导指名道姓,一想到这,魏日东的脑袋就不断地发胀,官员最怕出的就是这种事,尤其在人事即将变动的敏感时刻,不难想象霍副市长心中熊熊燃烧的怒火。对下属向来亲切和气的他,将桌子拍得震天响,将市城管局一二把手、区城管局的一把手骂得狗血淋头,那股雷霆之怒,让在场的所有人都噤若寒蝉,满头大汗却不敢有丝毫移动。

足足骂了二十多分钟,霍瑞生才缓下一口气,坐回大班椅上。魏日东赶紧给他的茶杯里加上水,才喝一口,他尤未息怒,"砰"的一声将茶杯重重放下,大声问:"说那句话的混账是谁?"

在落针可闻的静默中,区城管局局长林德平抹抹冷汗,提心吊胆地说:"他叫胡金,是市财政局胡局长的侄子,加入队里两年多……"

"我不管他是谁的亲戚,"霍瑞生不耐烦地发话,"他是临时编制还是正式编制?"

"是正式编制,今年刚转的。"

"正式编制?你告诉我,他说的那些话,哪一句像是国家公务人员应该说的!这就是土匪,不,比土匪还横!"霍瑞生的音量越来越高,用手一一指着城管局的领导,"你们是怎么把关的?这种人怎能让他转正,给城管队伍蒙羞?我看你们的工作能力和工作态度问题就不小!"

没有人开口,林德平郁闷得想往墙上撞,像财政局这样主管经费划拨的权力部门,想巴结还来不及,谁会脑子烧了去得罪?转正的事,是胡局长找市城管局局长余志打招呼弄的,自己只是执行而已,而余志现在一脸沉默,林德平自然不敢跳出来说个清楚明白,只能默默地把黑锅背下来,嗫嚅地说:"这是我的工作失误,我向您认错!"

"你向我认错?你应该向全市人民认错!"霍瑞生毫不客气,话锋转向余志,冷冰冰地说,"余局长,没错,整顿市容市貌工作小组是我在负责,而我给全体城管人员开过动员大会,也给你们领导干部开过不止一次会议。请你告诉我,我什么时给过你们暴力执法的权力?还把我霍某人的名头抬出来,让我出个大名。好啊,你们可真会办事!"

余志低下头,既沉痛又自责地说:"霍市长,我以党性保证,不管在会议上还是在其他场合,我们绝没有说过是您授权的话,全是胡金这浑蛋脑袋发热说出的话。如果您查出我或者其他领导干部说过类似的话,我立马向全市人民作出检讨,并引咎辞职。"

霍瑞生面色稍缓,冷笑着说:"你以为你们没说过,就不用检讨了?"忽然做了个手势,魏日东明白,条件反射地一摸口袋,却是空的。霍瑞生原来是大烟民,一天至少得抽两包烟,可自从年初推行戒烟运动后,他便带头戒掉,传为一时佳话。而魏日东作为秘书,也跟着戒烟,身上自然不会带烟。还是余志反应得快,立即掏出熊猫,毕恭毕敬地递烟点火,霍瑞生抽了两口,表情怪怪,缓缓地说:"说说你们准备怎么处理。"

城管局的三个领导对望一眼,余志小心翼翼地说:"对有打砸行为的人员,记大过处分;对参与执法的人员,批评教育。同时在局里展开文明执法教育,以此为戒,避免再发生类似情况。"

"那你们呢?"霍瑞生的眼光往三人脸上一扫,锐利如剑,语气沉重地问。

"我们负有领导责任,向市委市政府请求处分。"

霍瑞生面无表情地抽着烟,紧抿着嘴唇,不再说话,他一沉默,其他人更是大气不敢出。按魏日东平日的观察,霍副市长这种神态,其实就是对处理结果极不满意,他要亲自出手了。半根烟的工夫其实很短,但对在场的人来说却像一年般漫长。随着烟头被拧灭,霍瑞生开口了,音量不大,却像一根根锐利的针头,戳痛他们的耳膜:"你们这叫处理?是打算糊弄我还是糊弄全市人民?我看你们根本就没意识到事情的严重性!"

一句话就给事情定了性,不等其他人冒汗,霍瑞生脸色阴森地说:"有打砸行为的人员,一律开除!对参与行动的人员,一律记大过,留队察看!找到事发时的商贩,赔偿他们的所有损失!召开记者招待会,主动向媒体说明情况,我将向全市人民公开道歉。至于你们……"

毕竟是官场老油条,在揣摩领导心意方面,余志颇有两手,虽然震惊于霍副市长的重拳出击,还是赶紧接口道:"我们城管局将向全市人民公开作出深刻的检讨,并接受组织处分。"

霍瑞生终于点点头,淡淡地说:"记住,粗暴执法的人大部分是临时人员,你们以后要加强对他们的培训,明白吗?"

在另外两位同事消化这句话时,余志早已心领神会:"明白,城管队伍大部分是好同志,不能让临编人员给抹黑了。"

霍瑞生看看时间,挥挥手说:"领导很关心这件事,文市长在北京专门打来电话,郑书记也已过问此事,我得去向他们汇报。记者会的文稿尽快处理好交给我,灭火的要诀就是快,要是再出什么娄子,你们自己学关云长,挂印封金吧。"

三人唯唯诺诺地告退。目送他们走出办公室后,霍瑞生紧绷的身体和脸色松弛下来,靠在椅子上,拿出风油精揉揉太阳穴,尽显疲态。魏日东关心地说:"霍市长,要不您休息一下,待会儿再去找郑书记?"

霍瑞生闭着眼睛摆摆手,说:"文市长不在家,我主抓的工作出了问题,不能让郑书记久等。给我换泡茶吧,要普洱。"等魏日东换好茶叶,泡上开水,霍瑞生喝了几杯,才打起精神:"小魏,我交代你两件事,要尽快落实下来。"

魏日东立即拿起记事本:"您说。"

"一,我听说你有和网站打交道的经验,这次就交给你处理。网络虽然看不见摸不着,但无孔不入,影响力不可小看,一定要及时遏制住事态的进一步发展,控制住网络舆论,不能让别有用心的人借机生事。"霍副市长说得很慢,魏日东却越听越头大,"二,找出发帖的人,查清楚他干这事的目的,安排我接见他。"

"您要见他?"魏日东难以置信地抬起头。

"是,解铃还须系铃人。"霍副市长不想多说,"去做吧。"

"明白。"魏日东硬着头皮,心里叫苦不迭,查是不用查,可小六这缺根筋的人不来添乱就谢天谢地了,还要让他见霍副市长?要是放以前,那简单,可当前关系僵成这样,自己怎么开这口,又如何说服小六?

常坤定的地点是潮乐按摩中心,位于西港北市郊的潮和村内,开车需要四十分钟,没人带路,绝不好找。章骏在西港读四年书,干四年工作,跑业务时对市里大大小小的街道以及饮食娱乐场所也算知道不少,却从未听说过这地方。而常坤从北京来西港不过两个月,却能娴熟地指挥着他在乡道上左拐右拐,俨然就是个西港老乡。

这幢不起眼的五层小楼,乍眼望去和普通的乡村楼房没任何区别,只是旁边巨大的停车场内,举目望去皆是保时捷、奔驰、宝马、奥迪等豪车,仿佛走进名车展览会,怪不得章骏的捷达驶进来时,保安在发卡时还神色奇特地多看了两眼,估计是很久没有这种档次的车过来消费了。

常坤老练地带他从后门走进楼里，果然是别有洞天，原汁原味的欧式风格装修，金碧辉煌，格局和气派极为惊人。接待柜台后面的墙上，是一整幅亚当夏娃在伊甸园偷吃禁果时的油画，伊甸园的如梦美景、赤裸裸的男女主角、显眼的性器官，还有合欢时如痴如醉的极乐表情，无不动人心魄，让人一望就心驰神往，偏偏又带有几分庄严肃穆的神圣，把性的神秘、美好、庄重刻画得栩栩如生，绝对是大师级手笔，效果震撼至极。

两人在更衣室换好浴袍，先来到一个房间内泡澡，赤条条走进热气腾腾的浴池里，常坤拿一条毛巾捂在头上，说："这儿不错吧？"

"太棒了，真没想到，在农村里居然有这种装修、这种服务，比五星级的还要好。"章骏由衷地竖起大拇指，"大哥，你真行。"

"我一个朋友带我来的，不然我哪找得到。"常坤笑着说，"这里的老板是村里的南霸天、土皇帝，说的话比村支书还管用，而且天高皇帝远，谁也管不着，有什么风吹草动的，一进村就会被放哨的发现，绝对安全。而且，更好的玩意儿，你待会儿才能享受到，个个是人间极品，哈哈。"

章骏附和着笑笑，心中却想只看这档次和规模，埋单时估计又是狠狠的一刀。常坤把毛巾拿下来，抽着烟说："先说正事，你的软件我研究了一下，和招标的要求差距不小，尤其在生产管理这块，就是个花架子，中看不中用。"

"是，我们还没做过生产管理软件，这是最大的软肋。"章骏很坦诚地说，"所以我想先搭个架构应付着，同时加紧开发。"

"应付不了的，集团对这次信息化工程非常重视，除了内部评测，还会邀请外来的专家对软件的实用性进行评分，是骡子是马，根本瞒不过他们。要按你给我这版本，我保证第一关就会被刷下来。"常坤稳稳地说。

"那大哥您觉得该怎么办？"既然常坤邀自己来这消费，应该有解决的办法，章骏还是有点底气，并未显得慌乱。

"临阵磨枪肯定来不及，只能借外力为己用。"常坤说得很缓慢，像是怕章骏听不清楚，"财务和人资软件是腾驹的强项，库存、采购、销售管理软件你们做得也还马马虎虎，生产管理软件不是你们擅长的，那就找专业做生产管理软件的公司合作呗，这叫术业有专攻。"

"这我也想过，不过软件讲究兼容性，要找到和腾驹使用相同编程语言的公司不容易，就算找得到，程序员编程的风格不同，源代码的后期整合也是极大的工程。"章骏苦笑着说。

暗算，醉翁之意不在酒

"主要还是看合不合适，毕竟专业生产管理软件在功能的实用性和细节的灵活度上，不是你们这样闭门造车可比的。"常坤依旧坚持自己的观点，"而且软件那么多，要挑一个和腾驹兼容性较好的也不是没有。"

章骏隐约感觉到常坤话里的含意，试探着问："大哥，那你知道这类软件?"

"及时雨软件听说过没? 我以前在北京时，负责过这软件的上线应用，功能不错，和你们用的编程语言一样，界面风格也类似。"常坤拿起浴池边的红茶，轻轻把热气吹掉，随意地说，"他们的老板程高要移民新西兰，想关掉公司，再把这软件卖掉，我看这是很好的机会，你若能收购过来，既解了燃眉之急，又加强了腾驹的实力。"

醉翁之意不在酒，原来是要拉起红线。章骏沉思片刻，不得不承认，如果及时雨真能和腾驹兼容整合，倒不失为很好的选择。只是一要做好对软件的准确分析，二得看看对方的胃口有多大，而常坤也不可能白牵线。看章骏不说话，常坤放下茶杯，右手手指有节奏地在肚皮上敲打，打着哈哈："我只是提个建议，你是我兄弟，程高是我朋友，我就是给你们牵个线，能两全其美最好，要是你有更好的办法也没问题。"

章骏急忙说："大哥，你也知道我是小公司，资金有限，要收购别人的软件不是件小事，总得看软件兼容的程度，以及有没有实力买下来。如果条件合适，那是一举两得的好事。"

"程高是个爽快人，急着移民，开的价格不会高，否则我也想不到你。"常坤说，"待会儿我把他的电话给你，你直接和他联系，成不成你们自己谈。"

"谢谢大哥，若是没有你介绍，我还不知道有这机会。"章骏举着茶杯，和常坤碰一下。常坤喝口茶，舔舔嘴唇，说："你是不是有个当记者的朋友，文笔不错?"

"他刚辞职，不当记者了，不过文字功夫没得说，大学时公认的一支笔。"

"工作都辞了? 有性格!"常坤的表情明显难以置信。

"是啊，他就是太有性格了，天才大都比较孤僻。"想起小六，章骏恰如其分地作出评价，"大哥有事找他?"

"邱总来日鑫工作已经十年了，他想找人写一本传记。"全身在水里泡久了，常坤有点受不了，站起身来回走动，"只要写得好，稿酬不是问题。"

要小六写溜须拍马的吹捧文章? 章骏心知几乎是天方夜谭，但常坤的下一句话却打动了他："如果这事能成，招标时我在邱总那边也好说话。"

"好，我和他说说。"章骏只能应承。说完事，常坤轻松地拿浴巾披在身上，说:"走吧,该去爽爽了,这里的妞不但漂亮,而且功夫超一流,千万别错过。"

常坤没有夸张,这儿的小姐个个如花似玉,环肥燕瘦各有味道,综合水准远高于西港市内任何一家娱乐场所。技术更是专业级的,很多招式章骏闻所未闻,在莺莺细语中,在酣畅淋漓的男欢女爱中,闻雪的影子骤然消弭,一股发自内心的满足感油然而生。

此时,小六的感触和章骏一模一样,只因他们正做着同样的运动。床上的云燕与小六在一阵剧烈的抖动后,品味着不可言说的欢愉。云燕脸上的红潮渐渐退去,手指在小六的头发上摩挲着,轻笑着说:"你越来越厉害,刚才差点让我死了。"

这是女人对男人极高的赞誉。小六睁开眼睛,注视着云燕,坏坏地一笑,"还不是你教导有方。"

"是你学习能力强吧。"云燕"切"了一声,拍拍小六的脸庞说,"天下乌鸦一般黑,男人全是色狼,给你们尝到点滋味,就再也收不回笼子里了。"

"干吗要收回笼子里?"小六往那诱人的红唇深吻一口,"这样不好吗?"

"你自己说,和两个月前相比,还是同一个人吗?原来是傻瓜,现在是野兽。"云燕翻个侧身,屈肘托着头部,望着小六,"很少见你心情这么好,有什么喜事,找到工作了?"

"今天办了件事,替被城管欺负的小摊贩出了口恶气。"提起这事,小六比三伏天喝杯冰凉透骨的可乐还舒爽,"而且这事引起的反响比我预想的还要好,政府肯定要重视。"

"我还以为你彩票中了五百万呢。"云燕可没能体会出小六的成就感,有点失望,"你以为你是蜘蛛侠还是蝙蝠侠?真要行侠仗义,还不如先想想怎么吃饱肚子。"

"路见不平就得一声吼,现在就是太多人只想着自己,社会才会变得冷漠,这种风气可要不得。赚钱是一回事,社会责任感是另一回事。"小六说得大义凛然,其实底气有点不足,最近写稿赚钱的计划屡屡失败,坐吃山空,银行卡上的数字急速下滑,再这样发展下去,就得等人救济自己了。

云燕不以为然,听到老鼠爱大米的铃声响起,赶紧拿起手机,刚看一眼号码,立即向小六做了个噤声的手势,娇声地说:"今晚吹哪阵风,想起我来了?我今天身体不舒服,先回了……啊,你在天地豪情?上次你说介绍朋友给我认识……嗯,行,那我现在就过去……没事,您打的招呼,别说我在家歇着,就是在医院动

暗算,醉翁之意不在酒

手
腕

手术,也得立马缝上赶过去,待会儿见。"

　　从床上起来,云燕赶紧从地上找衣服穿上,眼角一扫,却见小六靠在床头,冷着脸一言不发,她便靠过去笑着说:"亲爱的,别这样,这是我一个大客户,要介绍我去天地豪情上班,那可是西港最高档、最红火的夜总会,生意可是金乐福这小场没法比的,要是真能去那边工作,工资加提成至少翻两番。"

　　小六指着手表,没好气地说:"现在几点了,你又喉咙痛,他还叫你去,想做什么?"

　　"不就十二点多么,早得很,别忘了我平时几点下班。"云燕从袋子里拿出镜子和化妆盒,边补妆边说,"就过去喝两杯酒,没什么的,别胡思乱想。"

　　小六"哼"了一声,便不说话了。稍微化点妆,云燕如花般艳丽,满意地点点头,在小六脸颊亲一口,腻声说:"小气鬼,好好在家待着,明天我再过来陪你。"

　　"不行。"小六说话的口气就像赌气的孩子,盯着云燕的俏脸,不容置疑地说,"待会儿过来,多晚我都等你。"

　　云燕怔了怔,随即笑声连连:"好,好,那我走了。"心急火燎地下楼后,她拦了辆的士,直奔目的地。还好夜晚的车少,司机在她的一再催促下,以八十公里的速度飞奔,二十分钟后,霓虹灯绚烂夺目,将四周映衬成不夜天的天地豪情娱乐城已在眼前,和刚才漆黑寂静的住宅区仿若两个世界。

　　矮矮胖胖的邱德州看来喝了不少,稀疏的脑门红光可鉴,一见云燕进来就大呼小叫,酒气直喷:"来得这么晚,先罚三杯再说。"

　　云燕爽快地喝了。邱德州走上去,搂住她的腰肢,对着中间一个帅气的年轻人说:"这位是霍公子,咱西港最大的钻石王老五,来,敬霍总三杯。"

　　霍超抬起头,看看云燕,笑着说:"邱总,有眼光,对漂亮的小姐,等一等是应该的,什么时候也给兄弟介绍一个。"

　　被霍超一称赞,邱德州大觉脸上有光,哈哈大笑着说:"霍公子,你要是喜欢,就让她陪你,咱兄弟没什么客气的,别的不说,功夫绝对棒。"

　　霍超微笑着说:"那可不行,正因为是兄弟,更不能夺人所爱,还是留给老兄你享受吧。"他身旁的美女不屑地撇撇嘴。云燕只觉得她眼熟,仔细想想,才记起是最近上演的一部电视连续剧的女三号,她居然会来陪客,这霍公子的能量可想而知。云燕若无其事地倒上一满杯酒,说:"霍总,初次见面,我敬您,我干了,您随意。"

　　霍超将杯底剩下的一点酒喝了,看云燕一口气将酒喝完,翘起大拇指赞叹:

"好酒量,爽快,不愧是跟邱总的人。"

邱德州更加得意,继续介绍:"这位是大名鼎鼎的陶总,这里的老板,应该也是你未来的老板,还不赶紧敬酒。"

陶扒皮带着金边眼镜,打着粉红色的领带,显得温文尔雅,说话不紧不慢:"霍公子都说好,那肯定是难得的人才。邱总,我可得感谢你的推荐。来,这杯我敬你们。"

云燕急忙说:"不敢当,我敬您吧。"一样倒满杯,她一口喝下。陶扒皮点点头,说声"好"。邱德州介绍另一个年轻人:"这是小魏,我的好朋友,咱们西港市未来的大领导。"

魏日东的精神不太好,摆着手说:"邱总,你别拿我开涮,我只是小打工仔而已,和领导根本不沾边,我酒量不行,咱随意就好。"

云燕说:"那不行,在座的都是我大哥,这酒得一视同仁,您能喝多少随意,我还是干了。"魏日东拿起酒杯浅抿一口,看着云燕喝完第三杯酒,拍手说:"海量!"

敬完一圈酒,邱德州拉着云燕和陶扒皮玩色子。霍超向魏日东举杯,说:"兄弟,今儿这事有那么大,弄得你整晚没心情?"

"我从没看过霍市长那么生气。"魏日东压低声音说,"从郑书记办公室出来时,他脸色很不好,明显在压着火,回去的路上,我都不敢说半个字。"

"现在网络一发达,有些人就喜欢无事生非。"霍超不以为然,"屁大点事,也搞得沸沸扬扬,要我说就得这样执法,真要讲文明,谁还怕你?"

"是。但真的闹出来,领导的脸上也挂不住,霍市长又是整顿小组的负责人。"魏日东把杯里的酒一口喝完,分析给公子爷听,"关键是时机敏感得很,文市长在中央党校学习,应该不会回来了,直接调到省厅,他的位置可是很多人在动心思。最近听说省里有一种意见是另调市长过来,这当口霍市长负责的工作给人留下把柄,他压力真的很大。"

霍超这才了解事情的严重性,本来他一直以为市长宝座非父亲莫属,一听可能节外生枝,顿时沉下脸来不说话了。魏日东放下酒杯,安慰他说:"你也不用过于担心,霍市长在政坛纵横多年,什么风浪没经历过?他处理起事来还是胸有成竹的,底气足得很。时间不早了,我先回去,明早还有一大堆事得处理,明天中午又约了人吃饭。"

霍超点点头,从口袋里掏出一张房卡,说:"别回了,我在五楼开好房了,带小妹上去玩玩。"

"不了，今天实在没兴致，展不起雄风。"魏日东拨浪鼓似地摇头。

看他说得坚决，霍超也不勉强。和众人打声招呼，魏日东先行离开。玩了半个多小时，闷闷的霍超带着小明星到楼上。邱德州坐到陶扒皮身边，用很低的声音说："老陶，投资搞联富地产的事，你是怎么打算的？"

陶扒皮抽着雪茄，悠然自得地说："联富的地皮摆在那里，升值潜力极大，这是个金矿，难得霍公子肯带我们玩，你还犹豫？"

"他玩的是空手道，用的全是银行的钱，只是审批不过，才来找咱们集资的，咱们掏的可是自己腰包，占的股份还小，仔细算算，这账可不便宜。"邱德州打个酒嗝，说。

陶扒皮看着他，细小的眼中闪过一道光芒，嘿嘿笑着："不管有多少股份，分红总少不了吧？再说了，你真以为这事就是霍公子在操作？他就是在前面冲锋的马前卒而已，万一把大老板得罪了，你觉得对你有好处吗？别忘了，你们总部的老大可是他的战友。"

"这我了解，所以我才头痛。"邱德州喃喃地说，"日鑫集团是国企，要动用里面这么多钱，可不是闹着玩的。"

"谁不知道你是日鑫的一支笔。"陶扒皮稍微低下脖子，凑在邱德州耳边说，"其实就是把钱挪出来转一圈，等房子建好开售，资金回笼，你就退出来，成本还给日鑫，利润给自己，还给了大老板面子，一箭三雕，上哪儿找这种好事？再说了，真有什么事，大老板还不得罩着你？"

"这馅饼可没那么好吃。"邱德州叹口气，想了好一会儿，才下定决心，狠狠一挥手，"路走到这份上了，没什么说的，干！老陶，以后咱哥俩可得多联络，有消息多透露。"

陶扒皮笑了，笑得很开心，向邱德州举起酒杯，又对云燕说："美女，你哪天能来上班就来，别的不说，就冲老邱的面子，我给你最高的工资和提成。"

云燕笑得像朵花，连声道谢。邱德州的手直接捏在云燕胸前最高处，色迷迷的，口水快留下来了，说道："宝贝，事成了，你得怎么谢我？"

云燕瞟他一眼，媚笑着说："你说该怎么谢？"

邱德州拿出房卡，在她面前一晃，暗示道："房间开好了，你说呢？"

云燕伸出手指，轻轻一捏他的鼻子，亲昵地说："死鬼。"

邱德州再也忍不住了，和陶扒皮一挥手。就在他出门而去的一刹那，陶扒皮和气的表情立即变了,有嘲笑,有讥讽,又有警惕,眉头紧紧向中间靠拢,这是他在深思的自然反应。

房间内,邱德州连澡也没洗,迫不及待地压在云燕身上,疯狂运动着,全身肥肉抖动,从镜子里看,极像一只发情的公猪,哪有半点著名企业家的德行?云燕随着他折腾,偶尔配合着发出嗯嗯啊啊的声音,她太了解这个男人的战斗力了。果然,还不到两分钟,邱德州便瘫软下来,满足得直喘粗气。想起上半场和小六激情四射的持久战,云燕嘴角荡起不易察觉的轻蔑笑容,一句话猛地从脑中蹦出,她顿时打了个激灵,腾地坐起来。

"怎么了?"邱德州翻过身,问。

"我刚想起来,出门时家里还在煮凉茶,现在只怕烧干了,我得赶紧回去。"云燕跑到洗手间,飞快地冲洗。邱德州诧异地说:"你不怕房子烧了,还有时间洗澡?"

云燕不能和他解释是怕小六看出端倪来,得把罪证洗掉,随口说:"习惯了,不洗不舒服。"随后快手快脚地穿上衣服。邱德州喝了不少酒,发泄一番后,人也极累,懒得多想,自顾自地躺在床上,不一会儿就直打呼噜,仿佛轮船启动的汽笛声,震耳欲聋。

"咚咚"的敲门声在万籁俱静的夜里尤为刺耳,刚响两下,门便开了,小六不咸不淡地说:"你还真早。"

一时判断不出话里的意思是怒是喜,云燕嘻嘻一笑,搂着小六的脖子就要接吻。小六头一撇,拧着眉头说:"酒味。"

"我没喝多少,不然味道不会这么淡。"已经洗过澡,又漱了口,味道确实没那么浓烈。云燕拉着小六,往电脑桌前坐下,"来,看看我的大作家在写什么?《粗暴执法的悖论》,又发表我看不懂的伟论了。"

"评论而已。"小六很平静,"你虽然看不懂,但有人能看懂。"

"知道你厉害。"云燕撒娇地说,"我可困了,要睡觉了。"

"还差一两段,你先去洗澡。"云燕求之不得,拿起衣服就到卫生间洗个痛快,连头发也洗了,让所有味道一点不留,折腾了四十分钟才出来,搂住小六的脖子说:"亲爱的,明天下午陪我去逛街好不好,嘉人广场大减价。"

"明天中午有朋友约我见面,谈完我来接你。"和章骏一样,小六平时最讨厌逛街,不过云燕第一次提出要求,心里再老大不情愿,也只能答应下来。

"你最好了,睡觉。"云燕高兴地亲亲小六,拉着小六躺在床上,整个人窝在

手　　他胸前,呢喃着说,"这样最好,温暖。"

腕　　　　小六也笑了,看着云燕娇憨的模样,忍不住低下头,轻轻吻着她的额头,只感觉一种前所未有的甜蜜,从四面八方将两人裹在一起,只让人恨不得明天永不到来。

11. 情感，挣扎于钱权之间

第二天的午饭定在西子湖，这是西港最正宗、最高端的杭州饭馆，小六是杭州人，对家乡菜情有独钟。地点是魏日东定的，上午的事忙完，他跟霍副市长请好假，提前十分钟来到这里，刚把老同学最喜欢的几个菜点好，小六便进来了，当两人视线相触时，彼此都有些不自然。还是魏日东恢复得快，迎上去一拍小六的肩膀说："傻站着干吗，坐啊。"

吩咐服务员冲两杯西湖龙井，魏日东打量着小六，"咱俩认识这么多年，什么话没说过，什么架没打过。"他拉开袖子，右手臂上有道五厘米长的伤疤，"酒瓶都挨过，什么时候生分成这样了？"

小六笑笑，脸上紧绷的肌肉松散开来，眼神变得悠远。那是大二时，魏日东生日，请宿舍几个兄弟去校外的大排档吃饭喝酒。小六上洗手间时和人撞到一起，那人撒起酒疯要揍人，兄弟几个哪能容小六吃亏，立即过来帮忙，以四打二，对方不敌，操起酒瓶乱砸，一家伙直奔小六脑门砸去，幸亏魏日东伸手挡了一下，瓶子碎开，碎玻璃划破皮肤，当场鲜血直流。吓得哥几个面无血色，对方也知道闯祸了，赶紧屁滚尿流地逃走了。那一幕血腥又温暖的场面，小六现在回想起来依旧鲜活，就像发生在昨天一般。

"这是我欠你的。"小六终于开口了。

"不。"魏日东摇头，诚挚地说，"我以前这么说，现在还这么说，咱谁也不欠谁，因为我们是兄弟，不管有多大的分歧，依旧是兄弟。"

看着眼前的疤痕，想起旧日种种的好，感动的暖流在小六体内蔓延。他垂下头喃喃地重复道："是，我们是兄弟。"

服务员端上叫花鸡，闻着诱人的香味，小六忽然说："你希望我做什么，直接说吧。"

魏日东一惊，没想到自己苦心孤诣营造的温馨氛围，这么快就被打破了，一时目瞪口呆,竟接不上话。小六抬起眼皮望着他,平静地说:"我知道你是为昨天城管的事而来,帖子是我发的,当时我很愤怒,只想把事情的经过公诸天下,让网友评论个是非曲直,也给官方一点压力,给受害者一个说法。可我并没想到会牵涉到你,只是当有网友开始搜霍市长的资料时,我才意识到你是他秘书,可能会对你有影响。"

江山易改,本性难移,这小子说话从不知道拐个弯,依旧是喜欢单刀直入。魏日东心中暗叹,小六从不说谎话,既然说没害人之心,那就肯定没有,虽然他估计就算小六事先知道,也不会因忌惮自己而放手,但听到这番话后心里还是舒服多了。于是举起筷子,夹块鸡肉放在小六碗里,示意他边吃边说:"要说对我的影响有多大,其实不算。你帖子里说得没错,粗暴执法是城管局不对,昨天霍市长已经将负责人骂了个狗血淋头,我在旁边听得那叫一个痛快。而且,他准备召开记者会,在会上和相关人员一起,向全市人民公开道歉,并严惩粗暴执法者。"

小六原本就预估市领导不会不闻不问,至少要给一个交代,但霍副市长的态度还是出乎他的意料,让一个地级市的常务副市长在电视上公开道歉,放在全国都极为罕见。他的脸色顿时和缓下来,说:"霍市长真是这个态度?"

"是,而且他还要见你,感谢你对政府部门执法的监督。他说,要是多几个像你这样的热心市民,我们的权力部门就不敢胡作非为了,可以减少很多权力腐败。"魏日东一脸正色,丝毫不像开玩笑的样子,小六倒有些不知所措,只听魏日东继续说,"那天撒泼的人,其实只是个临时编制人员,马上会被开除的。城管人手紧,事又多,便找了些临时人员充实队伍,把关不严,难免良莠不齐,有害群之马。通过这件事,霍市长已指示相关部门要对全市城管队伍进行全面检查教育,杜绝此类事情发生。"

"说到底,你想让我去见霍市长?"小六疑惑的眼神毫不掩饰地在魏日东脸上转悠。

"这是其一。其二,你的那篇帖子有些方面并不是事实。"魏日东神色不变,从容不迫,"霍市长强调的是文明执法,他在城管动员大会上的讲话全文,就在我这里,你可以看一看。那个临编人员只是因为参加会议时见过霍市长,就信口开河地把霍市长拉出来当挡箭牌,损害霍市长名誉,简直是一个浑蛋。"

小六听明白了,徐徐地说:"你是要我把帖子更正?"

"是,并对后续的情况继续跟踪报道,这是最好的监督。"魏日东微微一笑,"你不就一直希望当这角色吗?"

"如果我写的东西有误,当然要更正。"小六想也不想,爽快地说,"至于继续跟进,你不说我也会做。"

"好。"魏日东兴奋地举起茶杯,"为你小子死不悔改的满腔正义热血,碰一下。"这是他昨晚苦思一宿想出来的策略。小六这人绝对是吃软不吃硬,想搞定他,像上次那样硬碰硬根本行不通,就算是兄弟,他也不会给面子,唯一能让他做出让步的,只有一个理字。所以他先低姿态地打感情牌,让小六卸下心理防线,再把霍市长的处理结果拿出来,震住小六,接下来便能顺理成章地提出要求,按部就班,没想到果然大功告成。否则,以他们上次闹得翻脸的关系,要是一开始就提出要改帖子,只怕没说两句,已然不欢而散。

小六笑着喝一大口茶,舀一勺宋嫂鱼羹,颇有感慨地说:"上次妇幼医院那事,我还以为霍市长也是包庇纵容亲属的昏官,现在看来,倒是我有偏见了。"

"这你可真冤枉霍市长了,事情他根本不知道。"魏日东不想再旧事重提,一语简单带过,"我接触的领导不少,在廉政亲民、严于律己方面,霍市长堪为表率。"

"后来我也想过,孩子死了,家属慢慢接受现实后,想的肯定是赔偿问题。"小六可不管魏日东岔开话题的意愿,自顾自地说,"只是你们仗着有权有势,便采取一手遮天的做法,死不认错,实在令我反感。"

魏日东苦笑,心想要不是你小子横插一脚,家属不可能拿到那么多赔偿,只是到头来你得到了什么?还把工作丢掉了,真是赔了夫人又折兵。他把实话咽在肚子里,说:"是,我承认那件事是有办得不地道的地方,我认错。中午不能喝酒,下次叫上章骏,我请客,咱们喝个痛快,我也让你骂个痛快,好不好?"

话说到这,小六反而不好意思起来,毕竟是睡上下铺的兄弟。他挠挠后脑勺,说:"事情过去就过去了,不说它。快吃吧,你不是还得上班么!"

西子湖的菜做得确实不错,就是分量少,说是精致,但没几筷子就吃光了。既完成了任务,又和小六言归于好,魏日东心情极佳,豪气地对服务员一招手:"加菜!"

"客厅的阳台要留着,摆张小桌子,晚上边喝茶边看海景,多舒服。"在新房的窗边远眺着碧波无垠的海面,闻雪说得兴致勃勃。旁边的设计师记下来,说:"没问题,这房子格局好,通透大气,调整的余地大,怎么设计都好看,主要是你们喜欢什么样的风格。"

"要简约,我不喜欢西式的繁琐,就是看起来贵气,但没什么品味,像暴发

情感,挣扎于钱权之间

手户。"闻雪说,"越简单越好,色调要淡雅。"

腕　"浅色容易显脏,以后花在清洁上的功夫可不少。"设计师提醒一句。闻雪拉着章骏的手,说:"没事,只要勤点打扫就不是问题。"

章骏笑着说:"老婆就是贤惠。王总监,就按这个意思操作吧。"设计师点头答应,和工作人员一起丈量尺寸。闻雪看着崭新的小区内花草掩映,树木成荫,一脸高兴和幸福的表情。章骏看在眼里,打趣说:"还是白坯房就兴奋成这样,以后看到成品可别血压一高就晕过去了。"

闻雪白了他一眼,不过心情极佳,懒得拌嘴。对每个女人而言,有个温暖的家,有个相爱的老公,不就是最大的幸福么! 哪像男人,累死累活的,非得闯出一番事业不可,其实赚多赚少,到头来不就是居有所、食有肉嘛。

"爸和小典说好了,让他下星期回来,就在西港找点事做,不去上海瞎混。"闻雪说,"到时装修,他要没什么事还能来帮忙看着。"

一提起未来的小舅子章骏就头大,眼光不自然地四处转悠着,说:"他打算做点什么?"

闻雪的观察力向来很强,一看章骏的表情,就知道他在想什么,不满地哼了一声,讽刺道:"放心,没打算去你那儿,哪敢高攀啊?"

那最好。章骏怕的就是闻典有来腾驹的想法,那又得头痛了。放下心事,他陪着笑脸说:"主要是公司规模还小,没什么能让小典学的,别耽误他几年时间陪我瞎混了。再说了,西港虽比不上上海,但至少是自家地盘,给他找个好点的工作不难吧。"

闻雪冷着脸不说话。章骏心想,找个聪明的女朋友真不是好事,一下子就看穿自己的顾虑,不是工作不好,而是消受不起闻公子眼高手低、吊儿郎当的德行。他灵机一动,主动请缨:"我给日东打个电话,他是领导秘书,人面广,认识的大老板多,介绍个工作不是难事。"

闻雪的脸色稍微和缓下来,想了一下,说:"也好,不过,如果太麻烦他就算了。"

"有什么麻烦的,上次你帮他的忙不是更大。"章骏把胸口拍得震天响,"交给我吧。"

"这个小区建了有两三年吧,当时房价还比较便宜。"记好数据,设计师递根烟给章骏,随口拉起家常来。

"是啊,买的时候三千多块钱一平米。"章骏说,"就是开发期长了点。"

"那可赚大了,现在至少要一万元以上。"设计师啧啧有声,感叹连连,"现在投资什么都不如投资房地产,坐着就能赚钱。"

"自住的房子,升值幅度再大也不能卖,总不能拎着钱流落街头吧。"嘴上这么说,章骏看看闻雪,眼中满是得意。当初买这房子时,闻雪并不看好,因为地点偏远,上班交通不方便,周边配套又不齐全,但章骏看准随着城市中心不断东移,这片地的升值潜力巨大,最主要的问题是自己囊中羞涩,钱投在公司上,首付款还得靠父母积攒下的"棺材本"帮忙,好说歹说,才让闻大美女勉强点头答应。交钱后,开发商又迟迟不动工,把两人急得够呛。事实证明还是章骏的眼光准,有句古话叫"三十年河东,三十年河西",在高速发展的中国社会,只要三年下来,原本鸟不拉屎的地方,现在一片片风格迥异的住宅小区如雨后春笋般冒出来,市场、幼儿园、学校、医院等全有了,房价更是一路飙涨,这儿竟成了西港市最新、最时尚的生活圈。这笔超级成功的投资,也成为章骏难得能在闻雪面前吹嘘的资本。

滴滴,手机短信声响起,章骏打开一看,是小六发来的:最近方便不?借我点钱。

这眼比天高的小子居然开口借钱?难得难得,看来失业的日子很不好过。章骏回复:要多少?

五千吧,过段时间我手头宽裕了就还你。

靠,我们还说这个,什么时候要?

待会儿就要用。我和日东在吃饭。方便的话直接打我卡上,账号我发给你。

"这俩小子,有饭局不约我。"章骏喃喃骂了两句,不过两兄弟凑一起吃饭,不管谈判还是摊牌,总比把话藏在心底、芥蒂越埋越深的好:行,这就给你打过去,记着,你们欠我一顿饭。

知道了,刚刚还说起最近找个时间,咱们好好聚聚。

看这语气,两人的过节是揭过去了,章骏松口气,打电话给黄玉珍,让她从网上转账,把款打给小六,然后把手机往裤兜一揣,加入到闻雪和设计师商量装修大计中来。

和魏日东吃完饭,小六到银行的自动柜员机一查,钱已到账,这才放下心来,底气足了不少。第一次和云燕逛街,总得有所表示吧,小六只是性格固执,虽然没谈过恋爱,但并非不通世事,怎样哄女孩子开心,多多少少还是知道一些的。

小六回到家里时,云燕还在睡觉,被小六叫醒后,她磨磨蹭蹭地起了床,简单地洗漱一番,连饭也不吃,便拦辆的士,直奔嘉人广场。这儿是西港的时尚名店

情感,挣扎于钱权之间

聚集地,看着琳琅满目的一线品牌,一直无精打采的云燕就如打了针兴奋剂,顿时神采焕发,直奔门口最显眼的路易威登专卖店。

"这包不错吧,最新款,前几天我才在《时尚》上看到。"拎着一个灰黄色的皮包,云燕对着镜子照了又照。小六勉强笑笑,路易威登的名气实在太大,虽然第一次走进奢侈品店,但他也知道那价格绝不是普通人承受得起的。

云燕没去看小六的表情,拿着包摆了几个姿势,满意得很,价钱问都不问,就让销售人员包起来。她突然眼前一亮,指了指一件浅蓝色的衬衫,说:"亲爱的,你穿这件衣服肯定好看,试试吧。"

"我不用买衣服。"小六连连摇头。云燕不理他,让销售人员把衣服拿下来,贴着小六的身体比了比,便示意要了。小六急了,说:"我真的不用买。"

"陪我逛街就得听我的,乖。"云燕柔声说。大庭广众下,小六发作不得,嘴里暗暗发苦,真后悔和章骏借的钱少了。趁着云燕兴致勃勃地继续挑选,他低声向销售员问了问价格,听到她嘴里吐出的数字,小六不由得呆住了,手足无措地站在一边,原本灿烂的好心情立刻烟消云散了。

云燕又选了个钥匙包,拿出信用卡潇洒地一刷,两万多块钱便花了出去,转头对小六笑着说:"该不会是要我拎着吧,有点男士风度好不?"

小六的脸色微微发青,默默地走过去拿起东西。一进入购物状态,云燕兴奋得很,如蝴蝶般在各名店中穿梭。而小六就如跟班一样亦步亦趋,一言不发,手上提的东西越来越多,脸上的表情却越来越难看。

走了两个多小时,小六的腿酸得要命,手更麻得没有了知觉,云燕才心满意足地在星巴克坐下,看着收获的战利品,喜笑颜开,一抬头发觉小六神色不佳,心知不对,温柔地说:"辛苦你了,亲爱的。"

小六揉揉手腕,低声说:"你想喝什么,我去买。"

"大杯的摩卡,再来个蛋糕,我真饿了。"云燕只觉得饥肠辘辘,苦着脸说。端着饮品和蛋糕回来后,小六低着头,缓慢地喝着咖啡。云燕吃了两口蛋糕垫肚子,试探着问:"你不开心?"

"没事。"强烈的自尊心让小六没法说出真实的想法,只能简略地回答。

"真没事?"云燕打量着他,"我怎么觉得有事?"

"真没事,昨晚没睡好,累了。"小六的确显得很疲惫,但不是体力问题,而是由内至外的一种失落和难堪。而最善于察言观色的云燕哪里肯信,轻声说:"是不是我买这些东西,你不开心?"

"不，都是好东西，你喜欢就好。"小六无力地摇头。问不出个所以然，云燕皱皱眉头，心知他在气头上，犟脾气一犯，跟他说什么都是对牛弹琴，还是避过风头，等气消了再说，进而想想，自己还买了衣服当礼物，根本没什么得罪他的地方，不知他哪来的火气，简直是莫名其妙。云燕也不再啰唆了，自顾自地把蛋糕吃完，把咖啡喝掉，随后漠然地说："那送我回去吧，晚上还得上班呢。"

下午回到公司时已经四点半，章骏刚打开电脑，刘小南快步走进来，将两份合同往桌上一放，高兴地说："好消息，许秋璇同志开门红，把泰联的单子拿下了。"

"泰联？不是说太极跟得很紧，咱们希望渺茫吗？"章骏讶异地张大嘴巴，拿起合同翻阅着，"价格不错，还没到底线，行啊你们，真有一套！"

"我们介入得太晚，太极那边已经进行得差不多了，我没抱多大的希望，是秋璇同志不肯放弃，我也就由着她去跑，没想到真是虎口拔牙，她打通了泰联的关系，拿到了太极的报价单，发现同样的产品，他们给的价格远远没有平时优惠，明摆着宰人。秋璇把这事捅到泰联的副总那儿，太极又不知哪根筋搭错了，死扛着不肯降价，结果就白白地把单子推给了我们。"刘小南搓着手，激动地说，"煮熟的鸭子飞走了，叶琳这回不气歪鼻子才怪。最解气的是打这单子的是郑海那小子，咱也算报仇了。"

"许秋璇还真是对得起我们的信任，来一个月就能独立打下单子，数额还不小。"章骏发自内心地高兴，既是为合同，也是为公司找到了人才，而对于向叶琳和郑海的复仇，他倒没怎么放在心上，"晚上准备庆功宴，找个好点的地方，大家一起去，好好地表扬和激励一下她。"

刘小南出去安排，章骏把合同放到一边，登上网络，搜索及时雨软件的信息，看了一会儿，便把叶凡叫进来，将常坤的说法原原本本地告诉她。"你怎么看？"章骏问道。

"及时雨我听说过，在业界属于中流水准，至于兼容性方面，我还得等拿到软件后才能判断。"叶凡一边思考，一边谨慎地说，"要想在短期内解决我们在生产模块上的不足，这的确是最有效的办法。"

"是，按常坤说的，这问题不解决，我们连入围的资格都没有，自行研发无论实力还是时间都不够，只能靠拿来主义。我想下午就和对方联系，过几天我们一起去北京看软件。"

林凡顿了顿，直接问："价格呢，公司能承受不？"

情感，挣扎于钱权之间

"常坤姿态装得很高,让我们自己去谈。"章骏揉着前额,叹口气说,"只能谈了再说,合适的话到时再想办法。"

林凡"嗯"了一声,没再说什么。章骏打开财务报表,仔细地算了又算,心中有了点底,起身倒茶时,扫了一眼泰联的合同,心中突然冒出一个想法:叶琳真的烧坏脑子了吧,居然会犯下如此低级的错误。

这想法不只章骏有,郑海也有。他气势汹汹地走进叶琳办公室,大声说:"为什么不能降价?现在倒好,单子已经被腾驹拿走了。"

叶琳直视着郑海,眼中闪烁着凌厉的光芒,一股逼人的气势扑面而来。郑海一愣,后续充满怨气的话语顿时哽住了,吞吐着出不了声。停了一会儿,叶琳冷冷地说:"难道我作出的决定,需要向你解释?"

"不是。"在叶琳冷若冰霜的神态,以及充满威严的逼问中,郑海退缩了,喃喃地说,"我向您解释过,我们留出了不少利润空间,给泰联一个面子降点价,这单子绝对跑不了。现在是鸡飞蛋打,什么都没了。"

"你的解释,我早就听过。既然我坚持按原价格报价,自然有我的考虑。"叶琳淡淡地说,"我会通知财务,你丢的这单子由我负责,所产生的费用计入我的账上,满意了吗?"

郑海无言以对。叶琳低下头,继续看文件,"没有其他事你就出去吧!还有,下次进来时记得敲门,太极是大公司,凡事皆有章法,不像腾驹那样,老板会和你称兄道弟。"

这句话刺得郑海脸色发红,虽然心中极为不忿,却发作不得,也不敢发作,只能讪讪地走出去。等听到关门声,叶琳抬起头,不屑地冷笑一声,自言自语道:"燕雀安知鸿鹄之志,章骏,也只有你这种睁眼瞎才会把垃圾当成宝贝哄着。"

回到家里,小六习惯性地打开电脑,漫无目的地浏览着,脑子里乱糟糟的。自从第一次和云燕上床后,他就开始认真思考两人的关系。云燕的过往,他不计较,但在风月场所工作,每天周旋于男人之中,过着灯红酒绿、纸醉金迷的生活,透支着青春和健康,绝不是长久之计。小六的计划是尽快找一份稳定的工作,让云燕结束夜场生活,随便找点正经的事情做,由自己来养家,那样的话,日子就简单而甜蜜得多了。而前提就在于,他的收入能满足云燕的消费需求,否则一切皆是飘萍,经不起半点风吹浪打。

购物时看着云燕对国际品牌的追求以及花钱时的豪爽，小六猛地发现，自己真是天真得可以。在物质方面，他自己连女朋友看上的皮包都买不起。而让女人花钱，一个大男人却只能在旁边傻傻地提包跑腿，简直是对自尊心严重的打击，这种感觉让他极为沮丧，此时想起，脸上还火辣辣的，烧得厉害。

自己既不是权贵，又不是富豪，不可能承担得起如此奢侈的消费，又怎么能让云燕安心回归家庭生活呢？想到这里，强烈的挫折感堵塞在小六胸口，使他难受得发慌。胡思乱想间，他忽然看到有一条站内留言：重金招聘网络写手，月入五万绝非梦想，请与我联系，QQ……

月收入五万元就像掉了个馅饼，砸得小六眼冒金光，他按号码上 QQ 查找，用户名是巫山云雨，资料上登记的所在地是澳门。小六立马请求他加为好友，不一会儿对方便通过了他的请求，并发了个笑脸过来：你好！

你好，你们在招网络写手？

是的，我看过你写的书，很不错，所以想邀请你加入。

你们的要求是什么？

很简单，就九个字：写得好，写得快，有创意。我觉得你没问题。

这方面小六有绝对的自信，他眼里的光芒更亮了，但心里却还有疑惑，便问道：这么简单，就可以月薪五万吗？

只要文章符合要求，五万元月薪不算什么，我们最好的作者，月收入在二十万元以上。

你们让我写的是什么文章？

聊天窗口上出现一个网址，还有一个传送文件，你上我们的网站看看就知道了，得先装这个软件才能取消屏蔽。

小六的第一反应是对方在引诱他安装木马病毒，因此他犹豫着没点下接收键。对方似乎看出了他的疑惑，放心接收吧，绝没有任何病毒，就是一个翻墙程序，让你看到更广阔的网络世界。

小六先点开网站，果然显示的是网页错误，只能咬咬牙接收程序，这份月薪对他的诱惑力实在太大，尤其是现在，他最需要的就是钱。装上程序，网站已能正常打开，原来是一个论坛，有繁体中文、简体中文和英文三种语言可选，只翻看了两页，小六便明白了，跃跃欲试的热情仿佛被一盆冷水兜头淋下，霎时间烟消云散。

看到了吗？巫山云雨问。

原来你们是让我写色情小说。失望之下，小六心中的怒火猛地腾起，用力在

情感，挣扎于钱权之间

手
腕

键盘上敲打着,指尖隐隐作痛。

不是色情小说,我们叫官能小说。不少日本和中国港台的大作家都是以此起步的。

看小六没回信息,巫山云雨卖力地介绍起来:我们是目前全球最大的中文情色社区,拥有八千万用户,缴费用户达一千多万,每天的浏览量数以亿计。我们网站建在澳门,不违反任何法律,而对作者,我们给予最大的尊重,按时发放工资,不但有基本的稿酬,还以点击量给予提成,提成的比例非常可观,相信我,只要你愿意用心去写,五万元的月收入对你来说,只是起点。

我不会写这个的,请你们另请高明。小六冷冰冰地回应。

巫山云雨停了停,发了一个网址和一张网页截图过来,你知道他吧?他是现在香港最著名的武侠小说作家,也是我们网站的实名特约作者,而且,没有读者会因为他写官能小说而鄙视他。辛辛苦苦地写一部武侠小说能赚多少钱?看看他这个月累积的点击量,这收入是他写武侠小说的十倍不止。不夸张地说,武侠给他的是名气,而我们给他的是利益。

小六将信将疑地点击开链接,他从小就对武侠情有独钟,金庸古龙自不用说,只要稍微有点名气的武侠作品,他就来者不拒。"侠之大者,为国为民"更是被他奉为人生的座右铭。巫山云雨提到的那位作者,小六当然知道,并且看过他的全部作品,的确称得上是近十年来武侠界的领军人物,却没想到这位书迷口中的大侠,居然也是色情小说大家,还把武侠和情色熔于一炉。外行看热闹,内行看门道,小六简单地看了两章,只从遣词造句和情节设置上,就能判断出是他本人的手笔,小六太熟悉了,绝不会错。

感觉小六有点动摇,巫山云雨赶紧趁热打铁,不住地煽动:兄弟,我们不但付款及时,而且对作者的隐私绝对保密,你另外起个笔名,就没人知道是你了,不可能对你造成影响,放心。

我真不会写。小六慢慢地打上这几个字。

呵呵,其实我是从内地来澳门的,你的心理障碍我了解。你不是不会写,而是不屑写,文人的清高困着你。巫山云雨直接把话挑明了,每个字都冲击着小六的眼球。

虽然得不到回应,但巫山云雨继续苦口婆心地劝说他:我觉得你有很大的潜力,但在成为大作家前,先得考虑怎样填饱肚子。就算你现在写的小说能出版,没有半点名气,印刷量能有多少?一个出版流程走下来,快则几个月,慢则一年,再加上稿费的结算周期,你能养活自己吗?而写官能小说,不偷不抢,不在中国内地传播就不违法，这有什么不对的？好好想想吧，兄弟，过两天再答复我，不急。

小六木然地把聊天窗口关了，只觉得头痛欲裂，一个斗大的"钱"字在脑海中旋转着，撕裂着他的神经；一叠叠钞票在眼前晃动，充满了无尽的诱惑力，似乎唾手可得。他倒在床上，躲在被子里，捂着脑袋，全身蜷缩，仿佛与世界隔离开来，在属于自己的天地里，默默地挣扎。

12. 利益,不应成为情感的枷锁

这几天,魏日东虽然忙得晕头转向,如陀螺般转个不停,但他却毫无怨言,只觉得大开眼界,受益匪浅。"城管事件"发生后的第三天,霍副市长率领城管局领导召开新闻发布会,邀请了省、市的新闻媒体参加。

在会上,他首先发言,表情凝重严肃,对城管的粗暴执法提出了严厉的批评,并以西港市容市貌整顿领导小组组长的身份,态度诚恳地向全市人民,尤其是受害者道歉。紧接着,市城管局长、区城管局长、城管大队队长、当日执法的小队长——上台作检讨,他们对所犯的错误痛心疾首,坚决表示永不再犯,并请全市人民监督。然后市城管局长宣布了处理决定:赔偿小商贩的损失;对粗暴执法的城管队员记过开除;对城管队伍进行全面整风。这些处理决定无不显示出整治的力度。通过媒体的宣传,看着一个个原本高高在上的官员低声下气地公开道歉,市民们先是惊奇,继而觉得扬眉吐气,然后就是啧啧赞叹,颇有点翻身当主人的感觉,尤其是对霍副市长勇于承担责任、不吝认错的务实作风和亲民的态度,更是称赞有加,在全省范围内引起了热议,霍瑞生因此名声大噪,"人民市长"的美誉不胫而走。

两天后,在市政府会客大厅里,记者的镁光灯不断闪烁,霍副市长握着小六的手,亲切地说:"谢谢你啊,小刘同志,感谢你对政府的监督,帮助我们及时认识到错误。"

魏日东清楚小六向来低调,出风头的事他肯定不会干,因此事先没有透露半点风声。小六被蒙在鼓里,还以为就是简单的会面,没想到会有如此大的阵式,猝不及防下顿时蒙了,机械式地握着霍副市长温暖而厚实的大手,说不出话来。霍副市长隆重地请他在主宾位坐好,挥着手说:"像你这样关心社会民生,勇于和不正之风做斗争的同志,值得充分肯定和大力表扬。当前就是热心的人太少,冷漠的人太多,这样的社会风气,要不得。"

小六腼腆地红着脸笑笑。长篇大论地写作他得心应手，舌灿莲花地说话可不是他的强项，以前兄弟们闹矛盾时，不管是章骏还是魏日东，不用几句就能逼得他还不上嘴，他只能先受闷气忍着，过后再写文章，义正词严地将两人批个体无完肤来出口恶气。直到现在，虽然网络发达了，但章骏和魏日东从不和小六在网上聊天，有事宁可打电话，他们深知写文字绝不是小六的对手，犯不着鸡蛋碰石头，而在口头上争论，那是轻而易举，手到擒来。

看小六吞吞吐吐地说不出话，霍副市长满脸笑意，谈兴更浓了，对坐在旁边的政府人员和前来采访的记者侃侃而谈："有人说小刘同志的行为是在给政府抹黑添乱，被我严肃地批评了。政府的职能是什么？是为人民服务！我们的权力是谁给的？是人民！那人民监督我们，有什么不对？我看是天经地义的。如果没有监督，权力就会失去控制，在错误的道路上越走越远，一旦得不到遏制，就会犯下更大的错误。所以，我今天找小刘同志来，是要代表市政府、城管局和全市人民，向他表示真诚的感谢。"话音落下，霍副市长站起来向小六伸出手，照相的声音噼里啪啦响个不停，电视台的记者扛着摄像机，推出个大特写，小六被动地回应着，好不容易才挤出一句："霍市长，您太客气了，这是我应该做的。"

"好，希望你能持之以恒，继续监督我们的工作，欢迎你随时提出宝贵的意见和建议。"霍副市长朗声说道。这辈子第一次受到这么大的肯定，小六既感慨，又激动，不住地点头。而微笑着陪站在一边的魏日东，心中忐忑难安，这些客套话，只怕不通官场文化的小六会信以为真，这小子本来就热心过度，做事毫无分寸，现在得到领导的鼓励，以后还不更加肆无忌惮了？

不过，在一片官民和谐的氛围中，魏日东只能将这个念头憋在心里，他清晰地感觉到，霍副市长已经成功地把危险转化为机会了，不但漂亮地消除了网上汹涌澎湃的质疑声，而且在市民中竖立起了良好的口碑，实干和亲民的形象更加丰满立体，一下子便从同侪中跃出，光芒四射，省里的领导不可能看不到，他头上的"副"字应该很快就可以摘掉了。

"西港还真热闹，小六这回算是出大名了。"在北京威斯丁酒店的咖啡厅里，章骏在网上看完西港新闻，微笑地摇了摇头，半真半假地说。

林凡聚精会神地盯着笔记本电脑，过了好一会儿才反应过来，茫然地看着章骏，问："什么？"

"今天霍市长接见他，还大大地夸了他一通，他成为民请命的大英雄了。"

林凡显然对这事毫不在意，只是"哦"一声，便继续埋头看程序。章骏盼咐

利益，不应成为情感的枷锁

服务员给她的空杯里添上咖啡，自己则浏览起电子邮件。过了一个多小时，林凡的手指从键盘上移开，一推眼镜，如释重负地说："及时雨软件用的编程语言和我们一样，虽然编程的习惯和手法不一样，但整合编译的难度不算大，只要他们的编程人员全力配合，就可以在短时间内搞定。至于对细节的完善和程序漏洞的调整，可以放在后期进行处理。"

"那就剩价格问题了。"章骏轻轻搅动着银色的小勺，"他开价五十万美金。"

"这软件的功能不错，比我们自己做的好很多，一般企业应用绰绰有余，可以填补我们的空白。至于价格，"林凡喝了一口早就凉了的咖啡，说，"讨价还价我不会。"

"价格肯定还能压，只是幅度有限。这两天我向北京圈子里的朋友了解了一下，及时雨在业内虽然不大，但信誉不错，程高要移民也是事实。"章骏说，"如果软件好，别说为这次投标，就算以后也能扩展我们的业务范围。而且我还想从及时雨那挖几个人才到西港去。"

"好主意。"林凡赞同，"单买这软件，以后在销售和售后上只能靠我们自己，那是摸着石头过河。若将团队搬过去，那就能真正增强我们的实力。"

"只是北京和西港的薪资水平差距很大。"章骏面露难色，缓缓地说，"差的我不要，好的价钱不会低，过去后会打破公司目前的薪资结构，说到底还是钱在作怪。"

"我理解，就算他们的薪资超过我，我也不会有意见。"林凡淡淡地说。

章骏一怔，随即脱口而出："大小姐，你误会了，我早知道你不会计较这些，但内部公平对企业来说必不可少，否则定要生乱。"说到这，章骏顿了顿，深情地望着林凡，缓缓地说，"为了我，你完全不计回报，以后腾驹要是做强了，我第一个报答的就是你。"

林凡的身体微微一颤，垂下头不说话。章骏感觉说得太多了，立即岔开话题："五十万美金不可能只靠公司，我们下一步得考虑如何尽快筹措到这笔钱，争取拿下及时雨。"

林凡托着下巴，若有所思，"有个问题我得提醒你，常坤为什么会下这么大力气帮你？"

章骏放低声音，坦然相告："他不是帮我，而是在帮他自己。他一早就向我开出了条件，如果腾驹最终能拿下单子，不但要给他巨额回扣，还必须送上百分之三十的干股，让他参与公司分红。这条件足够让他尽力了。"

"原来是这样。"林凡的眉头拧起来，"可这代价也太大了。"

"我知道,可是没办法。"章骏捧起咖啡杯,表情苦涩而无奈,"他能和我谈条件,自然能和其他人谈条件,谁给的好处多,谁得到单子的可能性就大。腾驹的实力不够,没有他的帮忙,根本拿不到单子,我只有尽可能给他最大的好处,他才会全力以赴。"

"难道他能决定买谁的软件?"林凡疑虑依然未除,她就是这种性格,觉得没问题的事情,她一句话都不会说,可要觉得有问题,必定打破砂锅问到底。

"他不能决定,这事得日鑫总经理邱德州拍板。"章骏说,"他们两人是同一个学校的师兄弟,邱德州专门挖他来负责这项目。如果我没猜错,他是邱德州布在台前的棋子,两人早有默契,他的利益,一部分是替邱德州要的,所以他才那么有底气。"

林凡沉思了好一会儿,突然蹦出四个字:"蛇鼠一窝。"

章骏笑了笑,心平气和地说:"我们还得感谢这对蛇鼠,要是正人君子,全按规矩来搞,我们哪还会有机会?"

林凡不置可否,话题又一转,说:"听说你们的新房要装修了?"

"是啊,找装修公司在做设计图稿。"章骏习惯了林凡的跳跃式思维,随口回答。

林凡看着地板,不让章骏发现自己黯淡的目光,把笔记本电脑合上,轻声说:"我有点累,先回房间休息了。"说完便匆匆忙忙地离开。

章骏的手指拨弄着银色的咖啡勺,感觉百味杂陈,心里很不是滋味。叶琳和自己有段旧情,林凡虽然从未表白,但她的想法和态度傻子都明白,可自己选择的是闻雪,导致叶琳成为自己生意上最大的对手,而林凡却默默地将情意藏在心里,全力以赴地辅佐自己。

就算没有闻雪,章骏也不会选择林凡,虽然她是无可置疑的计算机天才,是章骏事业上不可或缺的左右手,长得也不算难看,但是她不修边幅,在化妆打扮上一点儿长进都没有,身材又单薄瘦小,实在没有多少女人味,真是难以让他这种男人心动。只是林凡对他的一份真情实在是无可挑剔,令人感动。

和林凡相处不管是在工作还是私交中,章骏都小心翼翼,既要倚重,不敢疏远,又不能太过亲近,生怕让她产生错觉,要是因为感情问题而使林凡的情绪出现波动,腾驹非玩完不可,所以章骏只能利用林凡的感情,并祈祷她有一天能把爱情转化为兄妹之情,那就天下太平了。

不过随着自己和闻雪结婚日子的临近,终归有让林凡绝望的一天,到时她

利益,不应成为情感的枷锁

会有什么反应？章骏心里完全没底。林凡是一个把所有心事藏在最深处的人，只做不说，没人能够弄清楚她究竟在想什么。如果她伤心之下辞职而去，章骏也无计可施，毕竟是他欠林凡的，而不是林凡欠他，这也是他不急于和闻雪结婚的原因。

章骏随手点上一根烟，便有服务员彬彬有礼地走过来提醒，这里是禁烟区，他只能把烟灭了，转过头望着窗外，首都的天空，灰蒙蒙的一片，压抑得如同他的心情，难以言说。

西港市工商局旁边的上岛咖啡厅内，闻雪看了一眼精致简约的欧米茄女表，便把盒子推还给魏日东，拧着眉头问："怎么送我这么贵重的礼物？"

"这我可送不起，我就是一跑腿的，借花献佛。"魏日东说，"你帮了那么大的忙，霍超说是他的一点心意，非让我带来。"

"我没帮什么，事情能办成，是你们有能力，能投其所好。"闻雪说，"无功不受禄，这表我绝不能收。"

魏日东笑着说："没有你，这事根本办不成，哪来无功不受禄这一说？我看霍超就是一番好意，你推了，我可不好交代。"

"他又不是霍市长，你要向他交代什么？"闻雪斩钉截铁地说，"我是看在你的面子上帮的他，可不是为了什么答谢。"

魏日东听了这话，心里美滋滋的，定了定神，说："那好，我退给他就是了。闻雪，你真是与众不同，一般的女孩见到这种奢侈名表，眼都红了，哪有向外推的道理，佩服！"

这话恭维得恰到好处，让闻雪听着舒服到心里去了，她最看不起的就是那些只追求物质生活，却忽略了精神修养的庸脂俗粉。但她话说得很淡然："追求不一样，各有所好吧。"

"章骏去北京，肯定天天向你报岗吧？"魏日东切了一块牛排，转过话题问。

"通电话是有的，报岗就说不上了。"闻雪说，"我也不喜欢管他，全靠他自觉。"

"那你可是放养喽。"魏日东漫不经心地说，"他和林凡两人去的？"

闻雪点头。魏日东用开玩笑的口吻说："你可真放心，林凡对章骏的那份心，可是全学校都知道的。"

闻雪正拿着咖啡杯的手在空中停顿了一下，说："我知道，可我也清楚章骏对她只有同窗之情和同事之谊,这就够了。不管她有什么想法,一个巴掌是拍不响的。"

"那倒也是,林凡虽然是个技术天才,但真不像个女人,和你更是没法比。"魏日东笑着打趣,"除非章骏瞎了眼,否则傻瓜都知道该怎么选。"

闻雪笑而不答。魏日东接着说:"不过章骏和我提起过,林凡是他事业上最好的帮手,没有她的帮助,公司别说发展,连起步都困难,听起来可对她感激得很。不过这也没什么,他是非常重感情的人,就怕被人故意利用……"说到这,他故意停下来,欲言又止。

闻雪放下咖啡杯,望着魏日东,说:"你指林凡?"

魏日东赶紧撇清:"不,我和林凡不熟,就事论事而已。林凡对章骏的感情自不用说,而且还放不下,否则以她的能力,随便找份工作都比待在腾驹强。而且章骏和你快结婚了,她根本没戏,要是换了普通人,早就该死了这条心,另谋高就,至少眼不见心不烦吧,可她就是不走。"说完,他拿起杯子喝了一口柠檬水,眼角的余光却仔细观察着闻雪的表情。

闻雪的眼里泛起几点光芒,就像以前从未注意到的角落,突然被放到聚光灯下,疑虑和猜度随之蜂拥而来:"那你觉得她想怎样?"

"我不清楚。"魏日东叹了口气,说:"她是编程专家,搞程序的人个个心思缜密,深藏不露,不到最后,谁知道她搞的是什么把戏?只是古话说得好,害人之心不可有,防人之心不可无。章骏不像我,他魅力大得很,叶琳、林凡对他可都是死心塌地。你呀,可别不放在心上,到最后把男朋友往别人怀里推。"

"他要真有二心,难道我还得哭着求他?"闻雪微微一笑,显得轻松和无所谓,但话的底气听起来可没刚才那么足。魏日东敲边鼓的目的已经达到了,立即鸣金收兵:"我只是给你提个醒,你别想多了,章骏对你的感情有目共睹,没话说的。"说着又加上一句:"有你这样既漂亮又知书达礼的女朋友,我们都羡慕死了。"

话一出口,魏日东便觉得弦外之音过于直白了,赶紧收住。还好闻雪并没露出多少愠色,似乎没听出味道来,自顾自地低头搅拌着咖啡,心绪飘忽,像是飞到了千里之外的京城,系在那个男人身上。

这天的西港,阳光明媚,空气清新,虽无首都的气势磅礴,却另有小城的秀丽旖旎,不愧为国内十大宜居城市之一。毕业之后,小六的心情很久没有这么舒畅过了,乐得直想高歌一曲,这并不是因为受市长接见出了一番风头而开

利益,不应成为情感的枷锁

心，而是刚刚接到了一个电话，是由《南方评论》的编辑打过来的。

作为中国改革开放的前沿阵地，广东不但在经济建设上一马当先；在思想解放和舆论监督方面，也是走在时代前沿；媒体报道的广度和深度，远非其他省市可比。这其中的佼佼者便是《南方评论》周刊，客观真实，不畏强权，针砭时弊，毫不留情，揭露了不少重大事件。三年前东陆矿难，死伤数十人，责任人手眼通天，内外勾结，欺上瞒下，硬是将事故捂得死死的，《南方评论》的记者冒着生命危险，乔装打扮进入事故现场，历尽千辛万苦，拿到了事故现场的图片资料，终使真相大白于天下，震惊全国，相关人员受到了严厉查处，一二把手全部落马。经过此次报道，《南方评论》更是名声大噪，因此获得了"人民喉舌"的美誉，影响力在业界无人能及。

在小六心中，《南方评论》的地位神圣至极。他最大的梦想，就是有朝一日能成为其中的一员，为真理奔走，为正义疾呼。没想到，在他最落魄的时候，《南方评论》居然主动联系了他。

引起《南方评论》注意的，并不是小六发布的帖子和视频所引起的连锁反应，而是他写的评论文《粗暴执法的悖论》，立场鲜明，观点独特，论据充分，难得的是于嬉笑怒骂中犀利地鞭挞着社会弊端，犹见功力。于是《南方评论》便想请小六先为其撰文，经过一段时间考察合格后，可聘为特约撰稿人，以后甚至有开专栏的机会。

小六的第一反应是难以置信，待确认无误后，不由得欣喜若狂。虽然稿酬不高，但小六全不在乎，能被《南方评论》关注和青睐，是对他莫大的肯定，那份荣誉和满足感，用多少金钱都无法衡量，就算是无偿写作，他都会全力以赴。而且，《南方评论》的周编辑对他的《西港岁月》赞誉有加，准备向出版界的朋友推荐，出书的前景一下子光明起来了，可以说是双喜临门。

前几天的不快早就抛诸脑后，小六兴冲冲地约云燕吃饭。两人坐在马路边，吃一串鲜嫩麻辣的羊肉串，配一口冰凉清冽的啤酒，那叫一个痛快，不一会儿桌边就堆满了竹签。云燕望着小六，忍不住问："很少看你这么开心，有什么喜事？"

人逢喜事除了精神爽，最需要的便是找人倾诉，与他人一起分享自己的喜悦，而云燕无疑是小六最想与之分享的那个人。当他兴致勃勃地将《南方评论》一事说出来后，云燕并不觉得有什么开心的，反而问："他们给你的报酬很高吗？"

"不高。"小六老老实实地说,"就是行价,如果能当特约撰稿人或者专栏作者,那标准还能提上去。"

"就算每期都写,一个月也就几百元的收入,还没你原来的工资多吧?"云燕算账向来极快,脑筋一转,便有了数字。

"是的,不过《南方评论》对作者的要求向来严苛,能让他们选中,没那么简单。"小六毫不在乎,说得慷慨激昂,"最重要的是他们的价值观和我相同,不溜须拍马写官样文章,只报道民生民情,为群众疾苦而疾呼,这才是真正的媒体。"

在云燕的思路里,收入多少才是衡量工作好坏的唯一标准,其他皆是"浮云",连生活都保证不了,哪来的热血激情? 只是看到小六沉浸在极度的喜悦中,她不想扫兴,附和地笑笑,拿起一支羊肉串啃着,含糊地说:"我前两天就不在金乐福上班了。"

"那你去哪儿了?"小六瞪大眼睛问,"做什么?"

"大地豪情,上次和你提过,西港最好的场子。"云燕白了他一眼,"明知故问,我还能做什么? 老本行呗。"

"那你不是更忙了?"小六第一反应还以为云燕改行了,随即才明白不过是自己一场错觉,心里不免失望。

"忙也没办法,天上又不会掉钞票。"云燕说,"不趁年轻多赚点钱,以后谁养我?"

"我养你。"小六脱口而出。

云燕忍不住笑了,伸手一刮小六的鼻子,"你还是先养活自己再说吧,我就不用你操心啦。"

小六本来愉悦的心情顿时晴转多云,拉下脸来,继续埋头吃肉,猛灌两口酒,却见云燕愣愣地看着自己身后,难掩脸上的惊讶之色。小六循着她的视线望去,原来是大厅的电视上正在播《西港新闻》,霍副市长的大手和自己的手紧紧握在一起,一胖一瘦,两人的体型相映成趣,而市长大人的挥斥方遒和自己的拘谨不安更是形成鲜明对比。

等画面播完,云燕才回过神来,盯着小六说:"哇靠,你什么时候上电视了,还让市长接见,也不说一声?"

"原先只是说市长要找我谈谈,并没说电视台会报道,我也是到那才知道的。"小六嘀咕着说,"要知道弄成这样,我才不去呢。"

"市长找你谈话?"云燕确实惊讶万分,她原以为小六就是一个单纯执著、

利益,不应成为情感的枷锁

手
腕
郁郁不得志的热血青年，没想到他居然有被领导赏识的时候，市长的接见远比为《南方评论》写稿更让她刮目相看，"亲爱的，没看出你有这等能耐！"

"这算什么能耐，就是城管那事误打误撞而已。"小六轻描淡写地说，"不过霍市长确实不错，是为民着想的好领导，我没想到他对那件事会这么重视。"小六说完，着实大感无趣，我为《南方评论》写稿，多难得的事，你不以为意，见了见市长，上了回新闻，你倒是大惊小怪，女人啊，怎么就只会看眼前和表面的事，而分不清事情的轻重难易呢？

13. 人情，送出容易收回难

　　海哥的新龙电脑公司在时代电脑广场九楼，员工三十多人，绝大部分和海哥沾亲带故。以财力和公司规模而论，他只能算不大不小的老板，不过出手比较阔绰，人又豪爽，家乡一有什么事，他都会帮一把，名气便大了，口碑呱呱叫。很多家乡人经常上门来找工作，他觉得反正要请人，工资发给谁都一样，老乡还信得过，便来者不拒，多多益善，久而久之，公司便成了典型的家族企业，人员虽然稳定，但人际关系复杂，不论工作能力，而是看关系远近，外来员工难以立足，对优秀的人才更缺乏吸引力。

　　章骏可以说是海哥的大半个徒弟，但对这种企业文化和环境嗤之以鼻，认定其难有发展，顶多就是守住这一亩三分地。毕竟硬件市场已从卖方市场过渡到了买方市场，市场价格透明，分销的利润越来越薄，早晚会遇到生存难题。而这三年来，海哥的生意发展情况也印证了章骏当初的判断。

　　章骏到新龙电脑公司时，海哥还没来，便在办公室里和员工们海侃。他以前在这里工作过，独立后业务上多有往来，一伙人熟得很。等了足有一个小时，海哥才松松垮垮地提着公文包进来，招呼章骏进总经理室，一入座就说："我睡过头了，那口子也没叫我，妈的。"

　　"没事。昨天又是通宵？"章骏看着海哥乱蓬蓬的头发和发红的眼睛，明知故问。

　　"对，一直忙到早上七点多，回家时，觉得身子骨都快散掉了。唉，不服老不行，这身板子一年不如一年了。"海哥晃动着身子，无精打采地说，"你找我有什么事？"

　　"我想收购一家企业，但资金不够，想看能不能从大哥您这筹措一部分？"和海哥用不着拐弯抹角，章骏直接敞开说。

　　"收购？兄弟，你是越玩越大了，了不得。"海哥拿出茶杯，泡了一壶浓浓的单丛茶，一口气喝下半杯后，打起精神，说，"什么情况，具体点。"

生意场上无小事，何况是借钱融资。章骏喝口茶润润喉，将经过说了一遍，只是有意忽略了常坤介绍及时雨软件一段，一是觉得关系不大，二是不想让海哥了解自己和常坤的关系，三是自己还没弄清楚常坤心里打的算盘，不确定的因素只能回避。一席话说下来，已是半个钟头过去，桌上的烟灰缸已堆满烟头。海哥眯着眼睛，好一会儿才慢悠悠地说："听你这一说，倒是个机会。"

"林凡还留在北京处理技术上的问题。如果能兼容进来，腾驹软件基本上就完整了，业务的范围能扩张开。再加上有日鑫这张大单，只要拿下，我有信心公司不出两年，就能迈上一个新台阶。"章骏信心满满地表态。要借钱，首先得让人相信你有还钱的能力。

"你还差多少？"

"大哥，你知道做软件的付款周期长得很，不像你做硬件货款两清。我算了一下，公司的流动资金加上近期到期的应收款，能拿出来的不过八十多万。"章骏的眼光满怀期待，"我希望你能借我两百万。"

海哥哑然失笑道："兄弟，人家卖的是美金，就你这点人民币也想吞下它，胃口够大的。"

章骏嘿嘿一笑，说："做生意三分靠努力，七分靠运气，就看机会来时，谁能抓得牢。虽然是蛇吞象，但只要消化得了，腾驹肯定会一展雄姿。"

看海哥又点上一根烟，悠悠抽着，章骏从他的办公桌上拿来计算器，按上数字推给他看："大哥，按这个利率，这笔钱快的话一年，慢的话两年，一定还清。"

海哥瞄上一眼，不紧不慢地说："你当我在放高利贷？"

"别这么说，只是俗话说得好，亲兄弟明算账，谁的钱都不是白来的。"章骏解释说，"我想过其他路子，像银行贷款，是济富不济贫，对没有合格抵押物的中小企业，不但手续繁琐得很，还很难批下来。"

"银行不用想了，等你做到太极那样的规模，那帮孙子自然会黏上来，不然你去磕头，他们都不理你。"看来海哥也受过银行的气，他鄙夷地骂上两句，把烟头扔了，摆摆手，"兄弟，如果是三四年前，两百万对哥来说不是难事，但如今我公司的情况，你应该也知道些，这几年利润降得太厉害，还要养活下面这些人，我就是靠老本撑着。那些厂家的任务一年比一年定得离谱，为了返利，我们把大部分资金压在库存上，你去仓库看看，要能清掉一半，别说两百万，五百万我都二话不说给你。"

毕竟同在计算机界,虽然做的生意不同,但章骏知道海哥不是在推托,至少不是拿个子虚乌有的理由来搪塞,很多原本由他代理的国内一线品牌,这两年全被别人拿走了,摊子确实是在不断收缩中。只是他想来想去,短时间能拿出这笔钱并可能帮助自己的只有海哥一人。这条路行不通,剩下的羊肠小路将更加崎岖难行。

看着章骏眉头紧锁,海哥一边倒水冲茶一边说:"这两天我让财务先整理一下,看看能拿出多少,再答复你,多了不好说,百八十万的,哥哥还拿得出手。"

希望犹存,章骏感激地点点头,稍稍松了口气,虽然不能一步登天,但离目标越近,自己的机会便越大,只要有进展,就比一动不动地望洋兴叹好得多。

从海哥公司出来,章骏看看时间,已是下午四点多,想起常坤托付的找小六写书的事情还没办,电话也不打,便直奔小六家。刚嘭嘭地拍了两下,门就开了,只是里外两人一对望,不由得目瞪口呆。章骏脱口而出:"你怎么在这儿?"

还是云燕反应得快,戏谑地说:"我怎么就不能在这儿?"话音刚落,小六便从洗手间露出脑袋来,惊讶地说,"你怎么来了?"

"靠,为什么我就不能来呢?"章骏走进屋里,打量着身着睡衣的两人,从刚才的震惊中渐渐恢复过来,"明白了,你当然是不想让我来喽,好金屋藏娇嘛。"

"什么金屋藏娇,连词语都不会用。"既然被发现了,小六索性就大方起来,搂着云燕的肩膀说,"不用我介绍吧?"

"介绍个屁,没有我,你们能认识? 靠,搭上了也不给月老送双鞋,没你这么做人的。"章骏表面上非常气恼地说。小六有女朋友不奇怪,但他会找云燕做女朋友简直超出人类的想象,怎么看两人都不像是一个世界的人,要不是亲眼所见,打死章骏都不会相信。

小六哑然无语。云燕笑嘻嘻地接口道:"六子常说对你的大恩大德,普通一双鞋不足言谢,没有爱马仕,至少也得路易威登,这不,我们正攒着钱,准备送上一份够分量的心意呢!"

"一个伶牙俐齿,一个妙笔生花,你俩还真是绝配。"章骏大马金刀地坐在沙发上,"弟妹,是不是得给哥哥倒杯茶?"

"没问题,这就来。"

趁着云燕进厨房烧水,章骏用力拉过小六,低声说:"好小子,什么时候搭上的?"

"什么搭上,你会不会用词?"对章骏用词之粗俗,小六很是不满,"别把你那套乱七八糟的用在我身上。"

"乱七八糟的是你。"章骏瞟着厨房,用近乎耳语的声音说,"玩真的还是玩假的?"

"我会玩假的吗?"小六没好气地说,"胡说八道!"

章骏还想说些话,余光看到云燕出来了,只能收住话题打起哈哈。玲珑剔透的云燕眼珠一转,心领神会地说:"昨晚醉得厉害,头痛得很,我去睡个回笼觉,你们慢慢聊。"

等她把房门关上,小六抢先开口道:"我知道你想说什么,不过我不是小孩,不用任何人来质疑我的选择,是兄弟你就把话放起来,祝福我就好。"

一谈恋爱,连口才也进步了,果然是近朱者赤,近墨者黑。话被堵死,章骏只能苦笑着叹气:"行,你随便。我来找你是有正事的,有人想请你代笔写部个人传记,只要写得好,价钱你开。"

"写传记?谁啊?"

"西港大型国有企业,日鑫集团总经理,邱德州。"

"一个国企老总,充满铜臭味的商人,也想树碑立传?"小六的脸色一沉,"我还以为是什么伟人或科学家呢!"

"靠,商人怎么了,比尔·盖茨,乔布斯,巴菲特,哪个不是社会发展的助推器?他们的影响力比哪个政治家或科学家小?"章骏最烦小六看不起商人的德行,反唇相讥,"再说了,要真是伟人,也轮不到高薪请你执笔,愿意给他们写的人多得是。"

小六毫无愠色,反而笑起来了,说:"我就说了一句商人充满铜臭味,你用得着反应这么大么,难道你不逐利?我又没说不写,你急什么?"

"肯写就好,我就怕你小子又犯酸。"章骏还真怕他不写,赶紧加上一句,"君子一言,驷马难追。"

"少用话套我,既然答应了,我自然会尽力,不然怎么把欠你的情还上。"小六呼出一口气,笑容中竟带着淡淡的悲哀和凄凉,"我的铜臭味也越来越浓了。"

"那证明你承认现实了,不是活在乌托邦里。"章骏隐隐觉得小六的转变和云燕有莫大的关系,只是是好是坏他也说不准,话锋一变,"看不出你上电视还挺帅的，被市长接见，出名了你。"

"都是魏日东搞的破事，形式主义。"小六说，"唯一的好处就是政府重视起小摊小贩的情况了，准备重开市场，降低管理费用，让他们到里面合法经营。"

"好事啊，也算遂了你为民请命的心愿。"章骏提醒他，"不过你自己小心点，风头出得太大，小心有人打击报复。"

"社会没你想的那么乱，有什么好怕的。"小六并不在意，"晚上一起吃饭吧，叫上闻雪，我请你们。"

让闻雪知道小六和一个妈咪在一起，还是我介绍的，亏你想得出来，这不是没事给炸药上引线吗？想到这，章骏立刻说："闻雪今儿加班，就由我单刀赴会吧，叫上日东吧，咱哥几个好久没凑一块了，妈的，得宰你顿大的。"

魏日东接到章骏的电话，但他没空赴约。霍副市长越来越忙，他这秘书也得跟着连轴转，有时连上洗手间的工夫都没有。信息产业博览会很快就要开幕了，还准备请一些歌星办一台联欢晚会，电视台全程直播，相信定会引起全市轰动。省里已有消息传来，只要信博会办得成功，结束后就会将文市长调到省政府当副秘书长，并正式任命霍瑞生为代理市长，等年底召开人民代表大会按程序通过后，"代"字就能摘掉。

为此，霍副市长把全部精力都放在了信博会上，事无巨细，一一过问，有时半夜两三点想起某个问题，还会给魏日东打电话，让他记录下来待办，弄得魏日东晚上都不敢睡个安稳觉，只能迷迷糊糊地合着眼，生怕睡沉了错过领导的电话。一个多星期下来，他整个人瘦了四五斤，眼袋倒是沉甸甸的重了不少，他每天只能靠浓茶和咖啡提神。为此他不得不佩服霍副市长过人的精力，四十多岁的人，肩上扛着的担子更重，每天大会小会开不停，马不停蹄地视察指导，不管是讲话还是下达指示，无不言简意赅、条理清晰，丝毫未显疲态。怪不得有人说权力就是男人的春药，能让人亢奋，调动起藏在体内的潜能。

晚上到区里视察，忙到十一点多才完事，送霍副市长进家门后，魏日东正要让司机送自己回去，手机响了，是霍超打来的："东哥，我的车在门口，你过来吧，我送你回去。"

魏日东让司机先回去，目送着车子远去后，才走到黑色的奥迪Q7前。霍超降下车窗，笑着向他招手。魏日东打开车门，筋疲力尽地瘫坐在座椅上。

"知道你这几天累，兄弟带你去蒸个桑拿，洗个澡，再按下筋骨，做个足底,保证你明天生龙活虎。"霍超边发动汽车边说。

"别,现在就是把苍井空放我床上,我都有心无力。"魏日东闭着眼睛,连说话的底气都没有,声音软得如棉花。

"哈哈,知道你举不起雄风,放心,正规的,手艺一流,就是消解疲劳。"霍超哈哈大笑。魏日东实在太累了,觉得让人放松下筋骨也好,就没再说什么。霍超接着说:"晚会的事弄得差不多了吧?"

"差不多了,还好有演出公司帮忙,不然光联系那群歌星,就能把人累死。"

"听说林馥要来? 消息确切吗?"

"定了,上午刚签好合同。"魏日东懒洋洋地说,"这位大小姐事儿最多,飞机得坐头等舱,宾馆要香格里拉的总统套房,接送要用劳斯莱斯,连助理都得住套房,排场大得要死,最麻烦的是时间一直定不下来,谈了半个多月才搞定。"

"没办法,谁叫人家是大牌呢。省里的领导也来参加,不找一个能压得住场的明星,说不过去。"霍超说得很轻松,"东哥,不瞒你说,我也想认识认识她。"

魏日东一震,随即摇头道:"想认识她的男人多了,不过这事可能性不大,她的行程太紧了,当天傍晚的飞机到,晚上表演,第二天一早的飞机走人,前后待在西港的时间还不到十五个小时,而且还有一大班随从和记者围着她转,哪有时间和空间让你们认识?"

"事在人为嘛,我的字典里没有'不可能'这三个字。"霍超胸有成竹,"正面途径认识她当然不可能,不过作为主办方,你肯定有和她或者她的助理见面的机会,到时帮我转交一份礼物就可以,其他不用管。"

"我说兄弟,"魏日东强打起精神,"像林馥这样的当红女星,追她的富豪公子太多了,什么人没见过,架子大得很,你何必去凑这热闹!"

"太容易到手的没意思,有难度才有挑战的乐趣。"霍超嘿嘿笑着,一脸向往,色迷迷地说,"要是能和歌后上床,听她的叫床声,多爽。"

魏日东无语,此时他根本没精力和霍超废话,只能敷衍道:"那我试试。"

两人来到一家新开的按摩中心,装修说不上高档华丽,但很舒适。一路上,魏日东总觉得有事要和霍超说,但始终想不起是什么。他把水流开到最大,尽情地冲洗着身体,美美地享受一番,就在用毛巾擦干身体的时候,突然一个激灵,终于想起了要说的事。

来到休息室时,霍超已在吃水果,魏日东在他身边坐下,边用棉棒掏着耳朵边说:"你的公司最近要招人吗?"

"联富地产的事还没搞定,现在要不要都行。"霍超随意地说,"不过只要是你东哥开口,人我肯定收。"

"是我那同学闻雪的弟弟,从上海回来,想找份工作。上次她帮了那么大的忙,这面子我不能不给。"

"没事,既然是那美女的弟弟,更没二话,约个时间让他找我,我来安排,保证既让美女满意,又让你有面子。"霍超豪气干云地说。

魏日东笑着拱手表示谢意,章骏一个星期前就给他打了电话,当时他就觉得随便安排一个职位当然不难,但潜意识里却觉得对闻雪的弟弟是卖人情的绝好机会,不能随便打发了。他想来想去,只有霍超这边最合适,一是他为人爽快,做事大方;二是他是市长的儿子,能用到自己的地方极少;三是兼并联富地产只是等着走完流程,到时肯定是鲤鱼跃龙门式的大发展。只是他实在太忙,一时就忘到九霄云外了,幸好刚刚灵感突现,才把事情定下来。

休息室的门被推开,一位身材高挑、衣着淡雅的中年女子走进来,微笑着和霍超打招呼:"霍公子大驾光临,也不打个电话通知一声,让我安排人迎接。"

"柳姨您就取笑我吧,让谁接也不敢劳您的驾。"霍超笑着说,"今天我是带我兄弟来的,魏秘书,老爷子的得力助手。这位是柳姨,这里的老板。"

柳姨含着笑和魏日东握手寒暄,她掌心温热,柔若无骨,虽然韶华已逝,皱纹已生,但那高贵的气质和不凡的谈吐,无不彰显出主人的卓越风姿,如同顶级佳酿,只有经历岁月的积淀,才能慢慢渗出蕴藏的滋味。

"强将手下无弱兵,霍市长身边人才济济。"柳姨的眼光落在魏日东脸上,声音不高,如春风拂动,"魏秘书,有空常来玩。"

"这么好的地方,我一定来。"魏日东连声答应。随便聊几句,柳姨便告退了,霍超站起身来,漫不经心地说:"走吧,咱进房去。这柳姨可不简单,以前为大领导们服务过,带出来的学生,那手法保证你一试就忘不掉。我带老爷子来过一次后,他就说好,只要抽得出空,就经常来这里休息。"

对霍副市长的私生活,魏日东至今还没怎么接触,只觉得他是一个工作狂,听到他喜欢来这儿,还有个背景深厚的美女老板,不由得刮目相看,因好奇而带着期待,跟着霍超向房间走去。

—113—

人情,送出容易收回难

　　师傅的手艺确实好，不一会儿魏日东就睡得极沉，直到设定的手机闹钟响起才醒来，只觉得丧失许久的精气神回来了，整个人轻松不少，不由得赞不绝口，心想霍副市长每天神采奕奕，说不定也有这按摩的功劳。他到前台时，才知道霍超昨晚就离开了，用冷水洗了把脸，打车直奔市政府。

　　霍副市长早上接连三个会议，直到中午一点多才吃午餐。趁着领导吃饭，魏日东两三口把饭吃完，走到楼梯的角落里，打通闻雪的电话。听到安排好了闻典的工作，还是进霍超的公司，闻雪高兴得连连道谢。魏日东自然是说不用客气，想了想又给章骏发条信息告知，这才回到餐厅，填充得满满的工作时间似乎消失了，只剩下闻雪悦耳的声音在耳边回响。

　　魏日东并不知道，章骏和闻雪姐弟正在一起吃牛排。和父母及姐姐的温文尔雅不同，闻典似乎没有得到家族遗传，头发竖起染成黄色，打耳洞戴耳钉，衣服上的图案千奇百怪，走路歪歪扭扭，没个正型，一看就知道是新新人类，毫无半点书香世家的气质和风度。

　　闻雪从小到大就是标准的乖乖女，没让人操心过，闻典正好相反，从未让人省心。他在读书时成绩差得一塌糊涂，捣蛋作乱的花招却是层出不穷，开家长会时多是批评的对象，让身为高级知识分子的父母脸上无光，几乎气得吐血。好不容易混完大专，他便雄心勃勃地到上海发展，想在那里闯出一番天地来，结果工作是一个接一个地换，没有一个干过半年以上，销售、市场、人力、行政，什么都做过，就没一样做得下去，口气还越来越大，直埋怨世无伯乐，方使千里马没人赏识。任由他折腾了两三年，闻教授才发现形势越来越糟，好说歹说，就差以死相逼才迫使他回来。对他的眼高手低，章骏早就领教过，鄙夷得无以复加，只是冲着闻雪的面子，怎么说也得忍着，女朋友可以自己选，亲戚就真没法选了，还得掏钱请吃饭，为未来的小舅子接风洗尘。

　　魏日东直接给闻雪打电话，章骏并没有多想，只以为他要趁机还清上次欠下的人情，收到信息后，便回了一句：无以为报，喝酒解决。听到有工作了，闻典并没有多少喜悦的表情，反而大大咧咧地问："是什么公司，哪个岗位，工资多少？要是基层的就算了，不用浪费时间。"

　　"魏日东只说联系好了，具体得你自己去谈。"闻雪把刚才记下的电话和地址递给他，"连面都没见，谁能给你定工资待遇？"

　　闻典接过纸条看了一眼，咧咧嘴满不在乎。闻雪苦口婆心地说："这个公司的情况我知道，前景很不错，进去了你就好好干，会有前途的。"

章骏本来打定主意对小舅子的事绝不多嘴,不过刚才听闻雪接电话时提起霍超的名字,事情他多少知道些,心中一动,举起杯子喝口水,不紧不慢地说了一句:"没前途才怪,你知道老板是谁吗? 常务副市长的儿子!"

"是嘛,那倒不错!"闻典顿时动了心,"有这层关系,以后要办什么事还不是一句话!"

"那是。"章骏开始添油加醋,"能进这种太子爷开的公司可不简单,好好跟着混,要赚钱还不是大把的。"

闻典来了兴趣,喜笑颜开地连连点头,拿着纸条不断翻看,似乎上面真写着自己的锦绣前程。章骏心里冷笑,脸上微笑,却觉得大腿一阵剧痛,差点就要叫出声来,视线一转,只见闻雪正恨恨地看着自己,赶紧讪讪地陪着笑容,转头吩咐服务员:"埋单。"

就在章骏他们用餐的七百多米处,有一家福记大酒楼,是西港最高档的潮菜酒家。海哥难得一身正式商务装打扮,正襟危坐地陪一个三十五岁左右的老外吃饭。而在老外身边当翻译的,赫然是穿着太极软件制服的叶琳。

老外到包间外接电话。叶琳看着桌上琳琅满目的菜肴,说:"洪总,让您破费了。"

"说这话就见外了,难得叶总能给我提供机会,请您和橘子公司的业务经理吃饭,应该是我脸上有光才对。"海哥的姿态放得很低。

"海哥,虽然我们是第一次见面,不过谁不知道在西港的电脑界,你是资历深厚的前辈,提起你的名字,哪个人不竖大拇指,说声实力强、信誉好!"叶琳满口恭维,"刚好彼得要来西港确定橘子产品的独家经销商,想来想去,我便和你联系了。"

对电脑、数码产品爱好者来说,橘子公司就是一个让人顶礼膜拜的传奇。它的规模只能算全球前十,但利润却是全球规模最大公司的两倍多,市值更是全球第一。这家公司的产品极度追求完美,设计理念往往颠覆传统,对细节犹如偏执狂般执著,不管是电脑、手机、音乐播放器还是数码相机,只要打上橘子的商标,就算价格比同类产品贵一倍,依旧令消费者疯狂。它独一无二的饥饿式营销,造成每逢新品上市时,全世界各地的专卖店便通宵排起长队,人们不分肤色,不分种族,只为第一时间内体验,有人为这群人起了一个名字——橘皮,专门形容这群拜倒在橘子魔力下的"粉丝"。而橘子公司除了高价高质的产品,另一个人所共知的便是其独特的个性,面对中国这个全球最大、发展最

人情,送出容易收回难

快的市场,它偏偏视若无睹,以前爱好者们只能从香港等地购买水货,直至前年,它才正式进军大陆市场,在北京、上海、广州、重庆四个城市开设了专卖店,投石问路,尝到甜头后,今年才逐渐把触角延伸到二三线城市来。

这些情况,海哥自然耳熟能详,只是他怎么也没想到,橘子公司居然会和自己联系上。这几年来,常规计算机产品微薄的利润让他叫苦连天,他正殚精竭虑于寻找新的利润点,如果能和走高端路线的橘子公司合作,简直就是天上掉下来的大馅饼,没有不吃的道理。当叶琳打通电话,并自报家门,简单说了情况时,他还难以置信,不过太极软件销售总监,又是老板千金的身份,总不至于随便开这种玩笑,便欣然赴约,果然和橘子公司中国华南区大区经理彼得见了面,而且聊得颇为投机。

"叶总,太极是市里最大的软件企业,我久闻大名,可惜我们以前没机会合作。"海哥喝了口水,借机吐出心里的疑惑,"在西港,实力比我强的同行有的是,恕我冒昧地问一句,你怎么会想到找我呢?"

"海哥果然爽快,说话一点不拐弯抹角。"叶琳轻轻一拍手,微笑着说,"其实很简单,咱们都是生意人,没有利益的事情,不会去做。我之所以牵这条线,是想和海哥做笔生意。"

"你说。"这才对路,在商海沉浮这些年,海哥早就不信还有肯当活雷锋的主,各取所需才是商海颠簸不破的真理。

"很简单,我有一个同学叫章骏,海哥和他很熟吧?"

章骏?海哥一愣,怎么扯上这小子了?他点点头称是,只听叶琳娓娓道来:"我知道他是从海哥公司里出来的,生意上你们向来有合作,关系很铁。最近他急着用钱,如果我没猜错,他应该向你提出过借钱的请求,对吗?"

这女人真不简单。海哥再点点头,"没错,他和我提过。"

"你方便告诉我,他想借多少吗?"叶琳笑得端庄大气,"你放心,我们是同学,就是关心一下,绝没半点恶意。"

"二百万。"虽然迟疑了一下,海哥还是回答了。

"胃口不小。"叶琳轻描淡写地说,"虽然你们关系很好,这数目也不算大,不过在商言商,章骏没有能力可以保证还上吧?"

"最主要的是我的资金压在货上,比较紧张,一下子拿这么多出来不容易。"海哥边判断叶琳话里的意思,边避重就轻地说,"如果能和橘子公司合作,那我真没能力帮他了。"

"不,海哥你应该帮他,"叶琳的口气忽然变了,坚决地说,"只是换一种方式。"

"换方式?"海哥真被她搞迷糊了,不解地望着对面那看起来开朗,其实变幻莫测的女人。

"是。章骏的公司规模有多大,一年的销售额都没几百万,借这么多钱,他拿什么还?"叶琳的眼睛里闪过一道诡诈的光芒,"如果只作为战略投资,从中换取股份,那倒比较靠谱。"

这句话更是出乎海哥的意料,他干脆坐直身体,两手交叉环抱在胸前,说:"叶总,明人不说暗话,我想你有完整的计划了,直接说吧。"

"好,我就喜欢这样谈生意,不累。"叶琳收住脸上轻松的表情,锋芒毕露,"海哥,借两百万给章骏,条件就是以投资的方式,要他公司百分之四十的股份,然后你把股份按原价转让给我。作为回报,我保证你拿下橘子公司在西港的独家代理权,怎么样?"

海哥沉思不语。叶琳抽了张纸巾,优雅地擦擦嘴唇,缓缓地说:"海哥,我保证这生意对你有百利而无一害,而且以后和我们太极软件合作的机会多得是。"她故意停了停,加重语气说,"彼得是我在北京读高级管理人员工商管理硕士时认识的同学,他的另一个角色是我的追求者,我对他的影响力应该足以让他决定把代理权交给哪一家。"

海哥正视着叶琳,眼中光芒闪动,试探着问:"叶总,你这么费尽心思,和章骏不只是同学那么简单吧?"

叶琳妩媚地一笑,恰好彼得打完电话回来,连声说"Sorry",叶琳端起茶杯,慢条斯理地说:"海哥,我们的过去,既然章骏提都不提,你又何必知道呢?还是那句话,在商言商,咱们一切以利益为重,希望有合作的机会,来,和彼得一起干一杯。"

彼得不懂中文,就是满脸笑意地和他们碰杯。海哥抿口茶,却不知是什么滋味,看着用流利的英语和彼得谈笑风生、若无其事的叶琳,心里只有一个念头在转动:章骏,你小子得罪谁不好,偏偏撞到这么厉害的女人手里。

送闻家姐弟回去后,章骏接上小六,直奔日鑫工业园。这儿三年前刚建成,占地近五万平米,拥有员工八千多人,厂区内绿树成荫,道路宽阔,布局整洁有序,国旗和日鑫的旗帜高高飘扬,尽显大企业的风范。章骏来这儿跑业务、拉关系、签合同的次数数不胜数,和保安混得很熟,一看他的破捷达和车牌,连登记都不用,一招手便直接放行。小六倒是意外得很,啧啧称奇,说想不

人情,送出容易收回难

到西港还有环境这么好的企业。来到园区中心的办公楼，章骏和前台小妹打了声招呼，坐电梯来到五楼信息中心总经理的办公室。

常坤的接待非常热情，摆上茶具，拿一包铁观音，亲自泡起功夫茶，称赞说："刘记者，您的文章我拜读过，真是一气呵成，痛快！邱总看完也是叫绝，连说能请到您出马，那书的质量就不用担心了。"

小六最受不了别人给他戴高帽，谦虚地说："您过奖了，不管写什么类型的文章，我都是尽力而为。"

"有尽力而为四个字就够了，大记者的水平难道我们还信不过？"常坤说，"稿费方面，你有什么要求尽管提。"

讨价还价，这是小六最头痛的事，当面开价格，他更干不了，在利益方面，文人总是羞于启齿，于是用求救的眼光往旁边望去。章骏暗笑，慢悠悠地放下茶杯，说："常总，大家是兄弟，这次主要是冲着您的面子，我请他来帮个忙，钱不钱的真没想过。我看写完后，你们要是觉得满意，给点润笔费就好。"

"润笔费是肯定要给的，写书多累啊，怎么能让刘记者白干一场呢！"常坤看着小六，侃侃而谈，"据我所知，目前通行的版税率为百分之八到百分之十，假设一本书售价二十五元，印制一万册，那稿费也就两万五左右，扣税之后就更少了。而常总的这本自传比较特殊，主要以内部发行为主，不能按市场价格来定价，我看干脆这样，稿费直接定为税后五万元，你看合适吗？"

小六一听就知道常坤了解过市场情况，行情一点没说错，开的价格够高了，于是坦诚地说："常总，这个价有点高，我怕有负重托。"

章骏听得直翻白眼，别人只会嫌稿费低，谁会说稿费过高的。常坤哈哈大笑，说："刘记者，以你的水平，绝对值这个价，我们还怕给少了。邱总还说，只要写得精彩，将他的人生历程提炼归纳到位，在稿酬之外，他另外再追加给你一笔奖金。"

章骏生怕小六再说出什么惊人之语来，就抢先说："小六，难得常总和邱总这么信任你，你就答应下来，好好写，别辜负他们的重托。"

小六深吸两口气，重重地一点头，说："好吧，那我就恭敬不如从命了。"

"好，好。"常坤从办公桌上拿起一份早就准备好的文件，还有崭新的钞票，"刘记者，不是我们信不过你，只是在公司办事，什么事都讲究标准化。写作期三个月，字数不低于十五万，这是预付金一万元，你看看合同，公司的公章已盖好，没问题的话你就签个字，作为正式生效的凭证。"

小六接过合同，认真地看了一遍，三个月十五万字，一天还不到两千字，对他来说简直是举手之劳，不可能完不成，同时条款也很正规，没什么过分的，他便唰唰签上大名。常坤喜上眉梢，连连称好，又喝了两杯茶，接着说："日鑫能有今天的成绩，邱总居功至伟，只是他向来低调，不想宣传自己。不过他的经营理念和管理手段有不少创新之处，他希望能记录下来，既对同行也对后来者有所启迪。"

"也就是说，要着重写工作方面？"小六问。

"作为成功的企业家，工作当然是重点，但是个人传记嘛，绕不开生活的。从一个农村补鞋匠打拼到现在，这其中的血汗史可不少。"常坤脸不红、心不跳地说，"而且，邱总还有一个美满的家庭，太太是舞蹈家，女儿在加拿大定居，他堪称现代中国成功人士的楷模。"

章骏听得鸡皮疙瘩乱起，只看常坤这么为邱德州鞍前马后地奔波献媚，便知道他是抱紧邱德州的大腿了，不过他要真能成为邱德州身边的红人，对自己也是有百利而无一害。

小六倒是听得很用心，将一些要点记录下来，又见常坤从皮包中掏出一个U盘、一张出入证和一张名片，"这是邱总在公司的所有讲话稿、文章和部分照片，你可以看看，更多地了解他。这段时间你可以随时来公司，我已经和各部门打好招呼了，想什么时间向他们了解情况都可以，他们绝对全力配合。就是邱总比较忙，经常出差，需要先约时间，这是他的名片，写作时要是碰到什么问题，你可以打电话联系他。"

小六郑重地接过U盘，放进衬衣口袋。办公室的电话响起，常坤接听后，喜滋滋地说："刘记者，你今天大驾光临，我和邱总汇报过，本来他要接见客户，时间错不开，就让我和你谈。不过刚才秘书打来电话，说他能挤出十五分钟和你见面聊聊。章总，你先到外面坐会儿，我们一会儿就回来。"

章骏还以为有见到邱德州的机会，没想到常坤却不给引见，纵然再不情愿，也只能若无其事地称好。信息中心是他最熟悉的地方，几乎闭着眼睛都知道怎么走，他来到王木森的办公室，抽着烟瞎聊了一会儿，王木森把烟灰敲掉，说："丁老回来了，在九楼办公。"

丁文调离信息中心经理职位时，章骏专门给他办了一回盛大的聚餐，让老人家脸上有光，喝得七荤八素。他调任后没多久便被派到杭州参加一个企业课程，后来身体不舒服，干脆在那休养。听到他回来，章骏惊讶地说："什么时候回来的？他一直没联系我。"

"前天回来上班的,整天在办公室待着,不怎么出来。"王木森说,"估计他是想低调吧。"

"九楼哪间办公室?我上去看看他。"章骏问。虽然丁文已退居二线,但瘦死的骆驼比马大,他的关系和人脉,在关键时刻仍能发挥巨大作用。加上知遇提携之恩,自己绝不能让他觉得人走茶凉。走楼梯上了九楼,章骏轻轻敲响办公室的门,听到一声熟悉的"进来",跨进门时,正在沙发上翻看报纸的丁文抬起头,讶异地说:"是你啊,小章。"

"丁叔,你回来了也不跟我说一声,好让我为你接风啊。"章骏的语气中略带不满,比两个月前胖了不少的丁文哈哈笑道:"回来工作而已,有什么好说的,不给你们年轻人添麻烦。"

"您说这话可是拿我当外人。"章骏摇着头说。丁文招呼他坐下,"我和你爸是什么关系,会拿你当外人?知道你最近忙得够呛,而我回来上班又不是多大的事,还犯得着专门打个电话给你?"

"那行,这两天晚上安排个时间,我给您接风。"章骏坚持说。丁文想了想,说:"那好,不过范围尽量小,不在其位,不谋其政,没必要让人风言风语。"

章骏一口答应。丁文从办公桌内拿出一盒茶,"这是我买的西湖龙井,拿去尝尝。你和常坤处得还行吧?"

"还可以,不过他那人,水太深了。"在丁文面前,章骏没什么好隐瞒的,有感而发。

"他是老江湖,家里有背景,来了后又靠上邱德州,在邱的面前很能说得上话,不简单!"丁文说,"管理软件项目,就是他全力推介的,老邱一听就拍板定下,他正想在市里开信息产业博览会时,好好出下风头。我建议你最好别趟这浑水,一千万元的项目,目标大,很多人盯着,你还没那实力。"

"可是如果我不争取,那已经做进来的财务和人资软件就会被顶掉,只靠硬件维护没多少利润。"章骏沉重地说。

丁文无语,章骏说的确实是实情,他不做,其他软件到时全盘引入,会把他原有的模块顶掉,意味着他将失去功能扩展和软件升级维护两个最大的利润来源,和退出日鑫集团基本没什么区别。他想了想才说:"那你自己要小心,风高浪急,常坤绝非等闲之辈,而且他后面还有个邱德州,这两人的刀都利得很。你今天来公司跑业务?"

"邱德州想出本传记,常坤让我介绍小六来写,现在他们正谈着呢。"章骏话音刚落,手机便响起,扫一眼便露出苦笑,"小六打来的,看来是谈好了。"

"邱德州想出传记？沽名钓誉。"丁文露出不屑的表情，"那你去忙吧，我们再约时间。"

和丁文挥手告别，章骏的心情喜忧参半，丁文及时回来，自己在日鑫便多了一条信息渠道，而如他所说，这次投标只怕远比自己想象的要困难得多，一旦拿不下来，那收购及时雨软件的资金将如何偿还？想到这，他不自觉地缩了缩脖子。

两人和常坤道别。上车后，小六从刚才拿到的预付金里数出五千元，说："给，上次和你借的。"

"你要是用得着就先留着，我不急。"章骏没接过来。

"你知道我没什么花钱的地方，够用了。"小六把钱塞在车子的储物格里。章骏呵呵一笑，话里有话地说道："以前是没什么用钱的地方，现在呢？谈恋爱不用钱啊？"

"她没花我的钱。"小六的神色有点别扭，黯然地说，"她比我有钱得多。"

"她是那杜十娘，百宝箱里有的是金银财宝，你就知足吧。"章骏趁机试探，"什么时候搞上的？就那天晚上？"

"不是。"说起这事，小六就扭捏了，"之后见过几次。"

"行啊你，平时看起来对女人没兴趣，我们还以为你的性取向有问题呢。"章骏笑嘻嘻地说，"原来是真人不露相啊。"

"胡说八道。"虽然板起脸，但小六的眼里却充满笑意，"缘分而已。"

"缘分？也对，不然打破我脑袋，我都不信你会选她。"章骏用开玩笑的口吻说，"我还以为你要选就选个不食人间烟火的公主呢。"

小六扭头看着窗外，悠悠地说："你的意思我清楚，我可以明确地告诉你，我对她是真心实意的，我不是古板的老腐儒，过去的事就算了，以后我会尽力赚钱，让她早日换一份正经点的工作，好好过日子。"

换工作，可能吗？你要赚多少钱才养得起她？简直是异想天开！只是看小六说得满怀期待，章骏不忍直接打击他，于是换了个角度说："你和她商量过？"

"我是无业游民，拿什么说？等收入稳定下来再说吧。"

这小子真是上心了，想得这么清楚。章骏心里叹气："怪不得你爽快地接下邱德州这活，看来爱情真是伟大，能让人改变这么多。"

小六捋捋头发，嘿嘿一笑算是默认。章骏虽然旁观者清，有一肚子的话想告诫他，但想起小六偏执又倔强的性格，只能寻思着再找个适当的机会说。而且当局者迷，任你如何苦口婆心、费尽口舌也毫无意义，只能让他去碰个头破血流，才能幡然醒悟，这或许是他人生中必付的代价。

人情，送出容易收回难

14. 压力，人都是逼出来的

两天后的晚上，海哥约章骏吃饭，先吃了两道菜，又喝点小酒，才抛出主题："你上次说的两百万，一时间我要拿出来虽然吃力，但勉强可以办到，但我想不要用借款的方式，而是以入股的方式来操作。"

"入股？"正夹了一块鸡肉放进嘴里的章骏差点噎到，瞪大眼睛望着海哥，喃喃地重复，"你是说投资腾驹？"

"硬件不好做，软件的前景却很好，我想趁机转行。"海哥神情自若，"一是我看好腾驹。二是以我们的关系，我不投资你还能投资谁？三呢，退一步说，如果拿不下日鑫的单子，你也很难保证能按期还款，那还不如干脆咱哥俩合作，把生意做大。"

章骏停了好一会儿，让自己冷静下来，把海哥话里的意思反复咀嚼了几遍，"老大，那你想拿多少股份？"

"对你公司的估值我可说不准，如果是让我来判断，那我希望能拿四成。"海哥已完全是用生意人的口气在说话。

章骏顿时沉默下来，海哥举起筷子，边夹菜边说："如果你觉得我的估值低了，那可以再商量，我是很有诚意投资的。至于公司的管理运作，你放心，还是由你全权负责，我绝不会插手干预，就等着拿年终分红，哈哈。"

章骏挤出点笑容，故作轻松地说："老大，你的建议有点突然，而且公司并不全是我的，林凡当时是以技术入股，她也有份额，如果要引入新的股东，我得和她商量。"

海哥点点头，表示理解："没事，我只是提出来让你参考，我知道腾驹是你的心血，所以绝没占为己有的意思，只是觉得像你这样小打小闹，难成大气候。你不用急，考虑清楚后我们再说。"

章骏心头杂乱，条件反射地点点头。海哥举起酒杯，笑着说："别愣着，喝酒,为我们哥俩以后赚大钱,干杯。"

酒是海哥专门带来的珍藏茅台,章骏原本最喜欢喝了,但此时倒进嘴里,却没有半点味道。有话没话地闲扯了一会儿,虽然表面上一如往常,但两人都心不在焉,饭局草草散了,章骏赶回公司,把办公室的门关起来,一个人捂着脑袋静静思考。

成立腾驹时,章骏看好林凡的技术实力,更希望以精业软件为基础,快速推出拳头产品,抢占市场,只是当时他拿不出买下精业软件所有权的资金,便想了一个折中的方案,公司由两人合股经营,原始资本三十万元由章骏出,占公司股权的百分之七十五,林凡则以精业软件的所有权参股,所占股权为百分之二十五。

章骏当时提出这个方案时,心里七上八下,没有任何把握。略懂经商的人一看就知道这个方案对林凡并不合算。章骏投入三十万元,拥有七成五的股权,换算后,总股本不过四十万元,而精业软件的所有权折价区区十万元,无疑极不符合其实际价值——三年前,精业软件获奖时,就有软件商开出八十万元的价格要将其买断,而精业软件基础版的零售报价,为三万六千元一套,卖出四套就已十几万元。虽然随着公司的发展,股本有不断增值的可能,但腾驹前期只能靠这套软件打天下,具有不可取代的地位,就算林凡提出占七成五都不过分,没有产品,公司卖什么去?

林凡是财务软件专家,自然算得清这笔账。不过没让章骏担心多久,第二天她就答应下来了。不管从哪方面来说,章骏都占了大便宜,利用林凡的感情,既有精业软件为立足之本,又成为控股的大股东,这是他最感激林凡的地方。如果不能拥有在腾驹的绝对控制权,还有人在他之上,那创业还有何意义?

这是章骏的底线,腾驹是他千辛万苦创立起来的心血,他绝不允许控制权旁落,让别人指手画脚。而海哥居然毫无征兆地提出要入股,不能不令章骏警惕。两百万元占四成股权,那对公司的总估值就是五百万元,对一个成立才三年,原始估值不过四十万元的公司来说,相当于增长了十倍多,估价不算低。对软件业,海哥只是知道点皮毛,对腾驹的经营状况,了解也很少,他凭什么开这个价?

如果给出四成股份,就会稀释章骏手里的股权,而海哥一跃成为大股东,他是真心实意想合作,还是另有所图?虽然章骏更愿意相信前者,但商场如战场的古训如警钟长鸣,为商业利益而父子兄弟反目成仇的例子数不胜数,连血浓于水的亲情都脆弱得不堪一击,志趣相投的友情就更不用说了。

压力·人都是逼出来的

可是拒绝海哥，自己又上哪找两百万去？章骏靠在椅背上，只觉得头痛一阵阵袭来，恍惚间，他忽然捕捉到了什么，只是这想法却令他肩上的担子更加沉重，连呼吸都觉得困难起来，但这或许是目前的困局中唯一的出路。

下午四点多，魏日东陪霍副市长到电视台检查完信博会的宣传工作，便马不停蹄地赶回办公室整理领导第二天的讲话材料，刚弄了十几分钟，就听"嘭嘭"两声敲门，抬起头一看，他几乎以为自己花了眼，条件反射地站起来，"叶琳，什么风把你吹来了？"

叶琳主动伸出手和他一握，爽朗地笑着说："哟，大秘书，今儿我是拜码头来了。"

"不敢当，我得称呼你叶总吧？"魏日东招呼叶琳坐下，边泡茶边笑着说。

"什么叶总，不知道的人还以为是夜总会呢。"叶琳开起了玩笑，接过茶杯，打量着魏日东，那标志性的锐利眼光依旧让人不自在，"两年多没见，你已经是熟男了。"

"熟男？"魏日东还是第一次听到别人用这个词形容自己，毕竟在资历深厚者比比皆是的政府大院，他向来都是小魏，想想便觉得啼笑皆非，"还是你们女人吃香，看看你，比以前更年轻，更漂亮了。"

"得了吧，你还不知道吹捧对我一点用都没有。"叶琳说，"其实刚才那句话没说准确，不是两年多没见，在电视上经常看到你陪在喜欢指点江山的霍市长身边，别说，以前没觉得，现在倒发现你身上的官味是越来越浓了。"

魏日东结结实实地被她这句话吓得心直乱跳，急忙摆手说："我说叶美女，这可不能瞎说，什么官味浓不浓的，这院子里全是官，听到了让人笑话。"

"看你吓的，真是越想听什么，就越不让人说什么，也不怕在心里憋出病来。"叶琳说话的风格还是让人难以招架，"今天我可是无事不登三宝殿。"

"老同学了，有事就说。"

"给我们太极软件安排的信博会展览摊位可不理想，为什么腾驹那么小的公司能进 A 区，而市区最大的软件企业却被安排在 B 区？说不过去吧。"叶琳毫不客气地说，"不能因为你们是好朋友，你就帮得没边了吧。"

"冤枉，我哪有那本事，这都是信博会的组委会在安排。而且就算给个豹子胆，我也不敢拿太极软件来开涮吧。"魏日东不住声地喊冤，从柜子里找出摊位图，打开来装模作样地查看，一本正经地说："你看，因为腾驹软件的摊位小，只有两格，A 区刚好有空位就给他们了，而你们太极软件足足要八格，实在没位，才安排在了 B 区入口正中的位置,所有人只要走到 B 区,第一眼就能看到太极软件,黄金位置啊!A 区全是国际知名巨头,腾驹软件往那一放,毫不起眼,受瞩目程度比起你们来,就是天和地嘛!"

"能说,真能说,怪不得说'官'字两个口,老同学,有长进啊!"叶琳不为所动,有理有据地说,"正因为 A 区是明星企业汇集,才不是小企业能进的,腾驹作为市内唯一一家进驻该区的软件企业,那意味着什么?不知道的人还以为西港计算机界就这水平呢!而作为最有实力的太极软件反而要在后面的 B 区,不能代表东道主,这是哪门子的道理?传出去还不让人笑掉大牙,对市里业界的形象也不好吧。"

魏日东感到难以招架,叫苦不迭。让腾驹进入 A 区,是他早就答应章骏的,也是他和组委会相关人员打好招呼的,至于把太极软件安排到哪儿去,他并没关注,要他忙的事实在太多!没想到一不留神,就把叶大小姐这马蜂窝给捅了,以这女人的聪明敏锐,脑筋随便一转就知道是自己在背后帮章骏,弄不好还以为是自己故意要给太极软件难堪,兴师问罪来了。

"你说的也有道理。"魏日东好不容易才想好说辞,施展缓兵之计,"那我和组委会说说,让他们尽量重新调整。"

"那就麻烦你了,大秘书。"叶琳的表情和缓下来,微微一笑,绵里藏针地说,"如果很困难的话,我也可以直接找霍市长,霍太太和我妈的关系好像挺不错。"

"领导日理万机,这种小事就不用劳烦他了。"魏日东挤出笑脸,"我一定尽力而为。"

叶琳喝了口茶,忽然转开话题,饶有兴致地说:"听我妈说,霍太太想替我们做媒?"

猝不及防下,魏日东"噗"的一声把嘴里的茶喷出一小半,忙捂着嘴,手忙脚乱地拿纸巾擦干净,尴尬得脸红耳赤:"误会,一场误会,我哪高攀得起啊!"

叶琳也不谦虚两句,哈哈笑着说:"开个玩笑而已,至于激动成这样吗!我也觉得很有趣,西港真是小,哈哈!不说了,别耽误你工作,有空常联系,我等你的好消息!"

听着高跟鞋的声音噔噔远去,魏日东紧绷的神经才松弛下来,坐在椅子上,不住地摇头,既觉得好笑,又觉得郁闷。要论相貌才气,叶琳还真不比闻雪差,两人是春花秋月,各擅胜场。只是选女朋友,十个男人有九个会站在闻雪一边,很简单,叶琳实在太聪明,也太强势,厉害得连女人味都消失殆尽,要放

压力,人都是逼出来的

在古代,那代父从军的花木兰也不过如此。

魏日东缓过劲来,拿起电话拨通信博会组委会电话,这小姑奶奶下次要过来,真可能直接找霍市长,到时指不定说出什么话来,有一两句不妥的,自己的形象可就毁之一旦了,还是赶紧把这事给搞定了才好。

看着小六拿给自己的三千元,云燕愣了一会儿才说:"你这是干什么?"

"我最近接了一项工作,这点钱是预付金,你先拿去用。"

"我不缺钱,你留着用吧。"云燕没接钱,笑着说,"不过你找到工作,倒真得好好庆祝,晚上我们去飘湘楼吃,那里的剁椒鱼头特好吃。"

"不,我够花了。"小六表情坚决地说,"我是你男朋友,不能总花你的钱,应该赚钱来让你花。"

云燕的眼光渐渐变了,眼眸深处若隐若现的阴霾渐渐散去,似水柔情四溢,一种异样的感觉在心头涌动。男人的甜言蜜语她听得多了,人民币也数过不少,但那些人只是看上她的美貌,为了在她的身体上发泄,嘴里说得很动听,其实彼此清楚,只不过是游戏一场,钱色交易而已。几年来,在风月场中穿梭,看着男人的丑陋本性,她脸上笑靥如花,内心却长满老茧,坚硬如铁,不再相信世间还有爱情这个词。像她这种人,最难熬的就是孤独寂寞,有个男人在身边相互取暖,互相依偎,就算走不到地老天荒,至少能补一时空虚,过好现在的日子,以后的事爱咋地就咋地,就算对小六,她也只是有点兴趣和好感,和对以前身边的男人并无两样。

但这一刻,云燕沉寂已久的心骤然翻起朵朵浪花。钱不多,但这份心意却是沉甸甸的,远比一个亿万富翁拿出三十万来更令人感动。以前那几个小白脸,虽然长得英俊,能说会道,床上功夫了得,但挖空心思想的就是如何花她的钱,有谁说过要赚钱养她? 一个个眼巴巴地等着她来养呢。

看云燕的表情变幻不定,低头不语,小六不容置疑地把钱塞给她,说:"还有一件事,我想和你商量。"

"什么?"云燕恍恍惚惚地问。

"搬过来住吧。"小六伸手搂着云燕的肩膀,字字清晰,"没必要租两套房子,我们一起生活,我一定会好好待你。"

这建议小六提过两次,不过云燕并没有答应。有个人在家里等着自己,毕竟不方便,况且小六又不是看得开的人,何必自讨苦吃? 但此时她感觉心头酥软,轻飘飘的,仿佛在云端,慢慢地伸出手环住小六的脖子,把火热的嘴唇印上去。

这一次,她使出浑身解数,如一个女妖精在服侍尊贵的帝王,娇媚动人,以女性的温柔融化那排山倒海的攻势,让小六如痴如醉,而她也在欲仙欲死中迎来高潮。云雨之后,她趴在小六的胸膛,感受着属于他们彼此的柔情蜜意。云燕的情绪平静下来,手指轻轻地在小六的肚皮上画圈,说:"你搬到我那儿去住吧?"

小六脸上的肌肉不自然地抽紧,说:"因为你那儿环境好?"

"光线好,空气好,你写作也有灵感嘛。"云燕说,"最重要的是我上班近。"

"我习惯了在这写作,到其他地方写不出来。"小六硬邦邦地抛出一句。

听出他的不满,云燕抬头白了他一眼,刮了一下那挺拔的鼻子,略带不满地说:"小气鬼,你真是标准的大男子主义。"

不等小六说话,云燕叹口气,接着说:"好,谁叫我是小女人呢,听你的,我搬过来,满意吧?"

小六的表情舒展开来,抚摸着云燕光滑的肌肤,缓慢地说:"我会努力写书赚钱,过段时间你把工作辞了,换份正经的,别再这样没日没夜地熬着。"

云燕的眼中有一道光芒闪动,凭写书这丁点不起眼的收入,只够自己塞牙缝。但是,如此情意绵绵的时候,说实话那可大煞风景,于是她用力抱紧小六,喃喃地说:"好,我听你的。"

似乎看到两人美好的未来,小六心情舒畅至极,郎情妾意,好好地温存了一阵,再度冲锋陷阵后,看着云燕姣好的身体消失在卫生间里,小六颇有"一万年太久,只争朝夕"的紧迫感,恨不得立即把钱赚到手。他套上内衣,坐到电脑前开始浏览邱德州的资料。

云燕洗完澡,亲昵地走过来环抱住小六,轻咬着他的耳朵,说:"亲爱的,不用这么拼命吧?"

"为了你,不拼命行吗?"小六说,"别闹,我得赶紧动笔,早一天写好这本传记,早一天把尾款收到。"

云燕不经意地抬起头,看着屏幕,身体顿时僵住了,五短身材的邱德州坐在办公桌前,双手交叉,一身黑色西装,笑容不怒自威,身后是沉稳有力的"上善若水"四个大字,标准的成功企业家做派,和她见到的色狼邱德州判若两人。

"你是在给他写传记?"震惊之余,云燕忍不住问。

"是啊,日鑫集团的总经理,你认识他?"小六随口说。

"在电视上看过,这公司很有名。"口中敷衍着,云燕心想,他的尺寸多少我都知道,妈的,这老色鬼也能立传,要是把他脱了裤子的那些丑事抖出来,这传记肯定大卖。想到这儿,云燕嘴角不由得泛起讥讽的笑意。

15. 冤家,心结易结不易解

　　东方公园的环翠湖边,有一座古色古香的两层小楼,虽不起眼,却是民国时期的建筑,是当时政府专门用来接待外宾的别墅,打开窗户就可观赏西港八景之首的环翠湖,位置得天独厚,四周绿荫环绕,翠柳飘动,锦花点缀,清幽迷人。后来这里被一位外商买下,按原先的设计风格进行修缮,翻建成了市区最高档的西餐厅,重金聘请米其林星级大厨掌勺,是不少达官贵人用餐的首选场所。坐在靠窗的位置,透过全落地玻璃,外面的景色尽收眼底,夕阳西下,暮色下的环翠湖,水面浮动,幽雅至极。

　　闻雪最喜欢这里的环境,常感叹若能泡上一杯咖啡,捧着一本好书,坐在这里松软的沙发上研读一天,那就是神仙过的日子。章骏却说地点虽然得天独厚,但其实全是用人民币换的,别的地方,一杯蓝山咖啡五十元,到这就得一百二,不是质量好多少,而是凭四周景色就值这价,充分满足了小资阶层的需要。闻雪不得不指出章骏已沾满铜臭,看什么东西都是钱,没有半点浪漫主义情怀。章骏不敢明着辩驳,只能在心里默默抗议,没有万恶的金钱,所有的浪漫就是水里的月亮,看着美好,却永远捞不着。

　　夜色渐渐笼罩大地,餐台上的烛光点点交映,闻雪美丽的脸庞蒙上一层光辉,更添娇艳。美景如画,佳人当前,本是多少人梦寐以求的人生乐事,但章骏却没有多少欣赏的心思,连切牛排的手都有点沉重。

　　而对着湖光山色,闻雪的胃口格外好,吃完鳕鱼扒,喝一口柠檬水,视线转到章骏这边,诧异地问:"今天的牛排做得不好吗?"

　　"不错,这里的牛排再不好,西港就没地吃牛排了。"章骏压下心事,挥舞着刀叉,三下五除二地将盘里的肉眼牛排放进嘴里,煞有其事地做出一副品尝的神情。

　　"一开始我就看出你有心事了,说吧。"闻雪端起侍者送上来的咖啡,抿一口说。

"老婆真是目光如炬,观察细致入微,老公佩服。"章骏笑着说。

"不用拍马屁,你不是最讨厌这种小资情调的地方吗？今天偏偏请我来这儿,无事献殷勤,非奸即盗,还用得着观察？"闻雪放下杯子,往椅背一靠,等着章骏道出实情。

章骏正要开口,忽然听见一声清脆而干练的女声:"哟,真是巧,你们也在这吃饭？"

循声望去,章骏的眉头顿时拧成个"川"字,闻雪的脸色晴转多云,一下便拉下来了。叶琳身着黑色连衣长裙,身材更显高挑,艳光四射,挽着个头高大的老外臂弯,落落大方地走过来打招呼:"好久没见,老同学。闻雪,是不是得称呼你为章太太了？"

不是冤家不聚头。章骏发自内心的感叹,站起身来强笑着说:"我们准备年底结婚,到时来喝杯喜酒。"

"还要拖到年底？这社会现在的潮流就是变,凡事都会变的,几个月的时间,喜酒喝不喝得成真不好说,定好日子再通知我吧,我一定到。"叶琳脸上带着笑容,一副老友相逢的喜悦之情,说的话却比针尖还锋利。

闻雪勃然变色,正要反唇相讥,章骏抢先说:"放心,这么多年都没变,几个月能有什么变化？我估计几辈子都不会变,叶总你就等着收喜帖吧。"

"话不能说得太满,明天的事谁都说不准呢。"叶琳的眼光一扫,嘿嘿笑着,"莫非腾驹软件增加了预言功能？"

"别的不好说,就这事板上钉钉,用不着预言。"章骏把话顶回去,及时岔开话题,看着老外,话里有话地说,"新男朋友？"

叶琳眼光一闪,装作没听出章骏的讽刺,用流利的英语说:"介绍一下,这位是橘子公司中国华南区大区经理彼得先生,这两位是我的同学,章骏先生和闻雪小姐。"

彼得热情地伸出手,用别扭的中国话说"你好"。章骏没想到他居然是橘子公司的大区经理,礼节性地用英语寒暄了几句。闻雪则冷着脸,淡漠地和他一握手,连口都懒得开。叶琳亲热地挽着彼得,"不打扰了,你们慢慢吃,我们定了包间。"

等两人上了楼,闻雪把餐巾用力往桌上一扔,忍不住爆发了:"狗嘴里吐不出象牙。"

"你还不知道她,一张刀子嘴。"章骏摇着头说,"算了,不和她计较。"

"问题是她没豆腐心,狠着呢!"闻雪涨红着脸,显然被气得够呛,自从她们成为情敌之后,论吵架,斯文儒雅的闻大小姐离叶琳至少还差几段,每次都吃大亏,虽然几年没见,结果依旧。章骏陪着笑,说:"是,是,只是这儿是高档场所,她能在这撒泼,我们行吗?退一步海阔天空,喝咖啡吧。"

"退一步?凭什么次次是我们退?我们退得够多了!"闻雪气愤难平。章骏握住她的手,柔声说:"那我们就用行动证明,过几个月就给她发帖。"

"那也得等房子装修好啊。"闻雪喝着咖啡,情绪慢慢平静下来,"你刚才要说什么事?"

在当前的火山活跃期,给章骏一个豹子胆他都不敢说出心中所想,那属于活腻了找死,"没事了,你弟弟去做得怎样?"

"我不知道他在做什么,每天喝得醉醺醺的,半夜三更才回来,睡到中午才起床,早上根本不上班,有时还不回家。"闻雪说,"爸妈有意见,觉得不是什么正经活儿,只是他自己倒是满意,说工作就该这样,死活不肯换。"

"他觉得好就行,找工作和谈恋爱一样,合不合适只有自己知道。"章骏可不想小舅子再沦落为无业游民,到时自己又要忙着给他找工作,劝慰说:"跟着霍超,少不了应酬接待,能认识不少关系,挺好的。"

"希望如此。"闻雪再喝咖啡时才发现凉了,没好气地推到一边,"埋单吧,回家休息。"

送闻雪回家后,章骏心烦意乱,像有成百上千只猫爪子挠心一般,难受得很。他开着车回到公司,林凡还留在北京,研发人员群龙无首,进度便缓了下来,不用日夜颠倒地加班,销售人员全冲锋在外,办公室里只剩下黄玉珍还在对着电脑敲敲打打。

"还没回?"

"后天发工资,我在核算销售的提成。"黄玉珍垂着头,低声说。

"那你忙吧。"章骏心情不佳,打个招呼便钻进办公室,坐在沙发上,闭上眼睛,双手揉着太阳穴,一幕幕往事就如电影般,鲜活地在眼前跃动。

进入西港大学后,章骏凭着高超的组织协调能力、俊朗的外表和过人的口才,很快便成为学校的风云人物,引起同班同学叶琳的注意。而叶琳干净利落的办事风格、泼辣犀利的办事手法,也让章骏刮目相看。几次活动办下来,章骏的统筹加上叶琳的执行,配合无间,无往不利,成为公认的最佳拍档,爱情的种子也渐渐萌芽,两人顺理成章地陷入热恋之中。

一开始章骏并不知道女朋友是大名鼎鼎的太极软件创始人的独生女，直到准备利用暑假时间打工时，叶琳才表明家世，并理所当然地让章骏到太极软件实习。偏偏章骏最看不惯的就是走后门，一口拒绝了她，靠着自己的能力，去了海哥的公司打工。

随着恋情的深入，两人开始同居。叶琳性格中的短处暴露无遗，她为人大气爽朗，充满阳光，却缺乏一股女性应有的似水柔情，剪个短发，穿上牛仔衬衫，活脱脱一个假小子，说一不二的大小姐脾气和固执强硬的作风，都显示出霸道的女强人作风。而章骏是标准的大男子主义，哄女朋友时可以委曲求全，但要让他一辈子活在女人的阴影下，不可能！

生活上的磕磕碰碰令两人矛盾日益增多，一日一小吵，三日一大吵成为常态，哪天不吵架反倒是奇迹。最要命的是，每次吵完架，不管谁占理，叶琳都是坚决不认错，只有章骏让步。长此以往，两人感情逐渐变淡，大三时，闻雪的出现，成为压垮他俩感情的最后一根稻草。

闻雪入学的第一天，男生间便开始风传了一位大美女，校花的位置即将易人。章骏在辩论大赛第一次见到闻雪时，就被震住了，再度应验了那句老掉牙的古话：一见钟情。

最令章骏神魂颠倒的，并不是闻雪的美貌，而是她那股淡雅的气质，如国色天香的牡丹，因高贵而令人心折。最令章骏庆幸的是，虽然追求者数不胜数，但这朵牡丹对他还颇有好感，只是若即若离。章骏清楚，最关键的障碍就是叶琳，闻雪不可能做第三者，更不会允许男朋友脚踏两只船，不明确解除和叶琳的恋人关系，就别想有新的进展。

几番挣扎下，章骏终于和叶琳摊牌了。那是章骏这辈子最难忘的一天，叶琳的反应很奇怪，并没有大吵大闹，她的脸色苍白得可怕，只问了三个问题："你再也不愿意和我走下去了？""你知不知道娶了我，太极软件就是你的？""你真的爱上了闻雪？"

而章骏的回答斩钉截铁："我们可以是好朋友，但不适合做恋人，因为我们的性格，决定了很难在一起生活，你不会为我改变，我也不可能为你改变。""我对你家的生意没兴趣，我更有兴趣的是创造自己的事业。""我和闻雪说不上爱情，因为我们没有开始，但以后会怎样，我不敢保证。"

那时正值盛夏，艳阳当空，房间里的气温高达三十六度，但叶琳的身体突然瑟瑟发抖，像狂风中的落叶一般，用空洞的眼神死死盯着章骏，说："你不后悔？"

章骏叹口气，"放手吧，这对我们都好。"

冤家·心结易结不易解

叶琳抬起手,用手指着大门,嘴唇颤抖,对章骏嘶吼:"滚!"

就在章骏拿着行李,走出门的一刻,叶琳的声音再度传来,语速很慢,就像古代巫师在施咒一般,声音低沉嘶哑,却饱含着坚不可摧、动人心魄的力量,刺得章骏的耳膜隐隐发疼,"这辈子你都会为走出这扇门而后悔。"

这句话如同一个梦魇,常常使章骏在午夜梦回时不寒而栗。虽然最终和闻雪走到了一起,但在内心最深处,他还是对叶琳怀有深深的歉意,这也是每次和她见面,不论对方如何冷嘲热讽,他都忍气吞声的原因。而叶琳的敌意并没有随着时间的流逝而减少,反而与日俱增,她指挥着太极软件,如一头饿狼对初出茅庐的腾驹穷追猛打,数次将章骏逼入绝境。要不是抓到日鑫集团这棵大树乘凉,腾驹能否生存到今天还悬得很。

"咚咚",两声敲门声惊醒了深陷在回忆中的章骏,黄玉珍拿着一份报表走进来,说:"工资算好了,你先看看。"

"放桌上吧。"章骏抬起头,冷不防地吓一跳,只见黄玉珍眼袋鼓鼓的,眼圈发黑,精神状态显得很沮丧,"出什么事了?生病了?"

"没事。"话是这么说,但黄玉珍的声调却像要哭出来了,这表妹就是老实,连骗人都不会,章骏也是因为这个才放心地让她会计出纳一手抓。

"说说什么事,我看能不能帮上忙。"章骏温和地笑了,打趣说,"不用连表哥都瞒吧?"

在公司章骏很注意影响,两人从未以兄妹相称,一个叫章总,一个叫玉珍,规范得很,说习惯了,连私底下都不自觉地这么叫上了。乍一听到表哥亲切的称呼,黄玉珍忍不住眼中晶莹闪烁,低着头,压抑很久的千言万语确实需要向人倾诉,过了好一会儿,她才用蚊子般的声音说:"最近刘经理和许秋璇走得很近。"

章骏恍然大悟。从公司成立之时,和林凡对自己一样,黄玉珍暗恋刘小南就是公开的秘密。章骏一直是怀着乐见其成的态度,一个是死党,一个是表妹,刘小南是热情奔放、浓眉大眼的帅哥,黄玉珍细腻内敛,虽说不上是大美女,却也娇俏可爱,性格上又正好互补,是天作之合。前两年章骏还明里暗里地帮他俩创造机会,可是刘小南却如闷嘴葫芦,就是不开窍。三番两次下来,章骏便明白了,不是刘小南不解风情,他虽然有时想事不细,却不是笨蛋,对人情世故精得很,之所以装糊涂,摆明是对黄玉珍没感觉,只是碍于面子,不好明说而已。

看清这一层,章骏只能听之任之,经过切身体会,他知道感情世界里,强扭的瓜不但不甜,还苦得很。他更希望黄玉珍能知难而退,大家都不捅破,平时嘻嘻哈哈,工作上相互配合,也相安无事。本来他还以为感情淡了,没想到表妹竟是痴情种,对刘小南依旧一往情深,而刘小南对许秋璇的感情,傻子都看得明白,怪不得黄玉珍要受打击了。

章骏走到黄玉珍身边,轻轻拍着她的肩膀,轻声说:"有些事是注定的,勉强不来,丢了粒芝麻,前面还有个大西瓜在等着你。在一颗树上吊死,而失去整片森林,那可太划不来了,这生意万万做不得。"

"我明白,我没事。"黄玉珍抹抹眼角,咧开嘴勉强地笑笑。看着她故作坚强的神态,章骏配合地笑笑,心中不住地感叹:爱情啊,你也太顽皮了,让人痴,让人伤,让人痛,让人恨,在你魔力的招呼下,人就如同木偶,任由摆布,最终又能有几对成为只羡鸳鸯不羡仙的神仙眷侣?

信博会的准备工作进入收尾阶段,霍副市长的工作更加紧张了,每天都到下面视察指导,一点细微之处都不放过,令人不由得赞叹大领导一丝不苟的精神和细致严谨的工作作风。到会场看完装修的进度已是晚上七点多,按行程还得到组委会去看最新确定的贵宾名单,上车后他忽然改变主意,说:"回家吧,最近连连加班,你们也累了,今晚早点回去休息,贵宾的名单通知他们明天一早传过来。"

领导定了调,车子便向大院开去。坐在副驾驶位上的魏日东,虽然嘴上说不累,心里却另有一番想法。霍副市长提前打道回府,恐怕是知道接下来的活动,有意放自己参加,这样说来,他对自己和霍超的关系了解不少,虽然嘴里不说,但内心是默许,甚至纵容的,看来自己以前的判断没错,霍副市长看起来睁只眼闭只眼,其实一切全在掌握之中,自己搭上霍超算是对路了。

霍超的生日宴会安排在超五星级的江南大酒店举行,只开了一桌,并不铺张。魏日东赶到时,饭局已接近尾声,有两三个人喝趴下了,向来酒量极佳的霍超罕见地红着脸,倒满一杯路易十三,指着魏日东,大着舌头说:"哥,今天我生日,你还迟到,把这杯干了。"

魏日东的酒量一般,但寿星亲自劝酒,不喝肯定不行,只得硬撑着干了。霍超大笑着拥抱魏日东,"哥,痛快,我知道你陪老爷子没办法,你能来我就高兴。"

"那得感谢领导关心,不然我还得加班呢。"

"靠,都不知道他那么拼命干吗!像他这样劳心劳命地当官,送我我都不要。"霍超不以为然,伸手示意一个年轻人站起来,"这就是你介绍的闻典,来,赶紧干一杯。"

魏日东还是第一次见到闻典。面目和闻雪有几分相似,尤其是眼睛和鼻子,就像一个模子刻出来的,他打扮得非常时尚,染了头发,戴着耳钉,笑起来歪着嘴巴,给人坏坏的感觉,流里流气的,和闻雪的端庄大方有着天壤之别。

"魏哥你好,谢谢你帮我介绍工作。"闻典让服务员倒酒,"我早想当面感谢你,难得今晚有机会,来,干了。"

"小事情,主要还是得感谢你们霍总。"魏日东笑着说。干完一杯,闻典马上加酒,嬉皮笑脸地说:"这杯是代我姐和姐夫感谢你,我姐说约了你几次,可你一直太忙没凑上时间,就由我代表啦。"

魏日东一愣,这小子真能说,劝起酒来一套一套的,只是刚才那一满杯下去,已经有点上头,再这么猛喝下去,只怕撑不住,便说:"我和你姐、姐夫是老同学,不用客套,这杯就随意吧。"

"感情好不好,有酒来代表,我先干为敬。"闻典豪气地干了,把杯口转向魏日东示意。魏日东心想,姐弟两人也挺有趣,各走极端,他没有理会闻典,浅浅地啜了一口,淡淡地说:"只要跟着霍总好好干,那比什么感谢都强。"

"这小子干得不错。"霍超拉着魏日东坐下,"这位子专门给你留的。赶紧加菜,天九翅和炭烧鲍再来一份。"

这一桌子的人,魏日东基本认识,有陶扒皮、邱德州等几个大老板,还有两大国有银行的行长,只是坐在霍超和陶扒皮中间,那个黑瘦的男人他从没见过。论认人的本事,魏日东有着相当的自信,只要见过一次,他就能把对方的姓名职位记得一清二楚,下次见面时张口就打招呼,一点犹疑和迟滞都没有,令人赞不绝口。

霍超似乎看出魏日东的疑惑,大大咧咧地说:"我来介绍,这是我兄弟魏日东,这是大名鼎鼎的吴鹰,鹰哥。"

魏日东心中顿时咯噔一下,吴鹰的名字对西港市民来说,比市长的大名还熟悉。他初中没毕业便出道了,二十年混下来,传说是市里最大的黑社会头头,表面上做运输公司,私底下专搞黄赌,势力极为庞大,很多偏门行业都有他的痕迹。公安查处过很多次,甚至惊动了省公安厅,人是抓了一些,却总是不能把线引到吴鹰身上,次次雷声隆隆,最后落下的却是小雨纷纷,未能动摇根基。大部分人都知道吴鹰的存在,但公安机关始终未能将其绳之于法,这也成为民众抱怨政府无能的口实。或许知道民怨沸腾,近年来吴鹰也日趋低调,近乎销声匿迹,有传言说他移民了,也有人说他其实早就被抓了,更有人说他死了。魏日东没想到居然会在常务副市长公子的生日聚会上,见到这位传奇人物。

吴鹰长相很平凡,最引人注目的是两条眉毛浓黑如墨,耸动时隐约可见杀气浮现,眼睛不大,但时有光芒闪动,手指枯槁得如同老树盘枝,指节凸起,力道十足。平缓地一握手,吴鹰简单地说:"常听魏秘书的大名,久仰。"

"不敢,鹰哥的大名,我是如雷贯耳。"这句话倒是魏日东的真实心声。

"说不上大名,就是混口饭吃的。"吴鹰淡淡地自嘲一句,拿起酒杯,和魏日东干了一杯,坐下后便缄默不语,有人敬酒他便喝,不管席间谈什么话题,他从不主动开口,给人的感觉是冷冷旁观,和这热闹的气氛格格不入,却有几分江湖大佬的慑人气魄。

吃完饭,一行人浩浩荡荡地杀往天地豪情,只有几个人告退,尤其是吴鹰,不顾霍超盛意拳拳地挽留,执意先走。霍公子的生日,陶扒皮自然不敢怠慢,早就吩咐云燕在最大最豪华的包厢内准备,安排的小姐个个是顶尖级的,说她们沉鱼落雁、闭月羞花也不过分。一进门就是莺歌燕舞,香气四溢,男的酒兴飞扬,女的性感娇艳。

云燕敬霍超一杯酒,指着他身边美若天仙的女孩,笑着邀功:"霍公子,这位小妹妹可是下午刚从东莞过来的,新天地的头牌,为了你生日,陶老板专门花重金把她请来陪你。"

霍超喝得醉醺醺的,却还捧着酒杯不放,有点迷离散乱的眼光没去看这个女孩,反而落在忙着斟酒的公主身上,问道:"新来的?"

"是啊,前两天刚来的。"顺着霍超的眼光望去,云燕随口答。

霍超死死地望着公主,突然伸手一指,不容置疑地说:"晚上就让她陪我。"

身旁女孩带着职业微笑的脸上顿时变得很难看,云燕意外得差点把手里的杯子摔下。公主虽然长得还算标致,黑溜溜的大眼睛,樱桃小嘴,但比起他身边的女孩,无论身材样貌,差得不是一点半点,对比如此明显,难道霍公子喝得醉眼昏花了? 只是公主表情羞涩,不敢抬起头来看人,有股质朴单纯的气质,却是这儿很少见的。

云燕定定神,起身拉着公主到角落里说话,光线昏暗,虽然看不清公主的脸色,却能看见她不住地摇头,而云燕本来很轻松的表情越来越沉重,甚至有点不耐烦。

说了好一会儿,云燕才走回来,无奈地说:"真是不巧,霍哥,她今天身体不方便……"

霍超冷笑着,毫不迟疑地截住话头:"是吗? 行啊,让我看看,真不方便的话我给她一万,不是的话,"他顿了顿,语气骤然变得凌厉起来,"你就想想怎么给我一个交代吧!"

冤家,心结易结不易解

喧闹的包厢顿时安静下来，这还是魏日东第一次看见霍公子动怒。平时的霍超，总是一副大大咧咧、豪气干云的模样，对人倒是和气，称兄道弟，从不盛气凌人，颐指气使。但此时他瞪大眼睛，那股不怒自威的逼人气势油然而生，竟有他老爸的几分威风。

虽然云燕努力维持住嘴角的笑容，但谁都看得出她笑得非常勉强。邱德州想开口，支支吾吾的，不知说什么解围。那公主更是吓得花容失色，酒杯都拿不稳。闻典倒是恶声恶气地说："超哥看上你，是你上辈子积德，还敢唧唧歪歪，你他妈算哪根葱啊？"

这哪有你说话的份！魏日东的眉头一下子拧了起来。霍超把玩着酒杯，自顾自地转过头望着陶扒皮，笑笑说："陶总，你这儿能人越来越多了，连兄弟都敢要。"

"美女和你开玩笑的。"陶扒皮面不改色地哈哈大笑，向云燕一挥手，"闹够了，还不安排好？"

云燕又在公主身边耳语了几句，谁都看见公主的头摇得和拨浪鼓似的，坚决得很，云燕的脸色很难看，为难地望向陶扒皮。陶扒皮很冷静，点了根雪茄，悠然地说："小孩子闹脾气，好好说说，我们这还是有规矩的。"

公主的身体抖得厉害，猛地跪下来，泪水哗地飞流直下，打着哭腔，就差磕头了："大哥，老板，我有男朋友，不干这个，对不起，你们放过我吧。"

"看来我的面子没你男朋友大了。"霍超打个酒嗝，淡淡地说，"没面子，真他妈没面子。"

谁都知道，敢在生日当天让霍公子没面子，那肯定不是鸡毛蒜皮的小事。陶扒皮走过去扶起公主，和蔼地笑着说："小妹妹，工作和你男朋友有个屁关系，你男朋友给你发工资？要不然，你打个电话，我请你男朋友过来说好不好？"

"不要，老板……"公主吓得连连摇头。陶扒皮温柔地抹掉她脸上的泪珠，那神态、动作就和慈祥的长辈在关心受惊吓的晚辈一模一样，但语气却渐渐加重："别淘气，好好陪大哥。不要随便说不。大哥是来开心的，不是来看你脸色的，开心了什么事都好说，不开心了你也不好过，明白？"

泪水洗花了妆容，公主的嘴唇在颤抖，但面对陶扒皮越来越锐利的眼神，她既不敢摇头，更不敢说个不字。霍超忽地笑了，说："算了，老陶，别欺负小妹妹，强扭的瓜不甜，我算看出来了，连老板的面子都没个屁用，我就更不算什么了。"

在场的都是聪明人，哪会听不出这明着是息事宁人，其实是在讽刺陶扒皮连个员工都指挥不动的弦外之音？偏偏闻典还阴阳怪气地加上一句："陶总，自己人都搞不定,我看你这生意以后不好做啊!"

靠,这小子简直不知天高地厚,陶扒皮是什么人物,轮得到你品头论足?魏日东心中暗骂,众目睽睽下,陶扒皮神情自若,打了个响指,向云燕做了个手势,云燕走出包厢,回来时手上拿着两叠封好的百元钞票。

"我们是正规公司,做事要讲道理,更不会逼你。"陶扒皮轻描淡写地说,"有两个选择:一是两万元归你,你归大哥;二嘛,走出这扇门,但是,我保证,像你和你男朋友这样没有职业精神的人,不可能在这座城市立足。"

话已说绝,两条路摆在眼前,只要点头,两万元唾手可得,而走出去,则是将老板得罪到底。虽然来的时间不长,但公主知道,开得起这么大规模的夜总会,陶老板绝不是自己惹得起的,惹翻了他,后果可想而知。

两万元的诱惑力并不小,尤其是近在眼前时,有句话是这样说的:所谓忠贞,只是因为背叛的筹码还不够有吸引力。公主哭泣的声音已小了很多,虽然没拿钱,但脚下却和扎了根似的,纹丝不动。陶扒皮心中有数,轻松一笑,说:"乖,懂得做出正确选择的才是好孩子。"眼角一扫,云燕会意地挽着公主的手臂,"哭得脸都花了,我们先去房间洗把脸。"

看着公主磨磨蹭蹭地和云燕一起出去,陶扒皮倒满一杯酒,笑着说:"小孩子不懂事,让您看笑话了,我这当老板的也没面子,以后对她们得多管教,我先自罚一杯。"

霍超望着陶扒皮一饮而尽,忽地哈哈大笑,"老陶,有你的,难怪生意越做越大,能和你合作,我就等着赚大钱了,这杯我敬你。"

随着陶扒皮举重若轻地把事情解决,和霍超亲热地把酒言欢,刚才的不快随即烟消云散,场面又热闹起来。霍超长长地伸了个懒腰,嬉笑着说:"各位兄弟,你们先玩,我到楼上去休息一会儿,今晚大家不醉不归。"

谁都清楚霍超是迫不及待要上去发泄,大家露出暧昧猥琐的笑容,目送着霍超步履轻飘地离开。陶扒皮忽然转过头,眼光深深地盯着正对小姐上下其手不亦乐乎的闻典,嘴角扬起不易察觉的冷笑。魏日东看在眼里,心知闻典这小子不知深浅,狐假虎威,落井下石,已经把陶扒皮给得罪了,虽然冲着霍超的面子,陶扒皮未必会怎样,但这老小子心狠手辣,以后只要有机会,肯定会报复。正考虑怎么提醒闻典几句,手机在口袋里嗡嗡震动起来,一看来电显示,他快步走进里间,把门关上,说:"妈,都几点了还没睡?"

"要睡了,给你打完电话就睡。最近工作顺利吗?"母亲的声音永远是那么亲切。

"挺好的,这么晚打给我,有事吗?"

"是啊,村长刚走,他说明天要去市里找你,让我问问你有没有出差。"

"出差倒是没有,只是最近忙,恐怕没时间。"魏日东顿了顿,"他说是什么事了吗?"

"没说。他对咱家很照顾,要能帮你就帮一把。你什么时候抽得出空来?"

"最近都忙得很,得到下个月才有时间吧。"魏日东想了想,"算了,明天来就来吧,让他和我联系,只是可能会等到很晚。"

"那我和他说。你工作辛苦,就早点休息,别熬夜了知道不?"

"知道,妈,你也休息吧,忙完这段时间我再回去看你们,挂了。"魏日东把手机塞进口袋里,心想自从跟了霍市长以后,乡里人都拿自己当市长看,一大堆棘手的事推过来,没一件好办的。要命的是村里人全姓魏,个个沾亲带故,不帮也不好,为这自己没少费心思,明天乡长这远房亲戚不知又要带什么难题过来。

来吧来吧,兵来将挡,水来土掩,反正我这辈子注定是和麻烦粘到一块了。魏日东强迫自己把心事扔到一边,刚打开房门,闻典和一个小姐正靠在墙上热吻,不断将小姐的衣服往下扯,心急火燎地说:"我当谁呢,原来是东哥在里面,你用好没?"

魏日东刚一点头,闻典就说:"那我就不客气了。"于是他拉着小姐冲进去,啪地一下把门关了,里面随即传来撩人心魄的叫声。

只剩下魏日东愣在门外。这小子真是闻雪的弟弟?这遗传基因也差得太厉害了!摇着头刚走出大厅,陶扒皮便拉住他,说:"魏秘书,我专门从东莞给霍总找了一个极品来,可是你刚才也看到了,他另找了一个,这极品不用也浪费,我看今晚就让她陪你吧。"

那女孩确实是人间尤物,尤其是雪白修长的美腿,还有那会勾魂的眼睛,实在令人难以理解霍超怎么会突然放弃鱼翅而吃粉条。魏日东理智上想拒绝,但眼神却被女孩勾住,看着她那充满性感魅惑的诱人神态,浑身便一阵燥热,不由自主地点点头。

另一边,邱德州的手在云燕身上摸索着,猥琐得很。云燕附和着,自从和小六同居,她就没有出过台,想起小六正在给这种人物立传,更是又好气又好笑。

主角不在,一群男人喝到十二点多便散了。来到陶扒皮安排好的房间,在女孩娴熟动人的挑动下,魏日东如痴如醉,潜藏的欲望骤然爆发,冲刺成功后,回味着,却又有种说不清、道不明的若有所失。

女孩轻拨着魏日东的发梢,忽然说:"你女朋友叫闻雪?"

魏日东的身体骤然僵硬住,不可思议地抬头望着女孩。女孩扑哧一笑,"别怕,我不是未卜先知,刚才你在我耳边叫的就是这个名字。"

魏日东放松下来,喃喃地说:"是吗? 我怎么不知道?"

"你们男人在那一刻还知道自己在做什么?"女孩笑着说,"都快乐得飘起来了。"

"能听清楚,那就证明你还没飘起来。"魏日东又将女孩压在身下,"先告诉我,你叫什么名字,咱们再……。"

女孩嘻嘻哈哈地娇笑着说:"叫我丝丝吧。"那一刻魏日东仿佛看到了闻雪,闻雪在眼前越来越清晰,他幻想着身下之人就是闻雪,更加兴奋,用尽全力,随着一声低沉的嘶吼,他清清楚楚听到自己内心的呐喊:闻雪,闻雪……

冤家,心结易结不易解

16. 底线,莫要轻易触碰

正常说来,人的一生有三分之一的时间是在睡眠中度过的,睡眠质量好的人,精力充沛,身体抵抗力强,性格上较为乐观开朗;而睡眠质量不好的人,则精神萎靡不振,身虚体弱,容易受病魔侵害;要是失眠,那漫漫长夜痛苦难熬,更容易成为患抑郁症的高危人群。偏偏社会发展越快,人的精神压力就越大,工作一忙起来少有白天黑夜之分,还把碰到的问题和困难带到睡梦中来,杂念丛生,导致想好好睡个觉都成为奢侈。比如章骏,这段时间来他就没睡踏实过,尤其是筹措资金的这几天,更是愁白了头,连做梦都想着怎么把钱搞到手,一点多躺下来,四点多还合不上眼,不得不靠安眠药,才勉强睡足七八个小时。

章骏先送黄玉珍回家,回到自己家时才十一点多。这套房子是他租的两室两厅,带全套家具,格局也不错,几年前租时月租才一千二百元,可近年来房价飞涨,租金也水涨船高,房东年年涨价,去年续约时月租已是两千元,要不是看在地点离公司近,交通方便,而自己的房子今年就可以入住,懒得连搬两次家,章骏早就换租金便宜的地方了。

房子,想到这章骏就头疼,想破了脑袋,唯一的办法就是把新房抵押给银行,换取贷款。可当时买房时,为了不让银行"敲诈"一笔高额的房贷,章骏拿出所有存款,闻雪家也出一部分,一次性把房款付清了,房屋产权证上是两人联名共有,现在由闻雪保管着。对自己进入商场闯荡,闻雪反对的态度向来明确,从不过问生意上的事。要她为了前途未卜的事业把房子拿出来抵押,她能同意吗?

但逼到墙角,章骏还是得开口试一试,试了才有机会,不试的话那扇大门就永远关上了,不到最后一刻,他是不会答应海哥的。那天偏偏叶琳阴魂不散,硬是把自己苦心营造的良好气氛给破坏殆尽。这女人,注定是和自己缠上了。带着苦恼和郁闷,章骏在床上躺了一个多小时,硬是半点睡意都没有,直到晨曦初起时,才稍微合了会儿眼,起床时还不到八点半,洗漱一番,到麦当劳买了早餐,刚坐下来啃了口汉堡包，就有电话打来，是北京的区号。

"早上好，章总，没打扰你休息吧？"程高那标志性的东北口音非常好辨别。

"早上好，程总，我起来了，在吃早餐，你也挺早。"

"我是劳碌命，没办法，睡也睡不着。"程高说，"咱不拐弯抹角，你们的林经理已经将软件进行了全面测试，兼容性的问题可以顺利解决，相信她已经向你做了汇报。收购上的事已经拖了一段时间，如果你觉得合适，咱们就定下来；如果不合适，那你也给个准信。不瞒你说，还有其他公司在找我谈，我想这个星期内就把事情定下来。"

"程总，"章骏放下手里的汉堡，"我的诚意，你是清楚的，而且我们一直谈得很愉快。主要是价格方面，你看……"

"对，我正好要说价格。经过全面的评估，价格得提高到七十万美金。"

"什么？"章骏失声说，音量惊得餐厅的顾客纷纷把头转过来。

"这是其他公司给我的开价，章总，大家都是生意人，价高者得很正常，换了你，你会放着二十万美金不要？只是就像你说的，我们谈得很好，而且你又是常哥推荐的，在同等条件下，我绝对优先选择你来合作。"

"可是……"章骏深呼吸两口气，强迫自己镇定下来，"程总，你突然把价格提这么高，让我一下子怎么答复你？"

"条件我是不会再改了，你再考虑三天，如果合适，咱们就签合同。不合适也没关系，做生意不能勉强，以后咱们合作的机会多得是。"程高说，"不耽误你吃早餐了，考虑好了给我电话，再联系。"

食物在桌上散发着香气，但章骏已完全丧失胃口，愣怔地枯坐好一阵，起身便向门口走去。

时间已是八点半，小六出现在日鑫工业城内。这几天他一直泡在这儿，比日鑫的员工上班还准时。根据常坤提供的名单，他一一作了访谈，深入了解到邱德州的丰功伟绩，记录本越来越厚，可他却越来越没底。这些受访者，个个唾沫四溅地夸夸其谈，将邱德州夸得天上有地下无，战略眼光高瞻远瞩，行事手段刚柔并济，用人方面唯才是举，个人操守清廉正直，婚姻家庭美满幸福。小六越听越觉得他们说的是一位不食人间烟火的经营之神，堪与松下幸之助、李嘉诚等顶级企业家相媲美，放在小小的西港市当国有企业老总，简直就像把齐天大圣拉去当弼马温一般。

小六清楚，这些人形容的只是一个片面的人物形象，甚至是他们自己想象出

底线，莫要轻易触碰

来的偶像，毫无立体感可言。要真实记录一个人的生平，就不可能为尊者讳，只要是人，就有喜怒哀乐，有优点和缺陷，绝不可能白璧无瑕。中华历史浩荡千年，伟大者如唐太宗、康熙皇帝，千秋功业，万人敬仰，尚有如玄武门之变、诸王夺嫡等为后人诟病之处，无法尽善尽美，更何况区区一位总经理。传记本来就是写人的，适当的艺术加工可以，但过分地虚浮夸张，脱离实际，那样写出来的作品不但毫无价值，还会贻笑大方，落下个低劣枪手的骂名。

访谈完技术部经理，得到的情况大同小异，小六索然无味地坐在洽谈室里，看着手上的名单，已谈得差不多了，再谈下去，估计也是歌功颂德那一套，没任何意义，还把宝贵的时间浪费掉。多年的采访经验告诉他，要想拿到真实的写作素材，必须另找门路，不能再被困在对方限定的框框里面。

小六仔细地观察名单，再对照这几天掌握的情况，发现日鑫集团除了邱德州是总经理外，还有三位副总，其中两位副总已经谈过，而常务副总宋广义并未在名单里。作为二把手，他是在工作上和邱德州配合最密切的人，最了解邱德州的情况，为什么要故意落下他？

想到这儿，小六站起身，昂首阔步走向电梯。他决定采访宋广义，只有挖掘出真实的情况，才能将人物鲜活地还原出来，传记才有意义。

听小六讲完来意，宋广义的秘书让他稍等，进办公室内汇报，六七分钟后，才出来说："请进，刘先生，宋总刚好有空。"

宋广义身材高大，足有一米八五左右，肩膀宽阔，浓眉大眼，头发梳得光亮鉴人，站起来握手时气势十足，比五短身材、肚圆脑秃的邱德州更具领导威风。"最近常听说有位大作家在公司访谈写稿，幸会幸会。"宋广义说。

等秘书送上茶，关门退出后，宋广义目光炯炯地盯着小六，问道："刘先生，你找我是为什么事？"

"宋总，这一次邱总让我为他写本传记，我看过资料，您是他的副手，共事了四年时间，我想和您聊聊邱总，要是能提供一些素材就更好了。"小六开门见山地说。

宋广义掏出软中华，递一根过去，见小六摆手示意不会抽，便自行点上，深吸一口，缓缓将烟圈吐出，"是邱总让你来找我的？"

"不是。"小六坦诚地回答，"邱总提供的人员，我基本已谈完，但我想掌握更多的情况，才冒昧来找您。"

看小六言辞恳切，不像忽悠的样子，宋广义放松下来，靠在沙发上，笑容颇具玩味，声音轻得如蚊子自语："我说他怎么会让你来找我。"

小六听不清他说什么,刚要追问,却见宋广义用左手摩擦着下巴,右手夹着烟,一副沉思的态势,便把话压回肚子里。早上话说得不少,正感觉口渴,小六拿起茶杯喝两口,只听宋广义慢条斯理地开口道:"邱总嘛,来西港八年了,公司的发展大家有目共睹,我想下面的人已经说得很多了,不用我重复,你还想了解什么?"

　　"邱总的成绩我手上有不少材料,但不瞒您说,我感觉不够全面。"小六解释说,"您和邱总都是最高管理层,我想或许能从您的角度,对邱总有更深的了解。"

　　"全面? 你说得有道理,这么大的一个企业,单纯靠一个人,确实很难脱胎换骨。"宋广义笑了,"公司的发展,每个人都有功劳,当然,作为领头人,邱总的功劳最大。"

　　这话像是说了什么,又像是什么都没说。小六皱皱眉,正在咀嚼着话里的含义,宋广义接着说:"虽然我是邱总的副手,和他配合的时间也长,但刘先生,我相信你能理解,在我这个位置,不适合去评价他,既不客观,也没公信力。如果你真想了解邱总,我倒是可以为你推荐一个人,他是公司的原销售总监,跟着邱总一步步干起来,情同兄弟,没人能比他更清楚邱总的情况。"

　　"他是谁? 现在在哪儿?"小六的兴趣被提起来了。

　　"他叫熊辉,半年前刚离开公司,自己开了一家小印刷厂当老板。"宋广义从办公桌上撕了张便条,从手机里唰唰地抄了姓名和电话号码,"你和他联系,我相信他会帮你的。"

　　"好的,谢谢宋总。"小六兴奋地道谢。宋广义看看手表,把烟拧灭,拱拱手满怀歉意地说:"不好意思,我还有个会,今天我们先聊到这儿,希望你能将邱总成功的人生如实写出来,让年轻人多一个学习的对象。"

　　小六点头表示理解,起身握手道别,宋广义看似漫不经心地说:"对了,你到邱总的家里去过没? 他家里人能提供的素材应该更多吧。"

　　"邱总说他家里人不在西港,家庭的事,他会提供一份书面材料给我。"

　　"他太太前两天回来了,就住在龙华小区。刚好我这有地址和电话,你和她联系吧,她可最有发言权了。"宋广义含笑着说。小六没想到还有意外的收获,居然能联系到邱德州的夫人,自然深表感谢。等他走出办公室后,宋广义拿着手机拨出号码,通完话后,脸上肌肉抖动,挂在嘴角的微笑变成冷笑:找这种二百五来写传记,真是脑子进水了。

中午，阳光餐厅的包间内，等闻雪享用完韩式石锅饭，章骏才鼓起勇气说："宝贝，有件事我想和你商量。"

"说吧，什么事这么大阵仗？"闻雪显然很好奇，"要你连续用两顿饭来表现。"

"是公司的事。"章骏先将日鑫集团招标，因腾驹软件功能不够全面，要收购及时雨软件的事从头至尾说了一遍，这一说就是十多分钟，章骏喝了口柠檬水，把话头刹住，借机观察闻雪的脸色，判断接下来谈话的策略。

令人失望的是，闻雪并没有什么表情，淡淡地说："你有那么多钱？"

"没有，所以……"章骏捧着水杯，虽然决心已定，但事到临头还是难以启齿，支支吾吾的。

"所以你想怎样？"闻雪的眼神骤然亮了起来，盯着章骏。

"我想，能不能先把房子抵押给银行，贷一笔钱出来。"章骏深吸两口气，说。

听到主题，闻雪并没有如预期那般大发雷霆，手指沿着精致的玻璃杯口缓缓转动，一字一顿地说："你还是把主意打到房子这儿了。"

"我想了很多办法，但实在是很难一下筹措到这么多资金。"章骏抛出精心准备好的说辞，"房子抵押给银行，每月的月供由我承担，我们还是照样住，不会有什么影响。等我拿下单子，资金充裕了，就把这笔钱从公司抽回来，我们也不用急着还给银行，用来做投资理财，既盘活了资金，还能获取收益，现在很多人都这么操作。"

"房子能贷多少？"闻雪反问道，"差的那部分呢，你去哪儿借？"

"再想办法，能解决一部分是一部分，我争取和对方谈分期付款。"章骏望向闻雪的眼神带着期盼，"我仔细考虑过，这是事业转折的关键机会，成了就能再上一层楼，所以只能搏一搏。"

"你凭什么认定能拿下日鑫的单子？"闻雪垂下头，声音很淡，那精美的水杯似乎更能引起她的兴趣，"如果失败了呢？"

"就算失败了，及时雨软件也能整合进来，腾驹的功能将非常全面，公司的实力将大大增强，业务范围更大，竞争力更强。"章骏毫不迟疑地说。

"可你那些债主有耐心等你那么久？"闻雪的声音突然提高，"拿不下单子，却背下这么重的债，你担得起？你凭什么认定以后生意就能红火起来？如果还和现在这样半死不活的，到时你拿什么还债？"

章骏的脸色开始发白，这几句话锐利如针，针针见血，所说的正是他最怕面对的局面。软件整合了又怎样？一旦卖不出去，那沉重的负债只会把本就脆弱的腾驹压垮,蛇吞象纵然能快速膨胀,但不是能轻易消化下去的,被撑死的例子数不胜数。

为说服闻雪,章骏只能将前景引向光明的一面,而闻雪看得却很通透,章骏其实是在赌一盘很大的局,成了未必一步登天,输的结果他却根本承受不起。"你要做一番事业,我不反对。但是,我说得很清楚,不要让你的事业影响我们的生活,这是底线!房子给你抵押,我分分钟要记挂这是银行的,一旦你还不了贷款,房子就得被收回,你让我怎么住得踏实?当时我们出那么多钱买断的初衷,难道需要我提醒你吗?"

定定神,章骏强笑着说:"宝贝,我理解你的想法,不过只要能拿下日鑫的单子,一切就解决了,是不?困难只是暂时的,做生意肯定有风险,而风险越高,收益就越大。让我保证一定成,我确实保证不了,但我能保证的是,全力以赴地把握住机会,为我们的将来创造……"

"够了!"忍着很久的闻雪终于爆发,血气上涌,"别拿将来说事,你要真把我放在心上,就不会拖着我一起去冒这个险!无商不奸,个个为自己打算,吃人不吐骨头,你以为你就能算得过他们?以你的能力,找个企业安安稳稳打份工,当个高级管理者不好吗?何必来遭这罪!"

"为什么要打工?看着别人的脸色,让人呼来唤去,浑浑噩噩地过一辈子,想起来我就怕!"被闻雪击中痛处,章骏跟着激动起来,"这简直是白来世间走一遭!"

"那又怎样?生活就是求个安稳,而不是在风高浪急中战战兢兢,如履薄冰!"闻雪寸步不让,梗着脖子说,"我们现在有房有车,又不是吃不饱穿不暖,你还要搏什么?有了百万想千万,有了千万想一亿,有了一亿你又想十亿、百亿,想当首富了,这日子什么时候才是头?钱就是一切吗?"

"这不是钱的问题,我说过多少次了,这是我的事业!是我在社会存在的价值!"章骏越说越火,猛地一拍桌子,震得杯杯盘盘弹起,落下时叮叮当当,声音倒是清脆动听。

"你拍我桌子!"闻雪腾地站起来,气得满脸通红,指着章骏说,"既然你的事业那么重要,你就和事业过日子去吧!"

看着闻雪摔门而去,章骏下意识地想拉住她,却没来得及伸出手,托着下巴,看着窗外人来人往的滚滚洪流,脑子空白一片。

和熊辉的邀约非常顺利,只是他的厂很不好找,在市南郊的工业区内,的士

底线,莫要轻易触碰

拐来转去,小六打了好几个电话问路,兜得晕头转向,才在一间不起眼的民房外看到辉达印刷厂的招牌。

这里的环境和日鑫的自然不可同日而语,机器的噪音此起彼伏,还有股气味扑鼻而来。熊辉的年纪约比邱德州小两三岁,皮肤黝黑,嗓门很大,一举一动看起来就是性情中人,豪爽热情,给小六留下了不错的印象。他的办公室里,一套黑沙发,一张办公桌,一张茶几,极像章骏的办公室,充满了创业阶段的草莽气质。

"你在电话里说想问邱德州的事情,是为什么啊?"还没等小六开口,熊辉直接问。

"是这样,邱总请我给他写传记,所以我想多了解他的情况,收集写作素材……"小六的话音未落,熊辉的脸色已经变了,恶狠狠地往地上吐一口痰,"立传? 他也配! 我呸!"

"我听说您原来是日鑫集团的销售总监,和邱总很熟,不知道你对他有什么评价?"一看有料,小六赶紧打开笔记本,引出话题。

"我对他的评价很简单。"熊辉一字一顿,"私心极重,心狠手辣,酒囊饭袋,腐败至极。"

这十六个字无异于惊雷,将邱德州制造的泡沫炸个精光。小六压抑着兴奋的心情,不动声色地问:"可公司的业绩连年发展,这总是事实吧? 难道作为一把手,邱总就没有功劳?"

"功劳个屁,都是兄弟们拼死拼活干出来的。他会什么,就会指手画脚瞎指挥!"熊辉不屑地说,"销售原先是我负责,谁能比我清楚? 做我们这一行的,其实就是靠关系,能打入大的烟草企业,拿到他们的印刷订单,业绩就不用发愁了。而要做进去,你以为真有什么高深的手段? 别傻了,我告诉你,就三个字:用钱砸! 砸到对方满意,你就能拿到单子,其他的发展战略、规范化生产、精细化管理,全他妈是放屁! 你看我这厂不怎么样吧,两个月前我就把日鑫给打倒了,拿下虎鹤烟的印刷业务。要是我的流动资金能有日鑫的四分之一,十个日鑫都能被我揍趴下! 邱德州那小子,懂个屁生意,就会自己捞钱罢了!"

小六飞快地记录着,"你说他捞钱,有证据吗?"

"你知道公司采购部的经理是谁吗? 邱根,他的亲侄子。财务经理杨眉,是他的外甥女。为什么要这么安排? 方便捞钱呗! 公司每次加装生产线或升级换代,至少就是百分之十五的回扣。你去看看采购价比市场价高多少? 国家的钱,花了不心疼,还能装进自己的腰包,多爽!"

小六的脸色突然严肃起来，说："熊总，你说的这些可是很严重的指控，是犯法的，不可乱说，如果是真的，为什么你不去检举他？"

　　"检举他？"熊辉笑着摇头，"邱德州别的不行，拉拢人心可不赖，公司里的人，十个有八个受他恩惠。你也知道以前我和他关系不错，难道我会去搬石头砸自己的脚？"

　　不等小六说话，熊辉又接着说："你以为像他这种人，普通的检举能扳倒他？你知道我是怎么出来的吗？"

　　小六摇头，熊辉说："去年上林烟厂出事，抓了一大批人，有人把我们供出来了。检察院找上门做调查，姓邱的怕死，便把我推上去顶罪，动用了很多关系，据说连市长都过问了，才大事化小，小事化了。靠，我哪次送钱不是他批准的？捞钱从来拿最大头的，出事却缩在最后面，这种鸟人，我×他祖宗！"

　　小六冷着脸不说话，握着笔的手指分外用力，他最讨厌这种借着手上权力，不择手段捞取利益的蛀虫。这熊辉也不是什么好鸟，以前和邱德州是一丘之貉，没少捞油水，才不敢检举，只因出了事被弃车保帅，从此便和邱德州成为死敌。日鑫的人是要拍马屁，他是要报一箭之仇，两边说出来的话都不能全信。

　　或许这些事不能随便和人倾诉，熊辉也是憋得慌，他没去注意小六，而是继续愤愤不平地一吐为快："姓邱的也就是在人前装个模样，私下那德性，就是一个正宗的小人加色鬼！他包的女人至少有五六个，公司的前台，还有他的秘书，哪个没和他上过床？还有夜总会的妈咪、小姐，他玩过的数不胜数……"

　　"够了！"小六越听越恶心，忍不住大声呵斥。熊辉正说到兴头，被这一打断，着实吓了一跳，挑衅地看着小六，说："怎么，是不是和你在日鑫听到的完全不一样？这才是真正的邱德州，既然要立传，这些你敢写吗？"

　　小六冷冷地说："如果他真做了那么多缺德事，我认为你最好及早向有关部门举报，为国家，为社会挖出一只硕鼠，也算对人民的贡献。"

　　熊辉难以置信地看着小六，他没法理解对面的年轻人怎么会说出如此幼稚的话来："你脑袋没烧着吧？我就是让你知道姓邱的是什么货色，说过就完了，不管谁来问，我都不会承认和你说过什么。放着好好的生意不做，去惹些麻烦事上身，你当我闲得无聊？"

　　"如你所说，你和邱德州之间私怨不小，我怎么知道你是不是故意给他抹黑？"小六硬邦邦地抛出一句，不知不觉间，他已把邱总的称呼改成呼名唤姓。

　　"所以你尽管去查，看看到底是谁在忽悠。"熊辉冷笑着说，"我给你指条路，金乐福、天地豪情、大富豪、十号公馆这些夜总会，你去问问谁不认识邱胖子？再去问问和他好过的女人，看看她们是怎么评价他的！"

金乐福和天地豪情？这不是云燕待过的两个地方吗？小六大吃一惊，犹疑不定。熊辉看他变幻莫测的表情，不知道他是联想到了女朋友身上，拿出早就准备好的一张名片递给他，"这女孩以前是邱德州的秘书，因为邱德州喜新厌旧，两人闹翻，她离开日鑫，另找了一家企业，你可以找她问问。"

小六接过名片，却没有放进口袋里，神色极为复杂。熊辉嘿嘿笑着说："兄弟，你口口声声要真相，只是真实的邱德州，你敢写出来吗？"

这句话一针见血地击中压在小六胸口的大石头，他只是想让笔下的邱德州写出来更加有血有肉，才孜孜不倦地收集写作素材，却没料到这号人物居然是如此不堪和猥琐，甚至可能是个损公肥私的腐败分子，这传记还怎么写？

沉默了好一会儿，小六才慢慢回答："你放心，尊重事实是我人生的座右铭，如果他是鬼，我绝不会把他写成人。"

"如果你能做到，那我佩服你。"熊辉愣了愣，拍着手一副看热闹的德行。小六没理他，刚合上笔记本，稍不留神，钢笔"啪"的一声掉在地上，捡起来一试，却怎么也写不出字来。

胡乡长下午三点多就到西港市区了，便给魏日东打电话，刚好霍副市长在开会，魏日东负责会议记录，没有接听，直接回了条信息，让他等着。会议开到六点半，自然要安排吃饭，散席后已是八点，霍副市长又赶回办公室处理文件，直到十点才打道回府，一番折腾，魏日东到家时已是十点多了，给胡乡长打了电话，他说就在附近，马上到。

魏日东刚洗上澡，还没三四分钟，门铃便响了，他匆匆忙忙擦干身体，穿好衣服，把门打开，只见梳了个四六分发型、头发锃亮的胡乡长拎着一袋物品，笑容满面地站在门外。

魏日东主动和他握手，嘴里连连道歉："不好意思，乡长，今天实在太忙，让你久等了，抱歉抱歉。"

"哎呀，咱谁跟谁，用得着说这些话么。"胡乡长说，"我知道你忙，不过事情实在急，才不得不这么晚来麻烦你，要真说起来，那是我不好。"

临东乡不大，大部分人都沾亲带故，熟得很。胡乡长全名叫胡东至，今年三十三岁，比魏日东大六岁，但要论起辈分，是魏日东的远房表叔。自从魏日东进了市政府工作，尤其是担任霍副市长的秘书以后，他就经常到魏日东家里走动，嘘寒问暖，照顾得很。魏日东心里清楚，这点小恩小惠和亲不亲戚没什么关系，其实是看中自己所处的岗位，要真论血缘，比自己亲近的人多得是，他胡东至哪忙得过来？魏日东自然不会说破，还乐得顺水推舟，毕竟自己在城里工作，家里人遇到些什么事，有乡长罩着总吃不了亏，在力所能及的情况下，帮胡乡长在市里的部门协调一些事情，双方各取所需。

胡乡长人虽然活络，但真实的学历是初中没毕业，所谓的大学文凭，其实就是找个野鸡大学交钱混了一张而已，就算有时是西装革履，但怎么都穿不出那种味道，用句古话形容，穿上龙袍不像太子，乡土气息过于浓重。在他面前，魏日东总保持着一份市政府工作人员的风度和气派，尤其拿足领导身边人的那份自信和沉稳，虽不至于盛气凌人，但那份优越感却不言而喻，让胡乡长在不知不觉中相形见绌。

"这是姑姑腌制的泡菜，你最喜欢吃了，特意托我给你捎来两坛。"胡乡长将袋子往桌上一放，掏出软中华就要递烟，魏日东连忙摆手，说："我戒了，政府正在推广戒烟运动，作为公务员，我们得支持配合，以身作则，起个带头作用，是不？"

这话有点责怪的味道，胡乡长把烟收回口袋里，毫无愠色，憨厚地笑着说："对，自从收到文件后，我就想戒，平时不抽，就是一来客人朋友，应酬时难免对付几根。既然市领导都戒了，那我更没二话，坚决执行到底。"

表面上虚心受教，给足面子，就算转身出门胡乡长立马要吞云吐雾过足烟瘾，魏日东听着还是舒心，给他倒杯茶，扯了几句闲话，却不主动问他的来意，静等对方挑明。

说了乡里几件鸡毛蒜皮的事，胡乡长果然转开话头："这次我来找你，主要是有件事看看你能不能帮忙。胡升你知道吧？"

魏日东点点头。胡升在乡里是风云人物，小名狗子，自幼以调皮闻名，捣蛋的事无一不晓，无一不精，胆子比天还大，乡里人一见他就一个脑袋两个涨。他小学还没毕业就到社会上晃荡，十六岁便去北京闯荡，很长一段时间杳无音讯。就在乡亲们快忘掉这人的时候，他却突然坐着奔驰，前呼后拥地衣锦还乡了，寻亲访友，出手阔绰，老板派头十足。没多久便传言四起，有人说他买了股票，没几年便翻了几十番，一辈子不用愁；有人说他在北京开了几家工厂，富得流油；也有人说他是认识了大官，有人扶持，专门做国家的生意。总之越传越邪乎，说什么的都有。随着胡升一口气出资三十万元，捐建了一所希望小学，流言的传播更是到达顶峰，但结论是清楚的——这小子实实在在地发了大财，咱这贫穷的乡村里终于出了个大富翁。

底线·莫要轻易触碰

胡乡长喝了口茶，接着说："乡里那条路，你也知道，烂得不得了，大坑小坑遍地，一到下雨就成水库，根本没法出入。我们早就想修，给市政府和财政局打过报告，但一直没批，没钱修，就只能拖着。现在胡升准备出钱修这条路。"

临东乡的路况之差，全市闻名，每次回家，沿着那条坑坑洼洼、崎岖不平的道路颠簸起伏，魏日东就禁不住既恼火，又郁闷，还有悲哀。道路不通，交通不便，经济自然发展不起来。"他要修路，那是大好事啊，有什么需要帮忙的？"

"他修路不是白修的。"胡乡长顿了顿，说，"路修好后，他准备投资几千万元，在乡里开个纸厂，而这涉及征地的问题，不是我们处理得了的，必须得到市里批准。"

"明白了。"魏日东缓缓地说，"他不是公益修路，而是为了建厂。征不到地，建不了厂，他就不修，给他地，他就修，是吧？"

"没错。"胡乡长一拍大腿，"市里人的水平就是不一样，问题一看就清楚。乡里的情况你也知道，就因为路不好，根本吸引不了人来投资，乡里没钱，乡亲们没收入，看着其他地方因为引进投资而越来越富，乡亲们眼红，而我更是着急啊！难得有这么好的机会，我想怎么都不能放过，否则，我以后就是临东乡的罪人。"说到最后一句话，他眼眶都红了，那份为家乡发展而急切万分的情怀分外真挚感人。

毕竟是养育自己长大的家乡，魏日东的情绪被带动起来了，想了想说："他要多少地？"

"三百亩。"胡乡长吐出一个数字。

"那可不少，放在市里也是大项目。你把资料上报了没？"

"给市里打了报告，但到现在还没有消息。"胡乡长望着魏日东，"我就是想托你问问情况，如果合适的话，能不能向霍市长反映一下，帮家乡争取到这块地。"

"我打听一下没问题，最近为了办好信博会，政府领导大动员，估计是还没来得及处理你的报告。"魏日东把握好分寸，斟酌着说，"至于霍市长那边，我只能找个适当的时机说说看，毕竟这是大事，只能由领导来拍板，不是我这秘书能随便发表意见的。"

这番话不卑不亢，滴水不漏，只答应简单地打听，而在向霍副市长敲边鼓这一块，却是点到即止，要说，但不能乱说，得找合适的机会。成了，有建言的功劳；不成，也理所应当。并且有声明在先，这事我哪决定得了？

"这我明白，只是乡亲们知道你在霍市长身边工作，盼着你能出点力，至于成不成，都得感谢你。"胡乡长的话里又添上了乡情，看得出他对这事确实很上心。

"我会的，不管成不成，我尽力而为吧。"魏日东顺水推舟地表态。

"那就好。时间不早了，你最近忙，早点休息，我先走了。"胡乡长笑呵呵地站起来，走到门口时，忽然从随身的提包里拿出一个大信封，塞在魏日东怀里，"本来胡升是要和我一起过来的，不过我不知道你愿不愿意见生人，就推掉了。这是他托我带来的，毕竟一人管一边，你去了解这事，难免要花些人情，这是一点心意。"

"这可不行。"魏日东勃然变色，把信封往外推，"我就是为乡里人办点事，他胡升搞这个算什么！"

胡乡长料准魏日东会推辞，已飞快地往楼梯口跑，边跑边回头说："应该的，应该的。虽然为家乡做事，也不能让你吃亏是不？别送了。"话音落下，他已一溜烟地消失在楼梯过道里。

魏日东住的是市政府宿舍，来往都是认识的人，虽然是深夜，也不好直追出去，被人看到反而不好，只好折回房间里，打开信封一看，三万元整整齐齐地叠在一起。

这个胡升，出手还真如传说中的大方，对我都送这个数，只怕这次征地，胡乡长他们拿的更多吧，难怪如此用心费力。魏日东走进里间把钱放进抽屉锁上。这钱拿不拿，他琢磨着还是先看看情况再定。要是事情办不成，那肯定要退；如果办得成，也不一定拿，还得看看这胡升到底是什么样的人，有些人董规矩、知进退，能成为盟友；要是碰到些不知分寸，有点什么关系就唯恐天下不知的暴发户，那这就不是钱了，而是炸弹。

天地豪情的生意确实非市内的一般夜总会可比。每晚不到八点，包厢便全部订满，云燕不得不费尽口舌，跟订不到包厢的熟客解释。这在金乐福根本难以想象，在那儿只可能是哄着客人订包厢，极少有生意火爆得做不过来的情况。而且天地豪情消费高，提成多，来的客人非富即贵，打赏也爽快，人民币就像流水般，哗哗地流进口袋，数得人心花怒放，赚得人眉开眼笑。

只是生意好、应酬多，酒也就喝得多。纵然酒量再好，云燕回家时经常还是云里雾里地晕乎着。她脚步轻飘地上楼，刚把门打开，却见灯光晃眼，定睛一看，小六正背对着她，木然地坐在电脑桌前，一动不动。

底线·莫要轻易触碰

手
腕

　　"亲爱的,怎么还不睡?"云燕走过去,用两手环住小六的脖子,腻声说道。以前小六也是夜猫子,通宵写稿,早上睡觉,但最近白天要去日鑫,一般十二点多便上床了,像今天这样到凌晨四点还对着屏幕枯坐,倒是少见得很。

　　闻着云燕满身的酒味,小六没有像往常一样露出厌恶的表情,而是指着屏幕问:"你认识他吗?"

　　云燕抬起眼皮,突然一个激灵,渐渐清醒过来,说道:"这不是找你写传记的人吗? 上次你问过啦!"

　　"是啊,你从没见过他?"小六继续问。

　　靠,怎么问这个? 难道查到我和他的关系了? 不可能啊! 云燕心念飞转,搞不清小六的真实目的,笑嘻嘻地装作若无其事,反问:"亲爱的,怎么突然问这个?"

　　"以前那些说他多好多好的人,全是事先准备好的说辞,用来忽悠我的,让我给他写马屁文章,歌功颂德。"小六缓缓地说,"我今天发现了这个人的另一面,龌龊不堪的一面。"

　　"亲爱的,你太厉害了,怎么发现的?"云燕做贼心虚,问道。

　　小六先将找宋广义和熊辉的经过说出,然后继续说道:"傍晚时,我去见了他的太太,证实了他的家庭绝不像别人说的那么完美。他养了不少女人,一个月没几天在家,夫妻关系早已破裂。他太太提出过离婚,可是邱德州怕影响仕途,坚决不肯,就这么一直拖下来。这浑蛋,为了一己私欲,硬是毁了别人的幸福,典型的满口仁义道德,一肚子男盗女娼。"

　　"那你怎么问我认不认识他?"邱德州和老婆如胶似漆也好,反目成仇也罢,云燕才不感兴趣,她想知道的是小六为什么这么问。

　　"我听说他经常去夜总会,那儿的人都认识他。所以想问问你,对他有没有印象。"

　　原来是虚惊一场。云燕彻底放下心来,装模作样地看着照片,说:"你这一提,我倒是有点印象,我现在的场子,他应该去过,不过没找我订包厢,就是见过面眼熟而已。你要是需要的话,明天我帮你问问其他姐妹。"

　　"不用,这可不是什么光彩的事。"小六摇头,犹豫了一会儿,才断然说:"他这本传记,我不写了。"

　　相处已久,不用说,云燕也能猜到小六的想法,以他的真性情,违心写作还不如杀了他,于是轻松地说:"这人要是那么坏,那确实不应该写,他也不能逼着你写,把预付金退给他就是啦。"

想起签的合同，违反合约要付违约金，小六头痛得很，但就算去卖血，他也不会为了钱而勉强自己写东西。在他看来，这是对写作这一崇高事业的亵渎。他更不想告诉云燕，让她担心或者让她出钱赔偿，便咬着牙说："是，明天我就去说清楚。"

底线，莫要轻易触碰

17. 变数，是挑战也是机会

　　三年前的今天，在生记大排档，七个年轻人围坐一桌，虽然吃的是家常菜，喝的是贵州醇，但个个热情高涨，三杯酒下肚，章骏站起来环顾众人，踌躇满志地说："在座的七位，就是腾驹的创业元老，只要我们一起努力，公司一定会不断发展，到时，我们住的是别墅洋楼，开的是奔驰宝马，吃的是山珍海味，品的是名酒佳酿。腾驹的愿景，就是成为中国的微软，在软件业写下属于我们的灿烂一笔！来，我们为共同的美好未来，干杯！"大家轰然响应，几个酒杯用力地碰在一起，美好的未来似乎近在眼前，每个人都兴奋得满脸通红、忘乎所以，就连滴酒不沾的林凡也破例喝了三杯，结果跑到洗手间吐了好几次。

　　这是章骏迄今为止人生中最难忘的一幕。三周年，好快啊！章骏用笔在日历上重重地画了个圈，嘴角泛起笑容，只是显得非常苦涩。刚开始，他不断地以此激励自己，不过渐渐地，他已感受不到那挥斥方遒、指点江山的满腔激情，现实的冷酷、艰辛与无奈，早已给他浇上了一盆盆冷水，生存才是迫在眉睫的头等大事，尤其是员工赖以养家糊口的收入压在一个人肩上时，那份实实在在的压力，足以让人把所有不切实际的壮志和梦想抛诸脑后。

　　章骏喜欢看传记，尤其是商界名人的传记，比如比尔·盖茨、乔布斯、巴菲特、李嘉诚、松下幸之助等中外巨贾，看他们的拼搏历程，以及他们是如何抓住人生机遇脱颖而出的。只是孤身在商海拼搏时，他发现，海中风高浪急，群雄环伺，一不小心就是船翻人亡的结局，要想脱颖而出，其中的艰辛与苦难又不是只言片语所能形容的。

　　日鑫集团的大单对他这种小公司来说，是千载难逢的机会。虽然章骏清楚，一口气吃太多东西，容易噎到或消化不良，但要想跨越式发展，能不冒险吗？天上要是能掉金子，也得冒着被砸的风险才能捡到吧！

　　只是事情从不为人的决心和意志所改变，蜂拥而来的困难和质疑，就像一座座巍峨的巨峰,压得他喘不过气来。尤其是闻雪的不理解,更让章骏的心纠结得难受。他一直想不明白,自己拼死拼活地出来打天下,还不是为了和她有更美好的未来?为什么她从不支持鼓励,而是漠然抵触甚至大泼冷水呢?为什么对商人她总是发自骨子里的不以为然呢?

章骏不明白,也没有时间让他想明白了,因为常坤打来电话,劈头盖脸就是一句话:"我说章总,你是找人来玩我的是吧?"

章骏如同在云里雾里,陪着笑说:"老大,瞧你说的,我能有这胆子吗?"

"你没有?那你看看你做的事!"常坤气急败坏地对着话筒大叫。

"老大,兄弟哪里做得不好,你先告诉我,也好让我有个补救的机会。"向来深藏不露的常坤,不会无缘无故地失态,看来事情不小,章骏只能低声下气地说话。

常坤似乎先喝了口水,缓一缓口气,才说:"你真不知道?"

"我真不知道,要装傻也不可能去糊弄老大您吧,那有用吗?"

"那你就去问问你的好兄弟。"常坤低声说,"他刚来找过我,邱总的传记,他不写了。"

"什么?"章骏腾地一下从椅子上站起来。

"他也不说是什么原因,就是不写,说愿意按合同约定的赔偿,只是一时拿不出钱来,希望能分期还。"常坤阴冷的笑声通过话筒传来,"屁话,邱总是少他这点钱吗?写书的事,安排了多少员工让他采访,一切准备就绪,公司上上下下都等着看书了,现在倒好,他一句话就撂挑子,其他人会怎么看?他是把邱总和我当猴耍!"

章骏只觉得嗓子冒烟,仿佛一记闷棍重重地打下来,眼前直冒金星,好不容易才镇定下来,强笑着说:"老大,这里面肯定有误会,我去和那小子说,书的事绝对没问题。"

"那好。"常坤的语气稍缓,但话却越来越重,"这事我还没向邱总汇报,要真搞不成,邱总下不了台,让人看笑话,嘿嘿,我日子不好过,你也拿不到单子了。"

"放心吧,老大,这事我打包票的,一定负责到底。"放下电话,章骏右手捂着头,在办公室里来回走了几圈,舔舔嘴唇,拨打小六的电话,响了五下,才听到一声:"喂。"

章骏压制住火气,冷冷地问:"你在哪儿?"

"我刚从日鑫工业城出来,在回家的车上。"

"那好,我现在过去,到你家楼下的湘菜馆等你,"章骏咬着牙,一字一顿地

变数,是挑战也是机会

　　说,"不见不散。"

　　小六清楚章骏的目的,顿了顿,平和地答应:"好,待会儿见。"

　　拿起公文包,章骏边疾步出门边悲哀地感慨,一个是最爱的女人,一个是最好的朋友,对自己全是帮忙没有,添乱大把。

　　看着章骏心急火燎地出门而去,许秋璇给办公桌对面的刘小南递了个眼色,吐吐舌头,轻声说:"老板的样子看起来好凶。"

　　"又是有什么事吧。"刘小南说,"老大现在全部精力扑在日鑫的单子上,这种大单,竞争对手多,变数大,公司实力又不够,硬要打下来,哪有那么容易!"

　　许秋璇好奇地问:"没有金刚钻,就别揽瓷器活。老大干吗非要硬撑呢?"

　　"我劝过他,可是他说得也有道理,整天靠这些小单子打闹,就是在勉强支撑,根本谈不上发展,公司竞争就如逆水行舟,不进则退,你不进步,别人就会超过你,迟早会被市场淘汰。"刘小南转头看看办公室里没什么人,压着极低的声音说,"我觉得还有另一个原因,公司的发展一直不太顺利,没法突破,和老大当初的期望差距很大,他也急了,一有这机会出现,肯定全力以赴了。"

　　"只是用这种心态做生意,太不理智了吧。"许秋璇把玩着手里的圆珠笔,淡淡地说。

　　"是啊,不过做生意有时就是赌博,哪能没风险呢? 把握好时机,看准了拼一把,才能发家致富。"刘小南望着许秋璇的眼神,满是柔情蜜意,"就和谈恋爱一样,选好对象就得认真投入,谁会去计较那么多?"

　　"这也能扯到一块? 你真是个大忽悠。"许秋璇轻轻一笑,娇艳如花。刘小南看得愣怔,如痴如醉,却不知坐在前台的黄玉珍一直低着的脸庞,已是泪光点点。

　　今天霍副市长没有开会,留在办公室批阅文件。魏日东难得空闲,便到秘书处走动,先是若无其事地和同事喝茶聊天,又不着痕迹地问起临东乡报上来的征地文件,一查还真有这回事,市里几个主管领导还没写意见。拿着文件看了一遍,魏日东已心中有数,回到办公室后,正在盘算着下一步该怎么操作,霍副市长便打来电话,说:"你马上买两张下午两点五十飞往省城的机票,晚上十点二十分返程,通知司机十二点半用车,你和我一起走。"说完停了停,加重语气吐出四个字:"不要声张。"

　　市长外出的机票一般是由行政处负责,但霍副市长的意思很明显,不走正常流程,要魏日东自行处理。魏日东心领神会,边打电话订机票,边好奇心大起。

工作这么忙，霍副市长还花半天时间专门跑趟省城，弄得神神秘秘的，没听说有会议要开啊，也不可能是公事，否则既没有低调的必要，也瞒不住，只可能是私事。可霍副市长向来公私分明，要在上班时间专门处理私事，这可是破天荒的头一遭，必定是出现了重要的情况，才值得他在百忙之中，不顾当日往返的奔波劳顿，非跑一趟不可。

想到这儿，魏日东判断此行绝不简单，而霍副市长肯带自己一起去，证明他已经越来越把自己当做心腹，这个信号令人很是欣喜。魏日东忍不住要笑出来，想起自己是在办公室，赶紧把好心情收拾一番，打电话给司机老马，准备用车。

小六家楼下有一家毛家菜，地方不大，装修得也简单，胜在味道正宗，价格实惠，生意红火得很。章骏最爱吃这里的红烧肉，酥烂入味，入口即化，好吃得无法形容，只要来找小六，两兄弟就经常在这里大快朵颐。只是今天他没有吃饭的心情，随便点了三个菜，紧盯着桌子对面的小六，缓缓地说："听说你不给邱德州写传记了？"

"是的。"小六耸耸肩膀，平静地点头。

章骏只觉胸口的火焰腾腾直冒，声音竟有点嘶哑："为什么？"

"没法写。"小六显得很镇静，不紧不慢地说，"如果我如实写出来，那就是一个腐败官僚的成长历程，一个贪污犯的犯罪过程；如果按他的要求写，那我写的就不是人物传记，而是在编故事，在意淫。所以我宁可不写。"

"编故事又怎么了？"章骏说，"你拿邱德州的稿费，就得按他的要求写稿，至于稿件的真实程度，关你屁事？"

小六皱皱眉头，毫不避让地迎着章骏的目光，说："我写的稿，我自然要对写的每个字负责。真实是传记的最高原则，你不懂吗？适当地进行艺术修饰没问题，但如果纯粹是溜须拍马的吹捧文章，为不可告人的目的服务，进而颠倒黑白是非、愚弄大众，这样的文章，我一个字都不会写。"

听着小六义正词严的论调，章骏不断告诫自己要冷静，否则他真有掀桌子的冲动，于是语气平和地问道："邱德州到底怎么了，他就那么坏？"

"他有多坏，我没证据下结论，但他绝对没吹嘘的那么好，完全就是两个人。"小六将调研访谈的经过一五一十地道出来，"我后来核实过，邱德州给我的访谈名单，都是事先交代好的亲信，他们说的全是谎话，业绩看起来不错，其实是通过和厂商勾结，用不正当手段得来的，而在出事时，他就找下属去顶罪。他的太太我也私下拜访过，这几年来，他根本不在家过夜，全是在外面花天酒地，是各

变数，是挑战也是机会

大夜总会的常客。像这种无德无能、无情无义的浑蛋，你让我怎么写？"

　　小六越说越激动，章骏却是暗暗在咬牙："我说你这不是撑得慌吗？他提供给你资料，你按资料写不就得了，干吗私下去调查？你是私家侦探还是便衣警察？再说了，说邱德州坏话的是他得罪过的人，故意给他抹黑也不奇怪吧！至于家庭，夫妻俩的事，你一个外人知道多少，需要你评头论足吗？"

　　"你净说废话，不了解这个人，我凭什么写他？你以为我写作和那些乱七八糟的枪手一样，粗制滥造？幸亏我慎重，要不然写出来的作品肯定成为笑柄，非被人骂死不可！"小六冷冷地说，"就是考虑其他人说的有水分，又提供不了证据，我才没向有关部门举报，但书我是没法写了，要想写，你来。"

　　"放屁，我要会写还用得着找你。"章骏怒极反笑，"按合同规定，你可要赔偿十万块钱，你有这笔钱赔吗？"

　　"现在没有，我和常总说了，想分期赔给他。"小六沉着地说，"实在不行，我就算砸锅卖铁，也会把钱还了。既然签了合同，我绝不会赖账。"

　　虽然火冒三丈，但章骏还没被气昏头，念头不停转动，听小六的语气，就知道想说服这犟驴改变主意，还不如期望山无棱、水倒流。他只能改变策略，口风一转，沉重莫名地说："是，你是英雄好汉，可你知道不，你威风的同时，可把我害惨了。"

　　"我害你？"小六揉揉鼻子，眉头一皱，"你帮我介绍这活，我不干了让你在常坤那丢了面子，可怎么也说不上害你吧？"

　　"丢面子？说得倒是轻巧，你知道面子两个字对我来说价值多少钱吗？"章骏伸出两根手指，在小六面前一晃，话说得很慢，每个字似乎都要用尽全身力气才说得出来，"一个字五百万，总价值一千万，我的一笔大单，就这样砸进水里，连个响声都没有。"

　　"什么意思？"小六有点懵然，"我不懂。"

　　服务员把菜端上来，香辣浓烈的味道很快在小包间内弥漫，扑鼻而来，令人垂涎三尺。只是两人毫无食欲，章骏点根烟，猛抽两口，把日鑫集团的软件大单，以及自己为这单子所付出的努力，添油加醋地描述了一番，然后对小六说："单子没了也就算了，要命的是，日鑫集团是我最大的客户，每年软件升级、硬件维护、产品采购都是我在做，占腾驹营业额的四成以上。得罪了常坤，得罪了邱德州，我还做个屁生意，关了公司，边喝着西北风，边为你的英雄行为喝彩好了！"

　　"你为什么事先不告诉我？"小六愣怔住了。

　　"我几时和你说过做生意的苦？"章骏叼着香烟，神情落寞，"本来以为给你介绍个活,我也卖个人情,一举两得,谁知道事情会弄成这样？应了那句话,搬起石头砸自己的脚,我他妈就是没事自己找抽！"

来的时候小六做好了让章骏指着鼻子骂娘的准备,但没想到他痛心疾首的失落样子,却比骂娘更让人难以忍受,小六低下头,好一会儿才说出三个字："对不起。"

"或许这就是命吧,你坚持自己的原则,也没错。"章骏苦笑着说,"千算万算,我就没算到最后会折在你手里,千年道行一朝丧,输个精光,我除了认命,还能怎样？"

小六默然。章骏再点一根烟,边抽边说："我的房子已经在装修了,预计年底和闻雪结婚,日鑫的生意断了,公司的生存都是问题,这婚还怎么结,看来我得和闻雪好好商量一下了。"

如果章骏是巧舌如簧,极尽煽动之能事,那小六绝不会动摇,就算翻脸,他也不会改变初衷。但章骏并没有千方百计地试图说服,而是做好了承担一切后果的准备。小六相信,章骏的出发点是好的,虽然有卖人情的意思,但让自己赚点钱也是实实在在的,最后却把他害得焦头烂额,花了一番心血创立起来的公司根基也会骤然松动,连婚姻都将受影响,说起来自己还真是害人不浅。面对着好兄弟沮丧至极的样子,小六心软了,只觉得天人交战,友情与信念、理智与感情刀戈相见,噼里啪啦地厮杀着,犹豫了足有十分钟,终于叹口气说："书我可以继续写。"

"真的？"章骏猛地抬起头。

"是,但有一个条件,作者绝对不能署我的名字,他可以随便找个人顶上去,总之不能和我有任何关系。"小六板着脸,硬邦邦地说,"还有,你告诉他们,稿费我一分钱都不会拿。"

"不拿稿费,为什么？"章骏讶异地说。

"我是没钱,可为钱写这个,我过不了自己这一关。"小六看着章骏,眼神痛苦而无奈,但话说得掷地有声,"我不想害你。"

虽然结果在预想之中,但小六说得如此动情,章骏忍不住感动起来,鼻子酸酸的,声音颤抖着说："谢谢,兄弟。"

小六苦笑道："不要谢我,我不敢保证写出来的作品,他们看了会满意。"

"其实很简单,说坏话的你就当听不到,说好话的怎么说你就怎么写,顺便加点艺术修饰就好。"章骏赶紧说,"我会和他们说好的,绝对保密,不会有人知

变数,是挑战也是机会

道你是作者,保证不会对你有任何影响。"

小六只觉得脖子仿佛有千钧之重,点一下头几乎耗尽力气。章骏心中狂喜,生怕小六反悔,大声说:"服务员,菜凉了,加热,拿两瓶啤酒,我们兄弟喝两杯。"

吃完饭,章骏回到车里,估计常坤正等着自己的消息,想打电话,一看时间还不到两点,担心他在午睡,便发条信息:老大,事情已处理好,他会继续写的。晚上到森海吃野味?

过了一分钟,常坤回了信息,只有一个字:好。

中午在政府食堂草草吃完饭,汽车已等在楼下,霍副市长上车后便说:"老马,送我回家。"老马答应一声,平稳地开动车子。

已有二十年驾龄,又是部队司机班出身,老马的驾驶技术非常过硬,平稳时如电影拍摄的那样,满满一杯水放在车里,全程不洒半滴出来。而领导赶时间时,他也能急速狂飙,魏日东就见识过,几个月前霍副市长到距离西港三百公里远的东海市开会,正常驾驶时间是三个半小时,可那天出市区正好碰到修路大塞车,生生耽误了四十多分钟,素来稳重的霍副市长着急了,吩咐老马以最快的速度赶过去。有领导指示,老马就如脱开缰绳的野马,踩着油门一路狂奔,魏日东坐在副驾驶位上看得很清楚,车的时速表指针就没降到两百以下,那一路遇车超车、高速漂移的场景把他吓得脸色发白,腿肚子不断打颤。而坐在后面的霍副市长居然闭上眼睛睡着了。到达东海市时只用了两小时二十分钟,会议还没开始。极少表扬人的霍副市长笑眯眯地用一句话点评老马:"马师傅,你是静如处子,动若脱兔,水平高!"老马文化低,听不懂话的意思,但看领导表情就知道是赞赏,激动不已,挠着脑勺嘿嘿直笑。而过度紧张下的魏日东纵然尽力掩饰,却还是有点失常,走路轻飘飘的,像喝醉酒一般,霍副市长看在眼里,什么也没说,一笑而过。魏日东对自己当时的胆量和定力羞愧不已,不断以这事提醒自己,要做到大气从容,决不能再将胆小怯懦的一面表现出来。

到家后,霍副市长抚着额头,说:"老马,我有点不舒服,下午不去办公室了,你先回去吧,有人问起你就说不知道,我要休息,不希望其他人来看我。"老马答应一声便走了。霍副市长示意魏日东在门外等一会儿,进门十几分钟后,他换了一身休闲装,没带公文包,而是提着一个封口的红色礼品袋,将一把奥迪车的钥匙递给魏日东,说:"开小超的车去机场,走吧。"

魏日东还是第一次驾驶奥迪 Q7 这样的好车,只觉得车身比想象中还要庞大,轻轻一踩油门,便感觉动力源源不断输出,毫无延滞感,如蓄势待发的百兽之王,势不可挡。这车座位高,视野好,俯瞰着周围的小轿车,真有一览众山小的自豪感。怪不得说四轮驱动越野车才是男子汉的座驾,充满力量、速度和激情。因为不熟悉车子的性能和状况,魏日东开得很谨慎,时速保持在五十公里左右,只有上机场高速时,才试着加大油门,发现提速竟是随心所欲,不知不觉间便到了一百五十公里的时速,赶紧松脚减速,保持在一百二十公里的速度,心里羡慕不已,开豪车的那份驾驭感,真是爽极了。

魏日东有个同学在西港机场当副经理,一早就通过他安排好一间贵宾休息室,魏日东帮霍副市长提着红色礼品袋,发觉沉甸甸的,重量可着实不轻,不用想都知道是极为贵重的物品,便小心翼翼地轻拿轻放。在休息室看了会儿电视,广播中传来甜美的声音,只是消息令人郁闷:飞机误点了。

"小魏,打电话给你的同学,确认一下飞机什么时候能起飞。"魏日东转过头,只见霍副市长脸上的肌肉绷起来,声音中含着几分焦躁与不安,赶紧找到号码打过去,心想经常坐飞机的人都知道,误机是常事,根本不值得大惊小怪。而向来喜怒不形于色的领导,竟然会为这事动气,这可太不寻常了。

听说大概要误一个小时,霍副市长托着腮帮子,默然地想了会儿,自言自语道:"那就好,还来得及。你没跟你同学说是我过来吧?"

都叮嘱他们要低调了,我还不知道分寸么,霍副市长今天是怎么了,像变了个人似的?魏日东暗暗奇怪,恭恭敬敬地回答:"没有,我和他说有贵宾要搭机,让他不用过来了。"

霍副市长点点头,拿起一本杂志,随便翻阅起来。魏日东殷勤地帮他倒水,不经意间发现,他的鬓角已夹杂着根根白发。

飞机下午三点五十分从西港起飞,经过一个半小时的飞行,抵达了省城机场。魏日东刚想去叫的士,霍副市长叫住他:"不搭的士,现在是下班高峰期,市区内肯定大塞车,我们坐地铁进市区,别耽误时间。"

堂堂市委常委、常务副市长去挤地铁?这可不是在新闻镜头前演戏,摆几个姿势,让记者们拍几个镜头了事。看着霍副市长昂首阔步走在前面,魏日东明白他不是开玩笑,只能一路紧跟着。地铁自然不会塞车,只是人潮汹涌,整节车厢内几乎没有立锥之地,一个个前胸贴着后背。霍副市长一手拉着扶手,安之若素。要在西港让人发现身边站着市长,肯定会轰动起来。但在省城,哪有人认识他这地方父母官?只是魏日东就难受了,挤倒没事,主要是得保护好那份礼品,搞不清到底是什么玩意儿,怕被人踩到或碰坏,只能将其提在手里,没一会儿手就又酸又麻,还不敢放下来,又不知道在哪一站下车,苦苦咬牙硬撑着。

变数,是挑战也是机会

　　半个小时后,霍副市长向他一挥手,示意下车。跨出车门时,魏日东只觉得右手手臂已经麻木得没有了知觉,赶紧换了左手提着,紧紧跟在后面。出了地铁站口,又足足等了十分钟才拦到一辆的士,将礼物放在座位上的一瞬间,魏日东发自内心地长出一口气,暗自揉着手臂,心想老子多久没受过这种罪了,简直就是要命啊,小时候在乡下挑水也没这么累。但他转念一想,其实是自己养尊处优惯了,没干过粗活,真论劳动强度,还是挑着水走几里路辛苦得多。

　　到达迎凤楼时,已是六点二十五分,霍副市长的表情完全放松下来,在楼下打了一个电话。不一会儿,一个三十岁左右的年轻人走出电梯,客气地握手问好:"霍市长,你好,一路辛苦。"

　　"没事,朋友们都来齐了?"霍副市长握着他的手,微微一笑。

　　"差不多了,部长最重时间观念,他的宴会,一般不会有人迟到。"年轻人说得平和,就像在叙述一件寻常的事情,只是那份自得却是怎么也藏不住。

　　"好,那我赶紧上去。"霍副市长转头对魏日东说,"你和刘秘书去停车场,把礼物放车里。你先在附近找个地方吃饭。"

　　看到这位年轻人时,魏日东内心的疑问已解开大半,只因他认识这人,省委常委、组织部长沈麟的秘书刘少恭。

　　两人就见过几次面,少不了寒暄几句,搭电梯来到地下停车场。打开车后备厢时,魏日东见宽大的空间内堆满了大大小小的物品,好不容易才挪出地方放下霍副市长的袋子,关上后备厢后,刘少恭笑着说:"你们霍市长真是客气,大老远地专门跑一趟。"

　　"沈部长的大日子,应该的。"魏日东灵机一动,按正常判断,今天应该是沈麟的生日,只是霍市长和刘少恭都没明说,一旦自己搞错了,既闹笑话,又让人看不起。而一句大日子则肯定没错,怎么理解都说得通。

　　"要不你在大厅开张桌子吧,这里的潮菜真不错,新鲜地道。"刘少恭拱拱手,"我还有点任务,就不陪你了。"

　　"没事,刘秘书你尽管忙,咱们就不用客气了,我在飞机上吃了点心,现在不饿,难得有点空闲,我四处走走逛逛。"魏日东忙说。

　　刘少恭打个哈哈,轻轻和魏日东一握手,便上楼而去。魏日东活动一下手臂,嘴角露出轻蔑的笑意,转身就走。

　　傍晚六点多,常坤走进包间时,脸上已若无其事,用力握住章骏的手,晃了两晃,说:"辛苦啦!"

"我牵的线,自然得负责到底。"章骏指着桌上热气腾腾的锅,笑着说,"下午交待他们杀条毒蛇,炖一锅龙虎斗,火候到现在刚刚好,大补。"

"点菜你内行,咱也不用客气。"常坤入座后,章骏把自己带来的五粮液打开,倒上酒,两人先干一杯。

常坤说:"你那朋友怎么突然决定不写了?"

实情说不得,章骏早就想好说辞,轻描淡写地回应:"这小子,和女朋友发生了点小矛盾,心情不好,说找不到灵感,写不出来,别看他那么大一个人,就是个孩子,自以为是,又情绪化,碰到点挫折就钻牛角尖。"

"就因为这个?"常坤不太相信,狐疑得很,"我看他不像这么不知轻重的人。"

"真是这样,我把他骂了一顿,又策划了一套哄女朋友的招,两人和好,事情不就解决了。"章骏轻松地说,"别的不敢说,哄女朋友那是我的强项。那小子写文章厉害,说到对付女人,他当我徒弟还不够格。"

"那会不会影响他的文章质量?"常坤明显对这事非常上心,"以后该不会又反悔吧?"

"不会,写作的态度他可认真得很,没了感情困扰,那灵感自然犹如泉涌,下笔犹如神助。而且我会盯牢他,不会再弄出波折来的,老大你就放心吧。"章骏竭尽全力打消对方的疑虑。

常坤举杯和章骏一碰,不紧不慢地说:"那好,你盯紧点,不能再出问题,到时交不了稿,兄弟,咱俩都没法交代。"

放下杯子,常坤夹一块蛇肉放进嘴里,边吃边说:"及时雨的事,进行得怎样?"

这正是章骏请常坤吃饭的目的,想看看能不能找到什么办法,便回答道:"很麻烦,我这边资金筹集碰到些障碍,对方又提价。"

听章骏讲完事请的来龙去脉,常坤皱皱眉,说:"照你这么一说,倒是程高不太厚道。虽然生意是你们谈,但你是我介绍的,他突然提价,也是驳我面子。吃完饭我和他通个电话,了解下情况,看看能不能探一下底线。"

章骏的期望就是让常坤帮着和程高说说,争取把价格压下来,没想到自己还没提要求,常坤倒是主动应承下来,心中大喜,立即举杯,说:"那先谢谢老大。"

"就算他能降下来,你的资金够吗?"喝完酒,常坤咂巴着嘴唇问。

"还不够,不过我会尽力想办法。"章骏眉头紧缩,摇头叹气,"主要是我们这

变数,是挑战也是机会

手腕

行，没有实物抵押，银行不肯贷款，集资的途径太局限。"

"这事你得赶快定下来，离信博会没几天了，项目宣布后就开始运作，留给你的时间可不多。"常坤说，"找钱而已，又不是非要去银行贷款，民间的资本渠道多得是，我就认识几个。"

"老大你有这门路？那可太好了！"章骏的眼神顿时闪亮，声音不知不觉地随之提高。

"我在北京时，有钱人遍地都是，放银行利息太少，还容易被查，只能找人进行资本投资运作，以钱生钱，需求越来越大，做的人便越来越多。"常坤徐徐地说，"几百万元对他们来说，就是九牛一毛，随随便便都能拿出来，只是利息嘛，那肯定比银行高些了。"

"那太好了，只要能解燃眉之急，利息高点不是问题。"章骏急切地说。

"我认识一位融资公司的老总，先和他打声招呼，然后你直接联系他。"常坤嘴角扬起淡淡的笑容，"至于条件怎么样，你们自己谈，资本这块，我可不懂。"

困扰自己已久的难题终于找到了突破口，章骏只觉得这顿饭就算吃天九翅和澳洲鲍都值，常坤简直就是自己命中的贵人，总在自己无计可施时伸出援手。

虽然估计霍副市长这顿饭没两个小时不可能搞定，但魏日东还是不敢走远，生怕领导临时有事交代。随叫随到，有问必答，这是他遵循的合格秘书的标准。幸亏迎凤楼位于市中心，毗邻省城最大的购物中心银河广场。魏日东来省城次数不少，但要么开会，要么陪领导走关系，全是公事，根本就没有购物的时间和精力。趁着有这间隙，他便到银河广场逛一圈。刚到门口，绚丽的音乐喷泉就令人眼花缭乱，一条条水柱有节奏地随着旋律跃动，四周的灯光五彩斑斓，将夜空照得通亮。走进广场，他就如刘姥姥进大观园般。爱马仕、路易威登等世界顶级品牌耀眼夺目，一间间奢侈品店比肩而立。地下的超市，一楼的名店，二楼的化妆品店，三楼的服装品牌区，四楼的家电数码区，五楼的电影城，六楼的美食城，七楼的儿童乐园，每一层的商店无论占地规模还是装修档次，远非西港的购物中心可比。两个小时还不够仔细地逛上一层，要碰上购物狂，来到这就像进了购物天堂，一天时间都未必够用。

魏日东走马观花地逛了一圈，只觉得琳琅满目，眼睛都快看花了，惊叹省城就是不同，处处尽显大手笔的气魄，西港与之比起来，无疑小家子气得多。他看上一套西装，穿上身挺合适，打折后价格也不高，正有冲动要买，想起自己和霍副市长来办事，不是观光购物，又没开车来，手里拿着套衣服不像话，只能忍痛割爱。算着时间差不多了，他赶紧往回走，在迎凤楼大厅等待，没一会儿便接到霍副市长的电话："你先去机场办手续，我待会儿直接去机场。"

接到指示，魏日东拦辆的士赶往机场，顺便欣赏省城的繁华夜景。虽然早就过了上下班高峰期，但城市的街道依旧车水马龙，车子只能慢慢地挪动，相比而言，近年来让西港市民怨声载道的交通堵塞，根本就是小巫见大巫。怪不得有学者戏言，要看一个城市的经济发达程度，就看它堵车的严重性就足够了。北京、上海、广州几大龙头城市，无不如此。

到机场后很快就把登机牌拿到了，魏日东百无聊赖地等待着，他拿着手机，忽然心血来潮，想给闻雪发信息，又不知说什么，想了好一会儿，终于找到一个顺理成章的话题：你弟弟工作还顺心吗？

他做得挺开心的，就是不着家，几天见不到人，不知道在忙什么。闻雪很快回复。

工作忙吧，我问过霍超，他对你弟挺满意的，说最近还给他加了工资。

是吗？小典也没说，谢谢你，不然没这机会。

魏日东调整一下坐姿，回复道：我们还用得着客气么。近来可好？

不太好。

看到屏幕上浮现出来的三个字，魏日东的心跳突然加速得厉害，似乎感觉到机会来临，斟酌着打上：不会是和章骏吵架了吧？

我觉得他更想和事业过日子，而不是和我。或许是在心底积压已久，又没有适合倾诉的人，在魏日东几句体贴话的询问下，闻雪的郁闷和不满如找到出口般，倾泻而出。

像你这样打着灯笼都找不到的好女人，谁不珍惜？魏日东小心地试探，是误会吧？

不是误会，我们理念不同，在他眼中，我们的生活并不是第一位的。

这是原则性问题，看来两人的裂痕已渐渐扩大，并越来越表面化了。魏日东能想象得到闻雪此时脸上的苦闷和哀愁，而这正是他求之不得的机会，只是要不着痕迹地捕捉到，他就得万分谨慎。毕竟章骏是兄弟，如果能得到闻雪，插兄弟两刀那还值得，可如果没成功，那就连兄弟都做不成了，那可是赔了夫人又折兵，万万划不来。魏日东写几个字，删掉，写几个字，又删掉，总觉得不合适，于是假惺惺地试探：你们可是人人美慕的郎才女貌，多沟通吧，没什么事解决不了。

有些事情不是沟通能解决的，这两天我真的很烦。闻雪似乎觉得说多了，鸣金收兵，赶忙回道：不好意思，和你说这么多，你忙吧，我还有点事要处理。

变数，是挑战也是机会

没事，能倾听你的心声，是我的荣幸。纵然意犹未尽，但魏日东明白这时不宜穷追下去，只能适可而止。

回味着闻雪发来的信息，魏日东忍不住露出笑意，抬起头来，只见一辆黑色的轿车在门口停下，霍副市长走下车，刘少恭紧接着下来，两人握手道别。魏日东看着车子眼熟，扫一眼牌照，赫然发现这是沈部长的专用座驾。

霍副市长喝得满脸通红，以他的酒量，这情形非常少见，看来晚餐时是敞开了喝的。过安检时，闻到酒气，安检员皱着眉头，不耐烦地说："先生，您是不是喝了很多酒？对不起，我们要测一下您的酒精含量，如果超标，那按照规定，您不能登机。"

魏日东一听就急了眼，这不是西港机场，而是省城，没有同学的关系，要是市长上不了飞机，笑话可大了。霍副市长倒是不紧不慢，也不出声辩驳，走到角落拿手机拨了个电话，说了几句，还没一分钟，安检员的手机便响了，他嗯嗯呜呜地接听完，看着霍副市长的眼神已转化为敬畏，快步走过来说："不好意思，您可以登机了。"

霍副市长笑着拍拍他的肩膀，和蔼可亲地说："小伙子，你看我像喝醉了吗？如果需要，我可以配合你做测试，按制度来。"

"您很清醒，完全没问题，不用测试了。"安检员的额头在流汗，声音带着颤抖。

"秉公执法是好事，只有这样，才能保证航班的安全，我理解。"霍副市长若无其事地笑笑，捎带着赞扬几句，尽显宰相肚里能撑船的雅量，在安检员毕恭毕敬的目光中，大步流星地走进了登机厅。魏日东紧紧跟上，有个声音不断在心底回转：这才是领导艺术，这才是男人气概。

晚上的飞机倒是准时起飞，抵达西港时刚好午夜十二点。发达的科技确实将地球村的距离大幅度缩短，不过十个小时，已经完成近千公里的往返，放在驾车骑马的古代，根本无法想象今时今日的便利。只是交通虽然便利，但人心之间的距离却依旧遥远，尔虞我诈，机关算尽，无论古今，只要有人的地方，斗争就无处不在。

到停车场取了车，魏日东正准备送领导回家，霍副市长活动着脖子和胳膊，感慨万分："不服老真不行，就今天这么跑一趟，便感到腰酸背疼，前两年我一天坐十几个小时车都没感到累。小魏，先别回去，去按摩松松筋骨。"

这是霍副市长首次让魏日东陪同私人娱乐，近两年的苦心经营，终于上了层阶梯，这级阶梯的难度和跨度不言而喻。魏日东手握方向盘，竭尽全部力量才不让声音中透出半点喜悦，"那去哪家按摩院比较好？"

"黄山路新开了一家，还不错，你去过没？"霍副市长不经意地说。

果然是上次和霍超去的那一家，霍公子没吹牛，那儿的确是老爷子的根据地。只是要如实回答么，还是含糊回避？念头在心里一转，魏日东便有了说法："霍超和我说过，也去过一次，确实不错，手法正宗。"这句话是典型的魏氏风格，既可以理解为和霍超去过，也可以理解为只听他提起过，总之怎么解释都说得通。

"你知道就好，去那吧。"虽然没喝醉，但酒能助兴，加上心情极佳，霍副市长嘴上说累，其实神采奕奕，哪有半分衰老的模样？参加组织部长的私人宴会，还搭他的专车到机场，部长秘书专程送机，足以成为他情绪高涨的根源。而对魏日东来说，无疑也是好消息，一人得道，鸡犬升天，自古以来莫不如此。

到了按摩院，霍副市长示意魏日东将车开到后院，一看到车牌，保安二话不说便直接放行，车子停在一个空着的车库内，霍副市长轻车熟路地从后门防火楼梯上到三楼，穿过一条走廊，直接进入了一间面积相当于普通厢房三倍、装修高档奢华的顶级贵宾房。

坐在沙发上，虽然没人来服务，但霍副市长胸有成竹，饶有兴趣地和魏日东聊着家常。难得领导如此高兴，魏日东决定趁热打铁，将胡乡长拜托的事顺势处理掉，便说："霍市长，临东乡的经济发展不起来，主要原因还是道路不行。路不通，财难进。他们打了很多次报告上来，都因为财政问题，一直未能立项修路。"

"临东乡我虽然去得不多，但每次经过那条路，都难以相信现在还有如此差的道路，是得修了，不然就是在拖西港高速发展的后腿，也是在给政府的颜面抹黑。"霍副市长说，"只是这两年市里投资的项目不少，处处都要用钱，财政紧张，巧妇难为无米之炊，才把临东乡给落下，但这问题迟早要解决。"

在官场浸淫的日子久了，总会有职业病，无论在什么场合，霍瑞生一开口就是官话套话，滴水不漏。魏日东顺着话头说："霍市长您说得是，回家探亲时，我也和乡亲们解释过政府的难处。乡长胡东至和我带点亲戚关系，前几天来市里办事，顺带帮我妈捎点家里做的土产来，聊了一会儿，他说起个事，乡里有个企业家叫胡升，在北京生意做得挺大，最近想回馈家乡，第一步就是修路，他愿意出钱，把进乡的道路按国道的标准修好。"

"这是好事，对发财致富后愿意回报家乡、有赤子之心的企业家，政府一定全力支持。"霍副市长频频点头，赞许地说。

"胡升除了修路，他还准备投资办厂，这既能促进乡亲们就业，也能带动经

变数，是挑战也是机会

济发展,只是这涉及征地的问题。"魏日东尽量让自己的表述不带感情色彩,就像正常汇报工作一样,娓娓道来。

"他准备要多少地?"霍副市长问出最实质性的问题。

"三百亩。"

"地可要得不少。"霍副市长的眉头微微拧起来,"西港出了个实力雄厚的大企业家,我怎么没听说过?"

"他是在北京发展的,生意集中在外地,去年才回来。至于他的真正实力,我只是听胡东至提起过,还没来得及调查。"

"他要投资修路,政府支持。但说到征地建厂,国家有明文规定,必须按照相关要求来执行,两者不能混为一谈。"霍副市长缓缓地说,"你先让临东乡打份报告上来,等忙完信博会后,我再关注这事。"

"谢谢霍市长,他们已经把报告打上来了,就是最近领导们都忙,还没有批示。"

"征地是大事,必须慎重。"霍市长淡淡地说,态度不置可否。魏日东陪着笑,该说的说了,该做的做了,只能到此为止,再纠缠下去,霍副市长不认为自己有私心才怪。两声有节奏的敲门声响起,高贵大方的柳姨出现在门口,微笑着说:"这么晚还过来,真难得。"

"今天很累。"霍副市长说得很随意,伸了个懒腰,指指魏日东,"这是小魏,我的秘书。"

柳姨看着魏日东,并没有表现出早就见过面的样子,得体地打个招呼:"你好,魏秘书。"

"以后有什么事,你可以直接找小魏,他会和我说的。"霍副市长说,"给小魏安排个房间,他跟着我跑一天了,也累得很。"

柳姨叫了个服务员,带魏日东到楼下的房间,在房门关上的一刹那,回过头的魏日东透过门缝,看到柳姨向霍副市长走去。大功告成的成就感和满足感溢满魏日东的心头:从这一刻起,自己总算真真正正成为霍副市长的心腹了。

18.赌局,没有绝对的赢家

太极集团的办公场所位于西港最顶级的写字楼远扬大厦内,独占十七、十八两层。叶琳的办公桌正对大海,只要抬起头,广阔无垠的美景尽收眼底,看着蓝天白云,碧波粼粼,船只游梭,只觉得心旷神怡,所有的烦恼已不再重要,似乎随着浩荡的海水,奔流而去。

叶琳站在窗边,捧着一杯咖啡,望着窗外,只见一只海鸥在海面上轻盈地掠过,划出一道优美的弧线,无忧无虑地展翅翱翔。叶琳的眼光充满艳羡,人类虽贵为万物之主,可要论最不快乐的生灵,人类应毫无异议地高居首位,这是讽刺,还是悲哀?

敲门声响起,叶琳把散开的思绪收回,坐回办公桌边,拿起钢笔,摊开文件,冷艳高贵地应答:"请进。"

郑海走进来,兴奋难掩地说:"叶总,我发现了一张大单。"

"说说看。"叶琳一摆手,示意他坐下。

"是腾驹做得最深的客户,日鑫集团,他们要实现全面的信息化管理,要上管理软件,费用预算高达一千万,准备在信博会时把信息公布出来,作为献礼的项目。"郑海兴高采烈地说,"这可是西港业界有史以来最大的一单。"

"日鑫向来是腾驹的根据地,他们的关系扎得很深,你从哪儿得到的这消息?"叶琳并没有多少意外或兴奋的表情,平静地问。

"我是花费好大的精力,才从日鑫集团信息中心的员工那里得到的消息。"郑海说,"没人能比我了解腾驹,章骏能打进日鑫,是因为原来信息中心的总经理丁文是他爸的战友,现在丁文退二线了,只任个闲职,我就觉得有机会把生意揽过来,一直没放弃公关。工夫没白费,昨晚开了三瓶酒,喝到三点多,总算挖到了这个消息。"

"难为你了,挖墙脚挖得够辛苦的。"叶琳盯着郑海,不咸不淡地说,"日鑫可是章骏的命根子,你就不怕他找你算账?"

"我已离开腾驹了,和章骏早就不是雇佣关系,更何况商场无父子,我拿的是公司的工资,考虑的自然是公司的利益。"郑海振振有词,底气十足。

对着毫无愧色的郑海,叶琳嘴角翘起,露出笑容,说:"说得很动听,能招你过来,是公司的荣幸,也是章骏的不幸。"

"还得感谢叶总给我机会。"郑海不放过拍马屁的机会,"现在日鑫信息中心的总经理常坤是从外面调来的,和章骏的关系虽然看起来还可以,但不可能像丁文那样牢不可破,只要公司肯投资,我就有把握拉上他。而一千万的大单,轮不到他拍板,得到总经理邱德州那里去,这可是章骏还没拉上的关系,咱们机会有得是。毕竟咱们的实力远远超过腾驹,只要全力以赴,这张单子腾驹不可能有机会拿到,而失去日鑫,对章骏可是致命一击。"

叶琳眼光深深地盯着郑海,说:"你和章骏有仇? 把他赶到绝路,你很高兴?"

"没有。"郑海露出献媚的笑容,意味深长地说,"主要是为叶总您分忧。"

恬不知耻的人看多了,但如此理直气壮的还真少见! 叶琳不怒反笑,说:"郑经理,不得不说你真有心,我是不是该好好谢谢你。"

"叶总您客气,这是我的本分。"郑海迫不及待地说,"日鑫的单子,我们是不是开个会,研究下一步进行的方案?"

"不,什么都别做。"叶琳的回答完全出乎郑海的意料,"这件事你不用管,更不许和公司任何人提起,明白吗?"

郑海的眼珠快瞪出来了,问道:"为什么? 这么大的单子,难道公司要放弃?"

"错,这单子我早就握在手里了,前期的工作早就在进行中。"叶琳缓缓地说,"要等到你来告诉我,鸭子早被章骏煮熟了。"

郑海没想到自己好不容易拿来邀功的事情,原来毫无价值,马屁拍到了马腿上,可他还不死心,说:"叶总,还是您高明,一切尽在掌握。那这单子还有我参与的机会吗? 毕竟日鑫信息中心我也熟,还能借此机会向您学习。"

"不了,目前操作得很顺利,人员皆已到位,再把你加进去,反而会打乱部署。"叶琳话里有话地多加了一句,"而且我可不想变成第二个章骏,呵呵。"

这话的意思明显得很,纵然郑海厚颜无耻,脸也忍不住阵阵发烫。叶琳挥挥手,说:"没其他事就出去吧,记住,不要向任何人谈起日鑫,要是让我听到有人谈论这单子,郑经理,恐怕太极就没你的位置了。"

郑海唯唯诺诺地退出办公室,走到卫生间,狠狠地吐一口唾沫,骂道:"该死的臭娘们,要不是你老爸姓叶,老子他妈干死你!"

前方是绝路,希望在转角。电影里的台词,实实在在成为章骏的写照。经过常坤出面斡旋,程高终于勉勉强强答应将价格维持在五十万美金,但要求必须在十天内签订合同并付款。而那个民间的陆通融资公司,联系后第二天便安排了投资部的李经理和王会计师飞来西港,章骏不敢怠慢,安排他们住在西港五星级的柏豪大酒店,一人一单间,好吃好喝侍候着。而这两人的办事效率也高,第三天开始审阅腾驹公司的材料,对章骏的一切娱乐邀约皆拒之门外,连吃饭都和腾驹的员工一样,只吃八块钱一份的盒饭,工作态度令人钦佩。

这天下午五点出头,李经理和王会计师走进章骏的办公室,进门时还特意把门关上,品完三杯铁观音后,李经理拍着寸草不生的脑瓜子,操着一口原汁原味的港式普通话,慢悠悠地说:"章总,通过这几天的考察,我对腾驹有了较全面的了解,应该说,公司有潜力,而你的队伍有能力,我们是看好的,也有合作的意向。"

结果出来了。章骏压住内心的紧张和激动,装作若无其事地说:"谢谢,我相信如果我们能合作,借助你们的资金来增强我们的实力,腾驹一定能取得大发展,给你们大回报。"

李经理不置可否,说:"你融资后的资金使用途径,是用来收购及时雨软件,使腾驹软件的功能更加完善,扩大业务范围,这点我们支持。懂得让融资的钱增值,才是我们需要的优质客户。你提出的五十万美金,对我们来说不算是大数目,给你们一个机会,帮助你们成长,正是我们公司创立的目的之一。"他向王会计师递了个眼神,王会计师打开笔记本电脑包,拿出一份打印好的文件递给章骏,说:"章总,你看看,这是我们公司的合同还有相应的条件。"

章骏让自己冷静下来,一字一句地琢磨着合同。谈起正事,李经理和王会计师的表情很严肃,坐姿显得端正凝重。中午气温高,房间里那台老式的空调,虽吱吱嘎嘎地努力晃动着,但冷气还是不足,坐在沙发上,三人额头上很快就有细密的汗珠渗出,但谁也没在意,只是静静地等待静默氛围被打破。

将合同的最后一页翻完,章骏的心一沉,并没有立即开口,冲好茶,把茶几下的一盒曲奇饼拿出来打开,微笑着说:"来,喝茶吃茶点,垫垫肚子。"

李经理和王会计师附和着笑,各拿了一块曲奇吃起来,沉闷的气氛顿时缓和了许多。放下茶杯后,章骏说:"李经理,坦率地讲,付款时间、借款期限、利率,

赌局,没有绝对的赢家

我都可以接受。至于抵押腾驹七成的股权，是不是高了点？还有，最让我难以理解的是，为什么要和日鑫的项目捆绑？如果拿不下日鑫的项目，就视为用五十万美金控股腾驹，这不是成了对赌协议吗？"

"你说得没错，是对赌协议。你应该看到，如果能拿下日鑫，我们将免息增资二十万美金作为公司的运营资金，且不再收取任何抵押。"李经理徐徐地说道，"条件非常优惠。"

"我们最主要的考虑是，如果拿不下日鑫，短期内看不到腾驹有拿下其他大单的可能性，是否有按时还款的能力，必须打个大问号。"王会计师用手指在空中比画了一下，"章总，请你理解，我们虽然愿意成为中小企业的助力，但风险控制是必须的，毕竟我们不是慈善机构，我们的任务就是替投资人用好钱，要是干花钱打水漂的事，那也无法交代啊！"

章骏拿起桌上的香烟，给李经理和王会计师分别递上，自己也点上一根，三根烟枪同时开动，办公室内顿时烟雾缭绕，各人的脸色显得模糊且朦胧。用力抽上两口，章骏说："腾驹的软件功能完善后，我们在市场上的竞争力会更强，拿单的成功率会更高，这方面我有绝对的信心，根本不必把全部希望放在日鑫这一单上。"

"章总，这不是信心的问题。"王会计师毫不客气地说，"我们要的是数据，要的是事实！按腾驹目前的业务量和利润水平，你连按期还款的能力都谈不上，如果照银行的审核标准，你连最低的贷款资格都不够！不看最现实的日鑫这张大单，你要我们看什么？以后的业务增长，看不见摸不着，能作为依据吗？"

看章骏沉着脸不说话，李经理嘿嘿笑着说："章总，只要签下合同，明天款就能到账。这就是我们的实力和诚意。至于股份抵押，我可以向公司申请，降低到六成五。"

"抵押不是问题，我有信心还款。但这对赌协议，风险实在太大。"章骏低声说。

"信心不能当饭吃。"王会计师忍不住揶揄一句，"章总，你好像没弄明白，真正有风险的，是我们！一旦你还不了钱或者公司做不起来，你就是把股份让出来，拍拍屁股走人，而我们损失的可是五十万美金的真金白银！"

李经理摆摆手，示意王会计师别再说下去，又打个哈哈，温和地说："章总，既然你说有信心，那还不如树起信心拿下日鑫这一单，这才是证明你实力的最好方式。对赌协议这一条，我觉得很公平，我们不可能再让步，如果你不同意，可以去找其他公司，对比一下是否有更优惠的条件，我保证他们不但拿不出来，而且至少要拖上一两个月时间才能定案,到时黄花菜都凉了。"

这是最后通牒,警告意味明显,要与不要,只在一言之间。章骏明白,过了这村就没这店了,条件虽然严苛,但对方并不是无理取闹。这些民间投资公司,弄的就是高风险高收益的活。高利息并不是赚钱的主要部分,借融资的机会,收购有潜力发展的公司股权,将公司占为己有,包装一番后再售出,那才是一本万利的活。

可自己有得选择吗?再找其他公司,时间允许吗?李经理没夸大,他们这次的运作效率,是出人意料的快,刚好赶在及时雨定下的期限前。再说制约条件,谁能保证其他公司的条件就不苛刻?天下乌鸦一般黑,章骏本来有心理准备,就算能融到钱,条件也绝不会宽松,只是没想到自己会被逼到背水一战的地步。

只是自己还有选择吗?退一步说,上千万的单子,哪是随时能找到、又有把握能拿下的?连精心耕耘已久的日鑫都搞不定,自己凭什么去拿其他单子,确保还款能力?如果不能,那抵押的股份还不是得被对方吞掉?结果的区别,只在于一个是斩立决,另一个是慢性自杀罢了,相比较而言,还是前者来得痛快。

杂乱的思绪慢慢归拢,章骏终于定下决心:好,老子就和你赌一把!他站起身来伸伸手,说:"抵押的股份能降到六成五,晚上我就签合同,希望我们合作愉快。"

"好,我这就向公司申请,很快给你答复。"李经理哈哈一笑,握着章骏的手用力摇了摇,"章总,你年轻有为,和你合作,一定马到成功。"

"谢谢,这几天辛苦两位了,晚上赏脸,让我尽地主之谊,好好玩玩,放松一下。"和王会计师握着手,章骏热情地说。

"那我们就恭敬不如从命,麻烦章总了。"李经理笑得很暧昧,从侧面看甚至有点猥琐,"我也很想领略一番西港的夜生活。"

刘小南和许秋璇的关系越来越热络,只不过情侣关系还谈不上。令刘小南郁闷的是,自己的爱意不可谓不明显,追求的行动不可谓不给力,只是到许秋璇那边,她总是保持着那一丁点距离,既不坦然接受,也不明确拒绝,相互的关心支持很多,情人间的牵手亲吻没有,用流行的话说,比爱情少一点,比友情多一点,玩的就是两个字:暧昧!

刘小南个性直率,不喜欢拐弯抹角的猜谜游戏,几次将话吐到嘴边,总被许秋璇不着痕迹地巧妙挡回。这令刘小南百思不得其解,又不敢逼得太紧,生怕把对方吓跑,只能用时候未到来安慰自己,只要许秋璇身边不出现其他男人,精诚所至,金石为开,凭自己的努力和诚意,总有一天能抱得美人归!

下午拜访完客户出来时,已是五点多,刘小南说:"晚上没事吧,一起吃饭?"

"好啊,我听说长江路新开了一间泰国菜馆,味道很不错,就去那试试吧。"许秋璇雀跃地说。刘小南自然没意见,两人拦了辆的士,二十分钟后便到了目的地。那儿的生意果然火爆,门口已排了不少等候的客人。刘小南最烦等待,尤其是等吃,肚子快饿扁了,赶紧填饱才是正事,却还得在一旁流着口水,闻着香味,看着别人大快朵颐,自己摸着肚皮苦等,这简直是人间最残忍的酷刑。只是看着许秋璇满怀期待的样子,他只能干巴巴地陪着守候。

半小时后,终于排到他们进餐厅。拿菜谱点了几个首页的推荐菜,看着刘小南饿得有点无精打采,许秋璇笑着说:"饿晕了?没事,待会儿多吃点,这顿管饱,我请客。"

"主要是中午太着急了,没吃饱。"刘小南拍拍稍微凸起的肚腩,自嘲道,"没事,我脂肪多,耐消耗,就当减肥呗。"

许秋璇抿嘴一笑,转过话题,说:"这几天来公司了解情况的那两人,是为融资的事吧,定下来没?"

"不清楚,应该还在前期的考察阶段。"刘小南摊开手,"现在老大就让我全力管好业务,公司运作的事没怎么和我说,就他一个人在弄。"

"章总太累了。"许秋璇悠悠地说,"如果这次融不到钱,公司就没法收购那个软件公司了吧?"

"那是,公司的流动资金就那么点,银行又贷不到钱,上哪儿找收购的资金?"刘小南叹口气说,"最要命的是时间,没剩几天了。"

许秋璇"哦"了一声,右手捏着脖子,用力扭动几下,忽然讶异地说:"那不是林经理吗?"

刘小南顺着她的视线看过去,只见林凡和一个身材高挑的女人并肩走进包间,许秋璇自言自语地说:"她身旁那女的,看起来好眼熟!"

刘小南的心却是异常不舒服,喃喃地说:"奇怪,她们两个怎么会在一起?"

服务员端着冬阴功汤上菜,看着鲜艳的颜色,闻着酸辣的香味,许秋璇食欲大振,边喝汤边说:"你说谁啊?"

刘小南却是胃口大失,"我们最大的对手还有谁?太极集团的叶琳呗。"

"叶琳?对了,真是她。"许秋璇手一震,难以置信地说,"她怎么会和林经理在一块?"

"你问我,我问谁去。"刘小南摇着头说,"总之是黄鼠狼给鸡拜年,没安好心。"

"你不是说林经理一直暗恋着章总吗？该不会是章总打算结婚,林经理死了心,打算跳槽吧?"许秋璇连汤也顾不得喝,发挥着想象力,喃喃地说。

"按说不至于。"刘小南苦笑着,"不过林凡从来就是闷葫芦,谁也不知道她心里在想什么,要真像你说的,老大恐怕得吐血了。"

"要不要告诉老大?"许秋璇小心地提醒一句。

"嗯,是得和他说说。"刘小南沉思良久,艰涩地说,"不怕一万,只怕万一,让他有个准备也好。"

叶琳夹了一块咖喱蟹放进林凡的盘子里,说:"这里的第一名菜,很多人就是为品尝这道菜专门从大老远的地方赶来,咖喱香,蟹肉鲜,试一下。"

林凡咬一口,也不评价好不好吃,只是点点头,开门见山地问:"你请我吃饭,不会只是为了尝这道菜吧?"

"当然不是,不过我们是老同学,多年没见,聚一聚也正常。为这顿饭,我是死皮赖脸地约了你不下十次,才把你请出来,老同学,你也太不给面子了。"叶琳笑得很轻松,用埋怨的口吻半真半假地说。

"不是不给你面子,只是我天天加班,确实很忙。"林凡坦然地说,"而且两家公司又是竞争对手,不方便。"

"竞争对手? 腾驹还不配吧!"叶琳嘿嘿一笑,不以为然地说,"论规模,论实力,论知名度,论客户资源,论营销手段,腾驹哪方面比得上太极? 我们吃肉,剩下点残羹剩饭给腾驹苟延残喘罢了。"

林凡吃着蟹,毫无反应。叶琳并不意外,虽然相交不深,但认识这么多年,对她的风格早就了如指掌,林凡是一个好的倾听者,但绝不是一个好的交流者,这也好,方便自己随意转换话题。她边掰着蟹脚边说:"章骏要结婚了,你知道吧?"

林凡的手停了停,抬起头看着叶琳,虽然没说话,但眼神却变得很奇怪。叶琳徐徐地说:"你为什么加入腾驹,我们心里一清二楚。你对章骏的感情,大家都知道,不过到最后,你的付出得到了什么?"

看林凡还是缄口不语,叶琳接着娓娓道来:"我和章骏在一起时,就知道你喜欢他。可分开后,他却没有选择你,而是搭上了闻雪,当时他对你冷淡得很,可一到要创业了,为了你的技术,他立马低下头来求你加盟,开出的条件相对于你的能力和价值而言简直就是侮辱,可你还是答应了他,并忠心耿耿地干到现在。

说实话,你用情之深之专,我佩服,如果章骏娶你,那是他有眼光,我衷心祝福你们。可惜,他是睁眼瞎,不但无视你的付出,还将你的感情踩在脚下。"

"你到底想说什么,直说。"林凡的眼光突然变得很深,如深山古潭,终于出声了。

"很简单,既然你的苦心得不到回报,希望破灭,也该抽身而退了。"叶琳放下筷子,一本正经地说,"我代表太极集团,郑重地邀请你加入,担任公司研发部经理,薪资由你开,每年再按比例给你一定的分红。"

林凡默然,过了三四分钟,盯着叶琳说:"你是为了继续打击章骏?"

叶琳眉毛一挑,故作轻描淡写地说:"就算你在,腾驹对太极也没威胁,不是一个重量级的对手。我只是替你感到不值,同时,我更看重你的研发水平,太极最需要你这样的技术天才,也能给你提供更广阔的平台。"

"可我一走,腾驹的技术研发就要瘫痪……"林凡垂下头说。

"那是章骏的事。"叶琳毫不迟疑地截断林凡的话头,"我知道你有点小股份,如果你愿意,开个价,我买下来。"

林凡轻轻地摇摇头,缓慢而沉重地说:"叶琳,你为什么这么恨章骏?"

叶琳根本没想到会从林凡嘴里听到这句话,一时愣住,竟没反应过来。林凡一字一顿地追问:"你真的爱过他吗?"

叶琳化着精致淡妆的脸突然涨红,眼中的光芒变得像锥子般可怕,反问道:"你是什么意思?"

"如果你真正爱一个人,那绝不会将他逼上绝路,而是想着怎么帮他成功,让他幸福。"林凡毫不退让地迎着叶琳的目光,从容地侃侃而谈,"而你的所作所为,让我感觉到的只有恨,毕竟你们有过一段美好的时光,何必呢?"

"你懂个屁!"向来成竹在胸、自信过人的叶琳骤然失态,就像隐藏已久的伤疤突然曝光于天下,怒不可遏,伸出食指指着林凡,嘶声说:"你知道恨从哪来的吗?你知道我怎么对他,他又怎么对我吗?睁大眼睛看清楚,章骏就是一个忘恩负义、见异思迁的混账王八蛋!"

林凡没有动气,而是平静地说:"叶琳,你们的事情我确实不清楚,也轮不到我来评判,但我至少知道,不管你怎么针对章骏,在事业上怎么打击他,他从未说过你一句坏话。而你呢?穷追猛打,咄咄逼人,难道一份过去的爱情,你还是放不开吗?"

"就因为我放得开,我才要让章骏为他做过的事情付出应有的代价。"叶琳恶狠狠地说,"你呢?你以为他会感激你吗?如果你没有技术,他连多看你一眼都不会!"

悲伤的光芒在眼眸深处一闪而过,林凡推一推眼镜,笑笑说:"他怎么做是他的事,我怎么做是我的事,我看不出这其中有什么逻辑关系。"

叶琳气极反笑道:"好,好,你真是只求付出、不求回报的情场活雷锋! 别怪我没提醒你,你不伤害别人,不代表别人不伤害你,尤其是爱情,你以为闻雪会容忍你长期留在章骏身边吗? 除非她不是女人! 到最后,你还不是要落得个扫地出门的结局!"

林凡无所谓地耸耸肩:"我刚刚才说,别人怎么做,我管不了,我只知道做好自己分内的事,对得起自己就好。谢谢你晚上请我吃饭,时间不早了,我还得回去加班。"

叶琳喘着粗气,但情绪已逐渐平静下来,看着要起身离开的林凡,低声说:"别急着拒绝我,我是衷心希望你能加入太极,什么时候想通了,随时发条信息或打个电话给我都行,大门永远为你敞开。腾驹绝不是你应该待的地方,章骏这混账,离他的末日不远了。"

"谢谢。"林凡不再多说什么,就在走出包间的一刹那,眼眶突然湿润起来,刚才强压着的情绪如溃堤之水,汹涌而出,泪珠大颗大颗地洒落,再也无法遏制,淋漓尽致地抒发着她的不甘、无奈、心酸和悲伤。

在天地豪情夜总会楼上的房间内,刚享受完高潮的魏日东,满足地点了根烟,抚摸着丝丝光滑的肌肤,随口问:"你名字真好听,怎么取的?"

丝丝从烟盒里拿出烟,对着魏日东叼在嘴里的烟头点上,娴熟地吞云吐雾,不答反问:"你不是戒了么,怎么又抽了?"

"你不觉得做完后来一根,是美好的享受吗?"魏日东嬉笑着说,"领导只管我的工作,可管不着我的床上运动,是不?"

丝丝将一口烟吐到魏日东脸上,"那床上生活我来管,好不?"

"好啊,刚才不就你在管吗?"魏日东拍拍她的屁股,"你还没回答我的问题呢!"

丝丝抓着魏日东的手,慢慢在身体上移动,"你说,我的皮肤像什么?"

"又白又滑,像牛奶,又像丝绸。"魏日东话音刚落,丝丝得意地接口,"那不就对了,因为我皮肤的手感比丝绸还好,男人都喜欢,就叫我丝丝喽。"

听到"男人们都喜欢"这句话,魏日东心中没来由地一阵别扭,想到自己和人尽可夫的妓女欢愉,又有几分身份降低的自卑。陶扒皮确实会来事,看出魏日

赌局,没有绝对的赢家

东对丝丝很满意,便将她留下,付给高工资,还专门订间房,供魏日东享乐。魏日东知道陶扒皮是一分投资要见十分利的主,一开始便推脱,但陶扒皮说得头头是道,男子汉大丈夫,哪个没有红颜相伴,玩个女人算什么啊,说到底还是看不起兄弟。而丝丝又是魅力四射,既温柔似水,又魅惑成妖,那晚的美妙激情给魏日东留下了无法磨灭的印象,终究击败了理性,反正已接受一次,十次、百次又有何区别?陶扒皮与市领导的关系深得很,他诚意拳拳,自己拒人于千里之外反而是得罪他,何必呢?只要把握好分寸,应该没什么大事。经过一番思想斗争,他终于还是半推半就地接受了。

丝丝见过的男人多了,对男性的反应见微知著,感觉到他的手停在自己腰际不再滑动,抬起头一看,只见他脸上的笑意已消失不见,心念转动,估计是犯了魏日东的忌讳,便轻轻抚摸着他的胸部,柔声说:"怎么,不高兴了?我是头牌,价钱高,一般人哪找得起我,在东莞只跟过三个大老板,也没几个月。在西港,你是我唯一的男人。"

虽然不知是真是假,但听起来心里舒服多了,魏日东的手又活动起来,笑着说:"你想哪儿去了?我是在想点工作上的事,和你没关系。"或许是为了印证他的说法,手机适时地响了起来,"在哪儿快活呢?"

"我能在哪儿快活,忙都忙晕了。"魏日东向丝丝做了个噤声的手势,"倒是章总你在哪儿逍遥呢?听这声音就是喝多了。"

"我在接待两个客户。"章骏的声音很兴奋,停了停说:"我上午去信博会组委会拿展位图,太极怎么调到 A 区了,原来不是在 B 区吗?"

"太极毕竟是本市第一大软件企业,关系深,地位高,放在 B 区他们不情愿,非要往 A 区挤,我也没办法。"魏日东轻描淡写地说,"我已经尽量把你们两家调得远远的,放心,不会和叶琳打起来的。"

"我不担心这个,只是原来我再怎么小打小闹,也是 A 区唯一的本市企业,现在太极硬挤进来,我再出风头就难了。"章骏恼火地说。

"想办法呗,摊位不怕小,在布展时多动点脑筋,搞得漂亮些,最重要的是弄出特色。"魏日东拿出行家的口吻,像教小孩子一般引导着,"参展的企业那么多,领导和客商只能走马观花地看,谁能搞出新意来,谁就能成为焦点,引人注目。"

"这我知道,就是想问你,重点要突出什么?"

魏日东被章骏问得一愣,认真思考了好一会儿才回答:"规模和实力你们还差得远,我觉得一是要突出发展潜力,二是要突出西港特色,毕竟自己举办的信博会,领导们也希望除了太极撑门面外,还能找到其他的亮点。"

"有道理。"章骏真心实意地附和,"行,这我心里就有底了,明天就让小南开始准备布展方案。不说了,等我们忙完这段时间再好好聚聚。"

刚挂了章骏的电话,手机再度响起来,丝丝咬着魏日东的耳朵,轻轻说:"大忙人。"魏日东只能苦笑着按下接听键,"魏秘书,你好啊,我是胡东至,还没休息吧?"

"没,在写份文件,这么晚找我,有事吗?"

"有点事,你的效率就是高啊,上次和你说的事,今天就有人过来看了。"

"那好啊,你们就尽力配合呗。"屁大点事,也用得着在这时候打电话过来,魏日东有点火了,只是觉得胡乡长不至于如此不知分寸,便压住火气问,"是哪个部门的人?"

"哪个部门都不是。"胡东至的声音有点奇怪。

"那是谁?"魏日东更奇怪了,不是政府部门的人,是谁去看的?

"是霍市长的公子。"胡东至压低声音,"魏秘书,霍公子是不是叫霍超,瘦瘦的高个子,长得很精神,鼻梁处有道小伤疤,还开着辆奥迪车?"

"是。"魏日东不再是懒洋洋的样子,而是一个激灵坐直身子,思路活跃起来,"他去乡里了?"

"他下午到乡里转了转,找到我,刚好胡升在,晚上一起吃了个饭。霍公子有派头,说话爽快,和胡升很谈得来,仔细看还真有几分霍市长的样子。"

"他有没有说什么?"魏日东紧接着问。

"没有,他什么都没说,就是侃大山,和胡升说生意场的事,还有京城的景点什么的,吃完饭就走了。我一琢磨,还是给你打个电话,证实清楚比较好。"

"你们没和他提修路和征地的事吧?"

"没有,他没说身份,是下面一个小跟班说的,我又从没见过他,虽然不敢怠慢,但也不敢随便说大事,就瞎聊呗。"胡乡长展现出谨慎和细心,小心地探询着,"魏秘书,他不可能大老远地跑来乡里吃顿饭聊聊天吧,你觉得呢?"

"我不清楚,他去乡里又没告诉我。"魏日东回答得滴水不漏,"如果有事,他迟早会再找你们的,急什么。"

"这我知道,我就是在猜测,他会不会是替霍市长来这儿了解情况的,只怕我们招呼得不好啊!"胡乡长犹不死心,问道,"魏秘书,能麻烦你找个机会帮我打听下不?"

在丝丝面前,魏日东不想提任何领导的名字,更不想说清楚,便含糊地说:

赌局,没有绝对的赢家

手

腕

"行,有机会我问下他,没其他事先挂了,再联系。"

刚把手机放在床头柜上,丝丝动人的胴体又缠上来,在她柔嫩的手指的挑逗下,魏日东浑身发热,丝丝翻过身骑在他上面。"高处不胜寒!"魏日东笑道。霍副市长父子的影像在脑海中闪现,只是随着丝丝狂野奔放的运动,他的欲望和感受被带了起来,很快便投入到人间极乐的运动中,其他的思绪越行越远,直到天际云霄。

19. 坦白，告别沉默的伤害

"章总，腾驹没能拿下日鑫，按照合同，从今天开始，我们将接收股份，成为腾驹公司的大股东。"融资公司的李经理拿出合同，放在章骏面前，一字一句地宣布。

章骏看着合同，眼中毫无半点光芒，脸色死灰，过了好久才攒足力气开口："李经理，我能把股份赎回来吗？"

"当然可以，只要价格合适，股权转让很正常。"李经理咧开嘴笑了，在计算机上拍出一个数字，转到章骏面前，"一百五十万美金。"

"什么？"章骏从椅子上弹起来，双手撑住桌子，失声说，"你开玩笑吧？"

"当然不是开玩笑。"李经理冷下脸来，"同样的材料，落在不同的厨师手中，可以做出不同的菜式来。以我们的实力来经营腾驹，一定能有飞跃式的大发展，上市都有可能，一百五十万美金买下控股权，这个价格我还觉得亏了。"

章骏嘴唇颤抖，想说话却说不出来。李经理靠在沙发上，好整以暇地说："章总，你手里还有股份，让我们帮你的股份增值，不好吗？经过公司全面衡量，我们认为你不适合继续留在腾驹负责管理工作，所以聘请了一位优秀的人才来管理腾驹，叶总，请进来吧。"

看到走进来的人，章骏张大嘴巴，表情比死了还难看，叶琳仪态万方地和李经理、王会计师握手。李经理指着章骏的办公桌，谄媚地说："以后那就是您的位子了。"

叶琳昂着头，坐在章骏的大班椅上，舒服地转了一圈。刘小南、林凡、许秋璇等员工陆陆续续进来，整齐划一地向叶琳弯腰鞠躬，齐声说："叶总好！"

叶琳矜持地点点头，指着门口，对章骏冷笑着说："你的公司是我的，你的员工是我的，把公司办得这么失败，你还有脸站在这？给我滚出去，出去！"

所有的人都报以嘲笑，章骏恨不得在地上找条缝钻进去，只听一个个声音在耳边轰响:"你是失败者,你是失败者……"

"啊"的一声惊叫,章骏猛地坐起身来,双手捧着脑袋,满头的汗水。昨晚陪李经理和王会计师玩了一夜,三点多才躺到床上。签了合同,钱有着落了,及时雨软件很快会收购到手,萦绕在心头的几件事已经基本解决,又喝了不少酒,按说该卸下心理包袱,痛痛快快地睡个好觉才是。可一个噩梦却把他惊醒了。

都说梦有灵性,是冥冥中对现实的预示和警告,那这梦又代表什么?章骏渐渐冷静下来,只觉得胸口堵得慌。梦境是那么真实,真实得让他完全没有面对的勇气。在这一刻,他开始问自己,赌这一把,到底对不对?

可想来想去,自己没有第二条路可走。除非放弃腾驹,关门结业,如闻雪所说,找个企业当白领混日子,朝九晚五,按时领份工资,安安稳稳地过起小康日子,不用背负沉重的经营压力,独自在商海中扑腾挣扎,淹死了还没人收尸。

章骏把枕头立起,背靠着枕头,眼光落在床头柜闻雪的照片上。自从上次大吵之后,虽然没两天章骏就把闻雪哄好了,绝口不提抵押房子的事,但多多少少还是有点别扭,纵然打电话,发信息,也是一两句话就结束,两人心中清楚,裂痕已经产生,不是忽视就可以抹平的。

换作过去,章骏会想尽一切手段,将距离拉近,缩小裂痕,可这次他却没有这么做。表面上是因为他忙着接待陆通融资公司的两人,而闻雪忙着跟进新房装修,各忙各的,没空见面。但实际上章骏在潜意识里对闻雪的不支持感到失望和伤心,爱情一削弱,自然没有了浪漫的灵感和情怀。

只要自己走上闻雪设计的轨道,那一切问题将迎刃而解。可那还是章骏吗?章骏苦涩地摇了摇头,拿起闻雪的相片。那是临近毕业时两人去北京旅游,在天安门前留下的合影:广场雄伟壮观,五星红旗迎风飘扬,闻雪美丽动人,脸上的幸福笑容比阳光还灿烂。章骏静静凝视着相片,浓浓的深情浮上眼眸,忽然想起,自从创办腾驹以后,还没和闻雪出去旅游过。

年底结婚,他一定要找个好地方度蜜月,把失去的补回来。就马尔代夫吧,传说中的蜜月圣地,人间天堂。章骏露出笑意,噩梦带来的压抑感减轻不少,转头一看时间,已是早上九点多,便起床洗漱,到楼下店铺吃油条,喝豆浆,十点半才抵达公司。

刚泡好一杯茶,刘小南就走进办公室,顺手带上门。章骏抬起头,说:"你来得正好,告诉你个事,融资已经搞定,昨晚签下合同,下午钱到账,明天我和林凡去北京,正式敲定收购及时雨软件的细节,应该能赶上即将开幕的信博会,到时也能作为亮点推荐。"

"好啊,老大你效率真是高,一下就把几件事全搞定了。"刘小南眼神亮起来,拍着手说,"我们是万事俱备,只欠东风,接下来就是日鑫这张单了。"

"是的,我们全力以赴,一定要拿下。"章骏既像给刘小南鼓劲,更像说给自己听,"一千万元的大单,机会只有一次,过了这村可没这店了。"

刘小南嘿嘿笑着,想说什么,却又出不了声。章骏注意到他欲言又止的神情,笑着一拍他的肩膀:"干吗,有事就说呗,你刘小南还有唱周杰伦的时候?"

"唱周杰伦?"刘小南没听懂,一愣。

"《开不了口》呗,哈哈。"章骏笑了,"别看王会计师板着一张老脸,可他就喜欢唱周杰伦的歌,昨晚还唱了这首,别说,还真有几分味道。"

"呵呵。"刘小南附和地笑笑,坐下来后犹豫了好一会儿,才说,"老大,虽然不应该背后说人,但这件事对公司关系重大,想来想去,还是和你说一声比较好。"

只看刘小南郑重的表情,章骏便知事关重大,脸上的笑容已收起来,说道:"你说。"

"我昨晚碰到叶琳请林凡吃饭。"刘小南鼓足勇气,吐出这句话。

"叶琳请林凡?"章骏没反应过来,怔了一会儿,"你听到她们说什么了吗?"

"没有,她们进了包间。"

这信息令章骏非常意外,他下意识地伸手拿烟,对面的刘小南看得清楚,老板掏烟时右手竟有点颤抖,能看出他内心巨大的波澜起伏,需要时间消化平复。他掏出打火机,先给章骏点燃,然后自己又点了一根,快抽了半根,才听章骏干涩着声音发问:"你怎么看?"

"我只是猜测。"在章骏面前,刘小南从不隐瞒自己的想法,他和盘托出道:"叶琳不用说,她是卯足劲和我们作对,只有拆台的份儿。林凡嘛,她是因为老大你才加入公司的,纯粹的感情因素,不是冲着工资和事业来的,老大你年底结婚是板上钉钉的事了,林凡会不会失去希望,开始动摇了?叶琳觉得有机可乘,便大挖墙脚。以林凡的能力,任何一家软件企业都求之不得。这样的话叶琳就能重重地打击我们,这类损人利己的事,不正是她的长项吗?"

章骏把烟灰敲掉,眼里光芒闪动,问道:"如果你是林凡,你会怎么做?"

这反问倒是让刘小南措手不及,他想了一会儿才挠着脑袋,苦笑着说:"老大,如果是我,既然动力没了,那人往高处走,换个新环境,拿份高工资,很正常吧。"

坦白,告别沉默的伤害

章骏垂着头,喃喃地说:"是啊,人之常情,人之常情⋯⋯"

"不过林凡太能隐藏心思了,我也不知道她是怎么想的。"刘小南说,"我只是让你先有个底,公司目前可离不开林凡,要不你找个机会和她谈谈,防患于未然?"

"林凡那人,外柔内刚,固执得很,下定决心要做的事,任何人都拉不回来。"章骏烦闷地说,"她如果动心想走,就不会有挽回的余地,我也没有任何挽留她的资本,这几年她为公司付出得太多了,不欠什么。"

刘小南发自内心地同意章骏的判断,越是沉默寡言的人,说出来的话越是不易动摇,于是他咬着牙说:"釜底抽薪,这叶琳怎么就生出这副蛇蝎心肠,招招下毒手、要人命!"

"正因为林凡有主见,所以叶琳未必说得动她。"话虽这么说,可章骏却没有半点底气,既是在安慰刘小南,又是在安慰自己。

两人对坐无语,一根接一根地抽着烟。如果说章骏是腾驹的大脑,控制着四肢运作,那林凡就是腾驹赖以生存的心脏,不能有丝毫差错,否则就是呜呼哀哉的结果。刚签下对赌协议,就听到这个消息,章骏感到可怕的未来正一步步向自己走近,如果林凡要离开,那五十万美金收购及时雨软件就没有任何意义,还不如直接将腾驹拱手让出去得了。想到这儿,章骏不由自主地打了个冷战,不管怎样,必须赶紧弄清林凡的想法,否则将是一步错,满盘皆输。他强打起精神,说:"我和林凡还是按计划,下午飞北京,明天要和及时雨签协议,我争取今天和她说清楚。这事还有谁知道?"

"还有秋璇。"刘小南说,"昨晚她和我一起吃饭。"

换做心情好时,章骏肯定随口取笑几句,但此时他没有开玩笑的心情,只是千叮万嘱:"你和她说,不管林凡走不走,这件事都不能外传,否则大家心一慌,麻烦更大。"

"放心,秋璇不是不知分寸的人,嘴巴严得很。"提起许秋璇,刘小南就忍不住笑意,满口赞许。章骏用力把烟头拧灭,盯着刘小南,眼中透出决绝的光芒,说:"兄弟,北京之行,我会尽力。你留下来准备信博会的展位布置,具体要求我已发到你的邮箱,先不考虑省钱,要把效果办出来。"

此情此景,刘小南感觉颇像燕子丹易水河边送荆轲的悲壮,只能重重一点头,向章骏伸出手,说:"放心吧,老大!"

下午三点飞机从西港机场起飞,五点四十抵达首都机场,由于这次是专门过来签订合同并处理后续事宜,程高带着两个手下亲自过来接机。一行人到全聚德吃正宗烤鸭,喝五粮液,席间双方把酒言欢,曲折历程、个中辛酸全化为一缕轻烟飘散。林凡照例滴酒不沾,章骏虽然心中有事,但这场合由不得他不喝,只能打起精神以一敌三,还好控制住了总量,只开了两瓶,他虽喝得最多,还不至于醉倒。

吃完饭,程高邀请他们到酒吧继续,被章骏找个理由推掉了,程高只好送两人到酒店,约好明天见面的时间后便离开了。走进电梯后,章骏打了个酒嗝,开口说:"晚上别加班,到房间放好行李,半小时后到二楼的咖啡厅喝咖啡。"

林凡"哦"了一声,表示听到,答应下来。章骏在房间里洗了个热水澡,坐在沙发上,要怎么和林凡谈话,他一点底都没有。爱情具有绝对的排他性,只要自己爱的是闻雪,就不可能使林凡的愿望成真。他发自内心地感激林凡,可他实在没办法爱上林凡,这是个死结。如果公司有实力,有人才,那林凡离开倒未必是坏事,毕竟留着众人皆知的暗恋者在身边,这关系实在是很尴尬。而现实是林凡一走,腾驹马上将面临生存危机,这危机甚至比失去日鑫集团这棵大树还严重得多。

想到这儿,章骏猛地一拍脑袋,在上飞机之前,他隐隐约约地感觉落下了什么事,可就是想不起来,此刻想起闻雪,他才发现被林凡的动向冲昏了头,签了融资合同,急着来北京收购及时雨,居然没和"领导"说一声。这在以前是不可能犯的错误,那时他想的念的都是闻大小姐,去哪儿都要报个到,更别说出差了。而这次居然到北京几个小时了还没汇报的念头,难道不知不觉间,闻雪在自己心中的地位竟下降得这么快。

章骏没有细想此问题,亡羊补牢才是正事。他赶紧拨通闻雪的电话,笑呵呵地说:"亲爱的老婆,猜猜我在哪儿?"

"你在哪儿鬼混我哪知道? 无聊,不猜。"

"你绝对猜不到,我在北京呢。"章骏怕闻雪责问自己,抢着将融资和收购成功的事说了出来,只是删掉了林凡的事,"这二十四个小时是大起大落,忙得要命,到这会儿才能喘口气,赶紧向领导汇报。"

闻雪倒没说什么,对公司的事她一如既往的冷漠,只是问:"你一个人去的北京?"

"和林凡一起来的。"章骏解释说,"技术上她是专家,我担心及时雨软件源代码移交不完整或做什么手脚,必须由她来验证才能放心。"

"那她的确是你事业上的好帮手。"闻雪说得不咸不淡。

章骏听这话有点异样，但又品不出什么味道，只能岔开话题："公司面临着成立以来最大的机遇，把我忙得就差长三头六臂了，房子装修的事，可得领导多费心了。"

闻雪淡淡地答应了一声，两人又说了几句闲话，便收了线。拿着手机，章骏总感觉怪怪的，可时间已不够他去细细琢磨，随便套了一件休闲的圆领衫，拿上房卡就出门了。

看着闻雪把手机放回桌上，魏日东喝口咖啡，装作漫不经心地说："章骏来报岗？"

"他下午去北京了。"闻雪语气淡漠，"现在才想起和我说，马后炮。"

"不会吧，出差前没向你汇报？"魏日东语气惊讶，表情夸张，顿一顿加重语气说，"又是和林凡一块去的？"

闻雪没什么表情，轻轻一点头。魏日东摇摇头，先替章骏开脱："我看这小子是忙得够呛，才会忘了和你说一声，林凡也真是，跟得那么紧。"

"这也看得出在他心里，哪些重要，哪些次要。"闻雪搅拌着咖啡，把话题岔开，"不聊这些，你那么忙，今天怎么有空请我喝咖啡？"

"你不说正事我都忘了。"魏日东打开公文包，拿出几张印刷精美的票，"这是即将开幕的信博会晚会门票，这次市里投入巨资，请了很多天王巨星来助阵，规格很高，是西港的一大盛事，票源紧得很，我费了好大力气，才找了几张位置不错的票，给你和家里人，一起去欣赏。"

闻雪接过门票，眉头舒展开，笑着说："最近单位很多人在托关系找票，都说一票难求，外面的价格更是炒得很高，没想到你能拿到这么多。"

"是啊，难得的盛事，省市领导，各机关单位，赞助单位，与会企业，加上兄弟城市和各种社会关系，就为把票分配好，做了不下十个方案，开了三四次会议，最终才由霍市长拍板定下来。想通过正规途径买到票，根本不可能。"说起门票的热度和买票的难度，魏日东滔滔不绝，"我跟在霍市长身边，只能说是近水楼台先得月，勉强也只能弄到这几张。"

"要让同事知道我有票，他们还不得羡慕死了。"闻雪举起咖啡杯说，"谢谢。"

"谢什么啊，你开心就好。"魏日东看着闻雪，眼中有情意流动，徐徐地说，"我最羡慕章骏的，不是他生意做得多大，赚了多少钱，而是找到了像你这样的女朋友。"

闻雪脸一热,借着喝咖啡的动作,巧妙地遮掩过去。从读高中开始,想抱得美人归的男生多得是,花样和招数更是无奇不有,对如何拒绝别人,她早就轻车熟路了。魏日东的殷勤和情意暗示得越来越明显,只是碍于章骏,他不可能说破,而闻雪更不可能接受。"我哪有那么好? 比我优秀的多得是,缘分一到,你的真命天女自然会出现的。"

不等魏日东接话,闻雪迅速将话锋一转:"小典昨天跟我说,他升为副总经理,工资加了,而且当上了房地产公司的法人代表,每月还有一笔补贴,薪水真是不少,在家里底气十足。只是父母和我都觉得事情有些奇怪,他毕业才多久,做了多少成绩,又有多少能力当个副总,拿这高薪?"

"他当法人代表?"魏日东心里咯噔一下,低声自言自语。

"是啊,我们就是担心他不知天高地厚,为了一点儿钱,做些不该做的事情,最后替人背黑锅。"闻雪放低声音,解释说,"我们倒不是说霍超的公司有问题,而是怕小典涉世未深,根本不清楚企业法人应承担的责任。"

"我想霍超是顾忌市长儿子的身份,不想让人说三道四,你也知道,对领导家人的经商,国家有严格规定,他是迫不得已。"纵然是对闻雪,魏日东也不可能说霍家的坏话,破坏霍超的大计,便斟酌着开解她,"他兼并联富地产已成定局,事业上大有可为,他也是信得过小典,才让他当法人。以霍超的能力和霍市长的家教,不至于出什么事,而且这对小典来说也是难得的学习机会,多增长些管理经验。"

"他就是这么说的,西港谁出事,也轮不到霍超出事,趾高气扬得很,根本听不进我们说的。"闻雪并没有把魏日东说的话听到心里去,心事重重地摇头说,"不怕一万,只怕万一,我想能不能麻烦你和霍超说说,感谢他的好意,但小典实在没那水平,还是找其他人委以重任吧。"

如果换了其他人说这话,魏日东肯定毫不犹豫地找借口推掉,但对闻雪不同,要糊弄闻典容易,糊弄闻雪就没那么简单了,可他也没办法答应,为难地想了一会儿,才模棱两可地说:"那我找个机会和霍超说说,毕竟是他公司的事,我们都不了解,只是猜测,说不定小典真是人才,能干出一番大事业呢。"

"他有几斤几两,我还不清楚?"闻雪直摇头,又向魏日东举起咖啡杯说,"为他的事,真是太麻烦你了。"

"如果你还当我是朋友,以后就别说麻烦这两个字。"魏日东豪气干云,"说句掏心窝的话,能为你办事,是我的荣幸。你要是有事不敢找我,那才是我最大的麻烦。"

坦白,告别沉默的伤害

话说得动听,闻雪忍不住抿嘴一笑,和魏日东一碰杯,喝口咖啡,加了糖以后,味道还真是不一样。

　　林凡已经坐在靠窗的位置,观赏着临街的景色。她有一个习惯,只要和别人约好时间,一定提前十分钟到,雷打不动,只有她等人,而没有人等她的时候。程序员的固执和严谨,在生活的细节中表露无遗。章骏觉得这个习惯不错,一是能体现对约会的重视,二是能借这点时间调整状态,准备谈话内容,便想向林凡学习,可没多久他就放弃了,要么碰上塞车,要么有事耽搁,总之准点到没问题,但提前到却不容易,更别说持之以恒地坚持下去了。

　　点了一泡大红袍和两盘茶点,章骏清清嗓子,说:"我和程高说了,明天签完合同,和及时雨的员工谈话,了解各人动向,争取挖几个技术骨干到西港上班。"

　　"再多几个人,公司的办公室就坐不下了。"林凡说。

　　"是得找一个更大的办公室,而且让他们过去,少不了要租房子当宿舍。"章骏揉着太阳穴,叹口气说,"又是一笔不小的开销。"

　　不是技术上的事,林凡只发表简单的意见:"该花的钱还得花。"

　　"找你喝茶,一是庆祝收购及时雨尘埃落定;二嘛,这几年来,你为公司付出得太多,而公司给予你的回报太少,两者根本不成比例,我想趁这次员工队伍扩大的机会,把你提升为副总,工资翻两倍,同时,我把名下的股份转移百分之五给你。"

　　升职加薪,赠送股份,这对职场中的人来说,简直就是天上掉馅饼的大好事,生怕伸手接迟了,感恩戴德还来不及。林凡却没有半点喜悦的表情,还有点错愕,吐出三个字:"为什么?"

　　"这是你应得的,大家都清楚,没有你,就不会有腾驹。"章骏动情地说。人在酒后经常会变得感性,更何况以感情打动林凡是他最有效的武器。

　　"收购及时雨,扩大队伍,更换办公地点,全要开销,虽然我们得到了融资,但没有大的单子到手,还款也有很大压力,这时候你给我加这么多工资,合适吗?"林凡的分析很理智。

　　"没什么不合适的。"章骏说得很坚决,"不能总让你扮演杨白劳,既然公司有发展,自然得回馈员工,至于现金流,你不用担心,我心中有数。"

　　林凡推推眼镜,刚要开口,章骏左手边的水壶热气腾腾而上,指示灯一闪而灭。他摆摆手示意先暂停话题,撕开茶包,倒入茶壶,将水注入,先倒掉第一遍茶水,顺便把杯子烫热,再冲上第二杯,浓郁的茶香四溢。章骏端上一杯送到林凡面前,说:"试试。"

林凡浅浅地喝了一口,并不评论好坏,而是又将话题转回:"是不是有其他原因让你做这决定?"

"其他原因?"章骏掩饰住心虚的表情,借冲茶的动作,低下头避开林凡的目光,"没有,还能有什么原因?"

林凡眼里的光芒点点滴滴凝聚起来,汇成一道锐利的光线,透过厚厚的眼镜,似乎能洞穿章骏的内心。她破天荒地正面反驳章骏,平淡的语调竟变得有些咄咄逼人:"你没说实话,公司现在正处于转型的关键期,远远没到论功行赏的时候,资源少,而需要用的地方多,更要精打细算,你该比我清楚,却突然要给我这么大幅度的调薪和股份,这不是回馈两个字解释得通的。"

看着章骏缄默不语,林凡眼里突然冒起火光,音调顿时提高,一针见血地说:"因为叶琳来邀请我,你怕我跳槽?"

真实的用意被当面拆穿,章骏的心提到了嗓子眼,浑身血液上涌,脸上肌肉僵硬得犹如戴上面具,又是难堪,又是紧张。林凡虽然口才一般,但聪明绝顶,看问题总能一下子找到点子上,洞察力和逻辑推理能力极强,根本就不是花言巧语能糊弄的人。冲上第三杯茶,章骏强笑着说:"先喝茶吧。"

林凡看也不看茶杯,站起来注视着章骏,眼里充满了悲伤和失望。她一字一句、掷地有声地说:"叶琳的确找过我,我明确地拒绝了她,你不用给我升职加薪,我不需要。"

看着林凡飞快地离开餐厅,章骏颓然靠在沙发上,脸上热辣辣的,烧得厉害,恨不得找条地缝钻进去。早知道是这样的结果,还不如一开始就开诚布公地问清楚更好,不,最好的方法是不闻不问,对林凡表现出充分的信任。现在最伤害林凡的,不正是她的忠心耿耿却换来自己的猜疑吗?

章骏恨不得给自己两巴掌,可又一想,林凡在公司的位置实在太重要了,就算时间能倒流,自己也不可能在身边放个定时炸弹还能大展拳脚。只是在方式方法上,自己偏偏选了最蠢的一种,欲盖弥彰,最后弄巧成拙。

不该做的已经做了,无法回头,那该做的就不得不做了。只是要怎么向林凡道歉呢?这可是章骏从未碰到过的大难题。向叶琳、闻雪低头不难,因为她们都曾是他最亲密的人,床头打架床尾和,怎么嬉皮笑脸、低声下气都没事。可对林凡认错,令章骏伤透了脑筋,说到底他们只是同事,而且林凡向来言听计从,几乎没提出过反对意见,更没有吵架闹翻的时候。

挥手招呼服务员埋单,章骏鼓起勇气走向电梯,船到桥头自然直,随机应变吧。

门铃叮咚叮咚地响，但房间内却没有半点动静，章骏拨打林凡的手机，隐约能听见音乐在里面响起，就是没人接听。他断定林凡在房内，便锲而不舍地继续按门铃，房门依旧纹丝不动。呆站了好一会儿，章骏心知这样下去不是办法，想了想，便给林凡发了一条信息：对不起，是我错了，我向你道歉。能开门吗？说完几句话我就走。

手机屏幕上显示信息发送成功，但房内依旧毫无动静。章骏几次习惯性地伸手到口袋里掏烟，可一看到走廊里醒目的禁烟标志，他只能把吸烟的念头收回，焦虑不安地来回踱着步，心里七上八下。林凡外柔内刚，要是今晚欠缺考虑的行为让她改变了决定，那自己还不如一头撞死算了。

章骏像热锅上的蚂蚁，在林凡门外苦等了半个多小时，这时，一个酒店工作人员走过来，不失礼貌地说："先生，有什么能帮到你的吗？"

章骏恍然意识到，酒店人员在走廊监控中看到自己在门外徘徊，起了疑心。于是他掏出房卡给工作人员，解释说："我住 1612 号房间，而朋友住在这个房间，我来找她。"

酒店人员仔细看了看房卡，又用对讲机和前台查证，确定两间房是一起开的，才将房卡递给章骏，微笑着说："先生，真不好意思，不过您在这里等很久了，会不会是您朋友外出了？要不您先回房间，等她回来再过来，我们酒店房间的电话是互通的，能随时联系。"

章骏无奈地点点头，总不能说人就在里面，只是不愿见我而已。不知道的人还以为是情侣吵架，而自己也太丢面子了。他刚要挪动脚步，门却开了，林凡站在门口替章骏解围："我刚才在洗澡，没听到门铃，请进。"

酒店人员彬彬有礼地和两人道别。章骏走进房内，只见林凡表情木然，连衣服都没换，哪像洗过澡的？眼眶显得红肿，明显刚才大哭过一场。他心里一阵难受，低下头，郑重其事地说："我是来向你道歉的，对不起！"

"不用。"林凡咬着嘴唇，说，"没其他事的话，我要休息了。"

章骏倒想借着这机会，把心里话说清楚，眼光和林凡交汇融合，句句发自肺腑："我欠你的实在太多太多，多得我都不知道该怎么偿还。你为我付出的一切，我心里一清二楚，正因为我有负疚感，所以在得知叶琳找我后，我才会惶恐不安，想尽力给你补偿。动摇了对你的信任是我的错，对不起！"

这些话就像四月的春雨，滋润着干涸的土地，纵然来迟，却依旧温暖。林凡脸上像波澜不惊的水面骤然遇到漩涡,肌肉剧烈抖动,虽然无声无息,但泪珠却不可遏制地瓢泼而下,身体像风中的落叶,狂乱颤抖。

章骏只感到内心纠结的疼痛,眼中随着湿润起来,猛地上前两步,伸手将林凡搂在怀中。在暗恋了多年的情人怀抱中,林凡一下子崩溃了,压抑已久的情感如狂奔的激流,凶猛地击垮一切防御,身体几乎软下来,紧紧抱住章骏,头部埋在他胸前,思慕、爱恋、委屈、压抑、哀伤,全部化作失声痛哭。

章骏的上衣几乎快要湿透了,他轻抚着林凡柔软的头发,低着头附在她耳边,心里五味杂陈,说不出是什么滋味,只是不断地低声说:"对不起,对不起。"

林凡哭得更厉害了,似乎要把所有的情感淋漓尽致地发泄出来。时间在这一刻似乎停止住,只剩多年的情感喷薄而出。章骏虽然伤感,却也带着几分庆幸:林凡绝不会走了。

天地豪情夜总会的包厢里,音乐奔放,脂粉纷飞,常坤举起酒杯,扯着嗓子大声说:"来,兄弟们,我们祝邱总生日快乐,身体健康,永远年轻!"

邱德州顶着大肚子,志得意满地和众下属干杯,转过身一拍云燕的丰臀,"宝贝,点一首《为了谁》,咱们来唱。"

趁着云燕去点歌的空隙,常坤坐在邱德州身旁,拿着酒杯诌媚地说:"邱总,我再敬您一杯,感谢这段时间以来您对我的支持和帮助。"

邱德州矜持地和常坤碰下杯,浅浅地喝一口,慢条斯理地说:"小常,主要是你能办事,我嘛,最喜欢有能力的人,拍我马屁的多得是,但我看都不看一眼,只要忠心、能干,那我没二话,绝对重用,只要我能吃上饭,就不会让弟兄们喝粥。"

面对邱德州,常坤和在章骏面前的沉稳老辣判若两人,陪着笑连声道谢,正如邱德州在下属面前风光无限,但见到霍副市长就立即夹起尾巴,小心翼翼一样。再威风的人,在更高的权力面前,都得装孙子,恭恭敬敬地喊一声爷。

邱德州挠着后脑勺,问:"那个记者把书写得怎么样了?"

"前期的资料收集和采访全部搞定,他开始写了,进度我在盯着,没问题的。"常坤拍着胸口,信誓旦旦地说,"一定将您的形象完美体现出来。"

邱德州放下酒杯,刚拿起香烟,常坤赶紧掏出打火机,啪地打起一束淡蓝色的火苗,半弯着腰,恭敬地送到邱德州面前。邱德州闲适地点上烟,吸了两口,慢腾腾地说:"听说那小子去找过宋广义?"

邱总的消息还真灵通。常坤不敢怠慢,说:"是,不知道那小子哪根筋搭错了,犯上记者的老毛病,说要多了解点情况,被我骂了一顿,让他别多事,按我们

坦白,告别沉默的伤害

给的资料去写就好。"

"宋广义有没有说什么?"邱德州不置可否,把烟灰一弹,继续追问。

"没有,他哪敢乱说什么。"常坤故作轻松,"他就是孙猴子,也逃不出邱总您的手掌心。再说那记者是我们请的,他们没什么交情,哪敢胡说八道。"

千穿万穿,马屁不穿,邱德州听得舒服,得意洋洋地笑着说:"别看宋广义那小子对我恭恭敬敬,都是表面文章,心里恨不得我早点下台滚蛋。靠,他也不看看自己几斤几两的功夫,还想和我玩?不自量力!他要敢乱说,看我怎么收拾他!"

"那是,那是,谁不知道邱总您才是公司的总舵手,唯一的核心。"常坤连连附和。邱德州挥挥手,打住常坤的话头,森然地说:"主意是你出的,人是你介绍的,这事你得给我盯紧,不能有任何差错,干得好是大功一件,要是搞砸了,让人看笑话,哼哼,小常,有时我也不是那么好说话的。"

常坤只觉得后背一阵发凉,暗自庆幸邱德州还不知道小六差点撂挑子的事,否则自己今晚就不会坐在他身边,看来对小六写的稿件得盯得更紧一些,别让这小子玩花样。他正打着主意,邱德州已笑眯眯地搂着云燕,引吭高歌一曲《为了谁》。

一曲终了,虽是鬼哭狼嚎,但掌声、欢呼声、叫好声却堪比张学友的演唱会,热情浓烈。又有几个人借机敬酒,云燕喝得有点涨,到后面的洗手间小解,又用冷水洗了一把脸,刚打开门,一个肉墩便用力挤进来,把云燕压在墙上,随手把门砰地关上了。

云燕猝不及防,吓一大跳,差点就叫出来,待看清楚是邱德州后,心才放下,拍着胸口说:"吓死我了,你干什么呢?"

邱德州胡乱亲着云燕,双手上下乱动:"宝贝,今天是我生日,你是不是得送我礼物?"

"没问题啊,晚上时间多得是,急什么!"云燕推推邱德州,娇笑着说,"你还怕我跑了?"

邱德州不满地说:"你最近是怎么了,我总觉得你不对劲。"

云燕不咸不淡地说:"我妈病了,唉……"

"生病而已,又不是死了,哭丧着脸干吗,晦气。"邱德州嘟囔着,"行了,待会儿我拿一万块钱给你妈治病,满意了吧?"

以前听到钱,云燕只感到兴奋,但此时却涌上一阵恶心,这是前所未有的感觉,费了好大劲才抑制住,没在脸上表现出来。邱德州搂着云燕就在脸上亲,还不忘炫耀道："再告诉你一件事,很快就有人给我出书了,到时我就是西港的大名人,没人不认识我。"

想起小六在给这样的人写书,云燕心里更是堵得慌。看她没反应,邱德州索然无味,边打开门,边骂骂咧咧:"你怎么跟个死人似的,半点意思都没,去,给我重新安排两个,要会玩的,老子好好爽一晚上。"

这是今晚最动听的一句话,云燕如蒙大赦,立即安排小姐,可是十一点多了,漂亮的小姐早就被挑走了,剩下的全是一般的货色,邱德州自然不满意。云燕动用了所有的关系,甚至调动了其他场子相熟妈咪的资源,费了九牛二虎之力,终于借来一对双胞胎姐妹花,虽然长得不算非常漂亮,但光是双胞胎这一亮点,就让邱德州双眼发光,其他人更是啧啧称奇。看着邱德州眉开眼笑、色迷迷的模样,云燕总算松了口气,差点就高歌一曲《解脱》。

邱德州急着和双胞胎开战,等到十二点吃完蛋糕就散场了。云燕应酬其他客人到两点多,下班时小姐们约她去吃夜宵,可不知怎么,她特别想小六,恨不得马上扑进他怀里,便找个借口推了约,拦了辆的士,飞快地往家里赶。

小六依旧枯坐在电脑前,手指在键盘上飞舞。云燕进屋后,把手袋一扔,双手环住他的脖子,嘴唇深深地印在他脸颊上。小六转过头,笑着说:"这么急啊?先去洗澡,这一章我马上就写好,一会儿我们再上演激情戏。"

云燕眼珠一转,只见小六写的正是邱德州传记,心中更是五味杂陈,强行拉着小六起来,一边脱两人的衣服,一边不依不饶地撒娇道:"不,我现在就要。"

完美的玉体在眼前展露无遗,虽然越来越熟悉,但吸引力却丝毫未减,小六亢奋如独角兽,挺枪急进,那饱满的感觉让云燕不由自主地发出满足的呻吟,内心的声音清晰无比,她终于确信:虽然不知从什么时候开始,但是自己已经爱上了这个男人。

不是玩弄,不是喜欢,而是爱,是明明白白、动人心魄的爱恋,这对云燕来说是如此陌生,没有一个女人不期待爱情,但当丘比特降临时,云燕除了幸福、激动,却还有几分恐慌和无助。所以她才要做爱,当和小六合为一体时,她才能排解掉内心的不安和恐惧。

在小六努力的冲击下,云燕的意识渐渐被快感所取代,她下意识地紧紧抱住这个男人,生怕他会从怀里溜走。海浪冲上高峰时,下一刻就是回落谷底,两人瘫软地依偎着,云燕舒服地靠在小六的胸膛上,问:"你上次不是说不写这个传记了么,怎么又开始写了?"

"我是不想写,可是这人是章骏的大客户,能影响章骏公司的生死存亡。得罪他,我就是赔些钱,但要是害得章骏公司倒闭,那我可太不仗义了。"小六无奈地回答,"我不是为了稿费在写,而是得替章骏完成他的承诺。"

"原来是为了朋友,你对他可真好。"云燕有点酸溜溜地说。

"我们是兄弟,他介绍这活给我也是想让我赚点钱,我怎么能反过来害他。"小六叹口气,"不过邱德州真不是什么好东西,我写这文章真是憋屈,没有灵感,就是勉强在码字,我自己看了都觉得害臊。"

"那是,他太不是东西了。"云燕深有同感地附和,随即发现自己反应过激了,怕引起小六疑心,赶紧解围,"不说别的,只看照片就知道不是好人,一脸奸相,肯定一肚子坏水。"

小六倒是没多想,只是叹气。云燕抬起头看着小六,眼中充满期待地说:"你对兄弟那么好,那对我呢,会比他们更好不?"

"你是我老婆啊,对你肯定最好,他们怎么能比。"小六突然想起一事,拿起扔在地上的裤子,掏出一叠钞票,"我赚的稿费,你拿着用。"

"稿费? 怎么这么多!"云燕又惊又喜。

"嘿,要赚不了钱,那我每天不是白写了?"小六迎着云燕的目光,自豪地说,"我写的小说《西港岁月》,通过《南方评论》的编辑帮我联系了一家出版社,很快就要出了,这是他们付的订金。"

"那太好了,你终于要出书了,成作家啦!"云燕也很兴奋,只是看着小六瘦骨嶙峋的身体,心中一酸,爱怜地抚摸着他的脸庞,"老公,你要写多少字,才能赚这些钱啊,看看,又瘦了不少。"

"我向来这样,能瘦到哪去。"小六很不在乎,搂着云燕的香肩,亲吻她的额头,"老婆,就像上次说的,我会更加努力写作,赚更多的钱。你不要去上班了,还是找份正经的工作,钱赚少点无所谓,我来补齐。"

想起几个小时前在洗手间的一幕,云燕心里隐隐作痛,更加用力地抱住小六,说:"好,我听你的,一边找工作,一边减少去上班的次数,每天早点回来陪你,好不? 你也别太累了,钱我这里还有,够我们生活一阵了。"

小六开心地连连点头。让云燕脱离夜场,是他最大的心愿,只要能实现,那自己的付出又算得了什么?

20. 名声，是长久的也是短暂的

　　紧张筹备了半年时间的信息产业博览会即将开门迎客，整个西港市变得空前繁忙。省委书记、省长双双出席，还有其他国家的政府代表、驻华大使和世界五百强信息企业的董事长、首席执行官参观助阵。一夜之间，贵宾纷至沓来，连全球最大软件企业科讯公司的董事长迈克尔也大驾光临，更为盛会添彩不少。而开幕式前一夜的大型晚会，将有百余位明星汇集，大腕一个接一个登场，令西港的追星族和娱乐媒体乐昏了头，一个个激动万分，四处打探消息，在机场、酒店、演出场所围追堵截，尖叫声连连。

　　西港举办如此规模的盛会，在中央党校学习的文市长专程请假赶回来，和郑书记一起作为地方的党政领导人出面接待贵宾。而作为信博会的实际负责人和操办人，霍副市长才是运作的核心，虽然忙得几天没怎么合眼，但霍副市长依然精神抖擞，坐镇信博会筹备小组大本营，运筹帷幄，对报上来的事情一项项给予解决，指挥若定。而魏日东这几天寸步不离地陪在霍副市长身边，听候他的指示，睡觉成了奢侈的事情，只能偶尔抽空打个盹，加起来合眼的时间还不够八个小时。他眼袋沉重，累得脑子里一片混乱，屁股一沾上椅子，眼皮就恨不能合在一起，只是领导都没休息，他只能硬撑着，心里不断默念：苦不苦，想想红军两万五，借革命先烈的英雄事迹激励自己，并不时喝咖啡，泡浓茶，拧大腿，洗冷水脸，用尽百种方法，只为熬过这艰辛的一周。

　　接到霍超的电话，魏日东抽了个空，来到办公楼后门外，上了车，有气无力地说："兄弟，我只有五分钟时间，有什么吩咐，说吧。"

　　"哥，你也太不禁磨了。看我家老爷子，一大把年纪，可熬上几天和没事人一样，还生龙活虎的，估计打两炮都不是问题。"霍超打量着魏日东，笑着打趣说。

　　"别拿我和霍市长比，对老爷子的体力和精力，我自愧不如，佩服得五体投

手
腕
"地。"魏日东苦笑着,由衷地说。

霍超笑着打开车里的箱子,拿出一袋装有黄棕色、一根根约十厘米左右长、如虫状的物品塞到魏日东手里,说:"知道你辛苦,这是半斤冬虫夏草,每次拿点煮水喝,包你龙精虎猛。"

魏日东偶尔见过市里的几位领导杯里泡着冬虫夏草,霍副市长也喝过几次,对这个比黄金还贵的东西,他早有耳闻。看上去不起眼的一小袋,就是几万块钱,没想到自己居然有享受这好东西的福分。霍超又拿出一个薄薄的信封,郑重其事地说:"晚上你去演出场地,把这个交给林馥,如果接近不了她,至少要让助理交给她,就说非常重要,一定得到本人手里。"

"好,交给她我没把握,交给助理问题不大,我去后台的机会还是有的。"魏日东一口答应了下来,掂掂信封,突然起了好奇心,半真半假地问,"不会是玩支票这老一套吧?"

"支票?我没那么俗。"霍超傲然地说,"到林馥这个层次的明星,钱就是个数字大小的问题,想让她们上床可以,要让她们动心可就难了。要玩就得玩绝的。"

"呵呵,你说得我都感兴趣了,要能把红遍亚洲、难以接近的林天后泡到手,我写个大大的'服'字给你。"魏日东把信封放进口袋,下车时向霍超一扬手,"谢了。"

"我要能成,你就是大媒人。"霍超戴上墨镜,恢复了一贯的嬉皮笑脸,"到时我送双爱马仕的皮鞋给你。"

目送着霍超开车扬长而去,魏日东脱下西装搭在手上,将那袋冬虫夏草包在里面,确保不会有人从外观上发现破绽后,才一路小跑地回到办公室,放进桌子里,一根一根地数了几条后放进壶里煮十分钟,倒出来后,如获至宝地喝上一口,只觉余味绵长含甘,也不知是心理作用还是确有奇效,精神萎靡的他陡地一振,大发感叹:好东西就是好东西啊!

悠扬的手机铃声打破了小房间的宁静,虽然已是日上三竿,但对两只夜猫子来说,却是睡得正香的时候。小六将被云燕枕着的手臂抽出来,摸索着从床头柜上拿起手机,看也没看号码,迷迷糊糊地按下接听键,"哪位?"

"刘老师,你好,我是老汪。"一声成熟的男中音传来,"没打扰你休息吧?"

"汪编辑,你好。"听到《南方评论》编辑汪凯的声音,小六突然清醒了,从床上坐起来,打起精神掩饰说,"我一早就起床了。"

"那就好,我就担心影响你休息,不敢太早给你打电话。"汪凯说,"你写的几篇稿子,文笔犀利,观点独特,洞察透彻,体现出很高的水平,读者反响非常好,领导也满意,我们初步决定,想给你开一个专栏。"

小六再无半点睡意,脱口而出:"真的?!"

"是的,我已经在办申报手续了,等审批通过后,会和你敲定细节,签订合同。"

"谢谢,太谢谢您了。"小六又惊又喜,激动万分。汪凯笑声朗朗,说:"这是你个人实力的体现,不用谢我。除了开专栏,我还有一个选题,想让你来操作,到时在专栏上进行连续报道。"

"请讲。"小六尽力控制着情绪,但嘴角的肌肉却是不由自主地左右咧开,无声地笑着。

"信博会即将在西港市开幕,我们想以此为典型,由点及面,透视展会热。"汪凯的声音沉下来,缓缓地说,"现在国内城市不顾自身的实际情况,一窝蜂地办各种展会,只为出风头,吸引媒体眼球,当做官员晋升的台阶,规模越搞越大,浪费的资源越来越多,泡沫越吹越大,而实际产生的效果和收益却可以忽略不计。比如西港市,作为国内的二线城市,不管是政策、环境、人才还是资源,都不具备搞信息产业的实力,偏偏耗费巨资,来打造所谓的信博会,其实是劳民伤财,只为个别人脸上贴金,该引起国家和社会的重视了。"

听到沉重的主题,小六冷静下来,点头说:"没错,确实有这股风气。好,我一定尽力写好这个专题,争取挖掘出深层次的问题,敲响警钟。"

"这正是我们的初衷。"汪凯欣然地说,"希望你能将问题剖析清楚,越细越好。只有振聋发聩,才能引人深思。"

"好。"小六的雄心壮志一下子被激发起来,斩钉截铁地说,"我会全力以赴,一定不负所托。"

挂了电话,刚才的兴奋重新燃烧起来,小六恨不得跳起来大吼几声,用力摇醒云燕:"宝贝,快醒醒,和你说件大喜事。"

"你买彩票中五百万了?"云燕朦朦胧胧地说,"别闹,那也待会儿再说。"

看着云燕转过身,将滑溜溜的玉背对着自己,小六无奈地摇摇头,用力地往空中挥舞拳头,一句话在脑海中闪现:守得云开见月明。

魏日东下午陪霍副市长到演出场地视察,舞台、灯光和音响全部准备完毕,演员正按顺序彩排,很多以往经常出现在电视屏幕上的明星,此刻正活生生地在

名声,是长久的也是短暂的

眼前唱歌跳舞，由于没化妆，他们大部分都戴着大墨镜，还真难以让人辨别出谁是谁。要是换在十几年前，血气方刚的魏日东肯定万分激动，好好把握机会，拿着本子挨个找明星签名，但此时他却平静得很，对这些粉丝们崇拜如天人的偶像们视若无睹，亦步亦趋地跟在霍副市长身后，听取晚会总导演和文化局长的汇报，对晚会细节进行最后检查。

艳阳高照，又是下午三点钟，一天当中最酷热的时候，霍副市长虽然大汗淋漓，却情绪高涨，专门走到领导席中间，不厌其烦地试坐座椅，并让高个子的工作人员到前排坐好，确认不会挡住领导的视线后，才满意地起身离开，对筹备工作着实赞扬一番。魏日东清楚，领导之所以心情甚佳，主要是因为一个潜在的隐忧基本解除了。大型户外活动最怕下雨，一旦天公不作美，效果就将大打折扣。为这，霍副市长要求气象局天天报告天气状况，这两天更是精细到两小时一次。

晚上在西港市迎宾馆三楼举行晚宴，省委领导、市委常委和五套班子负责人出席。市领导的秘书们没有资格列席宴会，在二楼另开了两桌工作餐，随时待命。没有领导，秘书们放松很多，一边吃着饭，一边海阔天空地侃大山，荤的素的段子满天飞，就是不谈政事。这是潜规则，圈子就那么大，领导们难免在工作上有冲突，在竞争时有较劲。作为领导的身边人，秘书们个个精明，懂得把握好分寸，谁也不敢将工作上的事透露半点口风。说笑可以，论政免谈，政治无小事，更何况背后站着能量各异的大人物，一点不经意的小纰漏，只要让有心人加以利用，就是一股刮得人仰马翻的龙卷风。

虽然有冬虫夏草在发挥功效，但魏日东实在太疲劳了，毫无胃口，随便吃了几口饭，喝点汤，就到隔壁找了间小包厢，靠在椅子上打盹，刚要进入梦乡时，手机就像死活不给他时间休息似的，铃声大作。这种时候来电话往往不是好消息，纵然心里骂娘，魏日东却只能不情不愿地拿起手机，说："你好，哪位？"

"我是文化局的辛庆国。"辛局长的声音火急火燎，就像看着熊熊烈火在赤壁燃起的曹阿瞒一般，急迫地说，"我有急事汇报，小魏，赶紧替我找霍市长。"

找我办事，却用这种命令式的口气？魏日东立马心里不爽，要换了平时，随便找个借口都能不着痕迹地给他顶回去，让辛庆国碰点软钉子。只是在这关键时刻，他却不敢怠慢，要真误了什么大事，问起责来，自己的仕途就别想了。于是他咽下一口气，不咸不淡地说："霍市长正在接待客人，有什么事你说，我马上向他汇报。"

"林馥乘坐的飞机因为首都机场空中管制误点了，航班刚刚起飞。"辛庆国的声音嘶哑，扯着喉咙，气急败坏地说。为了晚会，他忙得屁股沾不上椅子，每天打电话,接电话,大事小事弄得他焦头烂额,声带受损得厉害,连家里人都听不出他的声音。魏日东听完倒吸一口冷气,浑身汗毛直竖。

　　林馥在西港出生,十二岁时随父母移居香港,十六岁在音乐界出道,不但长得清丽脱俗,更有一副犹如天籁般的嗓音,很快便技惊四座,犹如一朵奇葩,为低迷的唱片市场注入了强劲活力,她演唱的歌曲稳居各大排行榜首位,横扫各种奖项。尤为难得的是,她转投影视界后,凭着精湛的演技,又拿下顶级电影展的影后桂冠,年纪轻轻就已成为毋庸置疑的天后级人物、巨星中的巨星,影响力无可比拟,是华人的骄傲。

　　作为西港屈指可数的标志性人物之一,这次在家乡举办如此盛会,林馥是组委会一早就定下必须请到的人物。可这位大明星实在太忙,行程多变,组委会费尽九牛二虎之力,好不容易才与她的经纪公司签下合同。可她作为今年德国电影展的评委,必须先从柏林坐飞机到北京,再转机到西港,正常航程是晚上八点抵达,再坐一个小时的汽车赶到晚会现场化妆,十一点整压轴演出。时间本就不宽裕,稍有延误就很麻烦,这也是组委会的一大心病。下午听说柏林的飞机准时抵达北京,大家才稍松了一口气,没想到最担心的情况还是来了。这次晚会林馥是最大的亮点,宣传照上她位于最中心的位置,大部分观众眼巴巴地等了一整晚,就为了一睹天后的风采,要是到最后她没有出现,非成为大笑柄不可,不知道有多少人得为之官帽落地。

　　魏日东的睡意全被吓跑了,飞快地奔向宴会厅,出示工作证进入后,看见领导们正在敬酒,虽然他紧张得手脚僵硬,却只能装作若无其事的样子在角落里等候,脸上还得挤出一点笑容,不让人看出半点破绽。好不容易等到霍副市长入座,他赶紧上前凑到领导耳边,用极低的声音说了两句。霍副市长的身体轻轻一颤,脸上却是笑容可掬,轻描淡写地向魏日东挥挥手。魏日东心领神会,退出宴会厅,在门外等待。

　　只不过两三分钟,但对魏日东来说却如一二十个小时那么漫长,只恨不能推动时间快走。门开了,霍副市长大步流星地走出来,每走一步,脸上的笑容就减一分,很快就晴转多云,多云转阴,向魏日东招招手,走进旁边一间无人的包厢,低声问:"飞机几点到?"

　　"九点。"魏日东心里早就默算过几遍线路和时间,"晚上市区不会塞车,从机场到晚会场地一个小时,最顺利的话十点钟赶到。"

　　"没有顺利不顺利一说,十点钟必须赶到。"霍副市长略一沉思,不容置疑地发话，"让马师傅开车送你去机场，直接在停机坪接林馥，第一时间赶回来，争取在车上先化好妆，做好直接上台的准备。"

魏日东点头。霍副市长刚要走出门，忽然又转过身来，眼中威势逼人，盯着魏日东，吐出来的字重若千钧："我派辆警车和你一起去，必要时让警车开道，总之今晚一定要让观众看到林馥，这是军令状。"

魏日东心中发寒，用力一点头，看着霍副市长转身又走进大厅，一股使命感和悲壮的情绪涌上心头，只是他已顾不上去体会，拿起手机，立即开始联系相关人员。

由于霍副市长已经和机场联系好了，马师傅开着车畅通无阻地进入停机坪，这是迎接重要领导人才有的待遇。还有四十分钟飞机才抵达，魏日东坐立不安地待在车里，神经质地不断看手表。觉得气氛过于沉闷，马师傅打开收音机，晚会已经开始，西港电台正在转播现场盛况，歌声飘扬，掌声、尖叫声此起彼伏，现场热烈的气氛通过音响传来，仿佛近在眼前。

手表的指针一分一秒地走动着，魏日东心里七上八下，歌星们的演唱在他听来就是噪音，心神愈加烦躁。他干脆走出车外，望着黑蒙蒙的天空，突然有一股强烈的抽烟冲动，他条件反射地将手伸入口袋，一摸却是空空如也，他这才记起已戒烟好久，不由得摇了摇头，苦笑着自嘲：魏日东啊魏日东，你怎么阵脚大乱起来了？你的办事格言不是越遇大事越要冷静吗？知易行难，知易行难啊！

他在车子周围来回踱着步，吹着夜晚的冷风，想让心里的担忧和恐惧尽快驱散。这时，一架飞机从天际出现，带着巨大的轰鸣声呼啸而来，在西港机场上空徘徊，等待降落的指令。魏日东眯着眼，尽全力想看清楚机型，但光线实在太暗，只能放弃，赶紧拨通机场同学的电话，过了一会儿得到证实：那确实是来自北京的航班。

飞机在跑道上顺利降落，平稳地滑行了好一会儿才停住。魏日东回到车上，跟着机场的引导车靠近飞机。他立马拨打林馥经纪人的电话，但打了三次全是关机，急得魏日东如热锅上的蚂蚁，不住骂娘，要是联系不上，林天后直接走机场的贵宾通道出口，那不但浪费了领导的一番心血，最要命的是耽误了宝贵的时间。还好，他拨出第四次电话时终于打通了，由机场工作人员引导着上了飞机，让人望穿秋水的林馥就坐在头等舱第一排，真人看起来比屏幕上要瘦小得多，五官却看不清楚，她戴着的大墨镜遮住了一半脸庞，基本看不清脸上的表情，明星风范十足。

魏日东顾不上欣赏,把情况对刚走过来的经纪人说明。经纪人低声在林馥耳边说了几句,林馥只是一点头,站起身来,一言不发地跟在魏日东身后走下飞机。经纪人、化妆师和私人助理紧随其后,贵宾通道她们经常走,但直接把车开到飞机下接人的待遇,倒还是第一次享受。

等林馥走到车边,魏日东低声和经纪人商量:"我们还有一个小时的车程,赶到现场后再化妆时间会很紧,能不能让化妆师在车上先为林小姐化妆?"

经纪人瞥了魏日东一眼,阴阳怪气地说:"这不太好吧,车上颠簸,灯光不足,化妆可是门细致活,一点差错都不能有,要是待会儿化不好,展现不出林小姐最好的一面怎么办?"

"不会的,开车的师傅技术非常好,保证平稳得和在化妆间一样。"魏日东强调说,抬起手腕,让经纪人看看时间,继续解释,"到现场最快也要十点,只剩一个小时只怕也化不完吧?"

经纪人板起脸,刚要拒绝,沉默的林馥突然开口,她的声音很轻,却透着清澈,不带半点杂质,正如她的歌声,悦耳至极:"好吧,就让小美在车上先帮我化点基础的,要不然待会儿恐怕时间真的不够。"

她一锤定音,经纪人自然不好反对。林馥、化妆师坐在第二排,经纪人坐在副驾驶位,私人助理坐第三排,魏日东则坐在跟来的警车里,在前面开路。开车的警察约莫二十多岁,上了机场高速,兴致勃勃地试探着说:"后面跟着的就是林馥?魏秘书,我女朋友最喜欢她了,要是待会儿能要到签名,她不知道会高兴成什么样!"

车子在高速路上飞驰,魏日东紧悬着的心稍微落下,紧盯着前面的路况,不以为然地说:"明星有什么啊,又没长三头六臂,既不少个鼻子,又不多双眼睛,也就是在屏幕上光鲜罢了,私下还不是平常人一个,很多人化上妆比明星还漂亮呢。"

警察刚要接话,魏日东打断他的话头,说:"时间太紧了,要保证她十点钟到现场,你先开车,待会儿我尽量帮你要个签名。"

"没问题。"一听说能要到签名,警察兴奋起来,全神贯注地掌握着方向盘,半个小时便顺利下了高速,和魏日东预计的一样。很多市民都在家里欣赏晚会,市区的车辆少,道路宽敞,连全市最繁忙的交通主干道淮海路都畅通无阻,拐上华山路,再走滨海大道,十分钟就能到达演出场地。

看看手表,才九点四十分,魏日东呼地松口气,还没来得及把心情调整过来,警察突然开口:"前面好像出事了。"

魏日东抬头望去,只见眼前华山路路口的汽车排成长龙,一动不动,他的心不由得一凉,先让警察把车停到路边,不要靠近,然后急声问:"怎么回事,这路口很少堵车啊!"

警察拿起对讲机和总台联系后,说:"是醉驾导致的车祸,伤者情况很严重,路封了,交警正在处理,救护车也来了。"

"什么!"魏日东近乎失态地大声叫嚷,"路封了?谁让封路的!立即和他们联系,不管怎么样,先让我们过去再说!"

警察伸手一指前方,无奈地摇头,"来不及了,就算现在解除封路,我们又不能飞过前面这些车,最快也要十五分钟才能通过。而且严重车祸的事故现场如果没处理好就被破坏,以后一旦出现什么问题,责任是很大的。"

"如果林馥不能按时赶到现场,那将是天大的问题,更不是你我承担得起的!"魏日东脸上的肌肉扭曲,心脏怦怦乱跳,太阳穴隐隐作痛,他强迫自己冷静下来,不住地深呼吸,脑子飞快地转动,猛地灵光一闪,迫不及待地说:"我们走人行道,那儿有条小巷子可以通往解放路,再走八一路,出去就是滨海大道。"

"但八一路是全省的样板步行街,不让车走,入口处有阻碍物,得联系管理处,让他们把路障撤走,我们才能通过。"警察很冷静地说。

"这个我来处理。"曙光乍现,魏日东的思路转动得更快了,"你把警示灯和警铃打开,在前面开路。"

"好。"警察按下开关,刺耳的警铃声顿时大作,红蓝两色警灯飞快转动起来,车子加大油门,直接驶上人行道,拐进一条仅容一辆车通行的小巷子。魏日东向后望去,确定马师傅驾驶的汽车紧紧跟随,他便拨通八一路所在滨海区区长助理的电话,"王助你好,我是市委小魏,我正陪一位信博会贵客要赶到晚会现场,但华山路出交通事故封路了,必须走八一步行街,麻烦您赶紧让那儿的管理人员撤去街口的路障,让我们过去……对,我们现在有警车开道,大概十分钟之后到八一路,贵宾非常重要,耽误不得,谢谢!"

只听魏日东火烧眉毛般急切的声音以及信博会贵客的身份,王助理就知道事关重大,赶忙联系步行街的负责人,令其马上处理。路障很快撤去了,步行街上的游客看到一辆嘶鸣着的警车和一辆商务车在严禁车辆行驶的招牌下耀武扬威地呼啸而过,一些走在路中心的行人根本没想到会有汽车快速驶进来,仓促间手忙脚乱地躲避开,不少人狼狈不堪,对着车子远去的影子竖起中指,破口大骂。

魏日东已经顾不上市民的骂声,他在意的是要完成霍副市长布置的任务,对他来说,现在分分秒秒就是在上演一出真实版的美国大片——《生死时速》。还好,出了步行街就是六车道的滨海大道,会场周围已经封路,交通再无阻滞,车子驶到晚会后台入口时,不早不晚正好十点。

林馥下了车,由早就等候在门口的工作人员引导进入后台。魏日东彻底放下心来,长长地舒了一口气,还没来得及向霍副市长汇报,就想起霍超交代的事,他跟在经纪人身边,从贴身的口袋里拿出信封,露出笑脸说:"这是我一位朋友送给林小姐的礼物,请您帮忙转交。"

经纪人接过薄薄的信封,一脸狐疑地说:"是什么礼物?"

"我也不清楚,他说非常重要,林小姐看了就会明白。"魏日东递了张名片给经纪人,加重语气说,"我这朋友是实在人,他绝不会随便忽悠林小姐的。"

看到魏日东是市长秘书,经纪人的口气缓和不少,将信封放在手袋里,轻描淡写地说:"好吧,我会转交给林小姐,不过送她礼物的人实在太多了,她可不是每件都收,如果她不喜欢,我再退给你。"

魏日东连连道谢,转身便急忙来到主席台一侧的霍副市长耳边,低声说了三个字:"她到了。"霍副市长没开口,只是会意地点点头。找到自己在观众席的座位坐下,魏日东紧绷了一整夜的情绪还没彻底松弛,心里乱糟糟的,精彩的表演根本看不进去,呆坐了一会儿,拿出手机,给闻雪发条信息:来看演出没?

闻雪很快回复:没有,我父母不喜欢人多的场合,在家看电视呢,票给小典了,谢谢。

好不容易搞来的票没能把佳人请来,难免有失落的感觉,魏日东简单地回了"不客气"三个字,便靠在椅背上,茫然地看着舞台,好像想了很多,又好像什么都没想。忽然一阵震耳欲聋的声浪响起,掌声如雷鸣般轰响,在主持人竭力的呼喊声中,光彩照人的林馥从舞台中央缓缓升起,全场观众近乎疯狂,用尽全身力气呼喊着林馥的名字,将晚会的气氛推到了最高潮。

听着林馥的歌声,魏日东的眼眶竟有些湿润,如释重负的解脱感在这一刻分外真实,这几个小时中发生的一切是如此惊心动魄,大起大落,绝处逢生,就像坐过山车,刺激惊险,让人根本不愿意再经历第二次。

第二天上午九点整,简单而隆重的信博会开幕式在西港国际会议中心举行,作为组委会执行主任,霍副市长主持了开幕式,省长、市委书记和与会企业代表分别致辞。在记者们此起彼伏的镁光灯中,在电视屏幕前西港市民的见证下,随着几位主礼嘉宾按下开关,舞台中间一扇古色古香的大门缓缓打开,礼炮冲天鸣

名声,是长久的也是短暂的

放,鸽子展翅高飞,气球飘扬而起,锣鼓喧闹震天,筹备了半年之久的信博会正式拉开帷幕。

腾驹信息产业有限公司的展台面积不大,但位置极佳,正好在通往 B 区的必经之路上。章骏很满意,暗赞魏日东办事靠谱。展台布置得颇费心力,以红色为主色调,别出心裁地点缀上西港的市花作为背景图案,一匹骏马撒开四蹄,"专业"和"精准"四个字巧妙地组成双翼,眼看着就要腾空而起,直冲云霄。背板上写了八个大字——西港精神,自强不息,这是昨晚看新闻时,听到省委书记在讲话中激情昂扬地说了这句话,章骏灵机一动,连夜赶工加上去的。电子屏幕上循环播放着腾驹软件的功能介绍,三位从西港大学请来兼职的漂亮小妹负责发放传单,章骏坐镇现场,林凡、刘小南、许秋璇等骨干全部出动,应付客商的咨询,忙得不亦乐乎。

看着涌动的人流,章骏热血沸腾,踌躇满志的兴奋让他不能自已,他眼巴巴地盼望着领导能来参观,他很清楚,只要领导在展位前站一会儿,就会有更多的人从新闻中认识腾驹,而拍到领导关注腾驹的照片,就是最有价值的企业宣传片。只是会场大,参展的大企业又多,虽然腾驹占据了一点地利的条件,但要在大佬中找到个小喽啰,让被前呼后拥的领导们发现腾驹,也不是件容易的事。

而作为西港唯一拿得出手的软件企业,太极软件拥有得天独厚的优势,展位在腾驹的西面,相隔虽远,但面积却大上四倍,以标志性的阴阳符号为标志,装修风格充满古色古香的中国风,韵味十足,将古老的《周易》和现代化的管理混合交融,风格别树一帜,更加引人注目,很多记者在那边拍照,估计已经有领导在那儿参观了。和它比起来,腾驹再怎么用心,还是小弟弟的角色,相形见绌。

和一位深圳客商接洽完,章骏拧开一瓶矿泉水,正想喝一口,只见人群如潮水般涌动着过来,摄像机和照相机跟着转,省委书记在腾驹展位前停住脚步,端详着背景板上的大字,眼神一亮,笑着说:"自强不息,很好!"

章骏快步迎上去,恭恭敬敬地说:"曹书记好,对于我们规模不大的中小企业来说,只有自强不息,努力奋斗,才有做大做强的机会。"

曹书记微笑着点点头,伸手接过章骏递过来的宣传材料,询问道:"腾驹信息产业有限公司,成立多久了?"

"成立三年了,主营业务是企业管理软件,希望通过我们高质量的产品和完善的服务,为推动企业的信息化管理贡献一份微薄之力。"在众人的重重包围下,在一群领导的注视中,在照相机和摄像机的镜头前,章骏反倒不紧张了,沉住气一字一句清晰地回答。

曹书记的眼光往章骏身上一扫，饶有兴趣地说："你是公司的创始人？"

"是的，我大学毕业后没多久就成立了这家公司，经过三年的发展，不敢说取得了多大成就，但也帮助本市的一些企业实现了信息化管理，获得了客户的一致赞许。"章骏面不红、心不跳地侃侃而谈，大打广告。

"年轻有为，敢想敢干，不错！"曹书记转头对身边的郑书记、文市长等一干西港领导兴致勃勃地说，"城市和企业其实是一个道理，要想有大发展，人才是关键，尤其是年轻人，有创意，有想法，敢于行动，不怕失败，朝气蓬勃，往往能开创出一片新的天地，而作为政府，我们更要大力支持！"

郑书记马上附和："是的，我们以往的信息产业基础比较薄弱，虽然有像太极软件这样的龙头企业，但像腾驹这样经历过市场磨砺，有好产品、好技术的企业才是未来发展的希望，我们会出台相关政策，尽力帮助这种有潜力的企业快马加鞭地发展起来，毕竟一枝独秀不是春，百花齐放春满园嘛。"

曹书记亲切地伸出手和章骏一握，鼓励他说："努力啊，年轻人，信息产业是西港市未来的重要支柱，正因为基础差，所以能够发挥的空间才大，我期待着下次看到你交出更好的成绩单。"

这一瞬间，相机的快门声此起彼伏。章骏握着曹书记的手，露出激动的表情，满怀信心，慷慨激昂地说："有政府做我们强有力的后盾，有政策的支持，我有信心让公司越办越好，不负领导所托。"

曹书记点点头，迈开脚步继续参观，省长、市委书记、市长也都礼节性地和章骏握握手，郑书记还拍拍章骏的肩膀，勉励一句："加油，为西港增光。"

目送领导们走进 B 区，腾驹的工作人员围过来，个个兴奋得眉开眼笑。刘小南将手里的相机调到章骏和曹书记握手的那一张，说："老大，你说得好，我拍得也不错吧。"

章骏抹抹额头的汗水，如释重负地长出一口气，将相片仔仔细细地翻看两遍，一个念头油然而生，拿着手机挤出场外，找了一个没什么人的角落，打通魏日东的手机，说："今天怎么没见你到会场巡视？"

"靠，你也不看看巡视的是什么级别的领导，霍市长都没有说话的份，我去提鞋都不配，只能在办公室待着呗。"魏日东说。

章骏刚把曹书记到腾驹展位参观的事说完，魏日东便艳羡地说："这可是大好事啊，你小子是心想事成，以后把照片往办公室一放，那可是绝好的宣传材料。"

名声，是长久的也是短暂的

"是啊,我正想着好好利用一番。"章骏说,"报社那边你不是有关系么,找个记者来帮我写篇专题报道好不好? 内容我想好了,就以腾驹为例子,写中小型计算机企业如何生存发展,这也是配合信博会的主题和领导的讲话精神吧。"

"行啊你,把握机会的能力够强的。"魏日东揶揄一句,说,"只是这事你找错人了,得找小六,这是他老本行,报社的关系,我能深得过他?"

"是他的老本行没错,但要说关系,你绝对比他深。他那人,只会写文章,哪会搞关系?"章骏不以为然,"他要能维持好关系,还用得着出来?"

"那你就错了,瘦死的骆驼比马大。他再没关系,认识的同事和同行也多得是,介绍几个给你认识就和喝水一样简单,难道这点忙他还会不帮吗? 只要你给点钱搞定记者,不就水到渠成了?"魏日东喝口水,接着说,"我哪有什么报社的关系,真要去找人还得绕几圈,人家就算给我面子,欠下的人情我早晚得还。你这是花钱就能搞定的事,何必乱折腾呢?"

章骏不得不承认魏日东说得在理,人情债确实比金钱债更难还,付出的代价往往更大。他便拨通小六的电话,响了好几声都没人接,只好先作罢,转身走回展位,却见一个瘦削的身影坐在旁边的椅子上翻看着资料,那感觉就像一句千古流传的诗词所写的:众里寻他千百度,蓦然回首,那人却在灯火阑珊处。章骏又惊又喜,走过去用力一拍对方的肩膀,说:"我正打手机找你呢,你小子怎么跑这来了?"

小六抬起头,掏出手机看了看,说:"没事就过来看看,人多没听到手机响。你找我什么事啊?"

"这里不好说话,我们到外面去。"章骏和小六前后脚走到馆外,开门见山地说,"我想让你介绍一个记者帮我写篇专题报道。"

小六并不意外,斜睨他一眼,"就为刚才省委书记在你那儿站了一会儿,说了几句话?"

章骏冷不防地吃了一惊,问道:"你刚才在场?"

"在外围,远远地看着,领导身边是靠近不了的。"小六不咸不淡地说。

"那我就不用多说了,我想好好宣传一下,知道你小子最讨厌写官样文章,也就不为难你了,介绍个同行给我操刀就好,不过要快,最好是今天,过了信博会的热潮,效果就差多了。"

小六想也不想,爽快地答应下来:"可以,我晚上就给你介绍一个日报社的同事,要怎么吹捧,你们去商量。不过,你也得帮我一件事。"

"你说,上刀山下油锅我也认了。"章骏拍着胸口说。

"我想要你们公司参加这次信博会的数据,包括展位费、人流量、接待的客户数、能进一步接洽的客户,乃至最后通过信博会真正进入实质商谈的客户。"小六扶了扶眼镜,双手交叉着抱在胸前,慢条斯理地说。

章骏着实愣住了,眨着眼睛,疑惑地问:"你要这些干吗?"

"不瞒你,我也在写篇报道,要用到数据。"小六说,"你放心,不会出现腾驹的名字,我只是对数据进行分析整理而已,我刚去找叶琳,她答应了。"

对小六的写作计划,章骏向来不关心,听到叶琳的名字,更觉得不舒服,便随口应承了下来:"行,那等我把数据整理出来就发给你。"

两天后,关于腾驹信息产业有限公司的报道正式见报,配发省委曹书记和年轻创业者章骏亲切握手并给予热情勉励的大幅照片,高度评价了腾驹创立三年来,通过艰苦奋斗所取得的一系列成绩,尤其是斥巨资收购赫赫有名的及时雨软件,壮大公司实力,不愧为西港信息产业界一颗冉冉升起的新星。整篇报道图文并茂,记者不遗余力的吆喝,将腾驹的形象塑造得前景不可限量,而章骏隐约就是未来的比尔·盖茨和乔布斯。华丽的文风和吹捧的词藻,看得章骏浑身直起鸡皮疙瘩,刘小南和许秋璇窃笑不已,连不动声色的林凡眼中都浮起了笑意。

虽然是歌功颂德的马屁文章,但宣传的目的达到了。省市两级领导的关心支持,新闻报刊的大力吹捧,不为人知的腾驹此刻名声大振,而章骏的创业历程也成为百姓茶余饭后的话题,有大中专院校联系章骏,邀请他到学校与同学们分享交流创业历程,给年轻人一点启示。对这些,章骏全都推掉了,文章里面有多少水分他清楚得很,而自己有几斤几两他掂得很明白,要真碰到行家,没几句就会露出老底来。泡沫易破,最好的方法就是不要随便动,由着它散发出动人的光芒。反正他要的只是一炮打响腾驹的知名度,为以后打单铺好路。

五天时间匆匆而过,声势浩大的信博会如期结束。不用说,成果是丰硕的,投资意向、采购意向、项目合作意向等大大小小的单子总价值超过六亿。当然,明眼人一看就知道所谓的意向,说穿了就是点缀气氛的大气球,在空中飘飘荡荡,看着漂亮却遥不可及,一落地就是被戳破的命运。实打实推出的大项目只有三个:一个是西港市政府投资五百万元,对各政府部门老化的电脑硬件全面更新换代;一个是西港市商业银行系统的升级;另一个就是日鑫集团预算高达一千万元的企业信息系统招标。

成为大会焦点的邱德州,神采奕奕地站在台上,唾液四溅,慷慨激昂,宣布日

名声,是长久的也是短暂的

手
腕

鑫集团作为西港市国有企业龙头,将响应政府号召,实行企业信息化改革,导入全面的信息化管理系统,提高集团的运营和管理效率,欢迎中外符合要求的厂商参与投标。

这是西港信息产业界有史以来标的最大的单子,引起台下掌声雷动,邱德州意气风发,咧着大嘴。有名,有利,不管是谁夺标,属于他的那块饼,都不会掉到别人嘴里。

21. 秘密,只有守得住才能得到更多

信博会结束后不过二十天,省委一纸公文下达,文市长调任省水利厅厅长,霍瑞生任西港市市委副书记、代理市长、市委常委。沸沸扬扬的传言终于变为现实,并未在政界引起多大的震动,在很多人眼中,这就是瓜熟蒂落,水到渠成的事情而已。只是没两天就有新的传言,市长的位置对霍瑞生来说只是过渡,郑书记两年后就到退休年龄了,要到省政协担任副主席,市委书记的宝座也是霍瑞生的囊中之物,西港很快将进入"霍时代"。

传言有板有眼,很快就满天飞舞,成为人们茶余饭后的谈资。在此方面,政界和娱乐圈颇为相似,只要有一丁点风吹草动,就逃不过被人议论的宿命。尤其是干部任免,更是最撩拨人神经的话题,谁谁谁要高升,谁谁谁要倒台,似乎人人都是组织部部长肚里的蛔虫,说起来头头是道。比如魏日东,就有传言说他即将平步青云,调到东平区任财政局副局长。

魏日东多多少少听过这些流言,但他只是一笑而过,每天该做什么就做什么,就算有关系不错的同事旁敲侧击,他也装迷糊,既不承认,也不否认,脸色从从容容,语气平平淡淡,总之不落下任何可供人发挥的话柄,这点他是向领导学的。虽然霍市长如愿高升,把"副"字去掉了,但他的状态一如既往,丝毫看不出当上政府一把手后态度的转变,反而更加沉稳低调。

这天晚上,魏日东送领导回家,把市长的公文包提进去交给保姆后。霍市长把系了一整天的领带摘下,松着领口说:"小魏,你来我书房。"

霍市长的书房有十几平米,一整面的书柜,密密麻麻全是书,很多是限量版的精装本。《资本论》、《毛主席文选》、《邓小平文选》等党员必看的理论书在最中间,其他的书有国学名著,像《史记》、《春秋》、《道德经》,等等,还有现代文学巨擘鲁迅、老舍、茅盾的全集,国外名著自然也少不了,本本厚重。第一次踏进霍市长的书房,魏日东感觉就像踏进了浩瀚的书海,眼睛都花了,不由得暗想:以霍

手
腕

市长繁忙的工作时间,平均一天能看两小时书就算难得,这么多书,估计几辈子也看不完。

霍市长在书桌前坐下,让保姆冲了两杯菊花茶送进来,左右扭动两下脖子,直接抛出主题:"小魏,今天找你聊天,是关于你的工作安排,我想听听你的想法。"

虽然估计早晚会说到这事,魏日东几天来不断模拟过谈话的场景,但此时突然上演,仍听到自己的心跳声砰砰直响,他尽最大努力使自己的表情显得自然,低着头谦恭地说:"我的想法就是听从组织和领导的安排。"

霍市长摆摆手,和蔼地说:"小魏,这一年多来,你的工作我很满意,和我配合得很好,能做事,知进退,懂分寸。你缺少的一是磨砺,二是资历,年轻人就是需要多锻炼,玉不琢,不成器嘛!"

魏日东认真地听着,露出谦虚的笑容,却没有接话,只因领导还没说完。果然,吹走杯口飘散起来的热气,喝一口菊花茶,霍市长的视线定格在魏日东脸上,说:"组织的安排自然要无条件服从,但我希望能尽量符合你的个人意愿。现在的位置有三个:第一个是东平区财政局副局长,第二个是金晟区国土局副局长,第三个是,你继续做我的秘书。"

不管是财政局还是国土局,全部属于政府中的权力部门,含金量极高,霍市长这两个安排对其他人来说,简直就是做梦都不敢想的天赐良机。但魏日东想都没想,毫不迟疑地说:"霍市长,我个人的意愿是继续留在您身边工作学习。"

霍市长虽然神色不动,但如大海般深邃的眼眸中浮起浅浅的笑意:"说说你的想法。"

"在您身边工作的这段时间,我从您身上学到的太多了。一年半的时间太短,而我需要提高的方面还有很多,我希望能继续向您学习,不断提高自己。"魏日东脸上写满感激,诚挚动人,"人生最可贵的是找到一位能帮助自己成长的良师,而您就是我的领路人。"

霍市长放下茶杯,沉思了两三分钟,微微一笑,说:"那你可要做好更加辛苦的准备。"

魏日东站起身,掷地有声地说:"谢谢霍市长,请您放心,我一定加倍努力,做好工作。"

回到家,魏日东从冰箱里拿出一瓶啤酒,痛快地猛灌几口,躺在沙发上,脸上的肌肉放松下来,就如卸下一副面具,咧开嘴角,酣畅淋漓地笑出声来。未来的路该怎么走,他权衡已久,以他的级别下放任职,只能当个副手,纵然工作清闲,束缚少,一到逢年过节,也比待在机关这清水衙门的油水丰厚得多。但离领导远了,再想上一个台阶可不是那么容易的事。在当前的体制下,一把手是天,呼风唤雨;二把手是地,俯首称臣。其中的权力含金量区别之大,政坛中人人心知肚明。霍市长远大的前程有目共睹,待在这样的领导身边,紧靠决策层,还怕没有升官的机会?魏日东想得通透,虽说伴君如伴虎,但机遇和风险向来共存,越接近领导的人,得到领导青睐的机会越大。自己千辛万苦才打下良好的基础,哪能轻易放掉?纵然要下放锻炼,也得等再提高级别,到时去当个一把手才划得来。

魏日东最担心的是没有留下的机会,对霍市长的老谋深算,他最有体会,自己知道的事不算少,这既可以是资本,也可以是地雷,就看领导怎么判断。给点甜头打发掉自己,重新换个秘书,并非不可能的事。卸磨杀驴、过河拆桥的伎俩,政坛中天天上演。还好,最坏的结果没有出现,悬了几天的心算是归位了。

如愿以偿的满足感让魏日东很是享受,卸下心头大石,一股欲望蠢蠢欲动,他拨通了丝丝的电话:"宝贝,我现在过去,你等着,今晚非让你求饶不可。"

今天周五,魏日东准备晚上在天地豪情过夜,拿好手机钥匙,刚踏出家门,章骏便打来电话:"明晚有空吧?我约了小六,咱三兄弟好好聚聚。"

"行,暂时没什么事,就先这么定吧。"魏日东一口答应,"我是人在江湖,身不由己,要是临时放你们鸽子可别唧唧歪歪。"

章骏笑骂:"明儿是周六,别弄得自己日理万机似的,总理还没你这么忙吧?约你吃顿饭比进中南海还难,靠。"

魏日东毫不相让地回击几句,挂了电话。他突然又想起闻雪,欲望燃烧得更加强烈。

虽然和丝丝一晚缠绵,但周六上午六点半,魏日东还是准时出现在霍市长家门口,准备陪领导晨练。看到他进门,正往餐桌上摆放豆浆油条的洪姐招呼说:"小魏来啦,新鲜出炉的油条,我自己炸的,一起吃吧。"

魏日东客气了几句,霍市长一身休闲装从卧室走出来,说:"你洪姐已经好久没炸油条的兴致了,难得她今天肯动手,你就别客气了,尝尝她的手艺。"

推脱不过,魏日东便坐下一起吃早餐。保姆在餐桌主位上放下今天的报纸,霍市长刚看了两眼,霍超打开门进屋,也不打招呼,坐在魏日东身边,直接拿了油条就吃,含糊不清地说:"刚上楼梯我就闻到香味,馋得口水差点流下来,妈,你的手艺真是不减当年啊。"

魏日东嘴上附和着，连连称好，心里对霍公子大清早回家纳闷不已，看样子霍市长今天不打算晨练，否则他是先喝一杯牛奶，运动回来洗完澡再吃早餐。洪姐被两人的奉承话逗得眉开眼笑。霍市长吃完一根油条，慢条斯理地说："小魏，吃完早餐我们上浮莲寺转转。"

果然另有安排。浮莲寺位于西港市南郊的普林山上，距离市区有六十公里远，山路坡度不小，一般汽车很难上得去，出过几起车祸后，就禁止汽车通行了，只能步行上山，但丝毫不影响其香火鼎盛，只因浮莲寺是千年古刹，自唐朝创立至今，历史悠远，闻名遐迩，高僧大德辈出，而求签许愿更以灵验著称，吸引了不少达官贵人前往拜佛，但魏日东却从不知道霍市长也是其中之一，他还以为领导是坚定的无神论者，从不曾见其对任何宗教表示过兴趣。

吃完早餐才七点钟，霍超开车，魏日东坐副驾驶位，霍市长夫妇坐后排，直奔浮莲寺。早上交通通畅，和魏日东小心翼翼、确保平稳安全的驾驶风格不同，霍超一路踩紧油门，奥迪 Q7 在他的操控下，如脱缰的野兽，发动机发出低沉的吼叫，纵速狂飙，轻松地将一辆辆汽车甩在后面。二十分钟就到了普林山下，已有人在山道边等着，看到车子过来，马上把路障移开。

到寺院时刚七点半，还没到开放时间，山里静悄悄的，万物空灵，只有清脆的鸟鸣、微甜的空气、薄薄的雾气在清晨荡漾，放眼望去，青山如画，景色醉人至极。魏日东只觉得精神一振，脑海中空，权势、地位、金钱、美女，诸般杂念霎时间如烟般消弭，尘世万物仿佛无足轻重，心灵平静如水。

五十岁出头的住持早就在寺门外等候，双掌合十恭迎霍市长，简单寒暄几句，领着众人来到大雄宝殿。霍市长表情端重肃穆，虔诚地跪拜在蒲团上，从签筒里求得签文一支，交予住持。接着是洪姐跪拜，而霍超也收敛起往日的嬉皮笑脸，一脸正色地随着父母跪拜求签。魏日东也依样画葫芦，诚心拜佛。

拜完佛祖，住持请四人到别院用茶，有一句没一句的搭话，很快就有僧人拿着解好的签文分别交给四人。霍市长将茶杯盖上，看了看手表，洪姐会意，起身向住持告辞。她向来走在丈夫身边，但此时霍市长迈出门槛，她却没有挪动脚步的意思，魏日东快步跟在霍超身后出门，走几步偷偷回头用余光一瞄，果然看见洪姐拿着一个红包，毕恭毕敬地交到住持手里，低声说了句话，估计是敬献的"香油费"。

一路上四人对刚才的事情都闭口不谈，很快到了城区，此时的西港才恢复几分喧闹的生气，马路上的汽车和行人越来越多，感觉就像从世外桃源回到滚滚红尘中。回到家门口，霍市长说："小魏，今天没其他事，你回去休息吧，让小超送你。"

和市长夫妇道别后，车内的气氛一下子活跃过来，霍超立马打开音响，听着动感的英文歌，打个哈欠，懒洋洋地说："好久没六点起床了，妈的，累死人。"

魏日东深有同感："是啊，难得今天清闲，回家我得好好补一觉，最近缺的就是睡眠，一看到床比亲人还亲。"

"知道你喜欢上床。"霍超坏笑着说，"上次给你的冬虫夏草，比伟哥还管用吧，是不是战斗力提高不少？吃完了说一声，我再拿些给你。"

"要是我这年纪就得靠这个壮阳，以后一把年纪了还怎么战斗啊。"魏日东不以为然地说，"冬虫夏草确实是好东西，不过我没用多少，只在疲劳得实在顶不住时才喝一点。"

霍超哈哈一笑，说："别夸口了，现代人虚得很，银样镴枪头的多得是，这些好东西吃多了不亏的，你不用省着，别的没有，送你几斤还是没问题的，谁叫咱们是兄弟呢？"

这话不管真假，实在动听，魏日东笑笑，只听霍超接着说："上次林馥的事还得感谢你，她可是主动和我联系的。"

这事他要不提，魏日东还真忘了，不由得来了兴趣，问道："她还真找你了？厉害啊！"

霍超得意地大笑。想起那个信封，魏日东的好奇心大作，试探着问："你到底送的什么东西，能让林天后动心？别遮遮掩掩了，也让我学一招嘛。"

"其实没送什么，只是一张发票。"霍超眨着眼睛，诡笑着说。

"发票？"魏日东挠着后脑勺，莫名其妙。

"林馥是儿童慈善基金会的慈善大使，这你该知道吧？"霍超慢悠悠地说。

"知道，她向来热心公益，头衔多得是。"

"上个月基金会在北京举办慈善拍卖，林馥捐出了她的影后奖杯，结果卖出全场拍品最高价，三十五万美金，让她这慈善大使脸上有光，你知道不？"

"不知道，那段时间我忙疯了，哪有空看娱乐新闻？"魏日东恍然大悟，"是你买下来的？"

"没错，当时我没有现身，是通过代理人操作的。"已到达魏日东的住处，霍超把车停下，慢悠悠地说，"我故意把事情弄得很神秘，不管林馥怎么问，我都没暴露身份，就以忠实粉丝的名义留下悬念，等她来表演，再把发票给她，你说她能不联系我吗？"

秘密，只有守得住才能得到更多

"你这圈子也绕得太大了。"魏日东说，"你当场买下来，她也不可能对你不闻不问的。"

"那不行！"霍超扫了魏日东一眼，"你这话就外行了，现在记者个个是狗仔队，查身家背景厉害得很，我出几十万美金买个奖杯，他们非把我的老底揭出来不可。虽然我无所谓，但牵连上老爷子，不知道有多少人得嚼舌根呢。"

魏日东仔细一想，还真如霍超所说，一个市长的公子出手就是上百万人民币，虽然是做善事，但成为焦点是必然的，说三道四更是免不了。又听霍超得意洋洋地说："只要是人就有好奇心，林馥也一样，她也想知道是谁这么崇拜她，我这样提起她的兴趣，不是比直截了当地告诉她好吗？这叫欲擒故纵。不瞒你说，前两天我专门到香港，和她吃了顿午饭，她的联系方式我全拿到了，哈哈。"

魏日东心悦诚服，拱手说："佩服，如此大手笔只为博红颜一笑，我只有欣赏的份了。"

"对极品女人，自然得付出极品价格。"霍超又打了个哈欠，"不说了，我得赶紧回去睡觉，眼睛都快睁不开了。"

他这么一说，魏日东也觉得困了，和霍超道别后，回到家里，刚往床上一倒，想起放在口袋里的签文，便拿出来拆开，只见上面用正楷毛笔字工工整整地写着：上上签。得遇贵人，前途不可限量；红鸾星动，佳偶自有天成。

看到第二句话，魏日东的心跳猛烈加速，倒在床上，那张美丽的脸孔再度在梦中扑面而来。

痛痛快快地睡到傍晚五点，魏日东才爬起来，洗了个冷水澡，只觉得精神焕发，好久没有过的饱满精神回来了，浑身上下充满使不完的劲，想起这时满大街车来车往，一下子便没了开车的兴趣，干脆打电话叫章骏过来接。二十分钟后，他从家里拿了瓶酒下楼，坐上捷达，晃晃手里的袋子说："两斤的轩尼诗，今晚好好喝一顿。"

"最近严查酒驾，你小子是打算去看守所给我送饭是吧？"章骏嬉皮笑脸地说。

"放心，只要不是省厅带队检查，市交警队的没人能把你带走。"魏日东自信地吹嘘道，紧接着又说，"章总手下又不是没人会开车，待会儿叫刘小南过来当司机。"

"政府部门出来的，就是会指挥人。"章骏打着转向灯，将车开上机动车道，"最近公司忙得很，我才不想随便动用他们干些无关紧要的事。"

"忙？那证明生意好啊，怪不得章总要请客。"魏日东笑着说。

"屁！还不是围着日鑫的单子转。"章骏摇着头，半真半假地说，"说不定很快我就要去喝西北风了，到时还得靠您赏口饭吃。"

"日鑫集团的项目是大单子，拿下来你就发了。你关系扎得那么深，还怕煮熟的鸭子飞了？"

"理想是丰满的，而现实是骨感的。"章骏借用一句网络上的流行语调侃，但语气却丝毫不显得轻松。

"怎么，遇到麻烦了？"魏日东听出点味道来，关心地问。

章骏不答反问："你认识日鑫集团的总经理邱德州吗？"

"废话，日鑫是市里的大企业，霍市长又主管经济，一有会议之类的活动总会接触到，我当然认识他了。"

章骏眼神一亮，试探着问："你能帮我牵下线吗？"

"我和他只是点头之交，离熟悉还远得很。"魏日东没有说实话，他和邱德州确实算不上多铁的关系，但经常在霍超的聚会中见面，也算混得不错，邀约吃个饭，见个面并不算难事。但他不想让章骏知道自己太多的人际关系网，最重要的是决不能答应得太爽快，否则章骏会以为是举手之劳，忽略动用关系也是需要投资的，"你不是和信息中心新的经理混得不错么，他帮不了你？"

"我是靠他在帮忙，但自从正式投标以来，这家伙的态度变得很奇怪。"章骏的表情异常凝重，眼光分散开，飘得很远。这几天来，他的心情可以说是糟得不能再糟了。就在陆通融资公司的资金到位后，章骏为感谢常坤搭桥引线，以及巩固双方的关系，纵然资金紧张，但仍准备了一张五万元的银行卡送礼。而令他出乎意料的是，虽然他说尽好话，但常坤一反常态，并没有收下，理由很简单，等招标结束后再说。当时章骏心里立马咯噔一下。果然，在接下来的正式招标中，常坤以避嫌为名义，换了张面孔，一副公事公办的模样，和章骏保持着一定的距离，不再透露任何有价值的信息。迹象越来越明显，章骏知道自己的猜测没错，常坤不知道脚踩着多少只船，无论谁中标，他都能狠狠地捞上一笔，而自己只是其中的一条线而已，这种墙头草，怎么靠得住？一咬牙，他决定直接公关邱德州。可自从在信博会上发表讲话后，日鑫集团的总经理就躲在幕后，要接近他，哪有那么容易？

"这是块肥肉，引来的都是饿狼，想吃到口，哪有那么简单？"魏日东的口气有点幸灾乐祸，"你给日鑫集团做了那么久的软件服务，难道只有这条关系？那你可太失败了。"

秘密，只有守得住才能得到更多

"关系我有，但对最高层我还真没实质性地接触过，就是逢年过节送点礼物。我的这点小生意，在他们眼里根本不值一提，没空关心到我这。"章骏无奈地说。

"那可真够难的。"不知为什么，魏日东内心深处隐隐约约有个声音，并不希望好朋友能中标，拿下大单，事业成功，并且顺利和闻雪结婚，爱情美满，那章骏简直能让人嫉妒得吐血三升。尤其是后者，随着年底两人婚期的临近，魏日东心里不舒服的感觉越来越浓，恨不得能多生出点波折来，变数越多，改变的机会就越大。虽然有时他反思过自己的小人之心和卑鄙无耻，连朋友之妻都虎视眈眈，但只要想到为的是闻雪，他就不住地安慰自己：真爱难寻，反正自己又没主动去做棒打鸳鸯的事，不过在内心意淫一下，又有多大罪过？

"那你能不能帮我找到其他关系，让我和邱德州见个面？"章骏犹不死心地追问。

"我尽量。"魏日东借机不紧不慢地埋怨道，"以邱德州的身份，认识的全是大领导，哪会把我这个小秘书放在眼里？哪像你，一有什么事，就当我是救世主。"

"那是因为你有当救世主的能量。"章骏苦笑着说，"在市长身边，认识的人多，资源广，哪个人敢不给你面子？不找你，我还能找谁去！"

"说穿了，我就是狐假虎威。"魏日东摊开手，谦虚地表态。在这说话的当口，车子慢腾腾地从车流中穿出，进入市工商局的停车场，章骏叮嘱说："小六带了女朋友，让我叫上闻雪，你不要在我老婆面前提日鑫的事，我不想让她心烦。"

"小六有女朋友了？"魏日东讶异地说，"好小子，什么时候搭上的？"

"有两三个月了吧，这小子是闷嘴葫芦，要不是我刚好去他家时碰个正着，估计他现在还藏着掖着呢。"

"你们就成双成对吧，剩下我孤家寡人。"这回轮到魏日东苦笑了，看到闻雪款款走来，心里更是一阵难以言喻的落寞，但脸上还得装着若无其事，谈天说地。三人来到北苑酒家，这是一家北京菜馆，尤以烤鸭闻名，皮脆肉嫩，绝不比大名鼎鼎的全聚德差。在迎宾小姐的带领下，三人走上二楼预定好的包间，小六早就到了，和云燕聊着天，听到开门声响，两人的视线齐刷刷地转过来，最后进门的魏日东抬眼一看，顿时蒙了，右脚停在门外，竟迟迟没有迈进来。

看到魏日东，云燕的笑容瞬间僵住，脸上的肌肉就像被打了针，紧紧绷在一起，在小六的介绍下，机械式地和章骏、闻雪打招呼，竟有些不知所措。魏日东的脚终于迈进门里,嘴角一抬,露出笑容说:"好你个小六,一找就找个大美女,厉害啊!"

小六红着脸,但却不经意间流露出得意的神态,"这是我的同学魏日东,在市政府工作。她是云燕,我女朋友。"

在魏日东的笑声中,云燕渐渐从慌乱与震惊中恢复过来,勉强挤出笑容。魏日东打量着云燕,煞有介事地说:"以前读书时,小六可是不近女色,多少人追他,他看都不看一眼,我们还以为他是同性恋。现在看来,他是眼光高,一般女孩子不入法眼,哈哈。"

小六伸手往魏日东的肩膀上就是一拳,怒斥:"胡说八道!"

别人听了,会觉得魏日东句句赞美,而云燕听了,却觉得味道不太对,可能是疑心生暗鬼。不过云燕感觉他并没有说穿的打算,一颗心稍微放下,附和地笑笑,说:"幸好我有自知之明,否则被你这一通吹捧,待会儿轻飘飘地飞上了天,落不了地了。"

说着笑着,五个人在圆桌坐下,待章骏点完菜,小六从口袋里拿出一个 U 盘,用解脱的语气说:"书写好了,你拿去交差吧,有什么要修改的再告诉我。"

最近几天,章骏不断催促小六,让他加快写作进度,恨不得拿根鞭子在后面盯着,因为这是他目前所掌握的接触邱德州最好的机会。掂着 U 盘,章骏喜形于色,小六看在眼里,淡淡地说:"别高兴得太早,他们满不满意还不知道呢。"

"我要信不过你,还能相信谁?"章骏心情大好,笑眯眯地说,"邱德州要是凭此书一举成名,第一个要感谢的人就是你。"

魏日东的耳朵一下子竖起来,盯着 U 盘,疑惑地问:"关邱德州什么事?"

云燕的表情更加不自然了,章骏并没有留意,拍着小六的肩膀,说:"邱德州要找人写传记,我介绍小六出马,大才子出手,还能没有质量保证?"

魏日东喝到嘴里的茶水差点喷出来,看看云燕尴尬不已的神态,再看看小六蒙在鼓里、不明所以的模样,真想放声大笑。给女朋友的情人写传,小六这顶帽子简直是绿得冒烟!这要传出去,还不成为千古笑谈?

费了好大力气,魏日东才没笑出声来,把满肚子的笑意强行压住,揶揄他说:"章骏,让大才子去帮你拍马屁,你还真会用人啊!"

云燕假装和闻雪聊天,不让他们注意到她,但耳根子却烧得厉害,心中叫苦不迭,不是说中国人多么,怎么会有这么巧的事情,茫茫人海中最不想遇到的几个人,偏偏就围在身边转,万一自己和邱德州的事让小六知道了……一想到这,云燕忍不住打了个寒战。

魏日东装作若无其事,其他人也没去注意云燕。小六问闻雪:"你们的新房装修得差不多了吧?什么时候请我们去参观?"

"昨天刚好刷好油漆,味道很重,过段时间再请你们来做客。"费尽心血跟进的新房装修终于要大功告成了,闻雪的心情很不错,轻松地说。

魏日东心中一动,嘿嘿笑着接话:"所以我特佩服章骏,一边忙着做生意,一边还能顾得上家庭,简直就是三头六臂,分身有术,工作生活两不误,活得就是两个字:滋润。"

靠,这小子怎么哪有地雷偏往哪踩?章骏一怔,随即在心里大骂,果然听闻雪没好气地说:"他是不误工作,至于生活嘛,他就是一个甩手掌柜,拿我使唤呗。"

"主要是因为我最近太忙,事情一件接着一件,装修的事就是闻雪在跟,惭愧啊!"章骏不给魏日东插嘴的机会,率先服软,给足闻雪面子,一脸正经地说,"我这人没什么毛病,唯一患上的就是'气管炎',我已经向领导保证了,坚决将后续买家具的任务执行到位,将功补过,绝不偷懒,请同志们监督。"

众人哄堂大笑,正好厨师推着餐车过来,现场片烤鸭。浓浓的香味扑鼻而来,令人垂涎三尺,但魏日东感觉到的却是酸涩的味道,食欲消失殆尽。另一个没有食欲的人是云燕,从她的角度看过去,灯光斜照过魏日东的侧脸,这个深藏不露的男人,面容显得阴冷瘆人。两个人各怀鬼胎,却在饭桌上尽力扮演好属于自己的角色,整个包间里就像在上演一出戏,只是有些人投入戏中,有些人游离戏外。

吃完饭,待章骏送闻雪回家后,魏日东迫不及待地问出憋在心里很久的问题:"小六知道他女朋友做哪一行的不?"

章骏瞄了魏日东一眼,似笑非笑地说:"看样子你知道,该不会是熟客吧?"

"去你的,和朋友去玩时见过面而已,"魏日东说得轻描淡写,"快说!"

"他们就是在夜总会认识的,你说小六知不知道?"

"靠,这小子找女朋友不奇怪,奇怪的是他干吗找个妈咪?"魏日东低着头自言自语,"难道文人有这癖好,专挑风尘女子?也对,不是有个成语叫文人骚客么!"

"少乱嚼舌头,明眼人都看得出小六是动真情了。"章骏笑骂,"他的性格你又不是不知道,愤世嫉俗,随心所欲,根本不在乎世俗眼光,只要他喜欢,没有干不出的事。"

"问题是小六只知其一,不知其二。"魏日东高深莫测地说,"这种在男人堆中打滚的女人,哪是小六这书呆子控制得了的? 我是怕他陷得越深,伤得越重。"

　　"我提醒过他,可这小子沉浸在爱河里,根本听不进去,"章骏深有同感,叹了口气,"爱情让人盲目啊!"

　　魏日东同意章骏的结论,小六有时就是个一意孤行、敢和全世界对抗的疯子,一旦让他知道云燕和邱德州的关系,那他会作出什么反应? 魏日东忽然感觉自己手中正牵着两条线,维系着一对小情人的爱情,是把秘密捂紧还是公开,全在他的一念之间。不得不说,这种掌控别人的感觉真是美妙,让人回味无穷。

秘密,只有守得住才能得到更多

22. 真相,永远不可能因逃避而掩盖

　　花了整整一晚上的时间,章骏把邱德州的传记看了一遍。小六并没有把邱德州写得高瞻远瞩、料事如神,而是一板一眼地记录他事业的发展轨迹,一些关键历程略加渲染,而对他的私生活则点到即止,重点还是放在事业上。没有曲折而又惊心动魄的斗争,过程略显平淡,用词也不浮华,但正因为如此,才显得真实可信。章骏明白,把这本书写完已经是小六所能做到的最大妥协,在个人原则和作品要求中间如何取得平衡,他应该挣扎了很久。脱离现实、不着边际地吹捧,实在不是小六的自尊心所能承受的事。只是邱德州会满意小六把他写成一个凡人吗? 他看到这书后,会不会怒火中烧?

　　躺在床上,章骏翻来覆去睡不着,越来越后悔找小六干这活,马屁没拍到,倒惹出个地雷来。早知今日,自己当初就该出点钱雇个专业枪手。犹豫良久,他用力一咬牙,死马也只能先当成活马医,交稿后邱德州不满意那是能力问题,不交稿可就是态度问题了,亲手把稿件交给邱德州,就是最名正言顺地接触他的机会,就算他不满意,还可以再想办法解决。

　　第二天一早,章骏就找到一家装订公司,将稿子打印出来,再精心装订好,弄了半天,厚厚的一本书还真是像模像样。他前天刚给常坤打过电话,知道他这几天在省城出差,明天才能回来,于是他抓紧机会和王木森联系,待确认了常坤不在公司而邱德州刚到办公室后,便直奔日鑫工业城,由王木森领着他来到位于最高一层的总裁办公室,和秘书说明来意后,秘书抬头看了一眼章骏,客气地说:"邱总在见客人,你把书先放我这里,我待会儿转交给他。"

　　章骏哪肯让难得的机会白白溜走,于是言之凿凿地说:"邱总对这本书很重视,我想最好能当面听他的意见和建议,这样修改起来能更加准确。"

　　看到章骏向自己使眼色,王木森灵机一动,在旁边附和着说:"是的,邱总已经问过好几次书稿的事了,非常关心,并且指示要尽快看到作品。孟秘书,要不

你和邱总通报一声，等客人走后，他再送进去也可以。"

扯着虎皮当大旗这招实在管用，屡试不爽，听到老板在意这事，孟秘书漂亮的脸庞上神色稍缓，磨蹭了一会儿才拿起电话向邱德州请示，放下听筒后站起身，说："邱总让我带章先生进去，王经理你先回去吧。"

宽大奢华的办公室内，邱德州坐在沙发上喝茶，和一男一女两个客人谈笑风生。刚踏进门，章骏就看到这两人，简直不敢相信自己的眼睛，脑中轰的一声炸响。那两人也没想到会在这里见到章骏，一时也意外地愣住了。

邱德州大大咧咧地招手让章骏在沙发的另一边坐下，"你是章骏？我们以前见过，有点印象，你也是做软件的？那你们是同行啊，这两位不用我介绍吧？"

章骏勉强堆起笑容，说："太极软件是业界翘楚，叶总是我非常尊敬的前辈。"

叶兆明的年纪已六十岁开外，但保养得极好，看起来至少比实际年龄年轻六七岁，他身材高大，气质儒雅，风度翩翩，年轻时绝对是美男子，但忙于事业，直到三十五岁才结婚，娶的太太是模特大赛的亚军，他被人们看做是西港成功人士的典范。而叶琳也继承了父母漂亮的长相，就是鼻梁稍稍高了点，且眉宇间多了几分勃勃英气。

叶兆明微笑着说："小章的公司这几年发展得很快，年轻有为啊！"

叶琳接话说："是啊，最近名气很大啊，也不过就是被领导鼓励两句嘛，就以为长了翅膀能飞了，章总搞宣传还真有一套，就是其中的水分嘛……"她说完嘿嘿冷笑了几声，但话里的意思已不言而喻。

在这种场合，章骏更不会和叶琳唇枪舌剑，只能忍着。叶兆明伸手一挥，大度地说："生意嘛，各家有各家的做法，有竞争才有进步，多几家像小章这样充满活力的公司，总归是好事。"

邱德州哪里知道两边的恩怨纠葛，他关心的是传记，边招呼大家喝茶，边兴致勃勃地说："稿子写好了？给我看看。"

无论章骏预想到多少种和邱德州见面的方式，也从没想到会在叶家父女的注视下交出稿子，纵然心中有千万般不情愿，但已没有退路，只能硬着头皮将稿子双手递上。看着整齐的排版、精美的印刷，邱德州没看内容就已先笑逐颜开。叶兆明的视线落在书上，从容不迫地说："邱总，早就听说您要出一本个人传记，看来大功告成了。"

"是啊，本来不想出，但好多人总问我怎样才能做好企业，想向我学习，可这些事，一两句话哪说得清楚呢？就有人出主意说干脆出本传记，让他们看书去，

真相，永远不可能因逃避而掩盖

就不用再说那么多了。"邱德州笑哈哈地说。

章骏只觉得浑身鸡皮疙瘩直冒,心知得附和几句,却开不了口。叶琳脸上的肌肉微微抽动着,明显是在控制着不笑出声来。而在旁边的叶兆明若无其事地说:"我最喜欢看传记了,能从别人的经历中学到很多东西。邱总能把企业办得这么大,肯定经历过不少风浪,花了不少心血。这本书出版后,一定要送我一本,让我好好拜读一下。"他的吹捧让邱德州得意地连连点头。

叶兆明转头看着章骏,淡淡地说:"没想到小章还有写作的本事,佩服。"

章骏耳根都红了,强笑着说:"我哪有这本事,是我刚好有个朋友文章写得不错,就请他为邱总代笔了。"

叶琳望向章骏,眼中满是鄙夷,插嘴说:"你写不奇怪,不过小六肯写倒是令人意外。"

章骏明白叶琳话里的意思,却无言以对。邱德州忙着翻书,没注意他们三个人的谈话,对章骏说:"书先放这里,我看完后有需要修改的地方再说。你要没其他的事就先走吧,我们还要谈事。"

就算有天大的事,但现在能说吗? 章骏无可奈何地起身告辞,快步离开邱德州的办公室。精心准备的一出戏竟演砸了,而竞争对手却粉墨登场,章骏只觉得双腿比灌了铅还沉重,心烦意乱,干脆直奔丁文的办公室。

看到章骏,丁文并不意外,边拿茶杯,边望着章骏阴沉晦暗的脸色,心中已猜到几分,"投标的事进行得不顺利?"

章骏先把办公室的门关上,才在丁文身边坐下,低声说:"事情进展得越来越不对劲了。"

"按实力,这个项目就不是你背得起的。"丁文拿根烟给章骏,劝慰他说,"算了,你还是把精力放到其他公司吧,投入得越多,越得不偿失,留得青山在,还怕没柴烧么。"

章骏点上烟,沉重地叹了口气,喃喃地说:"太晚了,退无可退,我是倾尽全力在搏这一单,要是拿不下来,连公司都没了。"

"你做什么了?"没想到章骏说得如此严重,丁文大吃一惊。

章骏边抽着烟,边将收购及时雨软件和与融资公司定下对赌协议的事情和盘托出。丁文的神色渐渐严峻,好一会儿说不出话来,连抽了两根烟,吐出几个字来:"荒唐! 你吃了豹子胆? 疯了你!"

章骏没法回答,只能沉默。丁文喘口气,尖锐地说:"你的判断力到哪去了?

就算我还是信息中心的经理,这个单子也没有把握能给你,你就敢相信常坤?别说他了,就算邱德州,你以为他能拍板?幼稚!日鑫集团是国企,各种关系错综复杂,方方面面要侍候的大爷太多,上千万的单子,谁不眼红?谁不想从中分一杯羹?领导发句话,批张条子,邱德州敢不给面子?你倒好,拿根鸡毛就想当令箭,还把家当全部押上去,有你这样做生意的吗?"

章骏只觉得脸颊发烫,羞愧不已。而丁文接下去说的话更如平地惊雷,将他炸醒:"如果我没想错,你小子正被人算计着,一步步陷入深渊,直到连翻身的本钱都没了。"

章骏猛地抬起头来,惊愕地说:"你是说有人给我设下了陷阱?"

"你自己想想看,是谁告诉你单子的事的?常坤!是谁给你介绍及时雨软件的?常坤!又是谁介绍融资公司给你的?还是常坤!如果你不知道要投标,你就不会想购买软件,不购买软件,你就不会出现资金问题,不出现资金问题,你就不会去找融资公司,不去找融资公司,你就不会签对赌协议,将股权拱手相让。这一环扣一环,你觉得是巧合,还是有人在故意安排?"丁文条理清楚地一口气说完。

其实章骏有时也觉得这些事情太巧了,在自己一碰到难以解决的问题时,常坤总能及时出现,并且能恰到好处地给出解决办法,简直就是救苦救难的活神仙,只是觉得自己和常坤无冤无仇,他没有害自己的道理,反而认为常坤有合作的诚意和积极性。但现在被丁文一点破,章骏后背瞬间直冒冷汗,表情如丧考妣。

看着他这模样,丁文的心里也不是滋味,右手在沙发上轻拍着说:"你原来做生意很谨慎,怎么现在就想一口吃成个胖子?看到一千万就把理智丢了,不管不顾地扑上去?"

"我太急了,只想着抓住机会,没掂量清楚。"章骏眼中满是悔恨痛楚,"而且常坤不断出手帮我,也让我丢了戒心。"

"走到这一步,你也只能拼一把了。"丁文倒了杯水,放在章骏面前,"别去管常坤,只能走高层关系,去找魏日东,看看能不能通过什么办法,让霍市长帮着说句话。"

"我昨晚刚和他吃过饭,他说他和邱德州不熟,另外他只是秘书,这么大的事,哪有能力让霍市长帮我说话?"

"死马当做活马医吧,这是唯一的机会。"丁文老谋深算地分析着,"别小看魏日东,这小子机灵得很,天生就是个混政坛的料。再找找他,让他帮忙指条路,

—223—

会有办法的。"

章骏的思路逐渐收回来，咬着牙根，用力说声"好"。丁文拍拍他的肩膀，语重心长地说："我刚才说的只是猜测，常坤到底是不是在害你，还是未知数，但不管事实怎样，你一定不能自乱阵脚。"

回到车里，章骏把头埋在方向盘上，将最近发生的事重捋了一遍。常坤不会无缘无故处心积虑地害自己，那他的用意到底何在？还是有人在充当幕后黑手？那晚的噩梦又在他眼前浮起，难道是她？章骏突然打了个寒战，一肚子怒火无处发泄，忍不住一拳狠狠砸在座椅上，顿时凹下一个深深的拳印。

过了好久，悔恨、烦躁、郁闷交汇的情绪才慢慢舒缓下来，章骏强打起精神，拨通了魏日东的手机。听到章骏希望找霍市长帮忙，魏日东先是吓一跳，紧接着又好气又好笑地说："我说你不会是烧坏了脑子，病急乱投医吧？霍市长是什么身份，他能去过问企业的事？我又是什么身份，能去和他开这口？"

"我知道找市长确实不太现实，但情势实在比我想象的还要恶劣得多。"章骏不想将自己误中圈套的情况和盘托出，只说刚才遇到了叶兆明父女，"太极直接公关到邱德州那儿了，常坤是靠不住的，如果没有其他的关系，这一仗我输定了，只有求你看看能不能帮上我这忙。"

"我说过，西港有这能量的人，都不是我能打点的。"对章骏的困境，魏日东有点快意，但又觉得不能真的见死不救，于是慢悠悠地说，"其实你找错人了，真正能帮你的人是你的亲戚。"

"谁？"章骏迫不及待地追问。

"你小舅子。"魏日东吐出四个字。

"闻典？你开什么玩笑！"章骏失声说。

"谁和你开玩笑？别狗眼看人低，想想闻典的老板是谁！霍超，霍市长的独生子！"魏日东不急不躁，侃侃而谈，"霍超挺器重闻典的，如果他肯帮你的忙，你觉得邱德州能不给面子吗？话我只能说到这，具体怎么操作，你看着办吧，领导找我，先挂了。"

市委常委、宣传部部长郭少康正在汇报工作，魏日东走进办公室，只看霍市长虎着一张脸，便知他心情不佳，郭少康转过头来，劈头盖脸地问："小魏，上次霍市长接见的刘勋，是你的同学吧？"

魏日东一愣，怎么突然问起这事，他顿感不妙，回答说："他是我大学同学。"

郭少康冷冷一笑，拿起一份报纸递过来，说："你同学很牛啊，敢拿西港市来开刀。"

接过报纸,是《南方评论》,魏日东一目十行地看了个大概,越看越惊,怪不得郭少康一副气急败坏的模样,小六还真是捅娄子专家,还专捅大娄子。他把报纸合起来,小心翼翼地说:"这小子是出了名的不着调、一根筋,净干些麻烦事。"

"不着调?我看他是胆大包天!"郭少康本来脾气就不好,此刻更是怒火中烧,"西港市有多少年没办过令人瞩目的大型活动了?好不容易办一场信博会,既能招商引资,激活经济,又能增加知名度,提高市民信心,这是多难得的好事,我们付出了多少努力和心血啊!他倒好,写了个专题评论,把信博会贬得一文不值,说是泡沫,没有实质作用,还劳民伤财!他一个小市民懂什么,他会站在全局的高度上去看问题吗?胡说八道,简直就是在给市委市政府抹黑!"

"郭部长,您说得对,这小子就是自以为是,看什么都不顺眼,是个标准的愤青。"魏日东愤慨地附和。

"上次他把城管执法的视频放到网上,已经给西港市的形象造成了很不好的影响,但霍市长从大局出发,没有计较他的莽撞行为,而是借此机会对城管队伍进行了整风,并接见他给予鼓励,这已经是政府开明的表现。可这小子蹬鼻子上脸了,一而再地和政府作对,在《南方评论》和网络上发表负面文章,打击、贬低政府工作,哗众取宠,影响极其恶劣。如果不采取手段杜绝此不良风气,正确引导舆论导向,那将严重影响政府形象!"郭少康义愤填膺,慷慨激昂地说。

魏日东连连点头。郭少康从桌上拿起一本新书,指着封面说:"最可恨的是,他还写了一本《西港岁月》,你看看,里面是什么内容!把西港市写得乌烟瘴气,没一个好人,大家都薄情寡义,勾心斗角,互相陷害,这会让外人怎么看西港市?要是信以为真了,以为西港人民就这德行,谁还敢来我们这儿投资创业?其心可诛啊!"

这小子还真出书了?魏日东借翻书的动作,没有开口,话点到即止便可,说多了反而容易出纰漏。领导叫自己来,肯定不是为单纯听郭少康发牢骚骂人的,而是另有指示。果然,霍市长伸出手,掌心下压,示意郭少康控制住怒气,然后不徐不疾地说:"随着群众知识水平的提高,越来越重视对政府的监督,而网络技术的发达,又使他们的意见可以随时随地发表,这是好事,我们要虚心接受群众出于善意所提出的意见,有则改之,无则加勉,有批评才有进步,能督促我们将不完善的方面做得更好,这也是我上次表扬刘勖的用意。但事情总有两面性,中国有句古话叫过犹不及,不用正面的眼光去看待政府的努力和成绩,而是只盯着阴暗面,甚至恶意地为了否定而否定,歪曲事实,不讲道理,无事生非,挖苦污蔑,这

真相,永远不可能因逃避而掩盖

可就违背了言论自由的初衷。"

依旧是模棱两可的政治语言，可在深谙此道的魏日东听来，却是异常严厉的指责，虽然不是骂自己，但浑身仍不由自主地直冒冷汗。在霍市长看来，小六的所作所为无疑属于后者，不可接受，无法容忍。呕心沥血搞起来的信博会，为他挣得多少分数，本是政治生涯中浓墨重彩的一笔，可市长的宝座还没坐热，得意之作居然在国内极具影响力的报刊上成为质疑的对象，换了谁都不会有好心情，难怪他雷霆震怒。

霍市长抬起眼皮，注视着魏日东，目光并不锋利，加重语气说："小魏，我想你该找个机会好好和你同学谈一谈。他有才华，但应该用在正途上，我还是那句话，欢迎他监督，但不要捣乱，多提善意的建议，别做恶意的揣测，把好事变成坏事就不合适了。"

"我尽力而为。"魏日东硬着头皮说，要让小六倒掉满腔热血，乖乖闭嘴，那还不如让他去死，但这话没法跟市长说得清，办不到是能力问题，不去办是态度问题。作为领导，关心的不是事情的来龙去脉和过程中的跌宕起伏，他要的只是结果，而且是令人满意的结果。

"至于这本书，让他和出版社商量，从市场上收回。"霍市长淡淡地说，"我们鼓励文学创作，但主题要积极向上，多宣扬真善美，要给人带来正面的力量。主题太阴暗，会造成不好的影响，更容易让人误会，对城市的声誉没有好处。"

这简直可以拍成电影《不可能的任务》。不等魏日东反应过来，霍市长突然话锋一转，说："他是从《西港日报》辞职的？找到工作没？"

"应该还没有，我前段时间见他，他就是写一些乱七八糟的杂文，赚点稿费维生。"魏日东字斟句酌，尽量显示出和小六关系的疏远，"不过我们最近没见面，对他的情况我也不是很清楚。"

"人不能太闲了，一闲下来就容易胡思乱想，甚至做些不知所谓的事。"霍市长微笑着说，"既然他是笔杆子，而政府也需要人才，我看可以考虑给他安排一个适当的岗位，发挥他的长处。"

魏日东忽然想起《西游记》，霍市长就像玉皇大帝，而小六就像孙悟空，为了不让桀骜不驯的孙猴子在凡间闹事，玉皇大帝干脆对其采用招安的方式，给个一官半职，将其圈养起来。名著就是名著，永不过时，神话故事里的情节，换了个方式，继续生动地演绎着，只是齐天大圣最后大闹天宫，那小六呢，他的结局又会怎么样？

三个月没见,闻典像是换了一个人,穿西装,打领带,戴欧米茄手表,胸前口袋插着万宝龙钢笔,手机是最新的 iPhone 4,开着一辆银色的别克君威,活脱脱一副成功人士的打扮,神采飞扬,哪还有一丁点吊儿郎当的模样,让章骏不禁自惭行秽。直到坐下来聊天时,他才回到章骏印象中的'小舅子',轻浮的神态和表情一如既往。金玉其外简单,难的是表里如一,骨子里的东西是怎么也改变不了的。

两人见面的地点是在离闻典公司不远的一家咖啡厅里,听完章骏的来意,闻典瞪大眼睛,神情夸张地说:"姐夫,你怎么来趟这浑水,赶紧撤吧,你没机会的!"

章骏心头立即揪成一团,强笑着说:"怎么,你知道内幕?"

闻典的视线在四周来回逡巡,确定周围没人留意他们的谈话后,才压着很低的声音说:"当然,这单子早就被我们拿下了。"

"被你们拿下了?"今天章骏受的打击够多了,但没有哪个像这句话这样令他惊骇莫名,单子落在哪个竞争对手的手里都正常,但要说让业务范围八竿子打不着计算机边的霍超公司得手,简直就是异想天开的国际玩笑。

可闻典并不像在开玩笑,他有点得意,神秘兮兮,用近乎耳语的音量说:"姐夫,冲着咱俩这关系我才告诉你这个秘密。这单子早就被超哥拿下了,现在就是走过程。谁当真去投入,谁就是笨蛋,钱扔水里都不带响的。"

"可是你们哪来的软件?"章骏仍旧难以置信。

"有了单子还怕没软件?"闻典不以为然,"姐夫,你真落伍了。拿单子又不用我们去投标,超哥早就搞定日鑫集团那边了,单子只能给他做,然后他再低价把单子转给太极软件,到时正式中标的会是太极,但利润大的那部分早就被我们拿走了,太极就赚点骨头渣和几声吆喝。"说到兴奋处,闻典也不由得摇摇头,发出感慨,"赚钱真的很容易,简单把两边一牵线,钞票就哗哗流进来,不费半点工夫!"

章骏只觉得身体失去力量,颓然靠在沙发上,半晌说不出话来。他已经大致弄清楚事情的经过了,从一开始,这一千万的单子就是别人的禁脔,不容他人染指。闻典以为大头的利润全被霍超拿了,其实没那么简单,里面肯定还有邱德州的一份。霍超充当的是掮客角色,利用邱德州手中的权力和自己的身份,将单子以低价转包出去,从中赚取巨额利润,再进行瓜分。没有和他们合作的软件供应商,就是跟着陪练的,要想拿下单子,只有接受条件,狼狈为奸。而太极软件已经成为他们的合作伙伴了。

合作条件！章骏灵机一动，紧紧抓住最后一根救命稻草，问道："既然要把单子转包出去，那为什么不转包给我？我可以用比太极更低廉的价格把单子接下来。"

"这事不好办啊，因为不单纯是钱的问题。"说了那么多话，闻典感到口渴，拿起咖啡杯喝了几口，咂巴着嘴唇，摇头晃脑地说，"你知道超哥为什么会找太极吗？因为太极的老总和超哥的老爷子，也就是霍市长，可是战友，两家的关系铁得很。就算你的价格再低，可这种见不得光的事，他们能对你放心吗？"

这是最致命的一击，章骏清楚，闻典分析得一点没错，这些私底下的交易，价格只是其次，安全才最重要，这帮人个个有头有脸，身份尊贵，有钱没命花的傻事，他们绝不会干。很明显，自己不可能在他们信任的范围内，等于宣布游戏已经结束了。

闻典一口气把咖啡喝完，看到章骏死灰般的脸色，大言不惭地说："姐夫，就一张单子，别放在心上，找机会我介绍你和超哥认识，他的关系多得很，人又爽快，冲我的面子，介绍点生意给你做不是问题，发财的机会多得很。"

章骏既没点头，也没摇头，只是盯着闻典，攒足力气，一字一字地说："小典，我说的话你可能不愿意听，但如果霍超是这样做生意的，那我对你只有一个忠告，离他远点，这种人只有今天，没有明天。"

"姐夫你开什么玩笑？多少人想接近超哥都没机会呢！"闻典的眼光就像在打量一头怪物般不可思议，"跟着超哥几个月，胜过跟别人混几年。你要不是我姐夫，我还懒得帮你们搭桥呢。"

章骏没有辩驳闻典的力气，不置可否地笑笑，叮嘱他说："记住，这事不要告诉你姐，我不想让她心烦。"

"放心，工作上的事，我从不和她讲，我们谈不到一块去。"闻典感叹说，"你们两个呀，都跟不上社会的步伐，落伍喽！"

章骏沉重地摆摆手，他无暇去想落不落伍的事情，而是担心腾驹的未来，以及这场梦魇将给他带来多么惨痛的代价。

晚上，省人大考察组来西港市视察，陪霍市长接待完已是九点多，魏日东开着老皇冠，来到小六家楼下，打电话把他叫下来。小六穿着背心短裤，踏着一双人字拖，晃晃悠悠地钻进车里，开口便问："这么晚找我，有事吗？"

魏日东没有回答，而是望着楼上亮着的灯光，揶揄他说："你小子艳福不浅啊!"

小六摸摸后脑勺,憨然笑着,算是默认。魏日东心里冷笑,张口说:"你现在整天不上班,哪来的钱养活美女,该不会是大才子变成了小白脸吧?"

"胡说八道,你才小白脸。"小六听到这个词最不舒服,脸色一沉,说,"我当自由撰稿人,靠稿费生活,哪用得着花她的钱?"

"自由撰稿人?兄弟,听起来自在,可哪有保障?五险一金都没有,将来一出点什么事,够你折腾的。"魏日东转头看着小六,一本正经地说,"再说了,你现在可不是一人吃饱,全家不饿,还得考虑怎么养家糊口,以后日子还长着呢,没一份稳当的职业能行吗?"

魏日东的一番话正切中小六缠绕心头的隐忧,小六深有同感,叹口气说:"这我知道,可工作又不是说找就能找到的,只能走一步看一步。"

"我手头上倒是有一个机会,"魏日东顺势抛出正题,"就看你愿不愿意把握了。"

"你说,只要合适就行,我也想找一份安稳的工作。"小六衷心地说。

"来当公务员吧,在政府谋一个职位。"魏日东言简意赅,"政府需要你这种笔杆子。"

这个提议出乎小六的想象,他收起笑容,一脸错愕,皱着眉头,静静沉思。魏日东也不催他,只是觉得闷热,便把车窗关了,刚拧开空调,皇冠的发动机便嗡嗡作响,车身抖动不已,像上了年纪的老人,在进行身体机能负荷不了的剧烈运动,只能苟延残喘,勉强为之。魏日东暗想,找天带丝丝来车里偷欢,玩一把双重车震,滋味应该不错。

魏日东嘴角刚露出猥琐的笑意,就听小六说:"让我进政府,是你的主意?"

"是我的建议,但我可没这权力,主要是霍市长很赏识你。"魏日东把思路从车震淫之中转回来。

"条件呢,需要我做什么,或者不做什么?"小六眼中炯炯发光,比车灯还亮上几分。

这小子还真聪明,一点就透,可惜就是不识时务。魏日东避开小六的目光,缓缓地说:"在其位,谋其政,成为公务员,自然要为政府做事,维持安定和谐的大好局面。"

"别绕弯子了,明说吧,是不是以后要让我写官样文章,报喜不报忧,不再评点政府的是非了?"小六低声说。

"没这么严重,不过既然你是政府的一员,角度变了,那自然凡事要从大局

真相,永远不可能因逃避而掩盖

手
腕

"出发。"魏日东干巴巴地挤出一句话。

"大局？你说的大局，就是政府的颜面吧？"虽然没明说，但对魏日东的来意，小六已经一清二楚，冷笑着说，"我说你们怎么关注起我这老百姓了，是不是那篇关于信博会的评论刺痛你们了？"

魏日东默然，想来想去，话说到这份上，遮遮掩掩没必要，干脆把话挑明，"不只是刺痛那么简单，信博会是多大的工程啊，举全市之力，付出多少心血和汗水才能办成功，却被你贬得一文不值，要换成你是决策者，你是什么感觉？天天给政府挑刺，有意思吗？还有，你写的那本书，把西港市描绘得像地狱，人人是妖魔鬼怪，这会造成多坏的影响，你知道不？"

"正因为办信博会不容易，所以更要看花那么多钱办这件事的效果怎么样。要是政府觉得我的文章有问题，数据不翔实，评论不准确，那完全可以反驳，我欢迎。想把我招安，让我闭嘴，这算什么手段，把我当什么人了？"小六脸色渐渐转青，大声说道，"至于小说，只是文学作品，无非是针对社会的不良风气，用夸张的手法揭示人性的丑恶罢了，能完全当真，对号入座吗？要按你这么说，以后还有哪个作家敢发挥想象力去创作？全去写溜须拍马的官样文章好了！"

"你是什么人？你就是一小市民！"魏日东也提高音量，"你干吗总把自己当救世主？我们首先要的是生活，而不是脱离现实，拿理想当饭吃。多少人挤破脑袋想当公务员，多好的机会就摆在你面前，你又要谈什么狗屁理想，好像我在害你一样，烦不烦啊你！"

"我不是宋江，更不需要放弃做人的原则，摇尾乞怜只为讨口饭吃。"小六冷冷地说，"我知道你不是害我，但你给的这条路不是我想要的。公务员队伍多我一个不多，少我一个不少，还有更重要的事等着我去做。"

小六推开车门，回头看看魏日东青一阵红一阵的脸色，抛下最后一句话："人民政府需要的就是人民的监督。"

目送着他瘦弱的身影消失在黑暗的楼道里，魏日东的目光渐渐变了，如针一般锐利，如狼一般阴狠，心里盘算着：我给你敬酒，你不喝，那好，就等着尝尝罚酒的味道吧。

23. 报复，在心痛中品尝快感的滋味

最近章骏天天给常坤发短信，打电话，到办公室堵他，虽然客客气气的没明说，但章骏话里的意思很明确，要他将事情说清楚。刚开始常坤还是招牌式地打起太极，但眼看章骏不管不顾，一副不达目的不罢休的态势，便知此事不易了结，只得答应下来，约了晚上在龙熙大酒店的茶座包间见面。

常坤还没到，章骏看着煮沸的开水，蒸汽腾腾而上，心里就像窝着一团火，烧得他坐立不安。虽然他看起来若无其事，但其实是在苦忍着，只恨不能揪着常坤的衣领，挥拳将那张肥脸砸得稀巴烂。就是这个人害得自己即将输光自己苦心经营的事业，只是章骏也清楚，两人远无冤，近无仇，他犯不上处心积虑地陷害自己，而背后那只将自己推下深渊的黑手，才是真正可怕的敌人，这是章骏必须弄明白的关键，不想办法把这根刺拔除，以后不管做什么事，他都将如芒在背，永无宁日。

包间外有脚步声响起，服务员引领着一个人走进来，章骏的身体有点发僵发硬，虽然曾经想过是她，但当事情真的发生时，还是令他难以承受。他忽然回想起那个可怕的梦境，难道那真是冥冥中对自己的指引？

对章骏的反应，叶琳很满意，自顾自地在旁边坐下，像猎人在挑逗掉入陷阱里的猎物一般，好整以暇地说："很意外？"

"真的是你！"章骏的声音像是在刮石头一般，非常难听。

"你以为会是谁？"叶琳心情极佳，反客为主，轻松地拿起茶壶，开始冲茶，"常坤不会来了，你不就是想知道事情的真相么，我来也一样，怎么，不欢迎？"

"在别人的伤口上撒盐，你最喜欢了。"章骏脸色灰沉，深吸了两口气，"说吧，将你的得意之作和我分享吧。"

"你还是那么沉不住气。"叶琳气定神闲，将一杯茶放到章骏面前，"好久没喝过我泡的茶了，试试看我有没有进步。"

章骏一动不动,木然地说:"胜利者最希望看到的,不就是失败者的沮丧吗? 既然你已经成功,就别假惺惺的了,说吧。"

叶琳明显很享受这个时刻,悠闲地喝着茶,回味无穷地啧啧嘴,慢悠悠地说: "事情太复杂,我还真不知从何说起,还是你问吧,我保证有问必答,绝不隐瞒。"

章骏咬着牙,用力吐出第一个问题:"你是怎么打动常坤,联合他来设局的?"

"在他还没来西港上班时,我就专门去北京和他吃过饭。"正题开始,叶琳不假思索地回答,"你的业务我很清楚,日鑫集团是你的根基,是你最大最稳定的利润源头。以前丁文和你的关系太深,我挖不动,只能等,自从得知丁文要退二线以后,我就知道机会来了,你的好日子到头了。第一眼见到常坤时,我就看出他是一个利益小人,只要我们舍得投资,让他干什么事他都干得出。你以为你投在他身上的那点钱他能看上眼? 我给他在西港包了一个大学生当二奶,每月一万的生活费,再加上事成之后的回扣,还有腾驹的股份,呵呵,你说他会站在谁那边?"

"果然如此,被你收买后,他就按你的计划,配合着演戏。"章骏就像戴上了面具,脸上没有半点表情。

叶琳点上一根烟,怡然自得地说:"他的演技真不错,不当演员可惜了。招标的事,我让他透露给你,以你的实力,不可能拿得下那个单子,可你眼高手低,掂不清自己几斤几两,一知道有大单就眼红,而且失去日鑫的后果你也承受不起,肯定会全力一搏。"

"你想得很准。"章骏不得不承认。

"如果我不了解你,那还有谁了解你?"叶琳想也没想,脱口而出,但刚出口就后悔了。

章骏没在意,替叶琳继续说下去:"你知道腾驹软件功能的缺陷,所以你让常坤向我推荐及时雨,而要收购及时雨,我又没那实力,只能找人融资。海哥提出入股,也是你在背后出的主意吧?"

"没错。"叶琳恢复常态,爽快地承认了,"我帮他拿下了橘子公司在西港市的独家代理权。在利益面前,朋友又算得了什么,可惜的是,你居然没有上钩。"

"所以你让常坤给我介绍陆通融资公司。"散落的线索归集在一起,答案呼之欲出,章骏将拳头握紧,愤恨地说,"可笑的是我还当他是贵人,总是在我有困难时出手相助。"

"他的确是贵人,不过是我的。"说起点睛之笔,叶琳神采飞扬,"不过也得怪你自己昏了头，你也不想想看，以你的资质，怎么会有公司肯给你融资？那五十万美金其实是我让陆通投资的，你的股权自然也是抵押给了我。"

"从一开始你们就和霍超、邱德州合作，把这单子瓜分了，还故意让陆通和我签下对赌协议，最终控股腾驹。"章骏吐出的每个字，都像鞭子一样狠狠地抽打在自己的心窝处。

"你真聪明，可惜是马后炮，当个事后诸葛亮没用。"叶琳不无嘲讽地说。

章骏脑海中忽然闪过一个念头，追问："许秋璇是你派来的？"

这回换叶琳有点意外，眉毛不自觉地向上一挑，说："你知道的还不少。"

"你对腾驹的情况了如指掌，少不了有人给你通风报信。她签下的第一笔单子，太极明明占优势，却故意在临门一脚失准，让她捡个香饽饽。当时我就感到有点奇怪，你怎么会犯如此低级的错误呢。"章骏凝视着叶琳，条理清晰地分析，"你和林凡见面，又故意让小南遇见，借此挑拨我和林凡的关系。世界上没有那么多的巧合，如果有，那是早就布置好的。"

叶琳拍拍手，揶揄他说："只可惜你之前没有这么好的分析推理能力，否则也不会走到今天这一步。许秋璇是我的远房表妹，家里的经济条件不好，是我爸供她出国留学的，回国后刚好你在招人，我就让她去了你那。不过说起林凡那个死心眼，倒是在我的预料之外。"

"其实你没必要挑拨我和她的关系。"章骏说，"我已经踩进陷阱，公司迟早是你的，你就不怕林凡被挖走，我在失望之下反而不去融资了吗？"

"你错了，腾驹最值钱的是什么？软件。软件是谁开发的？林凡。我这是在釜底抽薪，如果林凡肯过来，那腾驹就是个空壳了，我又何必出大钱收购呢。林凡一走，公司垮了，让你尝尝众叛亲离的滋味，这才是我的计划。"说到这，叶琳不由得恨恨地说，"可惜林凡脑子有病，执迷不悟，逼得我不得不拿出五十万美金来控股。"

提到林凡，章骏冰冷的眼光中浮起些许温暖，深吸几口气，缓缓地说："五十万美金，你这代价可不小。"

"你又错了，五十万美金的代价并不算大，说这么外行的话，看来你是真没什么进步。"叶琳不以为然地解释说，"我们太极的软件都是面对高端客户的，正需要有一款产品来主打中低端市场。兼并及时雨后，腾驹的软件功能就基本完善了，应付中小企业的需求毫无问题。花五十万美金就能得到一套成熟的软件，再加上腾驹原有的客户基础，你认为这生意不划算？说起来我还得感谢你最近挖空心思搞的那些宣传活动，让腾驹的牌子响亮了不少。"

—233—

手
腕

章骏只觉得浑身无力,甚至感到呼吸有点困难,沉默良久,才沉重地点点头,说:"划算,我还有最后一个问题。"

"说吧。"一切尽在掌握,叶琳已经很久没有这么开心过了,她笑着说,"我说过,知无不言,言无不尽。"

"为一段过去的感情,值得你费这么多精力来害我?"章骏注视着叶琳,用足力气,吐出这句话。

"你想知道答案?"叶琳的表情变得有点奇怪,但细看起来又没什么变化。她拿起手提包,说:"走吧,陪我去酒吧喝几杯,然后我就告诉你。"

"喝酒,你觉得我现在有这心情?"章骏忍不住了,冷冰冰地说。

"你没有,但我有,"叶琳不紧不慢地说,"别忘了,我即将成为腾驹的最大股东,你的老板,陪老板喝杯酒,不行吗?"

"你觉得我还会在腾驹干下去?"章骏反问。

"凡事皆有可能。"叶琳眨着眼睛,说出一句石破天惊的话,"如果我将股份还给你,你还会离开?"

"将股份还给我?"章骏的反应无异于听到天方夜谭,腾地站起来,"你是什么意思?"

"我追求的是胜利的感觉,至于果实,尝过就够了。"叶琳淡淡地说,"腾驹是你的命根子,不是我的,你放不下,我却不在乎,我想给谁就给谁。"

"事情到这份上了,你还要玩我?"没有比腾驹更让章骏上心的事,叶琳说得对,这个公司就是他的命根子,不到最后时刻,谁舍得挥刀自宫呢? 只要有万分之一的希望,他都愿意去努力。但叶琳的说法又太不符合常理了。

"你觉得到这时候,我还需要玩你?"叶琳面孔一板,正色说,"章骏,我明明白白地告诉你,刚才我说的每个字,没一个字是假的,这是你拿回腾驹的最后机会,愿不愿意把握,你看着办。"

看着叶琳推开门扬长而去,章骏怔怔地愣了好一会儿,没想明白她的目的何在。的确,叶琳已是大获全胜,而自己已输得精光,还有什么能赔上去的? 拿回股份的诱惑实在太大,章骏的脚步艰难地挪动起来,慢慢跟在叶琳后面,向酒吧走去。

天地豪情仍然是那么绚烂多姿,奢靡豪华,每一处装修、每一种服务、每一个价格,无不散发出纸醉金迷的气息。云燕以前最喜欢这里的空气中散发出的味道,似乎布满钞票的芳香,让人浑身充满无穷的动力和活力。但不知从什么时候开始,她挖空心思,曲意逢迎,只为多推几个小姐,多卖几瓶洋酒,而多拿点小费和提成的满腔热情没有了,取而代之的是习以为常的平静,多几张钞票,少几张钞票,已无法唤起她的激情。

以前她恨不得客人能待久一点,喝多一点,现在却巴不得他们早点走人,她好下班回家,回到小六那并不宽厚却异常温暖的怀抱。她知道,爱情种子的萌发已取代了赚钱的热情,成为她生命的重中之重。怪不得有人说:不管女人的事业成功或失败,最终还是要回归家庭。云燕原本对这句话嗤之以鼻,但此时总算明白了,那是因为自己从没真正爱过,男人是性爱动物,下半身指挥上半身,一旦精虫上脑,冲动起来便不管不顾;而女人则是感情动物,只要动了真情,那眼里剩下的只有爱人和家庭。

小六住不上豪宅,开不了名车,买不起爱马仕和路易威登,但是,他却能给云燕一份踏踏实实的安全感,还有那虽然青涩,但真心实意的关怀和爱护,和他在一起,生活虽然如水一般平淡,但味道却如好酒般绵厚悠远,让人如痴如醉,不愿醒来。那天见到魏日东,对云燕来说无异于是在充满阳光的生活中投入了一抹深深的阴影,让她心惊胆战。世上没有不透风的墙,除非让风改变方向。思来想去,她明白,是该做选择的时候了。

今晚邱德州没有呼朋唤友,只身一人前来,找了个小包厢,坐在沙发中间,开了瓶轩尼诗自斟自饮,看到云燕进来,板着脸没好气地说:"现在要见你可真难啊,我都等了半个钟头了,你要憋死我啊。"

云燕下意识地堆起职业笑容,撒娇说:"我是想早点过来,可有什么办法,来的路上堵车,害我迟到了。"

"你还怕迟到啊?"邱德州斜眼看着云燕,"你不是要辞职了吗?"

"是啊,我不是和你说过我妈身体不好么,要回家去照顾她,估计得一年半载,只能辞了。"云燕说得煞有介事,"工作可以再找,钱可以再赚,可妈只有一个。"

"那你为什么不先和我说一声? 要不是我消息灵通,现在还被蒙在鼓里呢。"邱德州犹未消气,冷冷地说,"你是不是搭上小白脸,翅膀硬了,要撇开我单飞了?"

"怎么可能,在这儿辞职又不是说走就能走的,老板还没批呢,我回去的时间还确定不下来,八字没一撇呢,我和你说什么啊。"这套说辞云燕早就准备好了,陶扒皮和邱德州关系不错,自己辞职的事邱德州早晚会知道,最理想的是快刀斩乱麻,等自己结算好工资,把手机号码换掉,重新找个行当,以后茫茫人海,

报复,在心痛中品尝快感的滋味

各走各路，永不相见，没想到邱德州这么快就得到消息，上门兴师问罪来了。

听云燕说得认真，邱德州紧绷的面孔稍稍缓和下来，说："你要回去，我拦不了你，不过你跟我也两年多了，你说说，这两年我对你怎么样？"

要按以前，云燕肯定先送上香吻，再娇滴滴地说声"好得不得了"，但今时不同往日，她越来越不想和客人亲热暧昧，便只是娇笑着说："那还用问么，你要是对我不好，那还有谁对我好？"

邱德州咧开大嘴笑起来，拍拍大腿，示意云燕坐上来。云燕稍稍一迟疑，但还是照做了，双臂如往常般环绕着他的脖子。邱德州打开皮包，拿出一张信用卡，说："给，我也不是没情义的人，给你存了五万块钱，你拿去吧。"

虽然云燕没把钱放在首位，但也不至于和钱过不去，更不会把到手的钱往外推，按她原先的看法，邱德州只是一个庸俗不堪的臭男人，两人逢场作戏，各取所需，没想到他对自己还是有点感情的，心中油然升起一股充满感慨的复杂情绪。她接过卡，甜甜地笑着说："谢了，你真好。"

"这不算好，我还要好得更彻底呢。"邱德州的眼中有火苗在跳，双手用力抱住云燕的腰肢，厚厚的嘴唇立刻凑上来。云燕下意识地想躲，但手里还拿着银行卡，而且几年都过去了，不差这一两次，就这么一犹豫间，两人的嘴唇已贴在一起，而邱德州厚厚的手掌则轻车熟路地穿过她的衣服，摸索到胸前的高峰。

云燕嗯嗯啊啊地应付着，但不料，包厢的门砰地一下被用力推开了，一个瘦削的人影站在门口，身体瑟瑟发抖。激吻中的两人冷不防地吓了一跳，惊讶地转头望去，云燕如坠入冰窖，浑身冰凉，没有半点温度。邱德州看着这人眼熟，随即想起来是给自己写传记的小子，顿时跳起来破口大骂："你小子神经病啊！他妈的跑到这里来干吗！"

小六眼睛血红，完全没听到邱德州的声音，整个世界似乎在他眼里消失了，只剩下惊慌失措的云燕，这个自己最心爱的女人，裸露的肌肤在幽暗的灯光中雪白耀眼，此刻她仿佛无力抬起头来，根本不敢和自己的视线交会。小六伸出手，指着云燕，想说什么，但不管怎么努力，竟然发不出声来，只有两颗灼热的泪珠顺着脸颊慢慢滚下。

看着小六的动作和眼泪，邱德州止住骂声，再看看云燕的表情，已明白七八分，露出残忍的笑容，讥讽地说："这穷酸小子就是你养的小白脸？"他转过头又对小六狞笑着说："她有没有告诉你跟我多久了，还有我床上的功夫多棒，每次她叫得多大声？"

小六身体颤抖得更加厉害，竭力捂住耳朵，但每个字都听得很清楚，如针般锋利,几乎将他的耳膜扎出血来,剧痛难忍,眼泪更是不受控制地流出眼眶,猛地发出一声大吼,转身狂奔而去。

邱德州冷冷地哼了一声,指着小六离开的方向,不屑地说:"你找小白脸也得找个正常的啊,弄个神经病干吗啊?"

云燕的脸色白得犹如从坟墓中爬起的幽灵,没有一丝生气,灵魂已随着小六的消失而被抽走,呆若木鸡,站在原地一动不动。

看着云燕伤心欲绝的模样,邱德州一股怒火腾腾燃起,挫败感油然而生,抬手就是一巴掌,响亮地拍在云燕漂亮的脸蛋上,如野兽般伸手撕开她的衣服,"老子对你这么好,你居然敢给老子戴绿帽子,老子干死你!"

不管邱德州怎么折腾,云燕就是木偶,没有半点反应,她的心里只有一个名字:小六。

闻雪在房间里敷着刚买的面膜,听着电脑上播放的王菲的演唱会光盘,在天后空灵飘渺的歌声中,舒舒服服地闭目养神,任由思绪无边无际地飘荡,这是她最享受的生活——轻松、惬意、满足。人生不需要那么多的烦恼,简单也是一种幸福。

"滴滴",短信声响起,闻雪拿起手机,是章骏发来的彩信。这小子经常发些有趣的图片来逗她开心,只是情侣间的小情趣、小浪漫,最近已越来越少。闻雪漫不经心地打开一看,全身的神经骤然绷紧,血液轰地一下直冲脑门。

死死地盯着屏幕,闻雪只觉得眼前越来越模糊,她伸手一揉眼睛,只见图片下面还写着几个字:龙熙大酒店,1613 号房。

闻雪咬着嘴唇,勉强自己定下神来,一把撕下面膜,随便套了件外衣,也不管客厅中父母诧异的眼光,飞一般地出了门,奔跑着冲出小区,伸手拦了一辆的士,气喘吁吁地吐出五个字:"龙熙大酒店。"

小六狂奔着,从街头到巷尾,他不知道自己跑了多久,也不知道自己跑到哪儿了,只是茫然而疯狂地奔跑着,直到没有半分力气,才扑倒在马路上,冰冷的路面紧贴着脸庞,却比他此刻心里的温度还要高得多。他就这么直直地趴着,过路人被吓得够呛,以为遇到了疯子,躲得远远的,差点就要报警,直到一个男人将他扶起来,在路边坐好。

魏日东搂着小六的肩膀,猫哭耗子似地叹气道:"叫你不要上去,你就是不听,何必呢?"

报复,在心痛中品尝快感的滋味

小六木然许久，嘴唇发抖，像是失去了说话的力气，过了好久才艰涩地说："为什么要告诉我？"

魏日东笑了，只是笑容中藏着讥讽，悠然地说："你不是最喜欢追求真相吗？怎么，对自己的女人，反而不想知道真相了？"

小六无言以对，捂着脸，任由停息了没多久的泪水顺着指缝渗出。魏日东搂着小六站起来，柔声说："没事，长痛不如短痛，总比被蒙在鼓里、戴绿帽子好。走吧，兄弟，三条腿的青蛙难找，两条腿的女人一大堆，以你的条件，还怕找不到好女孩？带你去个好地方，喝个痛快再睡上一觉，明天起来，就像吹过一阵风，什么事都没有了。"

"好，喝酒好，我要喝。"小六有气无力地说，上了魏日东的车，来到乐安夜总会，开间小包厢，公主刚把一瓶马爹利 VSOP 端上来，小六便迫不及待地扭开瓶盖，咕咚咕咚直灌，把公主吓了一大跳，她还从没见过喝酒如此猴急的人，魏日东一把抢过酒瓶，埋怨他说："兄弟，酒不是这么喝的，来，叫妈咪安排个漂亮的小妹过来，陪帅哥喝酒。"

小六看也不看鱼贯而来的小姐，就是盯着酒杯，一倒即喝。魏日东给他选了一个身材火辣、样貌清纯的美女，小六根本不理她，自顾自地猛喝酒。魏日东也不劝他，就坐在一边看着他喝，没多久，小六就不知不觉地往后倒下。

小六迷迷糊糊的，只觉得有人将自己架起来，腾云驾雾般，然后就躺在了一张柔软的床垫上，衣服越来越少，身体越来越凉，紧接着就有人趴在身上，如柔蛇般游动着。小六挣扎着想推开，却使不出半点力气，想叫魏日东，却又出不了声，没过一会儿，就觉得燥热起来，生理的自然反应越来越强烈，身体机能一点点地在恢复。在酒精的刺激下，欲火慢慢烧起，直至成燎原之势，生命之根昂首抬头，仿佛在和云燕云雨缠绵，在本能的诱导下，挺枪鏖战。正在疯狂时，"砰"的一声巨响，门开了，脚步声叠起，一堆人冲进来，闪光灯不停闪烁，摄像机对准卧榻，三个身穿警服的人站在床边，庄严威武，正气凛然。女孩失声尖叫，拉过床单遮住身体。小六还没来得及搞明白是怎么一回事，反应慢了不知多少拍，茫然地对着摄像机，无神的眼睛，瘦骨嶙峋的身体，无遮无掩，暴露无遗。

站在 1613 号房间门口，闻雪深深地吸着气，又长长地吐出来，一次次地重复着，好几次想去按近在咫尺的门铃，却始终伸不出手，二十多年来，她从未如此害怕去面对一个现实。她向来以冷静优雅自诩，时刻注意保持良好的情绪和仪态，但直到今天，她才知道，原来自己也有恐惧和害怕的时候。

但现实就是现实，从不会因任何人的意愿去改变，躲避从来就不是解决问题的办法。酒店每一层都有摄像头，再这么站下去，只怕会有工作人员过来询问，到时会更难堪。闻雪用力咬着牙，把刚吸进胸腔的一口闷气吐出，颤抖着按下门铃。

闻雪能听到自己剧烈的心跳声怦怦直响，仿佛这扇门一旦开启，她就进入了地狱，这是人生中最难熬的时刻，但对开门的女人来说，却是最得意的一刻，天堂和地狱的心情，就在门里门外的一步之遥。

叶琳裹着一条毛巾，内里明显未着寸缕，大大方方地将门打开，施施然地说："进来吧，我们做了两次，他比以前进步多了。"

闻雪浑身冰冷，她后来甚至记不起自己是怎么走进房间的，只见章骏赤身裸体地从床上坐起来，大惊失色地望着自己，失声说："怎么回事？"

闻雪如遭雷击，半句话都说不出来，只觉得呼吸越来越困难，这场景让她近乎窒息，跟跟跄跄地后退了两步，猛地推开叶琳，以百米冲刺的速度跑出房间，似乎想尽快摆脱这场噩梦，越快越好。

章骏一时发蒙，脑子一阵阵地绞痛不已，自然反应便是蹦起来想去追闻雪，却发现自己遍体通凉，一丝不挂，他赶紧拉起床单，遮住下体，看看嘴角挂满胜利笑容的叶琳，气急败坏地吼起来："你到底在搞什么！"

"你做了什么你自己不知道？"叶琳揶揄着嬉笑，"你看我们这样，像做了什么？"

章骏手忙脚乱地穿着衣服，绞尽脑汁地回想着两个小时前发生的一切，陪叶琳到酒吧喝酒，两人叫了一瓶轩尼诗，酒吧的生意好得很，音乐震耳欲聋，男男女女狂欢着，舞动着，由于心情不佳，自己一杯接着一杯喝得很快，但是，之后的事情……

章骏用力拍打着脑袋，可不管怎么努力，他的回忆就停留在这一刻，后续的一切消失得无踪无迹。虽然喝闷酒易醉，但凭自己的酒量，怎么也不至于醉到这种程度，更何况是陪叶琳喝酒，他还提醒自己要控制，怎么一下子就倒了？

想到这，章骏抬起头，双眼血红，发出野兽般凶狠的目光，说："你在酒里放了什么？"

叶琳轻描淡写地回答："没什么，就是一点药而已。说真的，你该减减肥了，沉得很，三个保安才抬得动你。"

"然后呢？"章骏死死地盯着叶琳，追问道，"我们做了什么？"

"我们什么也没做，别说你睡得和头猪一样，就是生龙活虎，我也没兴趣和你发生什么,就洗了个澡而已。"叶琳微笑着,脸上洋溢着大功告成后的志得意满,"只是闻雪不这么想。"

章骏腾地冲上去,手一挥,"啪"的一声,五个手印清晰地印在叶琳白嫩的脸上。章骏抓住她的肩膀,失控地狂吼:"为什么,为什么你要这样害我?"

挨了一巴掌,叶琳的表情变得很奇怪,竟带着解脱的感觉,迎着章骏近乎疯狂的眼神,寸步不让,针锋相对,说道:"你是不是觉得我很变态?哈哈,还记得我说过的话吗?章骏,你别装得无所不知的样子,很多事情,你只知道个屁!"

用力挣脱开章骏紧抓的双手,叶琳咬着牙,打开手提袋,拿出一本保存完好的病历,劈头盖脸地摔向章骏,"好好看看,一字一字地看清楚,你就明白我为什么会变态了,都是你害我变成这样的!"

章骏从地上捡起病历,看看上面写的时间,心头狂跳不已,手指不断颤抖,翻到第一页,上面的字虽然写得龙飞凤舞,但用心还是可以辨别出来,看了两行,只觉得脑袋如擂鼓般轰鸣,眼前一阵发黑,站都站不稳,全身无力,低声说:"你为什么不告诉我?"

"我不告诉你?"叶琳像是听到了世界上最逗人的笑话,先是哈哈大笑,然后眼泪如断线的珍珠,哗哗直落,显得诡异万分,"那天我是要告诉你来着,可是你先对我说了什么?分手!哈哈,既然你要分手,那我叶琳难道会拿孩子作为筹码,让你留下来吗?"

此时没有任何词语能形容章骏的心情,他声音完全嘶哑着说:"那是我的孩子,我有权利知道!"

"在你和我说分手时,你就没有任何权利了。"叶琳咬牙切齿,攒足力气,嘶声吐出埋藏已久的痛恨,"你知道那天我是多么高兴,想和你分享吗?可你给我的是什么?你知道一下子从天上掉落到地上是什么感觉?告诉你章骏,那时我连死的心都有!从来没人能这么对我,更没人敢这么伤害我!那天我就告诉自己,我要好好地活下去,我要让你付出代价,我要让你后悔一辈子!直到现在,只要我想起躺在手术台上的痛苦和医生轻蔑的眼神,心就像被割成碎片,而你却和闻雪那个小贱人在一起,你自己说,我会多恨你!"

章骏愣住,呆住,傻住,连呼吸都感到困难,全身浸满汗水,有虚脱的感觉,看着叶琳收起坚强面具后撕心裂肺的痛苦,他的心紧紧扭成一团,眼前一片模糊,自言自语道:"你应该告诉我的,只要你告诉我,事情就不会是这样,你为什么总是这么骄傲,这么好强!"

"你还记得你说过的话吗？你说你想得很清楚，我们之间已经没有爱情了！"叶琳指着章骏，泪水狂涌，"你知道我有多爱你吗？可你却说不再爱我了！章骏，你要我告诉你什么，为了孩子，我们结婚？孩子是什么，那是爱情的结晶，没有爱情，我要孩子干吗！而你，是杀死孩子的刽子手，一定要付出代价！"

"是，我付出了代价，你赢了。"章骏再也支持不住，瘫软在地上，精气神消失殆尽，像具死尸般无精打采，"我没了腾驹，没了闻雪，没了所有的一切，你的誓言实现了。"

叶琳没有回答，任由眼泪横流，过了足有十几分钟，才逐渐止住，情绪慢慢平复下来，深深吸口气，收拢思绪，拿出一个文件袋，扔在章骏面前，说："这是我签好的文件，腾驹六成五的股权，我转回给你，公司还是你的，那五十万美金，你按银行的利率在三年内归还就行。"

"你这是什么意思，是怜悯还是施舍？"章骏声音冰冷。

"我得不到的，闻雪那小贱人也别想得到。"叶琳愤愤地说，"如果你们两个结婚了，那是我这辈子最大的失败，现在我已经达到目的了。至于你，我其实不想让你一无所有，我没你那么绝情，会留条后路给你。"

叶琳穿好衣服，蹲下来看着沉默如铁的章骏，眼神复杂，咬咬嘴唇，脸上第一次露出深深的疲惫，说："我们之间的恩恩怨怨就到此为止吧。从今以后，我不会再针对你，你走你的阳关道，我走我的独木桥。"

章骏低着头，没有回话。就在走出门的一刻，叶琳忽然回过头，眼中泪光闪烁，幽幽地抛下一句话："章骏，我们那段日子始终是我最快乐的回忆，我不想完全摧毁，但是从今天开始，我会努力忘记。"

章骏像被电击般浑身打了一个激灵。叶琳已不再看他，转过头大踏步而去，只是高跟鞋噔噔的声音，一下下仿佛踩在章骏的心上，痛得他不可抑制而又无法抵抗，呆呆地坐着，木然地想着，孤独地品味着，不知所措，只能把头埋在深深的臂弯中，久违的眼泪汇流成河，倾泻而下，让悔恨、无奈、痛楚发泄得淋漓尽致。

夜总会楼下的停车场内，魏日东靠在车窗边，落寞地点上一根烟，眼神复杂多变。他耳边回响起的是前几天向霍市长汇报小六的答复时，霍市长沉默了两分钟，拍拍自己的肩膀，说了一句话："你们是同学，他总是制造麻烦，大家意见很大，牵连到你，影响更不好，想办法去处理一下，净化舆论环境。"

霍市长的提醒很明确，含义很丰富，自己有一个和政府对着干的同学，确实不是好事，分分钟会引火上身，说不定还有人以为自己和他勾结，整天提心吊胆准备灭火的感觉,魏日东已厌恶万分。只是该用什么方式解决,魏日东是想破脑袋,绞尽脑汁,最终想出了一句古话:以其人之道还治其人之身。

像小六这种自以为是的文人,把名誉看得最重要。只要让他名声扫地,那就是对他最有效的打击,更重要的是,能让他失去在文化界立足的根本,一个有污点的人,以后还有谁敢找他,他还有什么资格指手画脚?只要让他先失去颜面,进而失去立足的空间,他的嘴巴就会乖乖地闭上,自己的目的也就顺利达到了。方向定下来,具体操作就容易了,魏日东一手炮制出来的局,就是今晚这场大戏,先告知小六云燕和邱德州的奸情,再让他亲眼证实,在他最伤心失落之时,让他借酒消愁,醉倒之后,安排小姐与他上床,警察和记者在最适当的时候冲进去抓个现行,有录影,有相片,证据齐全,报纸一登,新闻一播,网络一炒,不用两个小时,新锐作家、媒体评论人刘勋就会成为全国的笑柄。

风吹得树叶瑟瑟发抖,魏日东感到一阵寒意,将烟头扔在地上,狠狠地用脚踩熄,缩着脖子坐进车里,计划实施得完美无瑕,只是失去的兄弟情谊再也回不来了,但比起苦心经营的锦绣前程有被撼动的危险,魏日东大叹一声:"没有舍,又何来得?"

魏日东发动车子,他不想亲眼看到小六灰头土脸地被押出来,成功的滋味原来并不是那么好受。

就在他要扬长而去时,一个熟悉的身影从旁边的酒店大堂门口冲出来,沿着马路狂奔,魏日东的第一反应是看花了眼,待定睛看清后,心头狂跳,毫不犹豫地跳下车,紧紧跟在她后面,直到过了两个路口,闻雪才筋疲力尽地停下来,蹲在马路沿上,无声地流着泪水。

因为太久没锻炼,魏日东跑得气喘吁吁,缓了好一会儿,才蹲在她身边,轻声说:"没事吧,怎么哭了?"

闻雪转头看到魏日东,没有回答,只是泪水流得更加汹涌,更添几分梨花带雨的娇柔。魏日东小心翼翼地问:"吵架了? 要不要我叫章骏过来?"

听到章骏两个字,闻雪的心中泛起无尽的酸楚,委屈、不甘、愤怒、伤心糅合成一句决绝的话:"以后不要在我面前提起这个人。"

她说得断断续续,魏日东却听得清清楚楚,他期盼已久的事情终于发生了,很明显,闻雪不是在开玩笑,这还是他第一次看到她哭得如此伤心绝望,看来章骏是做了让她无法容忍的事,两人的裂缝已被火药炸成了窟窿,难以弥补。在梦里演练了千百遍的场景,此时突然就变为现实,魏日东暗自用力掐一下大腿,让疼痛驱赶走幻觉,然后压制住即将喷薄而出的兴奋和喜悦,装模作样地劝慰道:"好,不提他,把旧的一页翻过去,一定会有人让你更幸福的。"

闻雪似乎没有听到,但泪水已渐渐收住,就是身体仍在瑟瑟发抖。魏日东虽然很好奇章骏干了什么,但也知道现在不是揭伤疤的时候,反正早晚会知道的,便脱下外套,披在闻雪单薄的身体上,一语双关地柔声说:"走吧,我送你回去,好好睡一觉,今天就成为昨天了。"

披着魏日东的衣服,闻雪感到陌生而且不习惯,但她只是稍一迟疑,却没有拒绝。魏日东暗自欣喜若狂,抬起手腕,看了一下手表,用心把今天的日期牢牢记住,一个平凡的日子,却有太多人的命运发生了变化,有些是摔下深渊,不得翻身;有些却是平步青云,春风得意。命运真是奇妙,太眷顾我魏日东了!

尾　声

　　那天晚上回到家后,章骏就开始发烧。上学时,他很注重体育锻炼,身体素质向来不错,虽然现在生意繁忙,作息时间没准,烟酒也沾染得越来越多,但身体底子好,一两年也难得有次头晕脑热。但平时不生病也未必是好事,因为他只要一生起病来就是大病,每次都得吃药打针,折腾四五天才见好。这次他躺在床上,木然地看着天花板发呆,刚刚发生的一切就像绞索,勒得他喘不过气来,胸口不住地发闷,到了下半夜,脑袋渐渐发沉,紧接着像是要裂开,越来越痛,整个人就像被放在火上烤,浑身炙热得厉害。他没有起身倒水吃药,而是一动不动地躺着,任由病魔把自己俘获,和内心的痛楚比起来,身体的病痛似乎不值一提。也不知过了多久,章骏的意识渐渐模糊,直至一片黑暗袭来。

　　等到他恢复意识时,已躺在医院的病床上,他睁开双眼,进入视线的是刘小南的浓眉大眼,看到章骏醒来,他惊喜地连声说:"老大,你醒啦,你醒啦!"

　　章骏打量着四周,看着左手正打着点滴,茫然地问:"我怎么会在这儿?"

　　"幸亏你在这,要不然麻烦就大了。"刘小南说,"你知道自己发烧多少度吗?四十点五度,人都昏迷了。林凡给你打电话没人接,又整天没见你,觉得不对劲儿。幸亏我们及时赶到你家,发现情况不妙,把你送到医院了,要不然你这聪明的脑袋恐怕就要受影响了,这可是医生说的。你已经昏迷两天了,总算醒了。"

　　章骏浑身乏力,示意刘小南搀扶自己坐起来,靠在枕头上,思路一点点凝聚,只觉得苦涩和伤痛依旧溢满心头,勉强控制着情绪,说:"这几天辛苦你们了。"

　　"最重要的是你没事。"刘小南说,"公司的同事都要来看你,我让他们等你好点再来。"

　　"不用麻烦大家了。这两天公司怎么样?"话一出口,章骏猛地觉醒到自己最关心的还是公司,一股难言而又复杂的滋味顿时涌上心头。

　　"公司很好啊,一切正常。"刘小南的眼神忽然黯淡下来,"就是秋璇交了辞职报告，说是要回澳大利亚继续读书。"

看来叶琳已经告诉她身份曝光了，许秋璇是觉得无颜面对自己和刘小南，所以只能选择逃避。章骏了然于胸，不露声色地说："你舍得放她走？"

刘小南脸色发红，表情窘迫地说："老大，你怎么这么说？"

章骏淡淡地笑着回答："你想追她，只要不是瞎子都看得出来吧。"

提起这话题刘小南就一肚子苦水，不断地叫屈："我是对她有好感，可她对我总是若即若离，不接受也不拒绝，我对她表白过，可她就是笑着避开，太极拳打得炉火纯青，我都不知她想干吗？"

章骏估摸着许秋璇的想法，刘小南早晚会发现她的真实身份，被欺骗的感觉任何人都难以接受，关系越深，伤害越大，加上自己和刘小南是铁哥们，她出卖自己，刘小南更里外不是人。至于许秋璇是单纯利用刘小南，还是确实对他有感情，只因那隐瞒的真相而不敢越雷池一步，只有她自己知道。事已至此，就算勉强留下她，上下级之间还是有个心结，这个结不是那么容易解开的，以后共事难免会尴尬。

斟酌了一会儿，章骏决定不把真相告诉刘小南，而是顺其自然："你去找秋璇，就说我非常希望她留下，最重要的是要告诉她，过去的事就过去了，我这人从不回头望，让她也向前看，公司发展需要她这样的人才，如果她还想走，那人各有志，我们总不能硬把她留下。"

刘小南无奈地叹气，黯然地说："话我已经说了很多，可她去意已决，我也没办法了。"

章骏默然，看来刘小南这段爱情已经画上句号，让他蒙在鼓里，留下美好的回忆也好。想起感情，章骏虽然明知答案，但还是抱着一线希望，脱口而出："闻雪这两天来没来？"

刘小南心里一震，说不出话来，他的表情已是回答。章骏虽然心里不住地绞痛，却仍挤出微笑，故作轻松地说："明白了。"

看着章骏的笑容比哭还难看，刘小南便知道自己的猜测没错。那天他心急火燎地打电话给闻雪，告知章骏的病情，没想到闻雪的态度极其冷淡，只是嗯嗯两声，根本没踏进医院半步，哪有未婚妻的样子？看来两人是爆发了极大的战争，关系发生了根本性的变化，否则不管谁对谁错，章骏病得这么严重，她还有什么放不下的恩怨？

尾
声

刘小南不想让章骏沉浸在这个话题中，赶紧话锋一转，说："小六出事了。"

"小六，"章骏一惊，"怎么了？"

刘小南苦笑着说："嫖娼，被当场抓了。"

"嫖娼！"章骏失声叫出来，"小六？怎么可能！"

刘小南打开笔记本电脑，点开网址，只见昨天的新闻栏里，第三条加红的新闻标题极为扎眼：昨晚我市举行扫黄专项行动，一青年作家因嫖娼落网。

打开内容，一张照片映入章骏眼帘，小六五官清晰，全身赤裸，关键部位打上了马赛克，表情茫然失措，旁边的小姐低着头，尽管用被子挡住身体，但只是遮住了前面，后背赤裸着，内里一丝不挂。图的下方配写了一段文字，讲述的是昨晚行动的过程，虽然也抓了其他人，但特别提到青年作家刘某也在此行动中被抓，同时借此抨击文化圈的人不洁身自爱，读圣贤书却做苟且事，人前一套，人后一套，道德沦丧，是社会之耻。全文上纲上线，将此事无尽夸大，对刘某极尽讽刺挖苦，甚至不无人身攻击之词。

"怎么会这样？"章骏的震惊无以复加，要说小六泡个小姐，他信，可说小六嫖娼，他绝对不信，这小子虽然不太看重礼法，我行我素，但道德观念强得近乎执拗。他会花钱买春，简直是天方夜谭，可有相片为证，由不得他不信。

章骏拿起电话拨通魏日东的手机，响了很多声没人接听，估计是他有事不方便接电话，章骏只能如热锅上的蚂蚁般等着，用搜索引擎一查，只见国内很多网站转载了此新闻，好事不出门，坏事传千里，何况主角还是青年作家、小有名气的评论员，更是吸引了无数人的眼球。

二十分钟后，魏日东回电话了，章骏劈头盖脸地问："小六的事你知道不？"

"昨天我就和公安局的人联系了，"魏日东假惺惺地说，"这小子被抓了个现行，也太不小心了。"

"你信这小子会嫖娼？"

魏日东顿了顿，不咸不淡地说："我信不信不重要，关键是当场被抓获的，你得和执法人员说去。"

"那现在怎么办，交罚款？"

"我原来也是这么想的，可一问才知道没那么简单。"魏日东叹着气，猫哭耗子似地说，"最近全国在严打，被抓获的人一律严惩不贷。小六是被抓到的典型，证据确凿，影响极坏，要行政拘留十五天。"

"什么！"章骏倒抽一口冷气，问，"拘留十五天，不能找关系放人吗？"

"我已经把能找的关系全找了，可在这风口浪尖上，小六又是典型，谁敢开口放人。"魏日东尽量表达出自己的无奈，"只能说这小子时运不好，偏偏在这当口犯事。"

章骏无言以对，愤愤地挂了电话。魏日东放下电话，转身走进派出所所长的办公室，说："黄所长，麻烦你和拘留所那边打个招呼，对刘勋照顾些，给他安排一个好点的监仓。你看他瘦成那样，浑身没几两肉，身体单薄得很，别被人欺负，要是弄出什么麻烦就不好了。"

黄所长满脸和气，连声说："没问题，没问题，我这就和那边说。"

魏日东和他握手致谢，心中暗暗劝慰自己：同学一场，我能帮的只有这些了。

十五天后，天空淅淅沥沥地下着小雨，看着走出拘留所的小六，章骏几乎不敢相信自己的眼睛，他的后背像是被压弯了，直不起来，佝偻着身体，一步一挪，缓慢而吃力，像是不愿意重新回到自由的世界中。章骏快步走到他面前，强笑着说："还好吧？"

小六抬起头，脸上肌肉颤抖，像是要挤出笑容，却无论怎么用力也挤不出来。最令章骏心酸的是，原本小六虽然瘦弱，但一直有股激情内敛、傲然独立的风采，而此刻，他不但看起来苍老了十几岁，连那股精气神也消失殆尽了。

小六迷蒙的眼中忽然亮起些许光芒，直勾勾地望着前面。章骏回头望去，只见穿着朴素、素面朝天的云燕慢慢走来，温柔但坚定地握住小六的手，轻声说："我们回家吧。"

看着两人慢慢地走远，章骏心中百味杂陈，感慨万分，刚要钻回车里，林凡打来电话："我有一个朋友去了韩国的 WK 公司，他们想来中国找代理商运作一款网络游戏，明天来西港，你有没有兴趣和他们聊聊？"

听到有生意，章骏的精神顿时振奋起来，说："好，只要有生意，我们就不能放过，我这就回公司。"捷达稳稳地发动起来，向着一条新的道路，疾驰而去。

尾
声